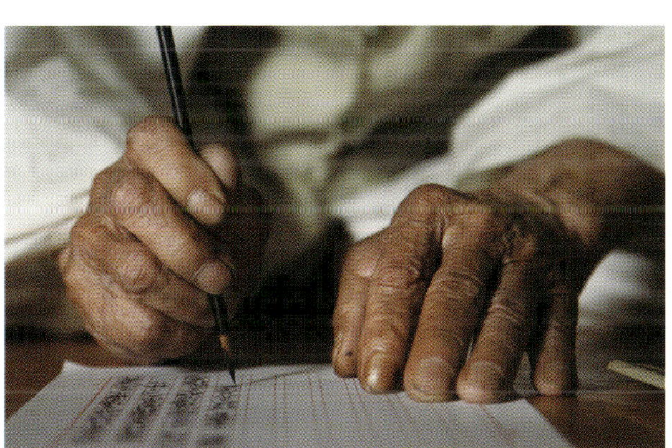

글·사진 **권 산**

1963년 부산에서 태어났다. 대학에서 미술을 전공했다. 주로 민중미술 단체에서 글 쓰고 강연하는 일을 하다가 서른이 훌쩍 넘은 나이에 어쩔 수 없이 밥벌이 전선에 나섰다. 대학에서 보따리 장사, 공장에서 시다 노릇을 하기도 했지만 가능하면 월급쟁이로 사는 일은 피해오면서, 주로 미술 관련 사이트 디자인을 했고 인쇄물 디자인과 영상물 편집 작업도 병행했다.

서울에서 몇 년 밥벌이하면서 가족을 건사하다가 불현듯, "도대체 나는 왜 일을 하나?"라는 질문과 마주하고, "그냥 나를 위해 살자."는 결정을 내린다. 2006년에 아내와 함께 전라남도 구례로 이사했다. 구례로 옮겨 온 이후 6년 동안 김장을 담그기 위해 작은 텃밭에서 배추를 키우는 것 외엔, 컴퓨터로 디자인하는 일을 밥벌이 수단으로 삼았다. 『시골에서 농사짓지 않고 사는 법』(2010)이라는 책을 출간했으나 2012년 초 발행한, 일종의 금융사고 성격이 강한 「맨땅에 펀드」를 진행하면서 지금은 농사짓는 시늉까지 겸하고 있다.

일상적으로는 「지리산닷컴(www.jirisan.com)」이라는 사이트를 운영하면서 매일 아침 물음표 없는 '행복하십니까'라는 제목의 @편지를 도시 사람들(지리산닷컴 주민들)에게 보내고 있다.

책
디자인 황일선

아버지의 집

아버지의

고택 송석헌과 노인 권헌조 이야기

집

권산 글·사진

반비

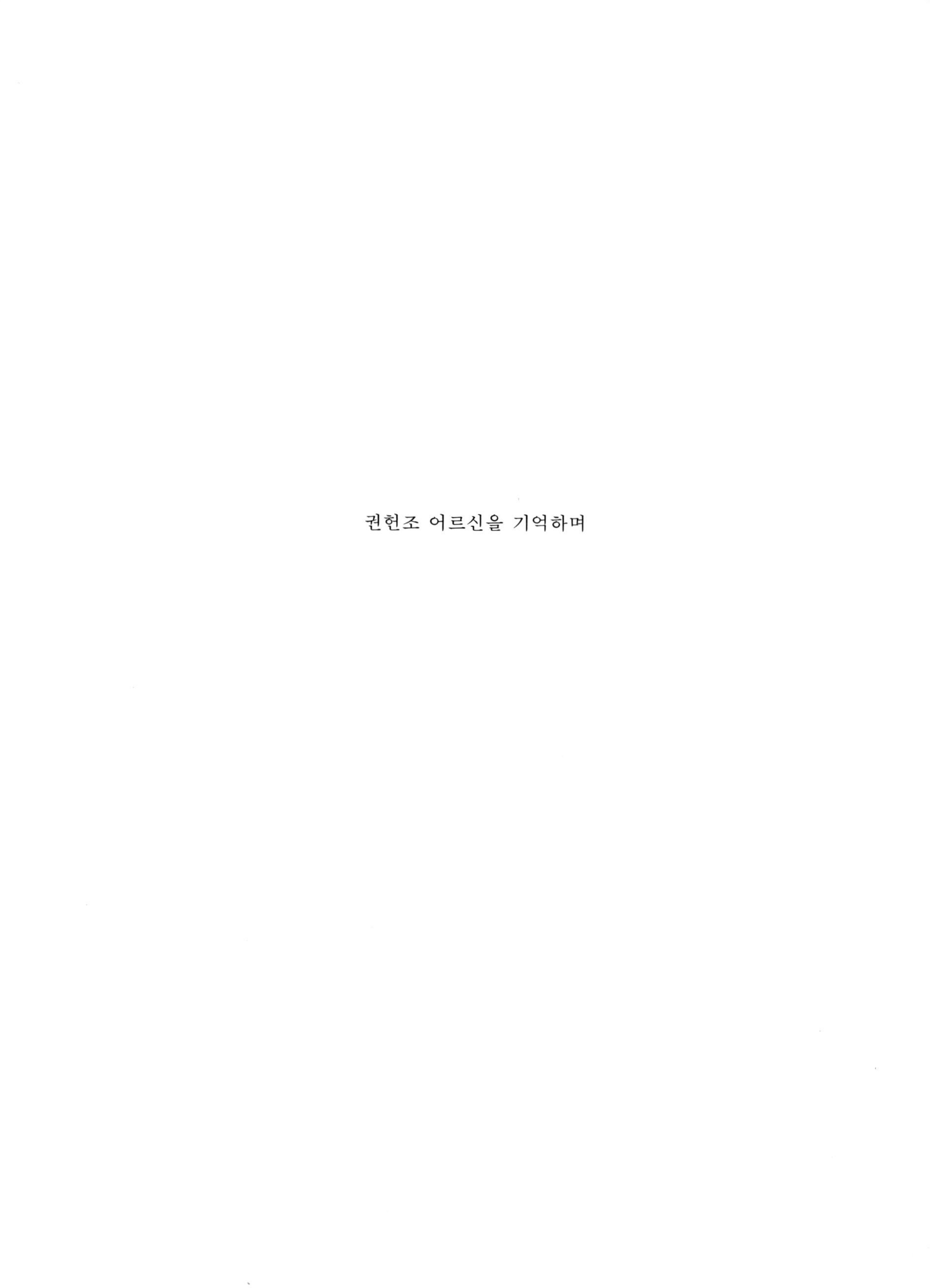

권헌조 어르신을 기억하며

하고 싶은 일과 해야 하는 일

"내일 봉화로 올 수 있느냐고요?
아, 일정이 그렇게는 좀 힘들 것 같은데요.
토, 일 중에 밥벌이 사이트도 하나 오픈시켜야 해서요."
"그래요…… 다음 주 초반에 공사를 시작한다는데…….
도저히 안 되겠어요?"
"아무래도 힘들겠는데요.
음……. 30분 후에 제가 전화 드릴게요."

전화 끊고 담배 한 대 피우고 밤하늘을 한 번 올려다보고 집으로
들어갔다. 집사람에게 방금 받은 전화의 내용을 이야기하고 의견을
구했다. 집사람의 답변은 'yes' 혹은 'no'가 아닌 '냉면'이라는 단어였다.
며칠 전 저녁에 집으로 마을의 후배 부부를 초대해서 밥을 먹다가
우연히 풍기의 서부냉면과 정아분식 생강 도넛에 대해 이야기를 했었다.
정아분식 도넛 이야기를 들은 후배 부부가 전화로 주문을 시도했지만
프랜차이즈로 변신하면서 택배로 주문은 안 된다는 답변을 들은
모양이다. 결론적으로 경북 풍기까지 가지 않으면 먹을 수 없게 된

것이다.

나는 2006년에 서울에서 전라남도 구례 땅으로 거처를 옮긴
디자이너다. 먹고살기 위해서는 웹디자인을 주업으로 하고 인쇄물과
소규모 CIP 작업도 병행한다. 지리산을 뒤로 하고 섬진강을 앞에 둔
동네에서 살다 보니 운영하는 사이트에 올리는 사진과 글이 도시
사람들 마음을 싱숭생숭하게 만들기도 하는 모양이다. 그러다 보니 종종
방송국에서 오는 전화를 받는다. 계절에 따라 적당한 사진과 풍경이
필요한 것이다. 이를테면 현지 코디네이터(coordinator)로서 도움을
달라는 전화들이다. 조금 전 통화를 한 모 PD 역시 그렇게 인연이
되어 만난 분이다. 그는 2009년 4월과 5월 사이에 구례의 이곳저곳을
돌아다니며 감나무 잎을 촬영했다. 나는 꽃보다 감나무 잎 '그 연두색'을
좋아한다.

그 PD 역시 그랬다. 나는 '그 흔하디흔한 감나무 잎'을 쫓는, 은퇴를
앞둔 소년 같은 PD가 흥미로웠고 그는 내 사진과 글의 어떤 대목이
마음에 들었던 모양이다. 나보다 10년 손위 연배의 그를 나는
'영감님'이라고 불렀고 그는 나를 '권 선생'이라고 불렀다.
술은 막걸리만 마시고 육식을 싫어하는 이 영감님은 구례에 오면 딱
두 군데 식당만 이용했는데 바로 동아식당과 가야식당이다. 모두 낡고
초라한 선술집이다. 그는 새것을 싫어한 것은 아니지만 각별한 관심을
보이지는 않았고 낡고 오래된 것을 추종하지는 않았지만 선호했다.
그해 가을에 그는 다시 구례에서 촬영을 했고 역시 낡고 깨진 것들만
찾아다녔다. 나 역시 주로 그런 곳으로 그를 안내했다. 이후에도 일과
무관하게 그는 가끔 구례를 찾았다. 정년을 앞둔 '낡은 PD'는 월급
받고 하는 마지막 작업으로 인도 북쪽의 라다크(Ladakh)를 염원했지만
그가 다니던 방송국은 예산을 이유로 그의 희망을 차일피일 미루고

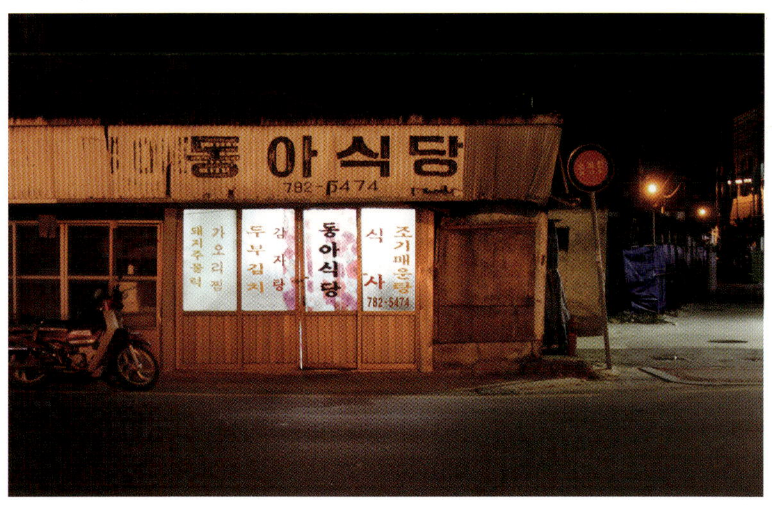

있었다. 그가 라다크의 보리밭을 카메라에 담을 가능성은 북무 인도의
산소보다 희박해 보였다.

2010년 7월 7일 수요일 밤. 낡은 PD로부터 전화를 받았다. 경북 봉화에
있는 송석헌이라는 고택에 관한 다큐멘터리를 작업 중인데 스틸 사진이
필요한 모양이었다. 그는 영상물 안에서 스틸 컷 사용하기를 즐겼다.
북부 경북 봉화라……. 내가 있는 곳은 지리산 서편 구례. 참 멀고 험한
길이다. 더구나 가급적이면 피하고 싶은 '팔팔고속도로'를 지나야 한다.
그 먼 길을 올라오라고 청하면서 하루 전, 그것도 밤에 전화를 하다니.
나 원…….
다음 날 장거리 여행이 힘든 가장 큰 이유는 밥벌이 일 때문이었다. 그
주 토요일까지 전시회 사이트 하나를 오픈해야 했다. 봉화를 다녀오면
금요일 밤이 될 것이다. 나라에서 관리하는 미술관 전시라 일정을
조정하자는 이야기가 쉽지 않은 일이다. '갈 수 없다'는 것이 두 번

생각할 필요도 없는 정답이었지만 나는 짧고 굵은 갈등을 시작했다.
전제가 결론의 필연성을 보장해주지 못하는 귀납법적인 사유 방식을
선호하는 나는, 사실은 '봉화로 간다'는 결론을 이미 설정한 것이다.
그럴듯한 이유를 필사적으로 모색하는 것이다.
학예사들도 공무원이니 토, 일요일은 출근하지 않을 것이다. 월요일에
출근하면 나에게 전화를 할 것이다. 왜 사이트가 아직 오픈되지
않았느냐고. 작업 막바지에 데이터를 날렸다고 할까? 아니다. 그건
이전에도 써먹은 수법이다. 갑작스러운 장거리 문상을 다녀왔다고
하자. 흔한 수법이지만 보통은 속아준다. 하루에 다녀올 수 없는 경북
봉화를 다녀왔다고 하자. 이미 이렇게 된 일을 어쩌겠냐고, 화요일이나
수요일까지 오픈시키겠다고 하자. 하긴 갑작스러운 문상과 같은
상황이기도 하다.

결국 이것은 내가 '하고 싶은 일'과 '해야 하는 일' 사이에서 종종
하는 고민이다. 그런 경우 나는 대부분 하고 싶은 일을 먼저 처리하는
편이었다. 마음이 이미 왼편으로 이동했는데 오른편에 있는 일에 머리를
두기란 힘든 노릇이다.
2~3일 후에는 전면 보수에 들어가는 고택이 있다. 따라서 날이 밝으면
이틀 정도 '지금의 모습'을 기록할 기회가 있다. 이를테면 마지막 기회다.
'더 이상 볼 수 없다'는 말은 나를 설득할 수 있는 가장 강력한 언어다.
낡은 PD는 강하게 요구하거나 연장자로서의 권위를 행사하지 않았다.
봉화라는 물리적 거리 탓인지 전화기 저편의 목소리는 멀었고 나직하게
반복했다.

　　"정말 힘들겠어요? 내일 지나면 원형을 기록할 수 없는데……."

그것이 만약 어떤 영역에서 세상에 남은 마지막 가치라면?

다시 밖으로 나와서 전화를 걸었다.

"예, 영감님, 접니다. 내일 해 지기 전에 도착할 수 있도록 하겠습니다.
밥 주고 잠도 재워주실 거죠?"

2010년 7월 8일 목요일. 구례 장날이다. 400킬로미터 정도를 이동해야
한다. 이미 20만 킬로미터를 주파한 골동품 차량의 냉각기를 진단하기
위해 카센터를 방문하고 도서관, 우체국, 장에서 이른 아점도 먹고
군청에 들러 CF메모리 카드도 빌리고 사무실에도 잠시 가서 몇 가지
물건을 챙겨 와야 했고 내비게이션도 빌려야 했다. 몇 개의 식당과
목적지를 입력했다.
그리고 길을 나선 것이 거의 정오 무렵이었다. 한창 더운 시간에 그
망할 놈의 팔팔고속도로를 지난다는 것은 분명히 멍청한 판단이었지만

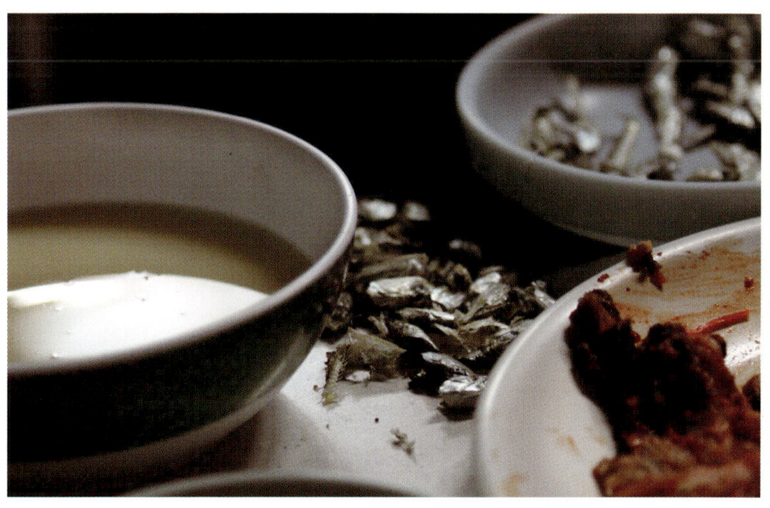

어쩔 수 없었다. 팔팔고속도로를 벗어나서 중앙고속도로로 올라서니
운전이 한결 수월해졌다. 거의 모든 휴게소에서 멈추었다. 담배와 골동
차량의 휴식을 위해 출발 전부터 그리 생각했다. 먼 길이다. 휴게소를
건너뛰어도 4시간은 걸렸을 길이다.

서부냉면. 2006년 12월 이후로 처음이다. 4년 만에 찾아왔다.
집사람 왈,

　　"우리 평생에 몇 번이나 오겠냐규?"

하긴 이런 주기라면 내 평생에 대여섯 번 이상 찾아오긴 힘들 것이다.
오후 4시 29분에 냉면 곱빼기가 나왔다. 4시 45분에 그릇을 비웠다.
연이어 걸어서 5분 거리의 정아분식에서 도넛 두 팩까지 사 들고
풍기읍을 벗어났다. 언제 다시 올지 장담할 수 없는 이런 음식들은
어쩌면 오늘 이 순간이 나와 만나는 마지막 순간일 수도 있는 것이다.
좋아하는 식당에서 원했던 음식으로 배를 채웠다. 이제 남은 일정은
봉화로 가서 고택을 촬영하면 되는 것이다. 오래된 집 구경 아닌가.

노인과 집은 하나였다

오래된 집, 오래된 습관과의 만남

2010년 7월 8일 오전 풍기를 출발하면서 내비게이션에 '송석헌'이라고
입력했는데 나오지 않았다. 국가 지정 민속자료라 당연히 있을 것이라
생각했는데 예상치 못한 결과다. 어쩌면 내비게이션 업그레이드
문제일 수도 있지만.
봉화 읍내 파출소 앞에 차를 세웠다. 파출소 문을 스스로 여는 일은
내 평생에 아마도 처음이었을 것인데, 전국의 모든 파출소가 그런가?
여자 경찰만 세 사람이 앉아 있다.

"석평리 송석헌이란 고택 가려면 어떻게 갑니까?"
"어디요?"
"송석헌요. 오래된 한옥인데."

모른다. 이럴 수가……. 다시.

"그러면 석평리는 어떻게 갑니까?"

석평리에 대한 위치 해석이 복잡하다. 이리 가도 되고 저리 가도 된단다.
이것은 결국 처음부터 모르거나 오리무중이란 뜻이다. 뭔 마을
이름을 이야기하는데 알아듣지 못하겠다. 전라도에 사는 경상도
남자는 경상도 억양을 잊어버린 것이다. "그 은행나무 있는
집인가?"라는 소리에 희망을 걸고 파출소를 나섰다.
'그 은행나무'가 있는 집이 맞았다. 멀리서 오른편으로 구례 출발 전에
이미지 검색한 그 집의 형상이 보였다. 아는 얼굴들이 보였다.
잠시 장거리 이동의 종점을 축하하기 위한 담배를 태우고 주변을
탐색했다. 오후 6시 25분에 첫 번째 셔터를 눌렀다.

송석헌 앞에 세워진 안내문은 아래와 같았다.

중요 민속자료 제246호
소재지: 경상북도 봉화군 봉화읍 선돌안길 10

이 건물은 동암東巖 권이번權以番(1678~1763) 선생의 아들인
권명신權命申(1706~1778)에게 지어 준 살림집이다.
선돌마을 입구에 자리 잡은 이 집은 경사진 지반을 이용하여
口자형 정침과 영풍루, 산암재, 방앗간, 대문, 사당 등 7동으로 구성된
영남 지방 사대부 저택의 면모를 고루 갖추고 있는 가옥이다.

1991년에 경상북도 민속자료 제95호로 지정되었다. 2007년에 국가 지정
중요민속자료로 지정되었다. 경사 때문에 앞쪽 기단을 높였다.
축대 높이 때문에 마당에서 바라보자면 집이 크게 보이지만 주고柱高는
낮은 편이다. 건축 당시 권이번이 벼슬을 하고 있지 않았기에 당시의
규제에 따라 낮게 설계했다고 한다.

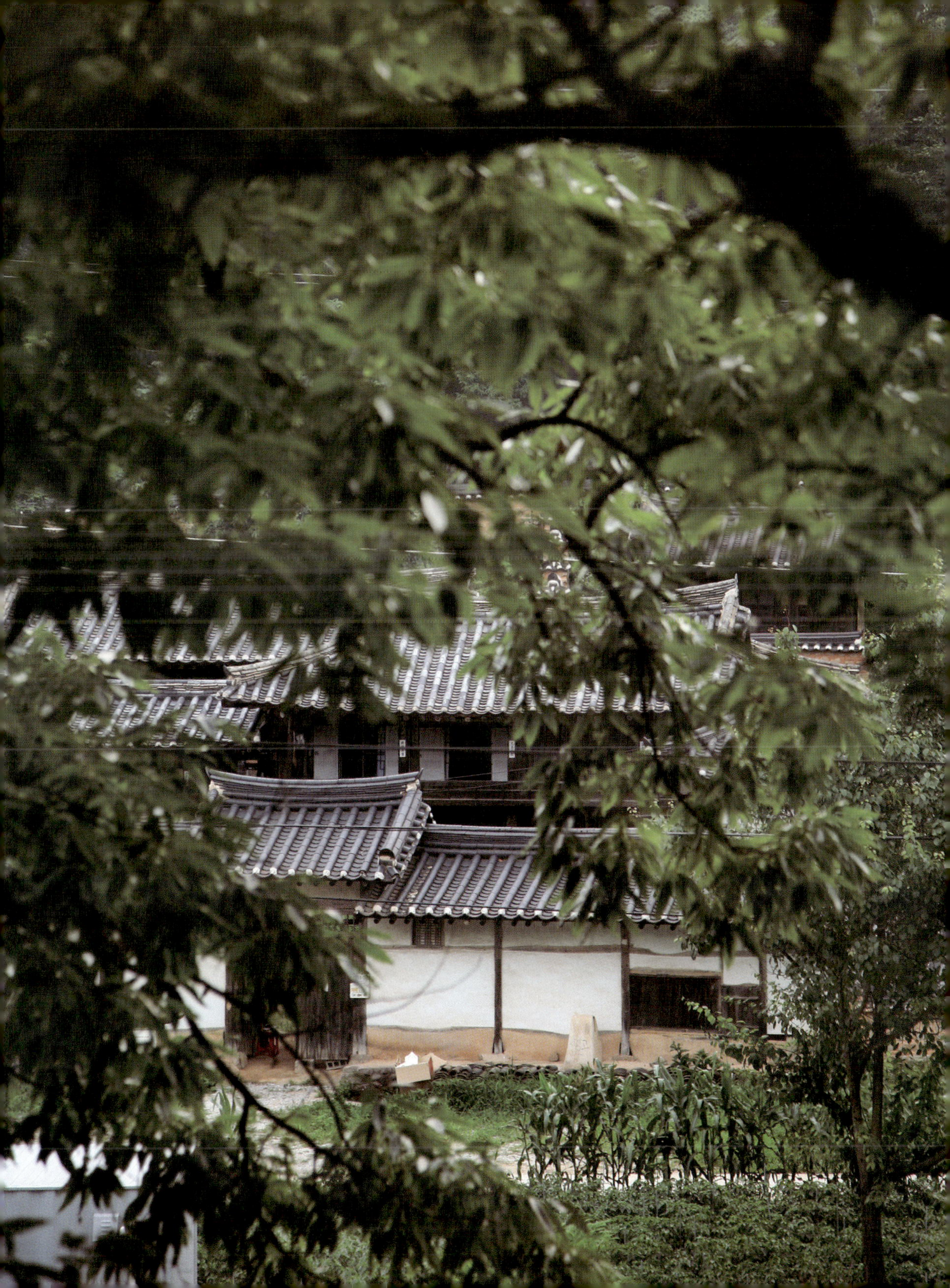

석평리라고 하면 봉화에서는 생소한 모양이다.
선돌마을이 익숙한 지명인 모양이다. 파출소에서 여경들이 말했던
외국어도 '선돌마을'이었던 모양이다. 여하튼 도착했으니 되었다.
나에게 필요한 것은 일단 상황에 대한 파악이었다.
두 가진데, 일단 오브젝트에 관한 것,
송석헌의 스틸 컷이 필요하다는 것이 나에게 요청된 미션이다.
도착했다고 무턱대고 사진을 찍을 수는 없는 노릇이다.
간을 봐야 한다. 느낌을 잡고 날씨 조건도 감안하고
해가 뜨고 지는 방향도 살펴야 한다.
다음으로 필요한 파악은 나보다 먼저 와서 며칠째 촬영 중인
방송 팀이 만들고자 하는 것이 도대체 무엇인지였다.
악보를 봐야 뭐라도 연주를 할 것 아닌가.
촬영감독님과 이야기를 나누었다.

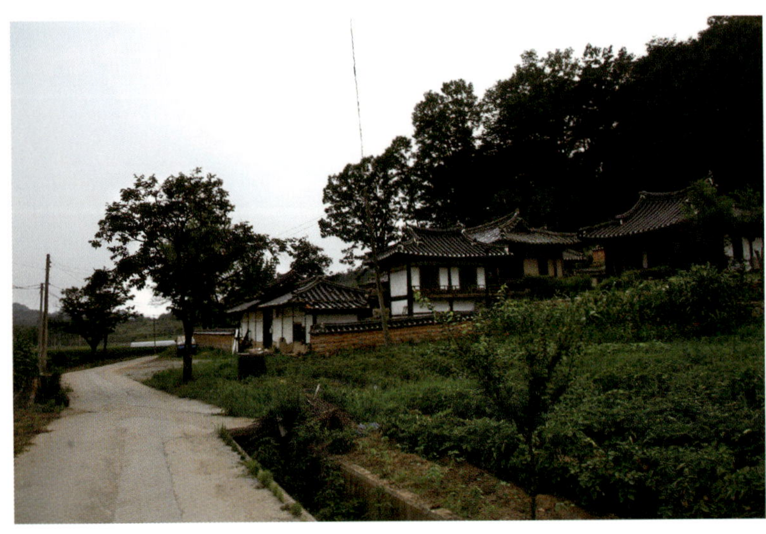

사흘째 촬영 중인데 마른장마의 전형적인 날씨 그대로
어정쩡한 흐린 하늘이 계속되었다고 한다.
맑은 해를 본 적이 없었다고.
나 역시 도착하고 바로 촬영을 할 생각은 없었다.
어두워지기 전에 현장을 보는 것이 도착 시간을 이즈음으로 정한
이유였다. 주변 경관은 특별할 것은 없었다. 집 앞으로 높은
지형지물이 보이지 않으니 높은 시점의 촬영은 불가능할 것이다.
일기예보는 다음 날도 흐린 것으로 나와 있다.
이래저래 촬영 상황은 좋지 않다. 그렇다면 다음에
좋은 조건에서 촬영하면 되지 않은가?
문제는 그것이 불가능하다는 것이다. 그러니 하루 전 늦은 밤에
전화를 받고 다음 날 바로 달려온 것 아니겠나.

국가 지정 중요민속자료다.
이를테면 지리산닷컴 사무실이 있는
전남 구례군 오미동의 고택 운조루와 동급이다.
보수공사를 한다. 2010년 6월 25일부터라고 되어 있지만
7월 12일부터 공사를 시행할 예정이다.
운조루 옆에 살아서 짐작하지만 이런 보수공사는
원형 보존과는 조금 거리가 멀다.
그리고 공사 기간은 계획보다 항상 늘어난다.
미장, 목공, 석공, 와공, 드잡이가 모두 동원된다니
전면 보수공사라고 봐야 한다.
결론적으로 7월 7일에서 7월 11일까지가
현재의 송석헌 모습을 볼 수 있는 마지막 기회다.

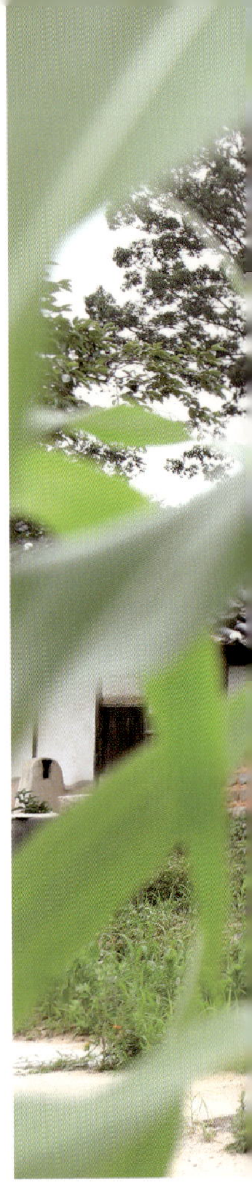

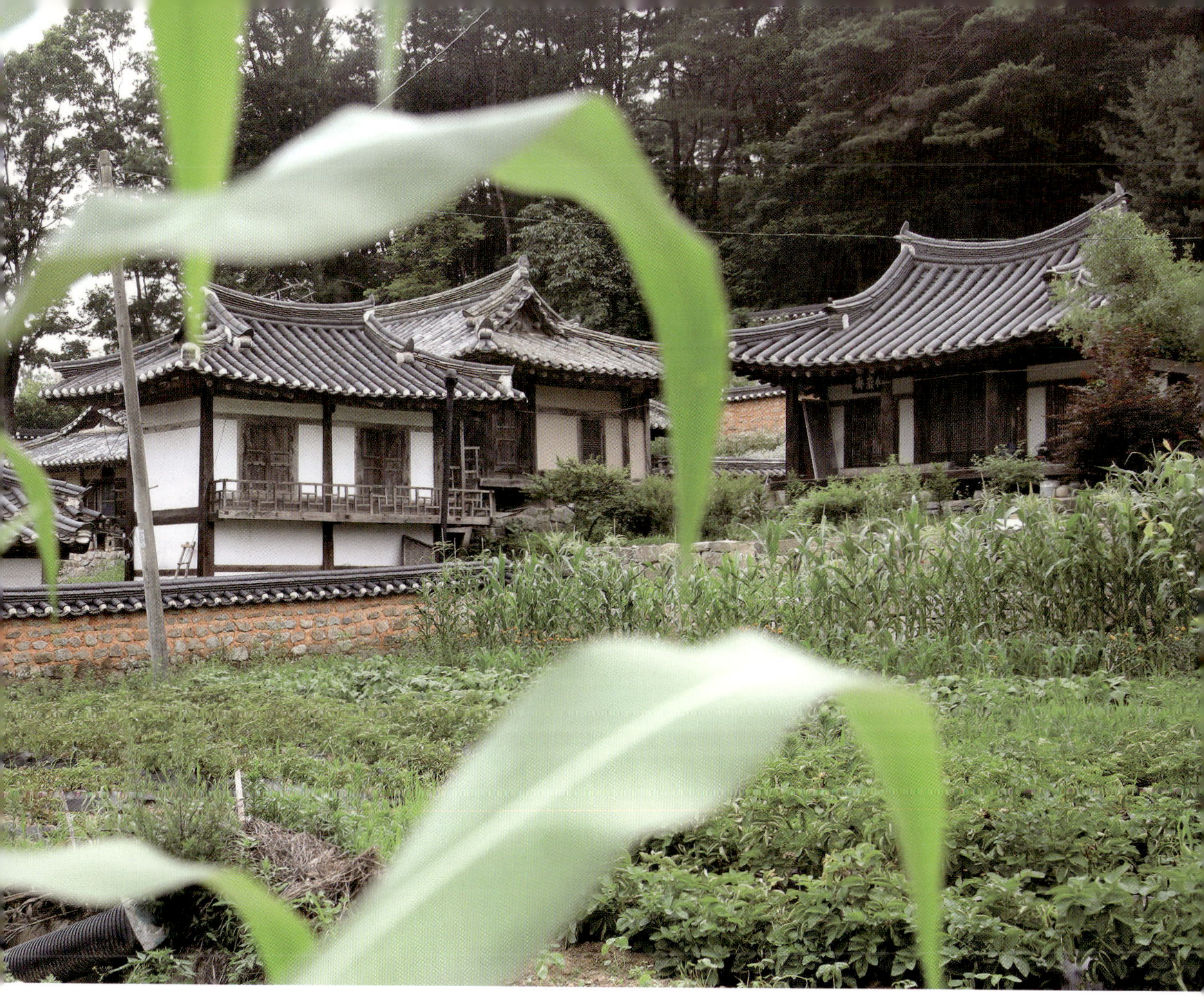

「KBS스페셜」을 담당하는 낡은 PD로부터 연락이 왔을 때
내일 가겠다는 전화를 하면서 여쭈었었다.

  "아니, KBS 노조에서 파업 중인데 봉화는 왜 가셨어요?"
  "우리도 파업 중에 연락받고 급하게 내려온 겁니다.
  원형 촬영이 이번 주 말고는 불가능합니다."

「예찬 — 어느 오래된 집에 대한 추억」이라는 프로그램이 기획되어
있었다. 물론 이런 정보도 도착해서 기획안을 보면서 알았다.
동영상 + 스틸 사진 + 생 음악으로 구성되는,
담당 연출가와 작가가 이전에도 몇 번 시도한 적이 있었던 방식의
프로그램이었다. 또 투덜거렸다.

  "아니, 기획안을 어제 짠 것도 아니고 미리 연락을 주시지."
  "우리도 내려와서 급하게 촬영을 하는 거라니까.
  원래는 가을에 촬영할 생각이었는데."

일단 한 번씩 투덜거려주는 것이 좋다.
얼마나 갑작스럽고 열악한 조건에서 작업을 하는지
한껏 티를 내놓아야 사진의 질이 후지더라도
빠져나갈 구멍이 있다.

집 안으로 진입할 수는 없었다.
해 지는 8시까지 카메라를 마당에 설정해둔 상태라고 했다.
왜 그런 거 있지 않나?
꽃이 피는 과정을 여러 시간 촬영해서 몇 초 만에
보여준다거나 하는 그런 화면들 말이다.
고택이 어두워지는 과정을 보여주기 위해 작업 중인 것이다.
그래서 일단 밖에서 기웃거렸다.

특별한 목적이 없는 셔터를 간혹 눌렀다.
나 역시 중심으로, 전면적으로 진입하지 않고 간을 보는 것이다.
찍고 뷰파인더 보고 설정을 이리저리 조정해보고 하는
헛짓을 반복했다.
누가 봐도 흔히 보아오던 스타일의 한옥은 아니다.
묘한 스타일과 독자적인 미학과 아우라가 있다.
포괄적으로 하나의 기운이 느껴졌다.

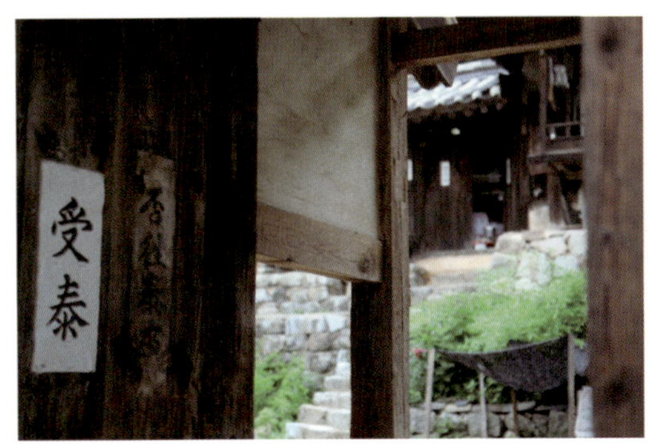
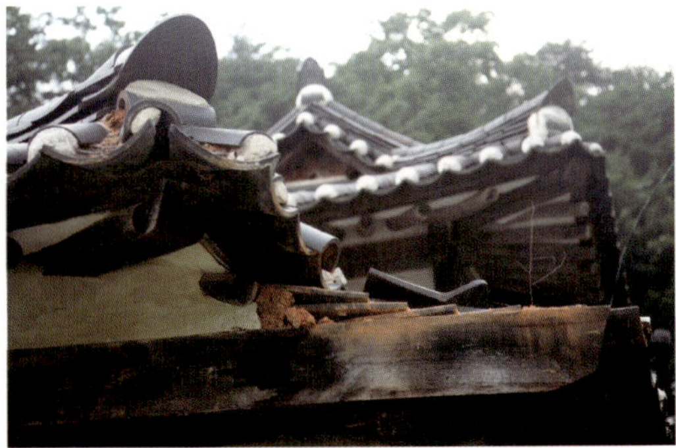

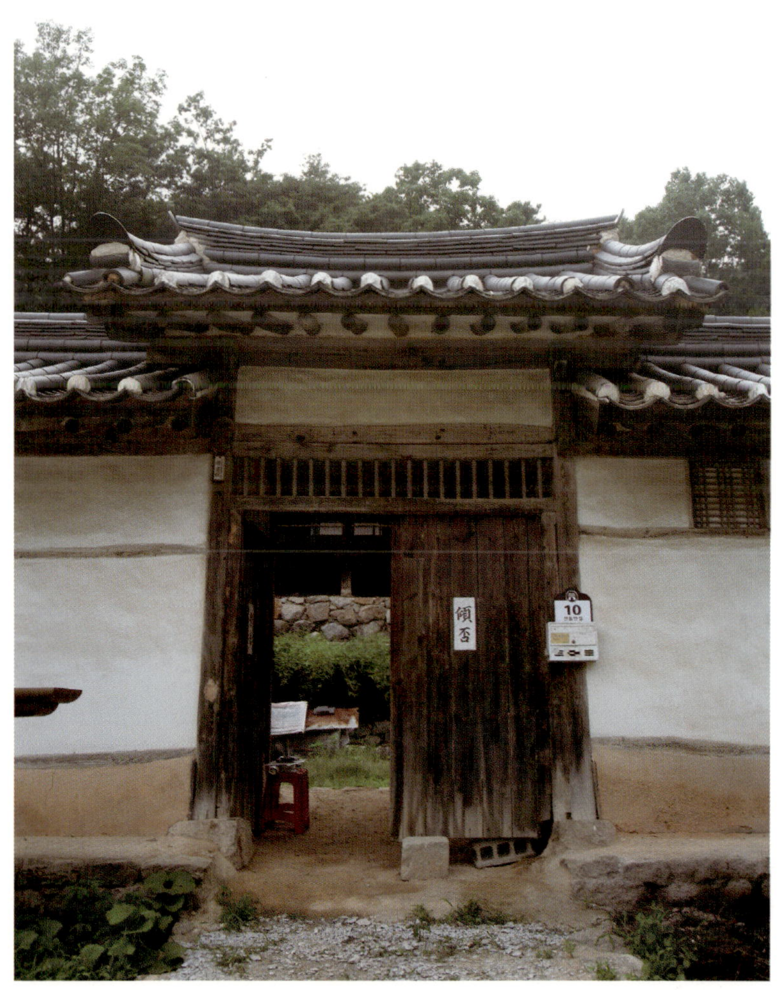

傾
否
10

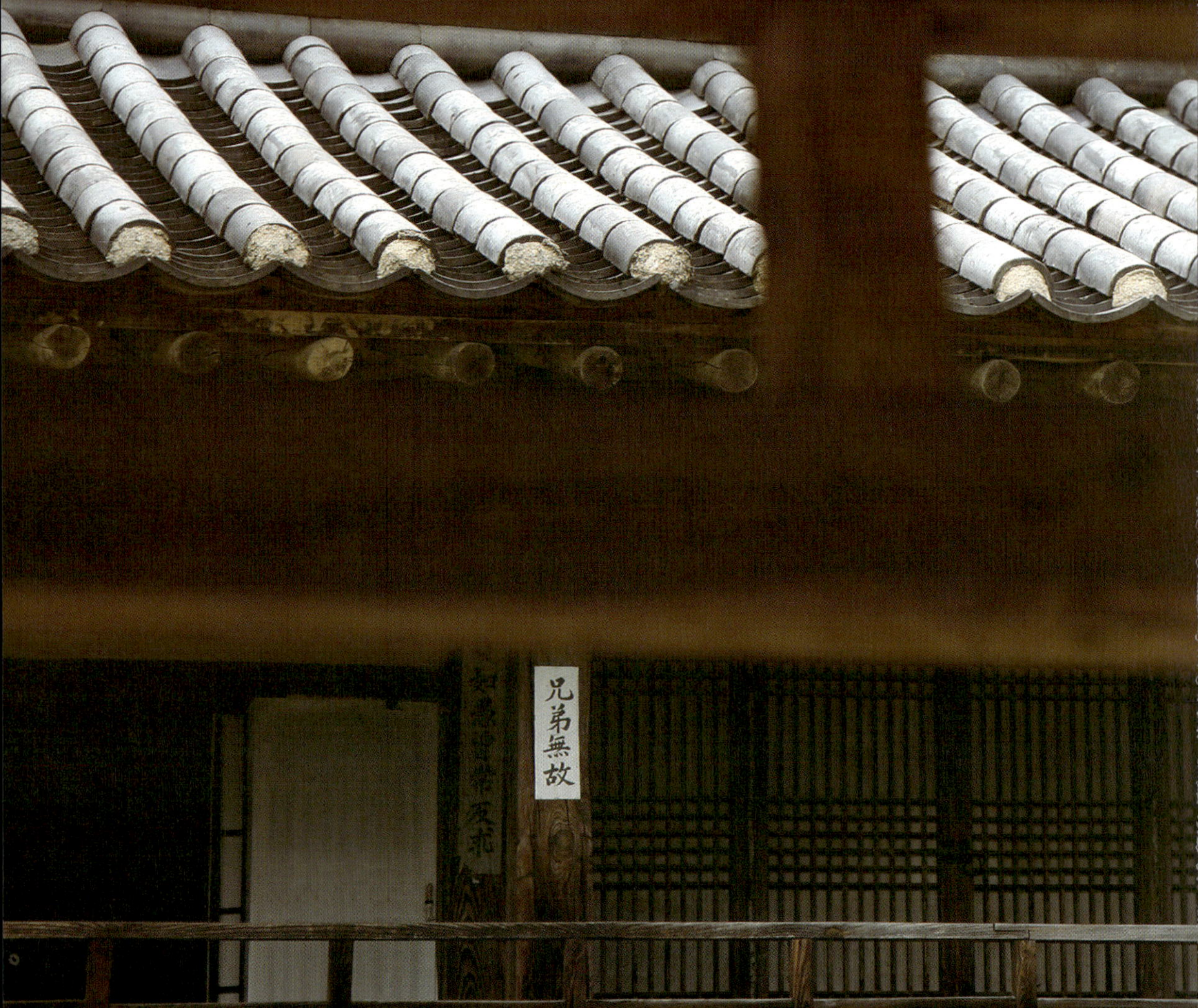

兄弟無故

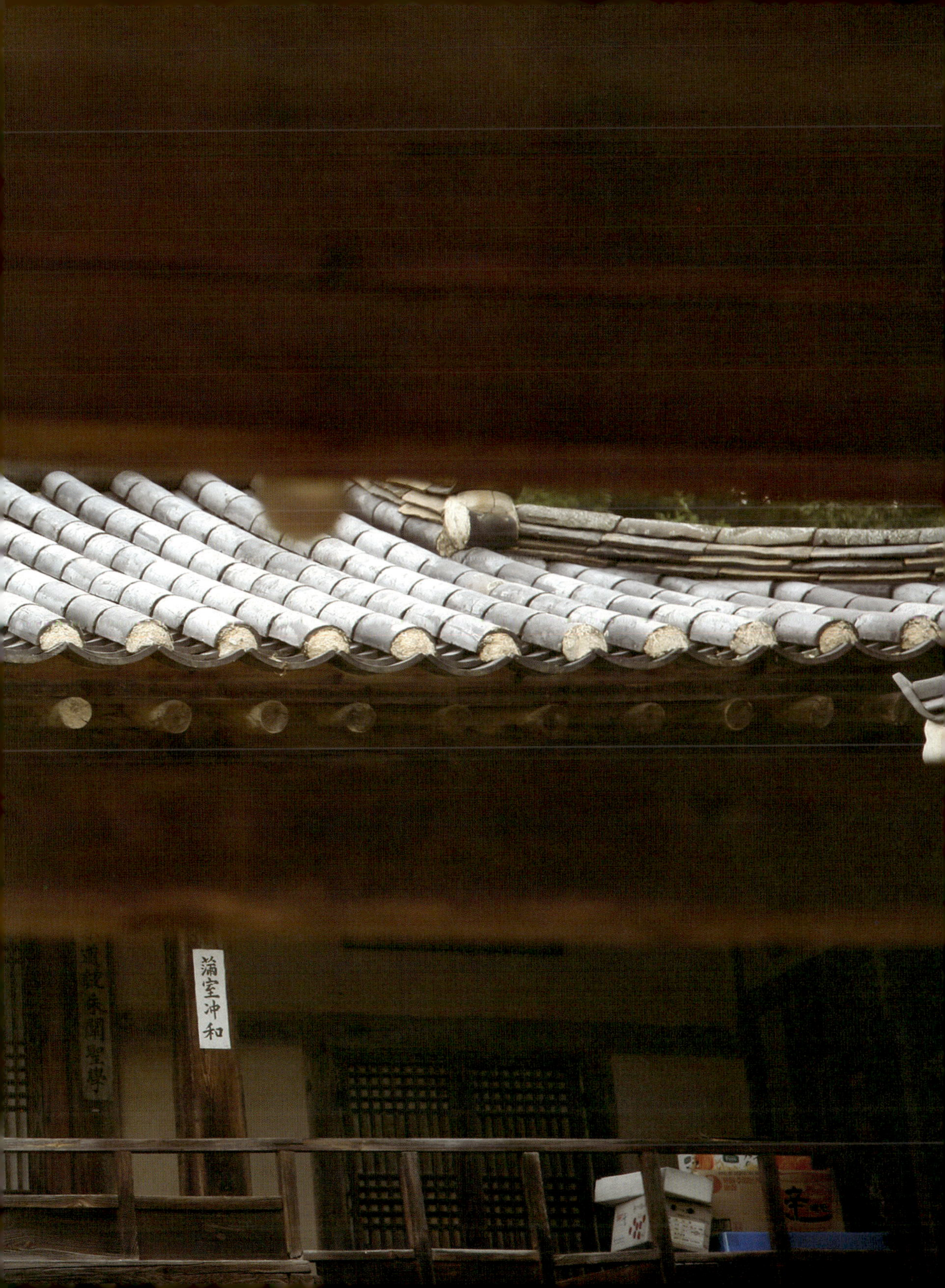
涌室冲和

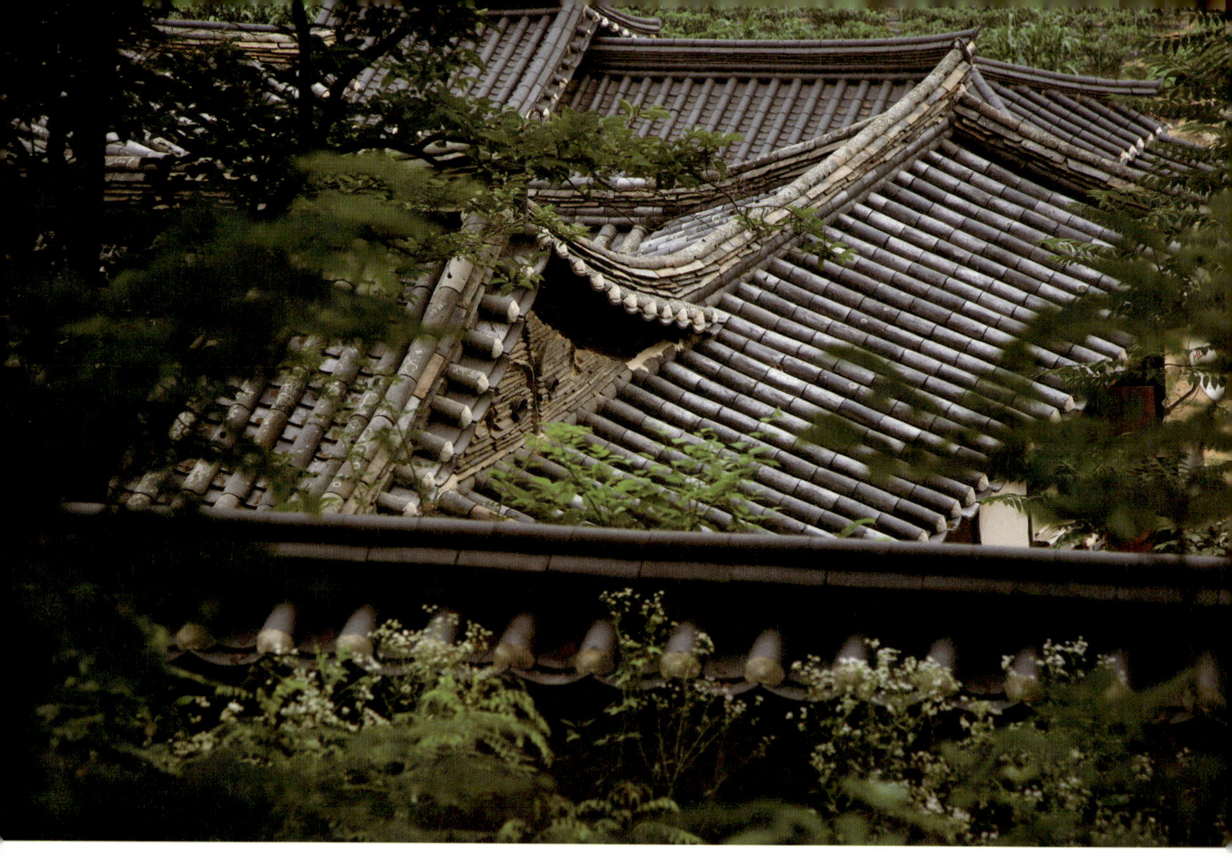

바라보자면 왼편 담장을 돌아 집 뒤로 이어지는 언덕길로 올라갔다.
출발하기 전에 검색해서 본 뷰 포인터들이 이 지점이었던 모양이다.
조금씩 이동하면서 집 모양을 음미했다. 처음 온 장소에서 마구잡이로
셔터를 누르는 일은 조심스럽다. 그것이 단순한 여행이라면 돌아가서
포스팅을 하면 그만이지만 방송을 통해 '소개하는' 것이 목적이라면
이 집의 전형성이 녹아 있어야 한다. 왜냐하면 절대 다수의 사람들은
영상으로 보이는 이미지로만 이 집을 판단할 것이기 때문이다.

가정집으로서는 작은 규모가 아니다. 더구나 이곳은 경북 봉화 아닌가.
물산이 풍부한 곳이 아니다. 과거에는 접근도 쉽지 않았을 것이다.
무엇보다 특별하게 자랑할 명승지가 희박하고 농경 사회에서 절대
농지가 절대 부족한 지역이다. 살기 힘들었을 것이란 소리다. 북부
경북에서 가장 많은 볼거리는 서원이다. 북부 경북 자체가 퇴계 이황의
나와바리였고 그의 학맥이 주류인 지역이다. 정치적으로 남인南人의
입장이 강한 지역이다. 지금으로 보자면 정치적으로 야당 또는 재야
쪽이었다. 원론적인 입장이 강했고 따라서 현실정치에 대해 비판적인
자세였다. 여당이 아니었다. 현실정치에 대한 강한 비판의식을 가진
지역이었지만 세월이 흐른 지금, 대구 경북 지역에 대한 대한민국
사람들의 일차적인 이미지는 '제일 보수적인 동네'라는 것이다.

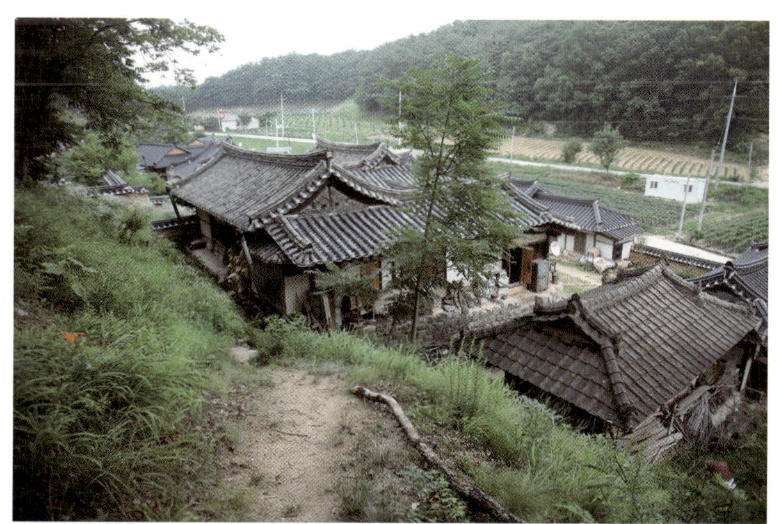

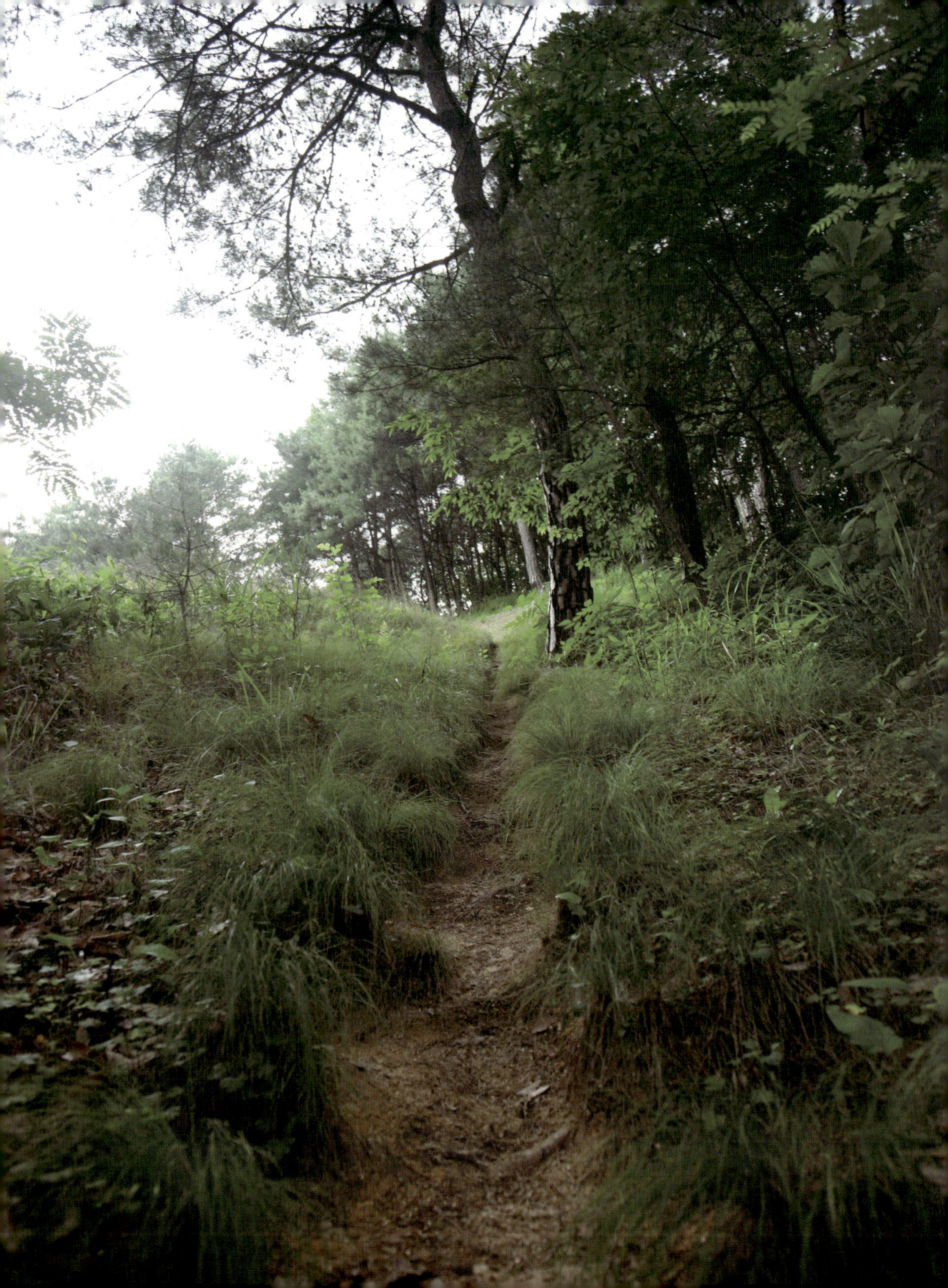

산으로 이어진 좁은 길의 포스가 심상치 않다.
정갈하다, 단아하다,
뭐 이런 단어가 적절해 보였다.

올라가봐야지.

정확하진 않지만 거의 정남향의 산소다.
역시 정갈하다.

동선이 명확한 저 발걸음의 흔적은 무엇인가?

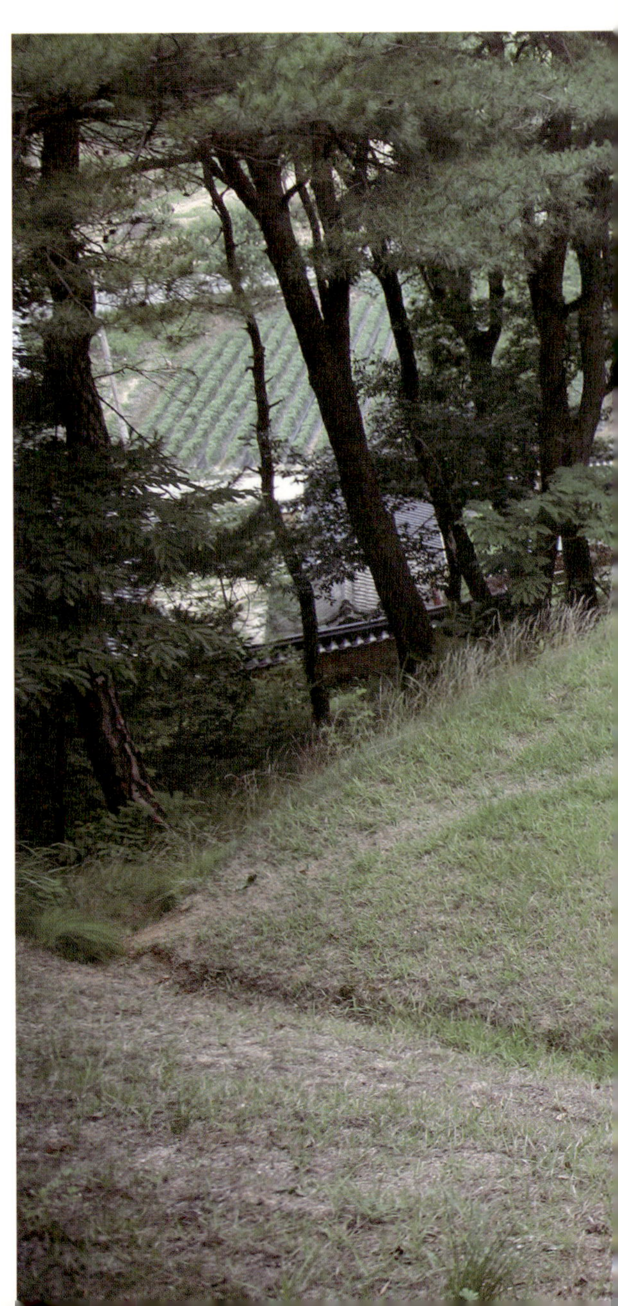

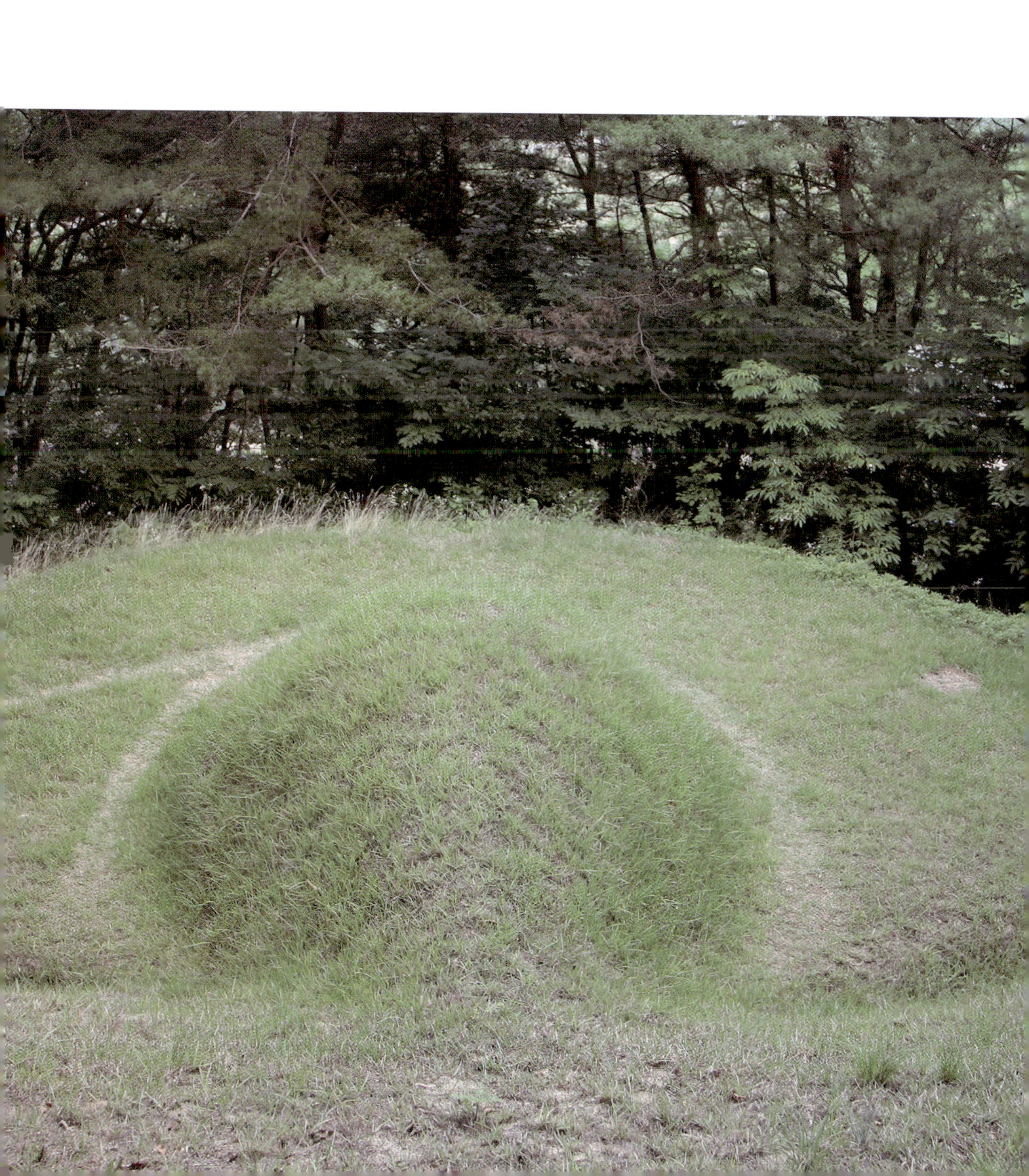

7시 34분.
어둑하다. 자연 상태 조명으로 더 이상 사진을 찍기 힘든 시간이
다가왔다. 가능과 불가능 사이의 이 시간 빛을 좋아한다.
물론 사진을 만들기는 참 힘들다.
이른바 트와일라잇.

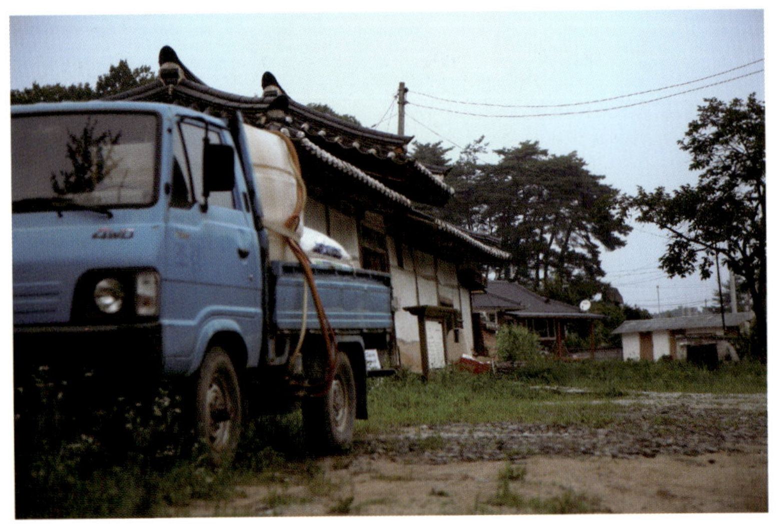

일단 봉화 읍내로 철수할 시간이다.
사진으로 보이는 밝기보다 실제 상황은 훨씬 더 어두웠다.
내일은 비가 오건 눈이 오건 바람이 불건 거시기하건
사진으로 결판을 봐야 한다.
좋다, 이런 상태.
빼도 박도 못하는 상태.

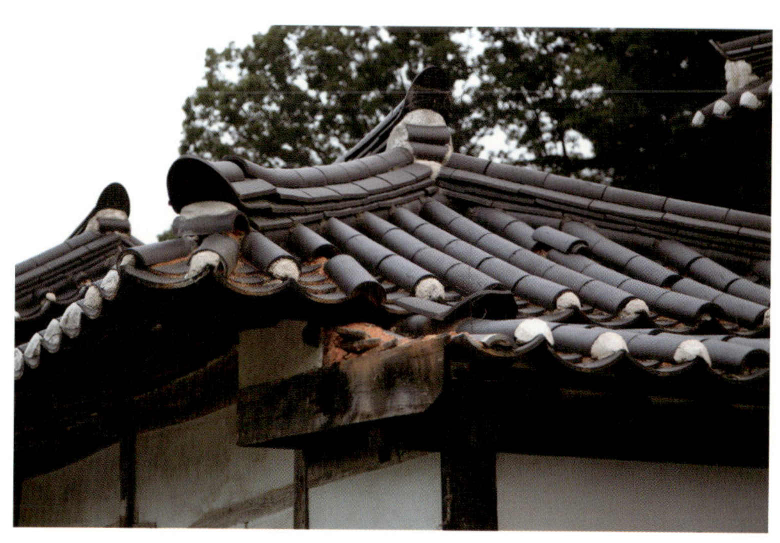

봉화 읍내 숙소에 짐을 풀고 저녁밥을 해결하러 나갔다.

2006년 겨울. 부석사에서 동해 바다 울진으로 넘어가기 위해 봉화군의 춘양면에서 차를 잠시 멈췄던 적이 있다. 아마도 농협에서 돈을 빼내기 위해서였을 것이다. 담배를 한 대 피우면서 주변을 살펴보았다. 심한 산골이란 생각이 들었다. 옛날이었다면 내가 이 길 위에 있을 가능성이 제로였을 것이다. 봉화. 험하기로 유명한 북부 경북에서도 가장 험한 산악 지형이다. 구례와 다르지 않아 저녁 8시 넘어 식당에서 밥 먹는 일이 쉽지 않았다. 역시 늦게까지 문을 여는 집은 고깃집이다.

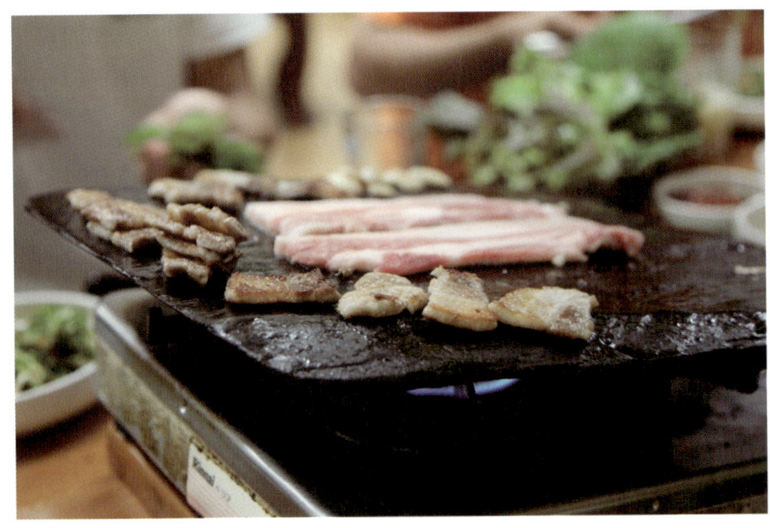

늦은 10시 25분. 숙소로 돌아왔다. 읍내 다리에서 키치적 풍미의 화려한
조명을 보면서 시골 몸뻬를 생각했다. 오랜만의 여관방은 익숙하지
않았다. 아주 오래전부터 간판이 여관이건, 장이건, 모텔이건, 호텔이건
어쩔 수 없이 들어가면 잠을 청하기 힘들었다.
방송 일을 하는 사람들이 머문 전국의 여관은 도대체 몇 개,
몇 날이나 될까. 작업에 나를 불러준, 은퇴를 앞둔 낡은 PD가 구례를
찾았을 때, 은퇴작으로 '객사客舍'라는 다큐멘터리는 어떨지 제안을
드렸다. 의미는 정확하지 않지만 '여관'이라고 하긴 그렇지 않은가.
이를테면 해남의 유선장, 쌍계사 입구의 청운장 같은 여관을 다룬다면
재미있을 것 같았다. 물론 나 역시 그런 여관들의 거의 마지막 모습을
사진으로 남기고 싶다는 생각이 있기에.
아버지가 생전에 경주 천마총 발굴 작업 취재를 위해 경주에 1년 정도
머물렀을 때 몇 번 경주를 찾았다. 경주 시내의 오래된 여관들이 좋았다.
자고 일어나면 방으로 밥상이 배달되었다.

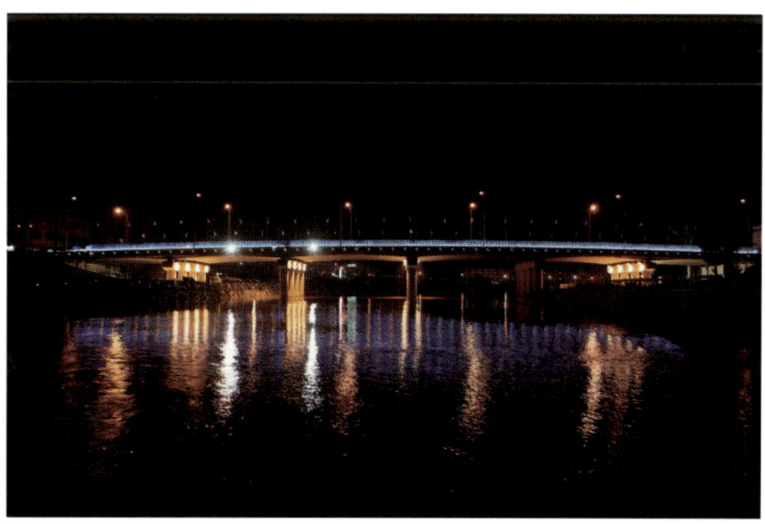

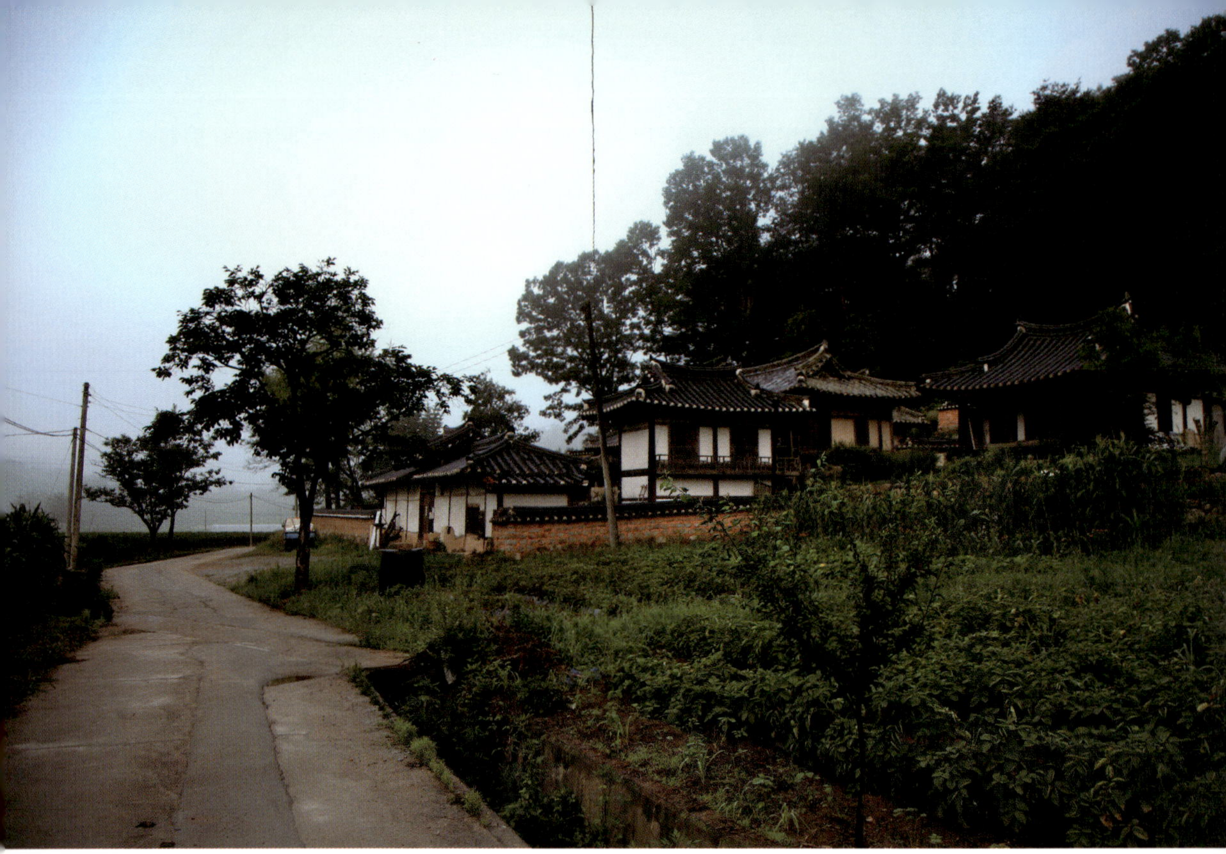

새벽 5시 33분. 촬영 팀보다 먼저 송석헌에 도착했다.
어제 오후와 별반 다르지 않은 빛 상태였지만
아침은 아침의 분위기가 있다.
대문은 잠겨 있다. 주변을 돌면서 사진을 찍었다.

하루가 지났지만 나는 여전히 송석헌 속으로 진입하지 못하고 있었다.

고택의 문을 여는 인기척이 들렸다.

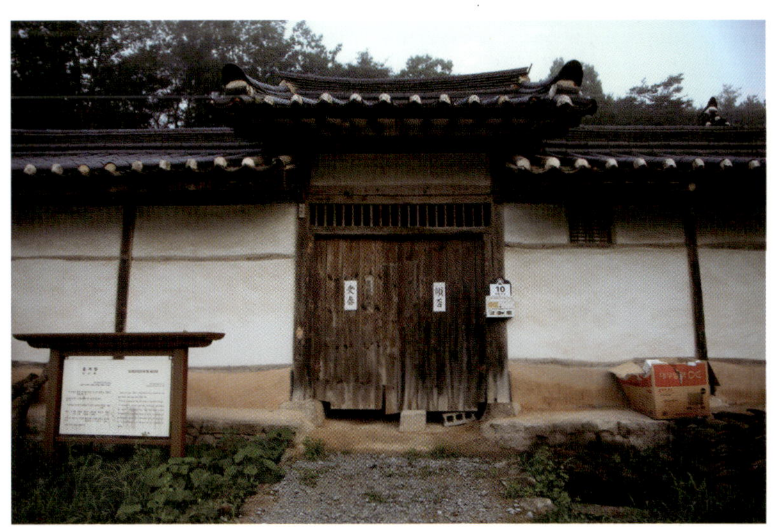

2010년 7월 9일 금요일 새벽 5시 39분.

문이 열렸다. 갓을 쓴 어르신이 문을 열었다.

급하고 어색하고 중구난방인 이유를 말씀드리고 안으로 들기를 청했다.

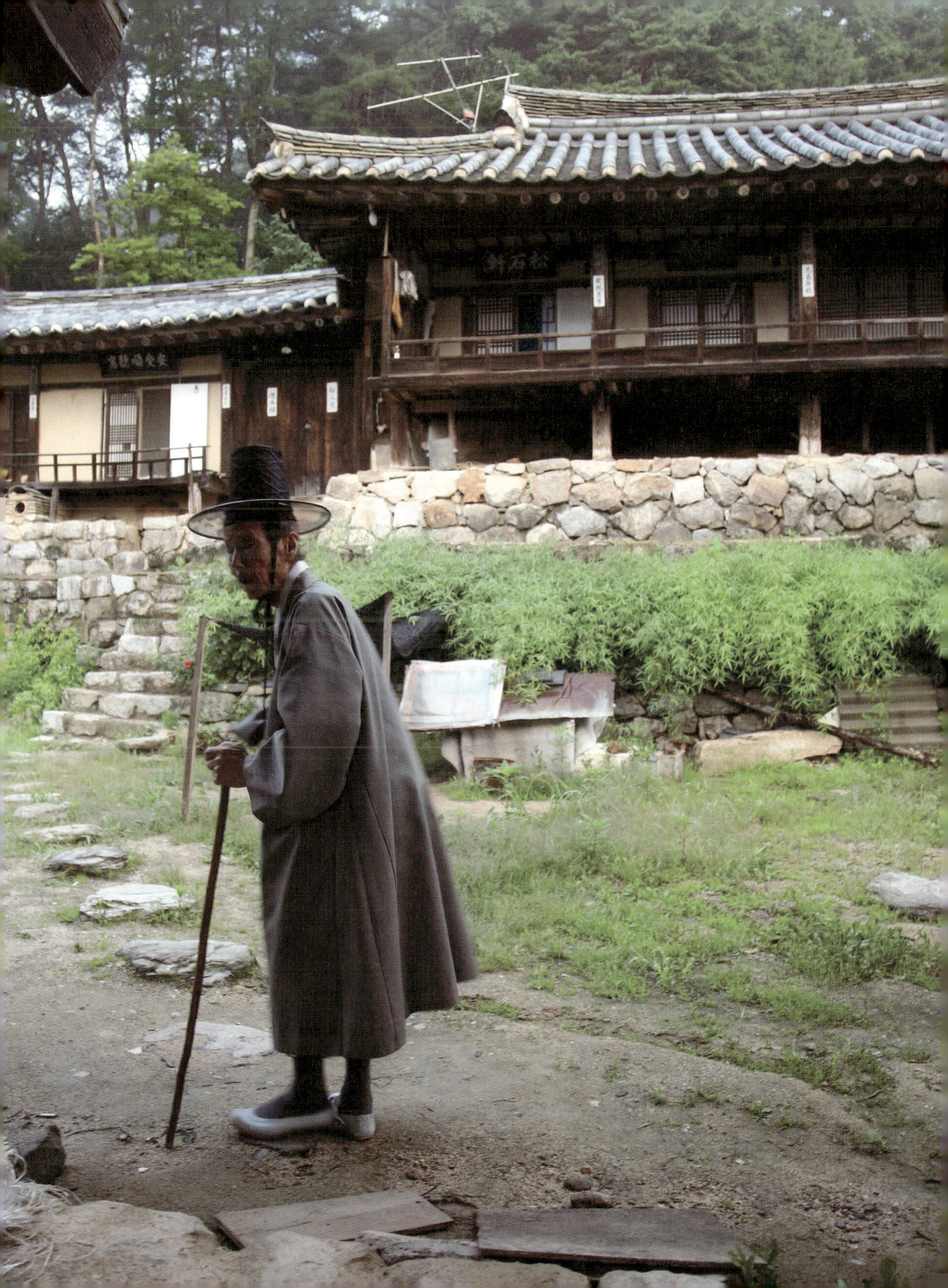

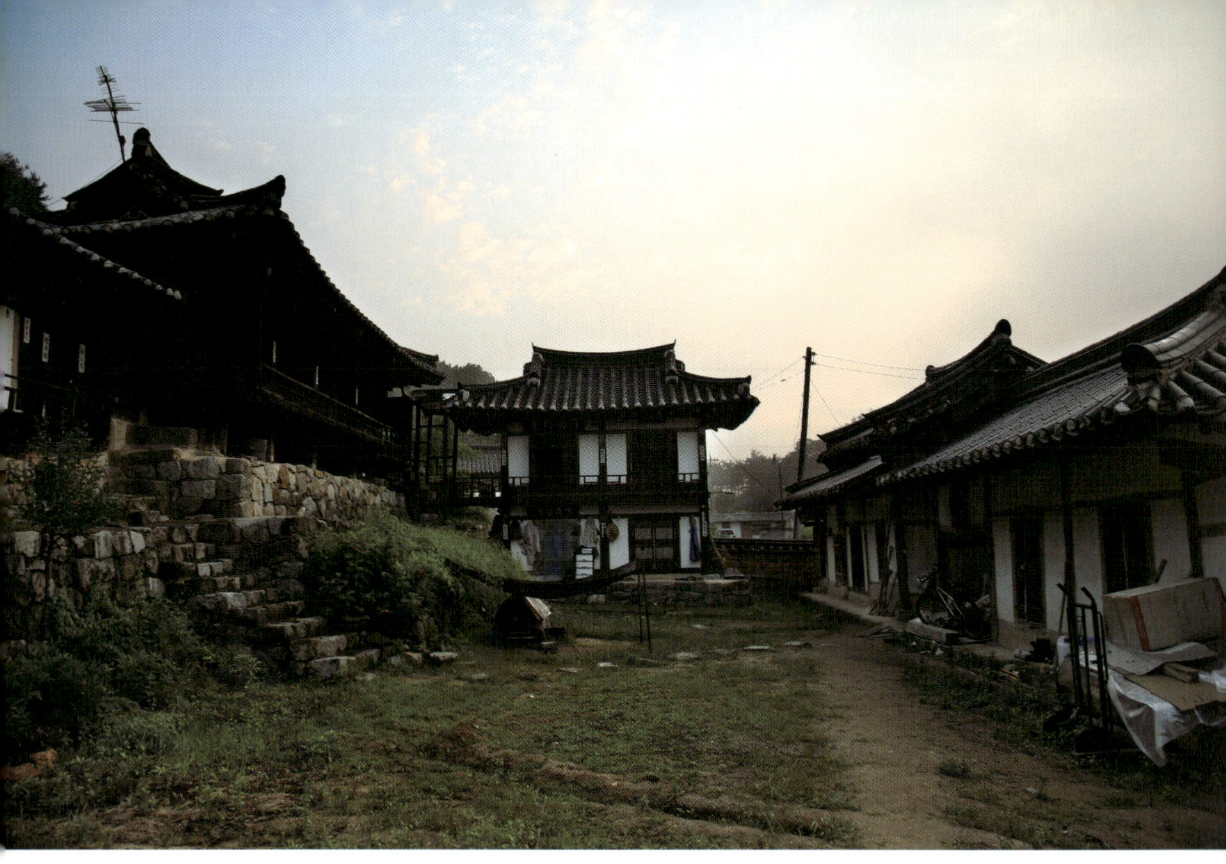

해의 기운으로 봐서 집은 남쪽으로 치우친 동남향이었다.
아침 해가 오르기 전에 송석헌 마당에서 집의 전모와 대면했다.
묘했다.
그리고 바로 노인을 따라야 했다.

갓을 쓴 노인이 마당을 가로지른다.

느껴지는 속도는 느린데 실제 이동은 빠르다.

그것은 느리지만 반복된 행동이 보여주는 '익숙함'이란 속도일 것이다.

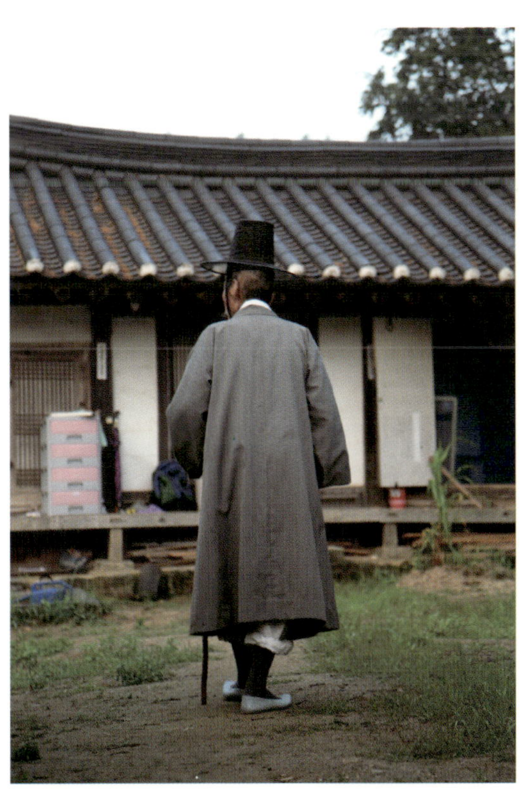

노인은 흔들렸지만 확고하게 걸음을 옮겼다.
카메라의 모드와 몇 가지를 조정해야 했는데 도저히,
"어르신, 잠시만"이라는 말이 나오지 않았다.

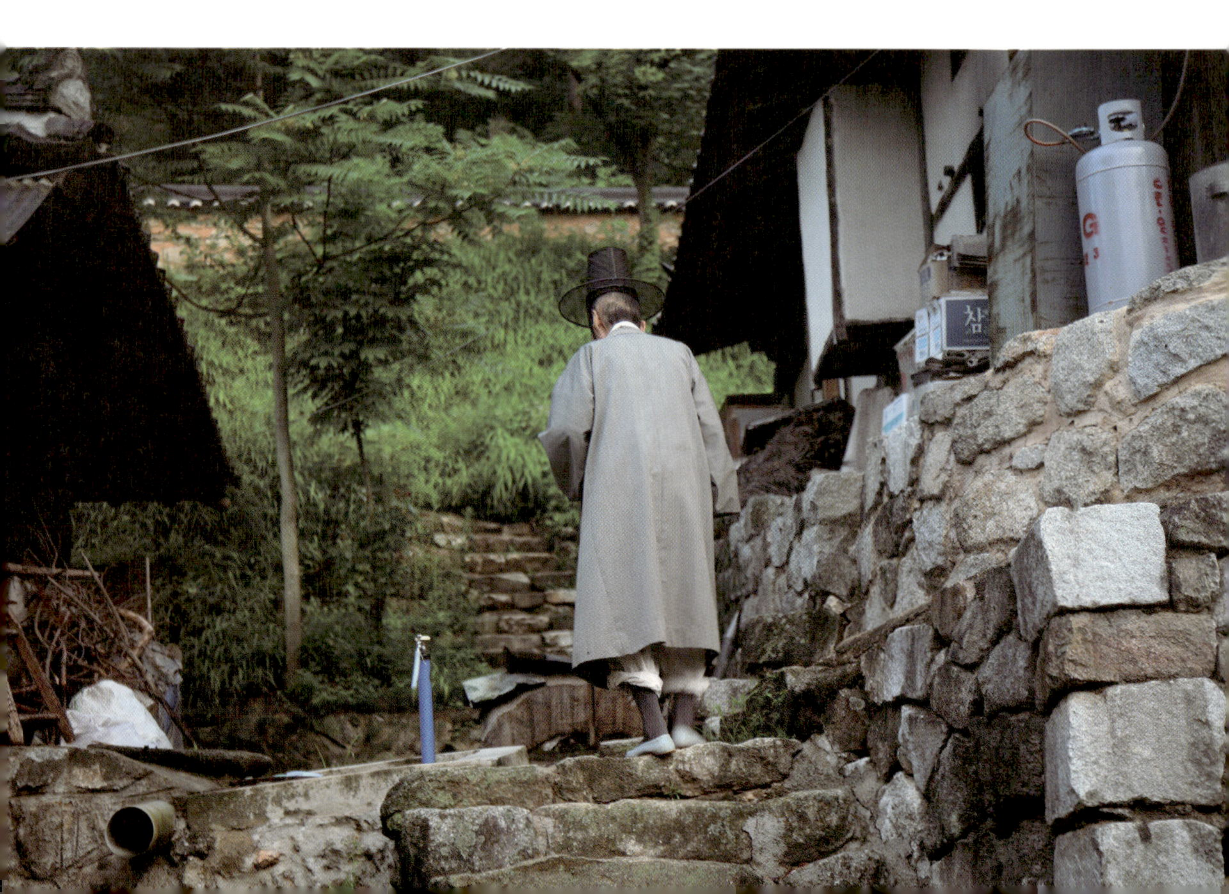

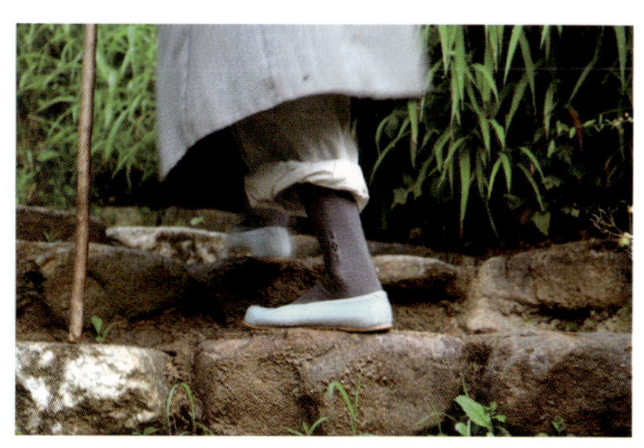

노인은 그냥 노인이 해야 할 일을 할 뿐이었다.
뒤따르며 급하게 카메라를 만졌다.

바람을 찍는 것도 아닌데 연사모드로 설정했다.
이른 아침 고택에서 셔터 소리는 유난했다.
하지만 노인은 전혀 개의치 않았다.

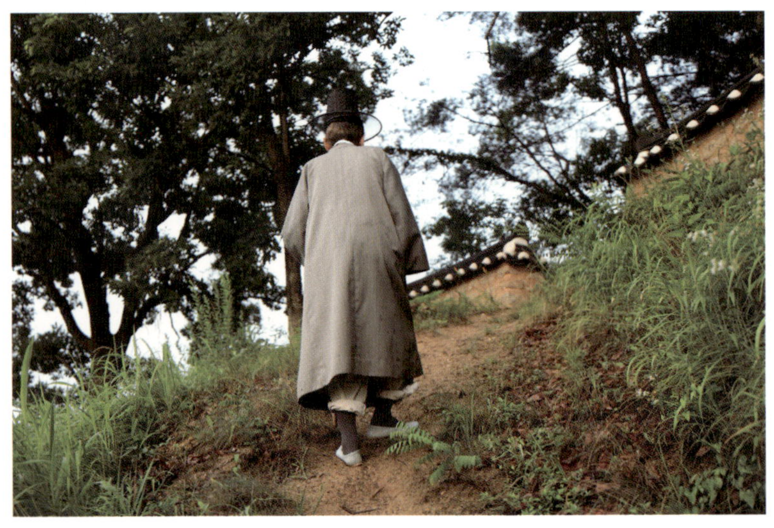

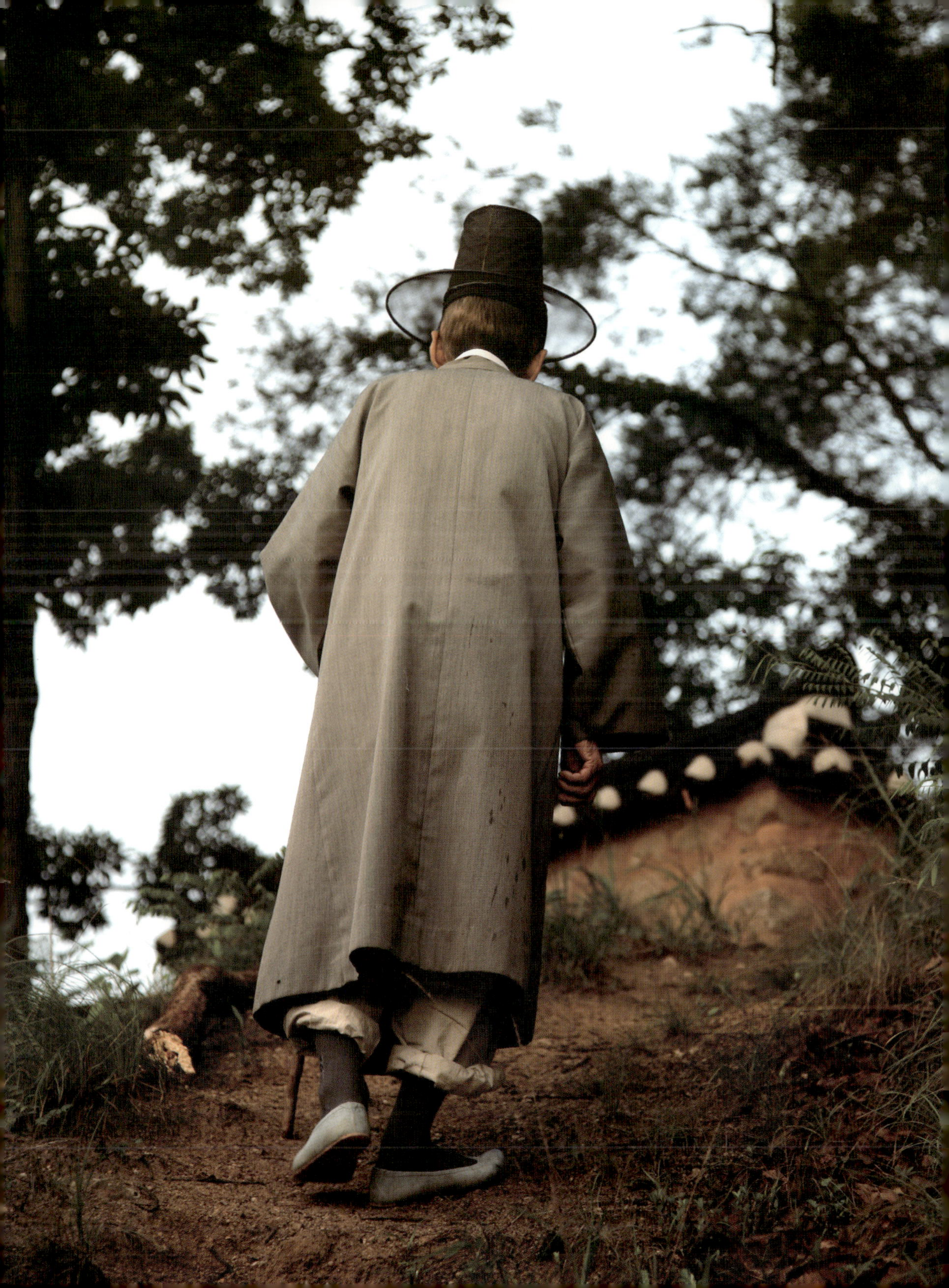

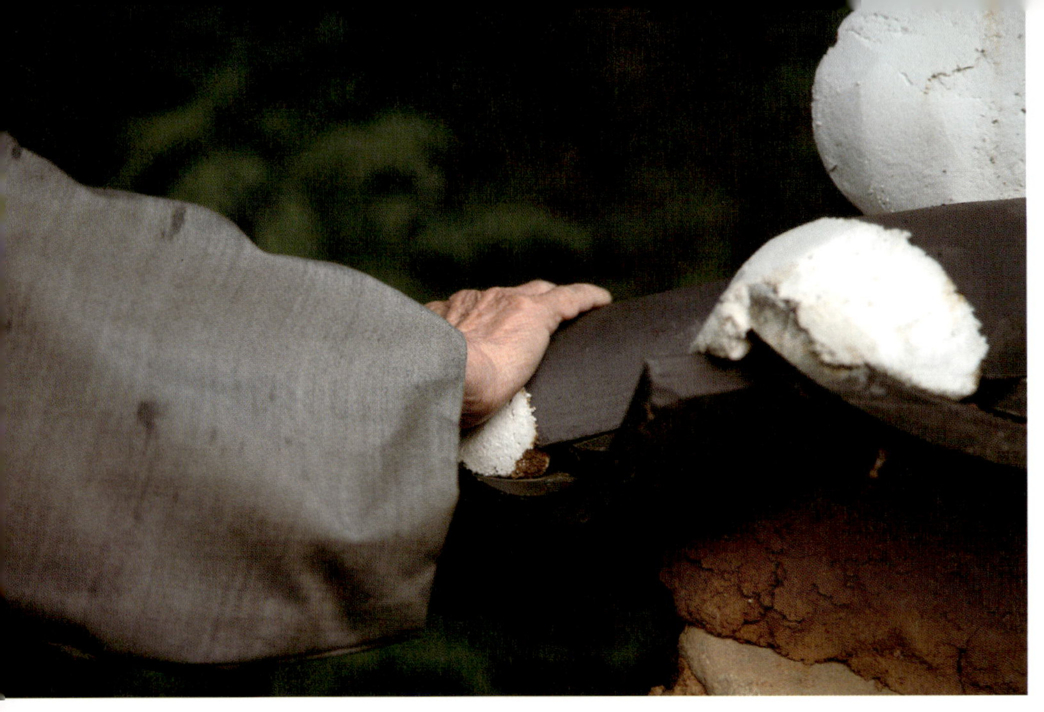

담장에서 잠시 숨을 고르셨다.
나는 카메라를 조금 더 어둡게 설정했다.
어두워서 좋은 사진을 뽑아내기가 힘들지만 나는
이번 사진이 묵직해야 한다고 판단했다.
연사로 두고 찍다 보면 한 장은 걸릴 것이다.

마치 하나의 연결 동작인 듯,

노인은 다시 빠른 속도로 어제의 그 정갈한 언덕길을 오르셨다.

경사가 쉽지 않아 내 호흡이 거칠었다.

카메라에 코를 처박고 거의 뛰는 걸음으로 사진을 찍었다.

파인더는 호흡으로 흐려졌지만 그냥 붉은 포커스 점만 노리고

셔터를 눌렀다.

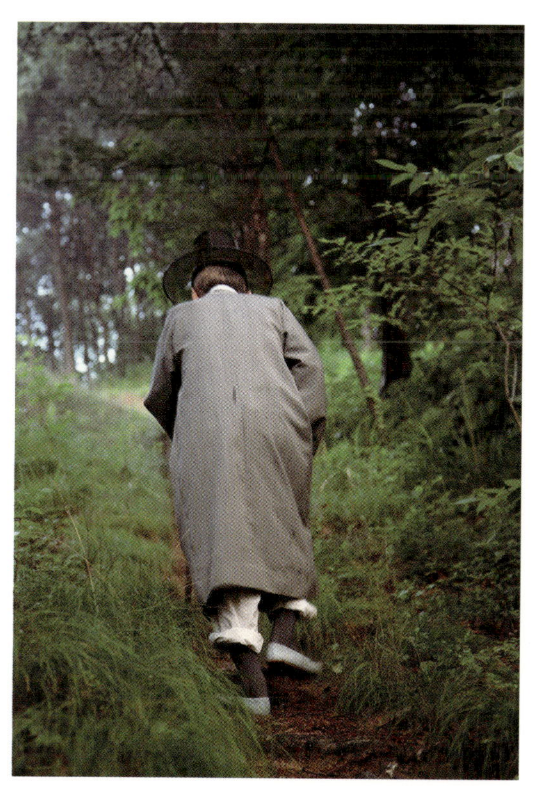

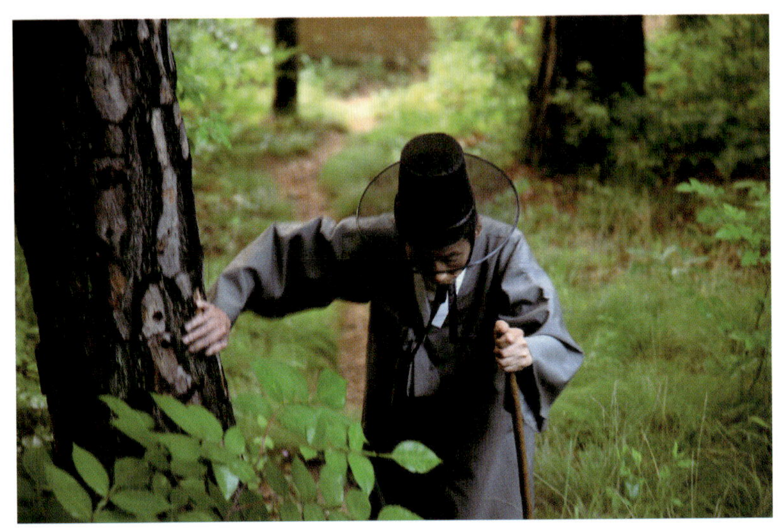

옆으로 달려 노인을 앞질렀다.
실례고 뭐고 겨를이 없었다.

언덕길을 거의 다 올라서서 다시, 노인은 숨을 고르셨다.

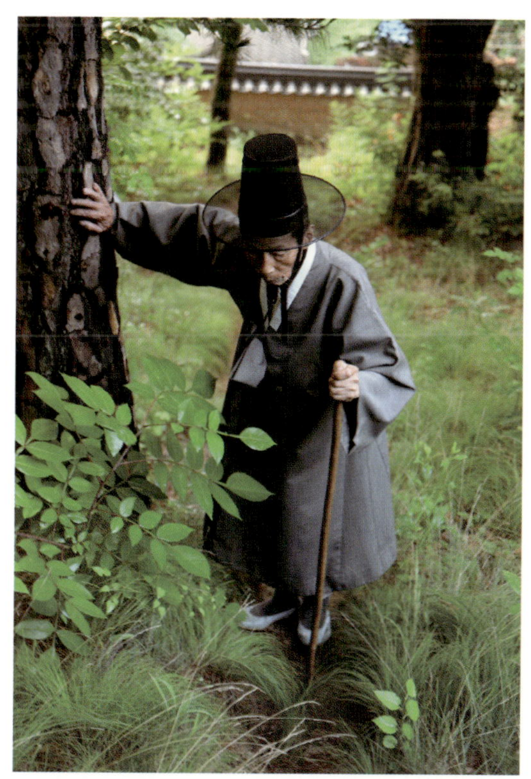

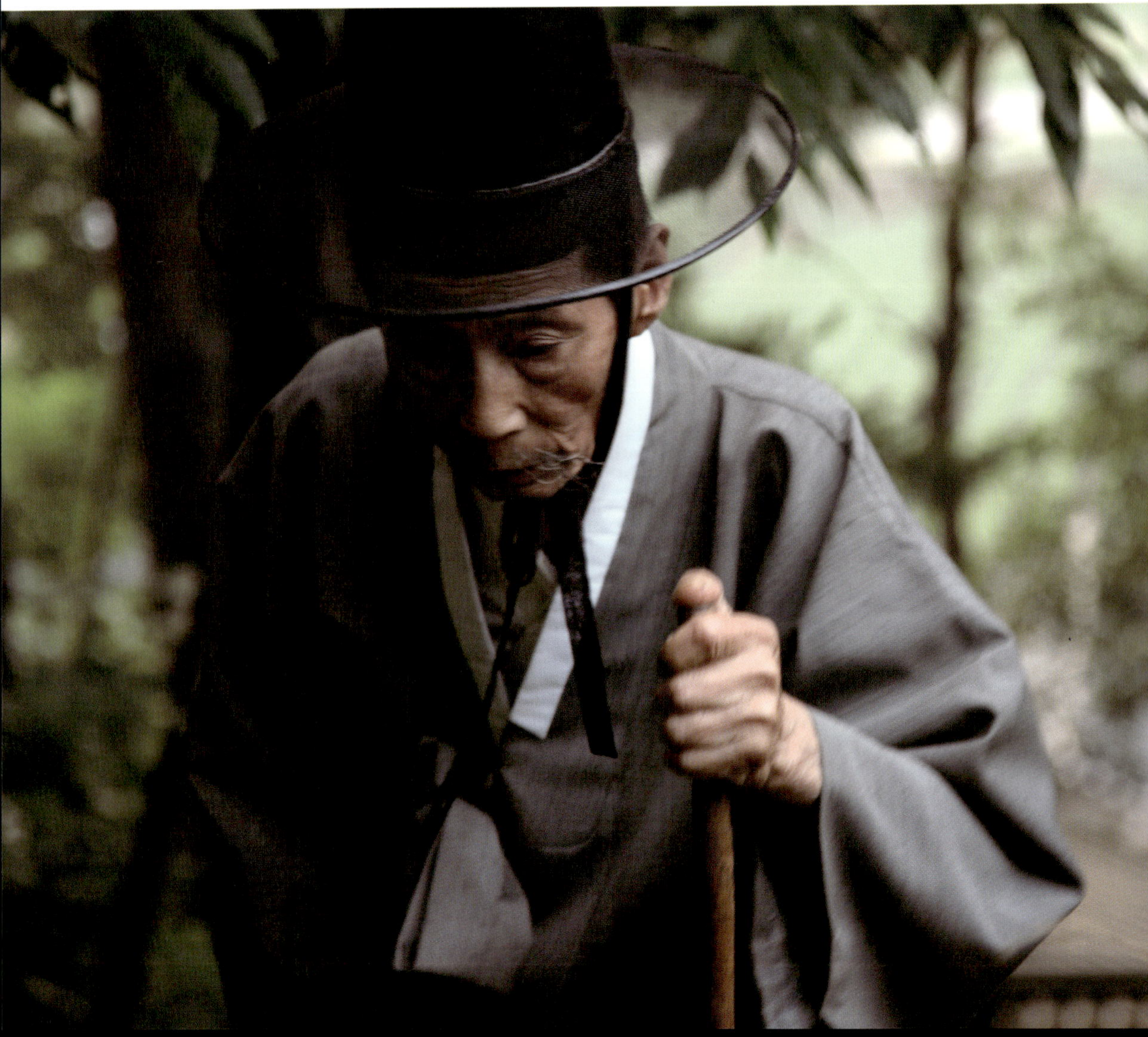

지팡이를 꽉 쥔 손을 찍고 싶어서 단 1초의 멈춤이 간절했지만
역시 요청할 수 없었다.
매일 아침, 그리고 매일 저녁 이 산을 오르는
노인의 의지를 표현하기 위해서는 지팡이를 쥔 저 손을 찍어야 한다고
머리는 판단했지만 나의 호흡은 너무 거칠었다.
이 순간이 지나면 다시는 나에게 기회가 오지 않을 것이다.

그리고 나는 기회를 놓쳤다.

부모님과 조상님들의 산소가 있는 집 뒤의 산.
하루 전, 노인이 오른 언덕길이 참 정갈하다는 생각이 들었는데
이 아침에 주관적인 해석으로 명확한 이유를 알았다.
그 길은 오직 하나의 목적만을 위한 길이었다.
그 길에는 잡념도 공상도 없었다.

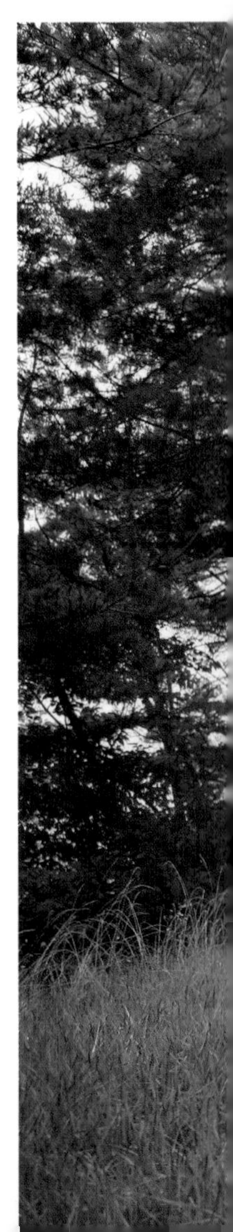

부모님과 조상님들의 산소가 있는 집 뒤의 산.
하루 전, 노인이 오른 언덕길이 참 정갈하다는 생각이 들었는데

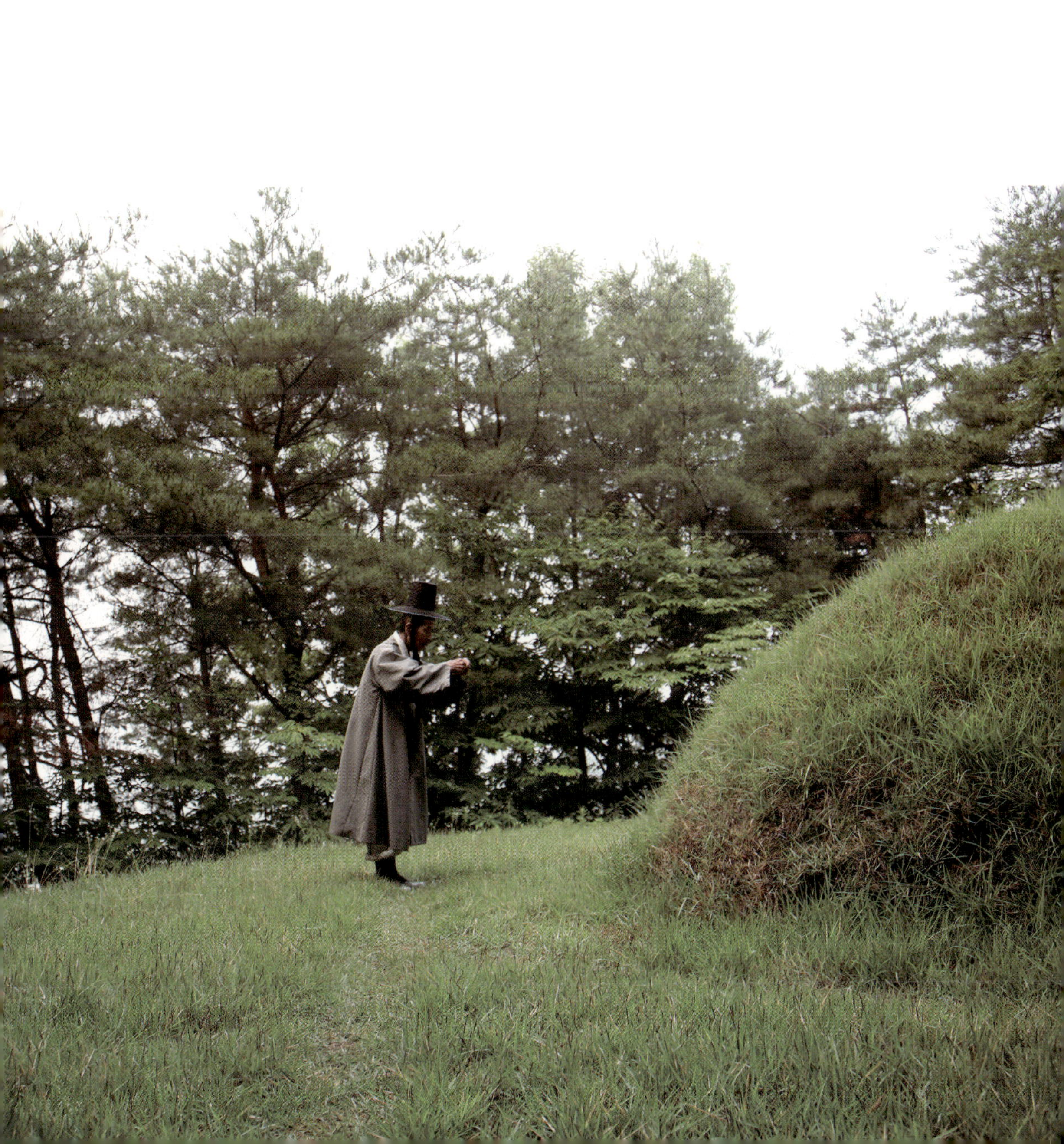

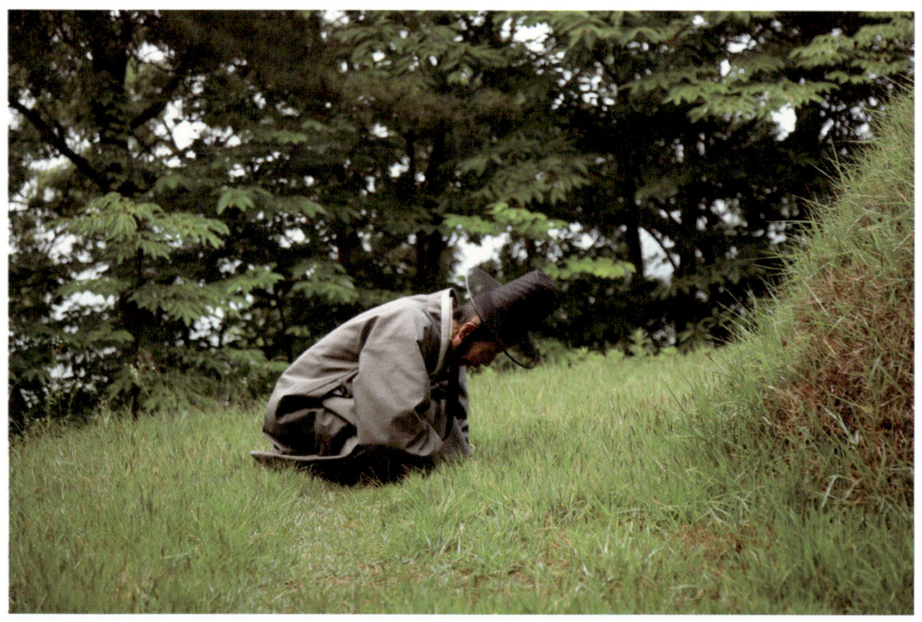

산소를 둘러보신다.

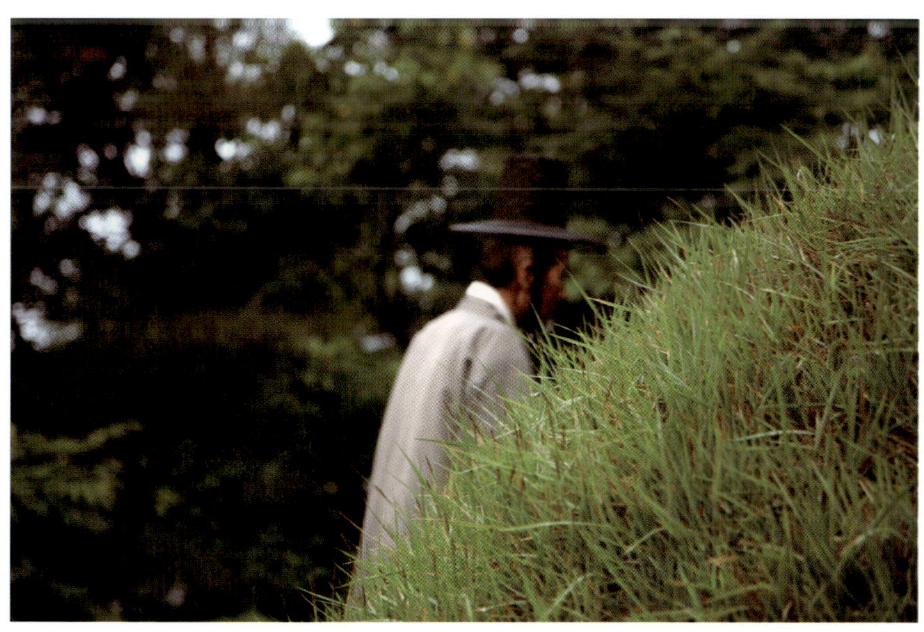

산소를 둘러보신다.

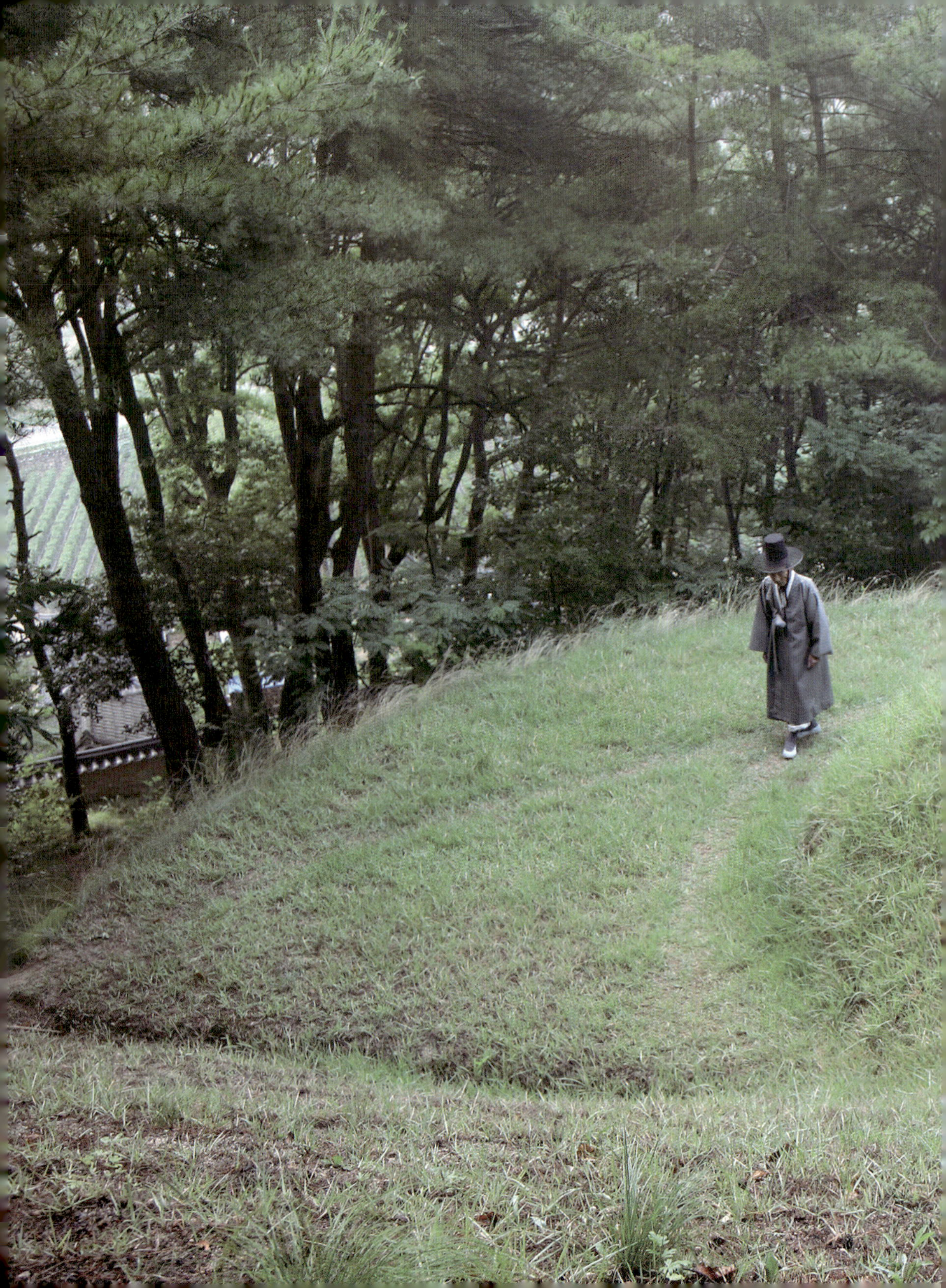

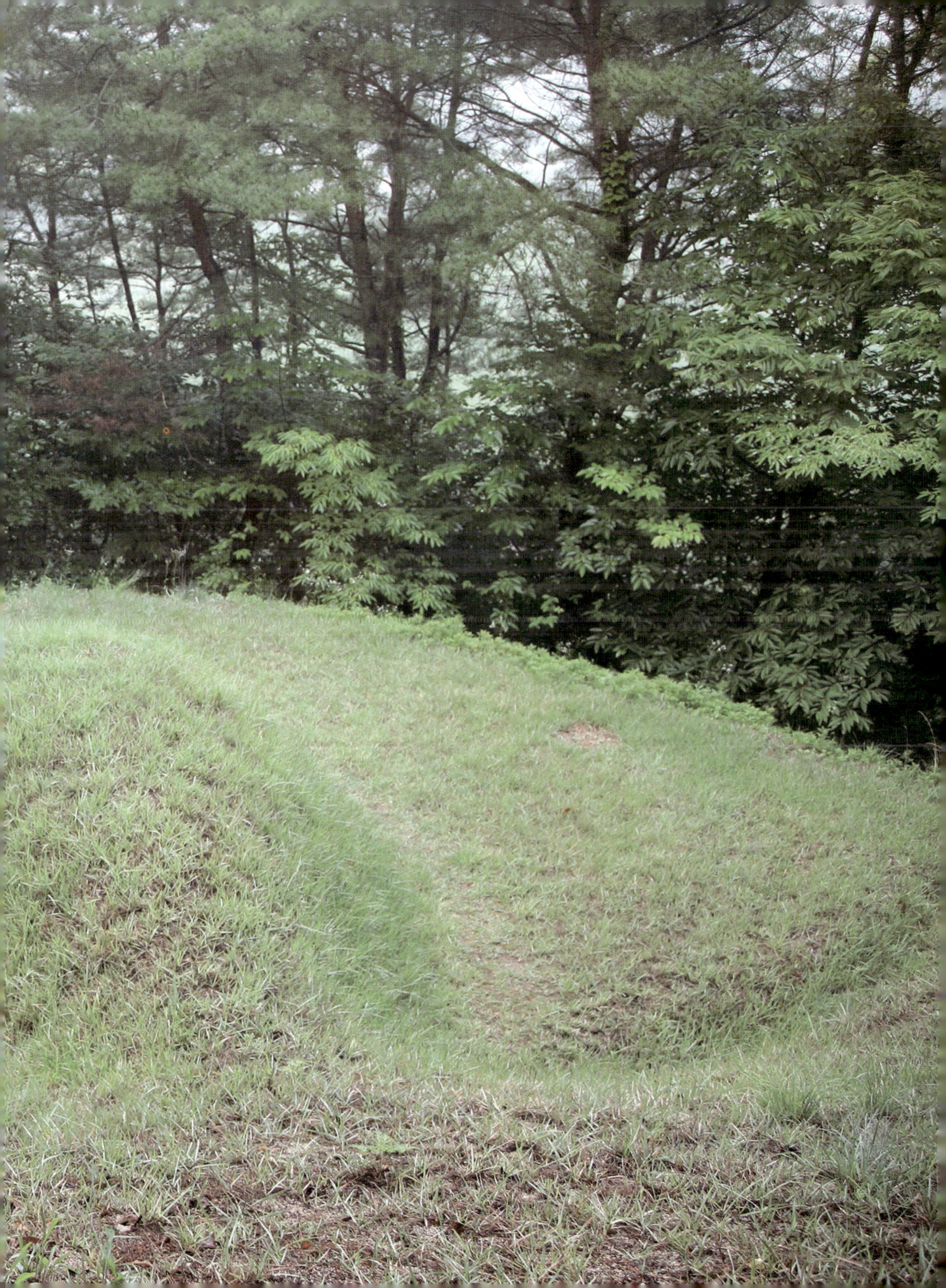

흔적은
오로지

흔적은
오로지

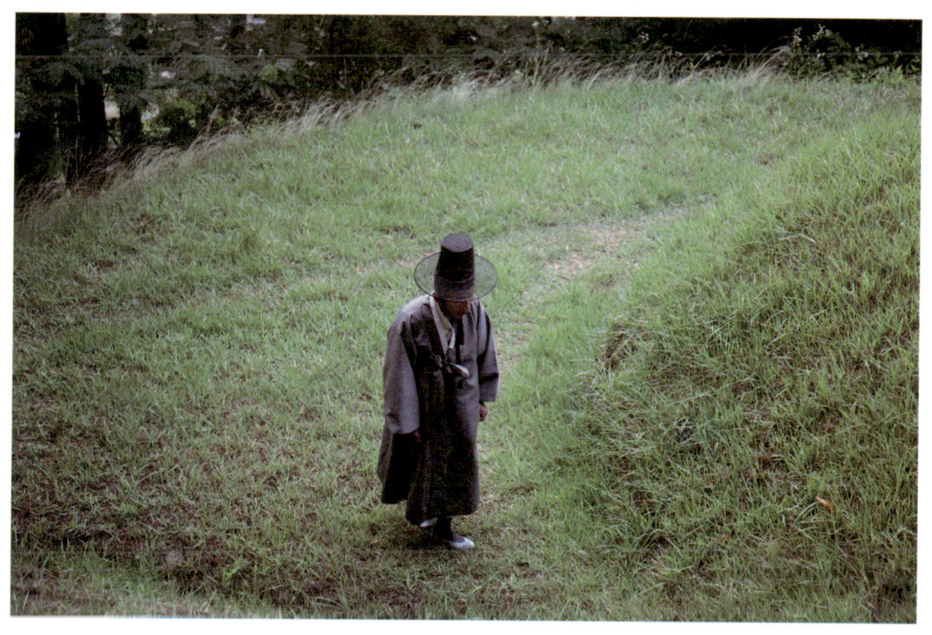

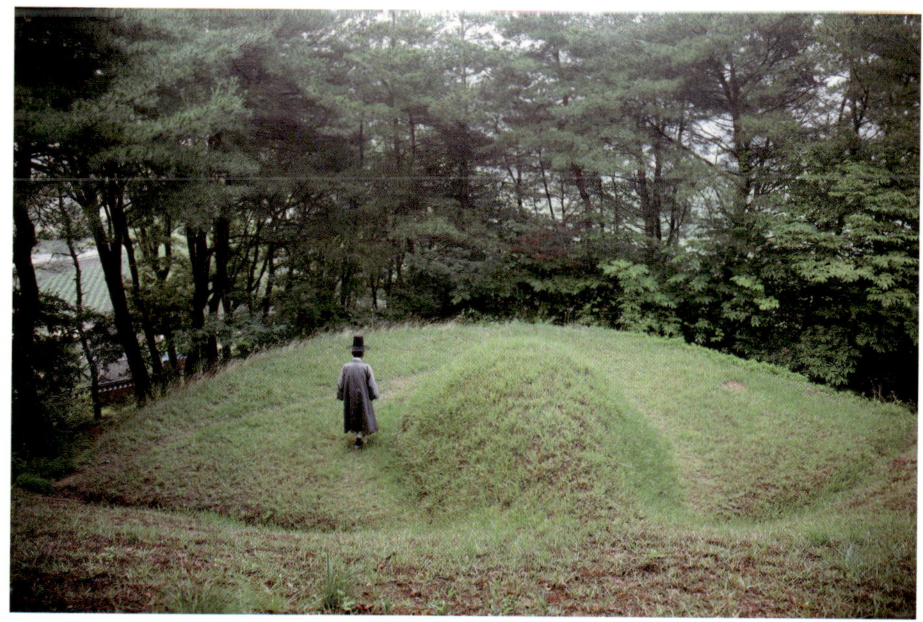

한 사람의 반복된 동선이 만들어낸 것이었다.

한 사람의 반복된 동선이 만들어낸 것이었다.

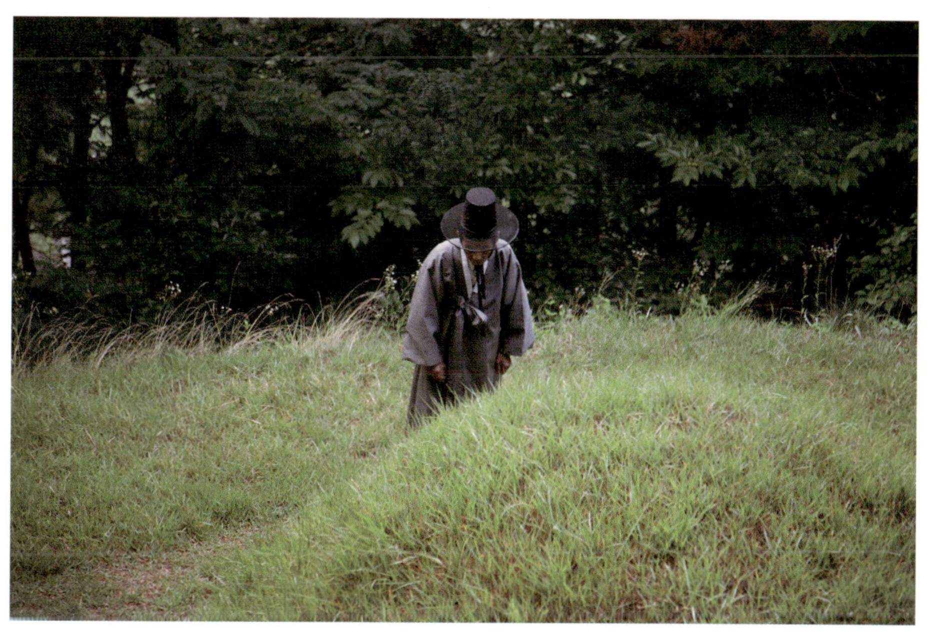

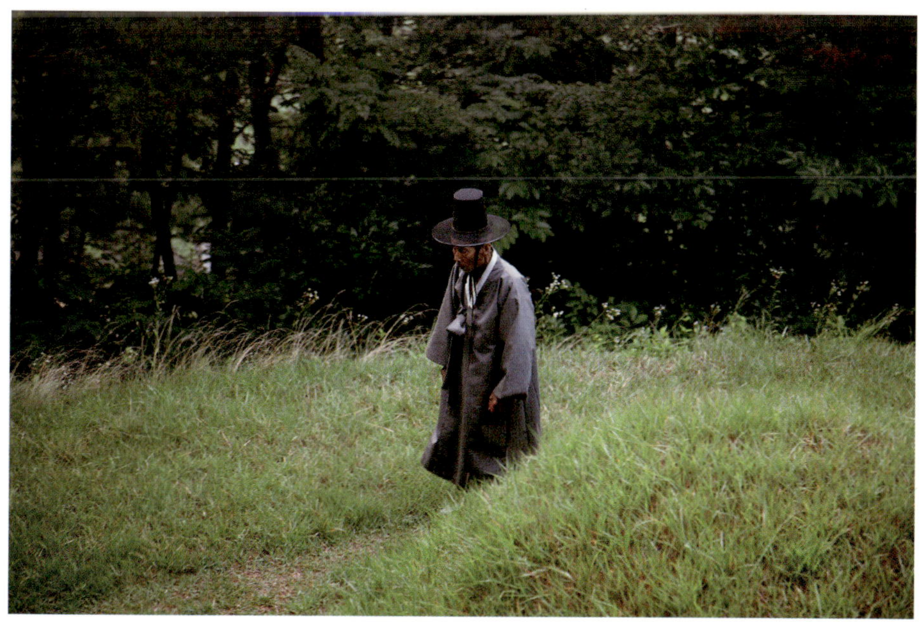

다시 인사를 드리고

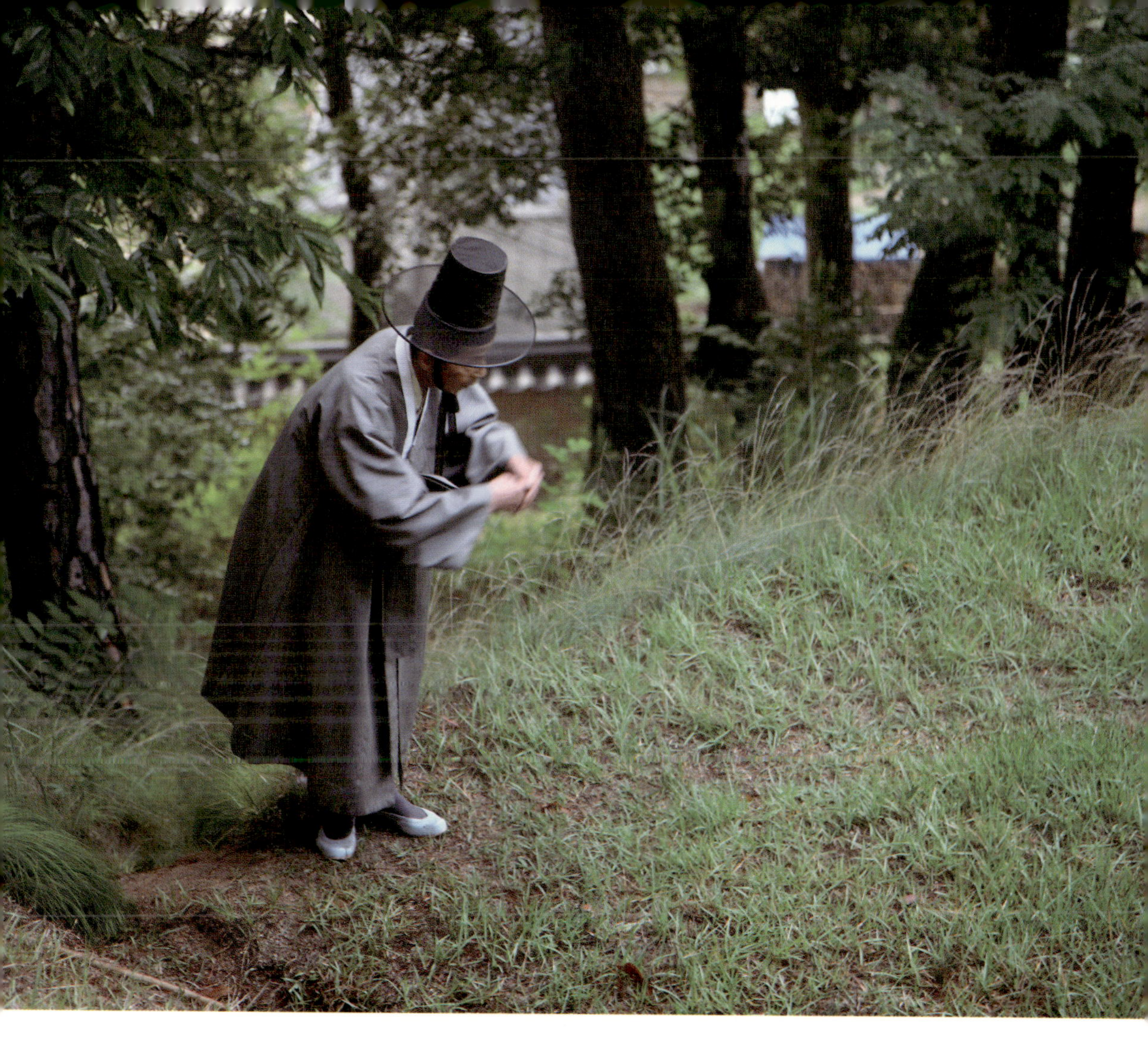

올라섰던 길을 내려서신다.

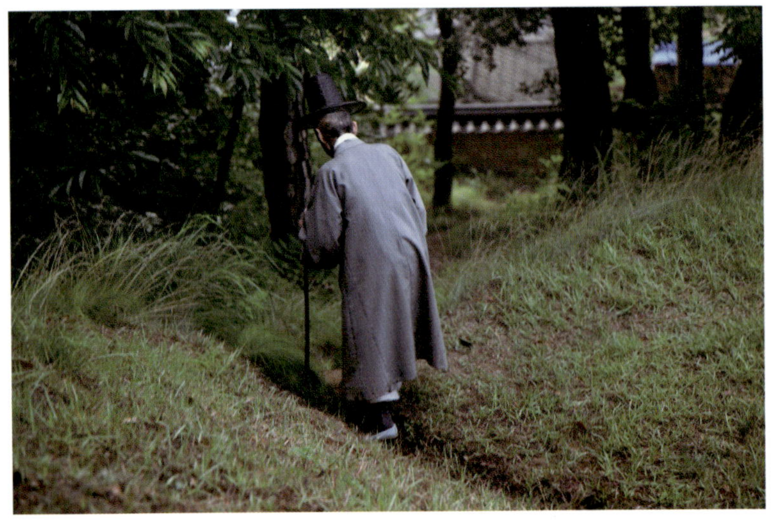

중간에 한 번 쉬시지 않았다.

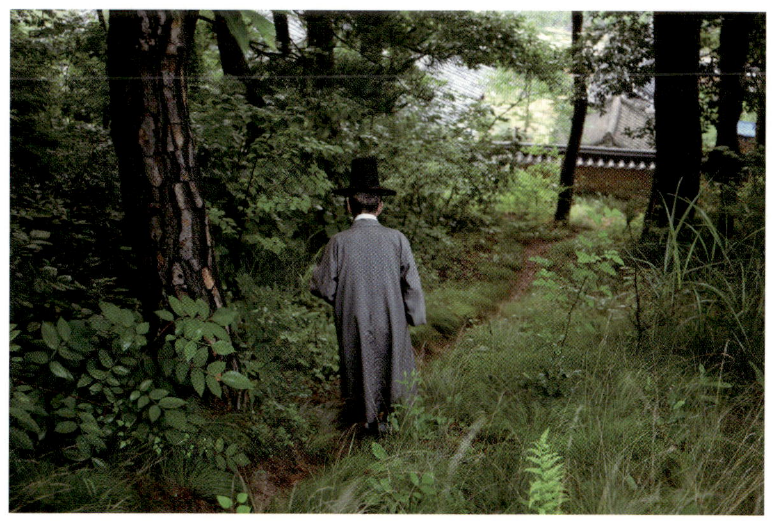

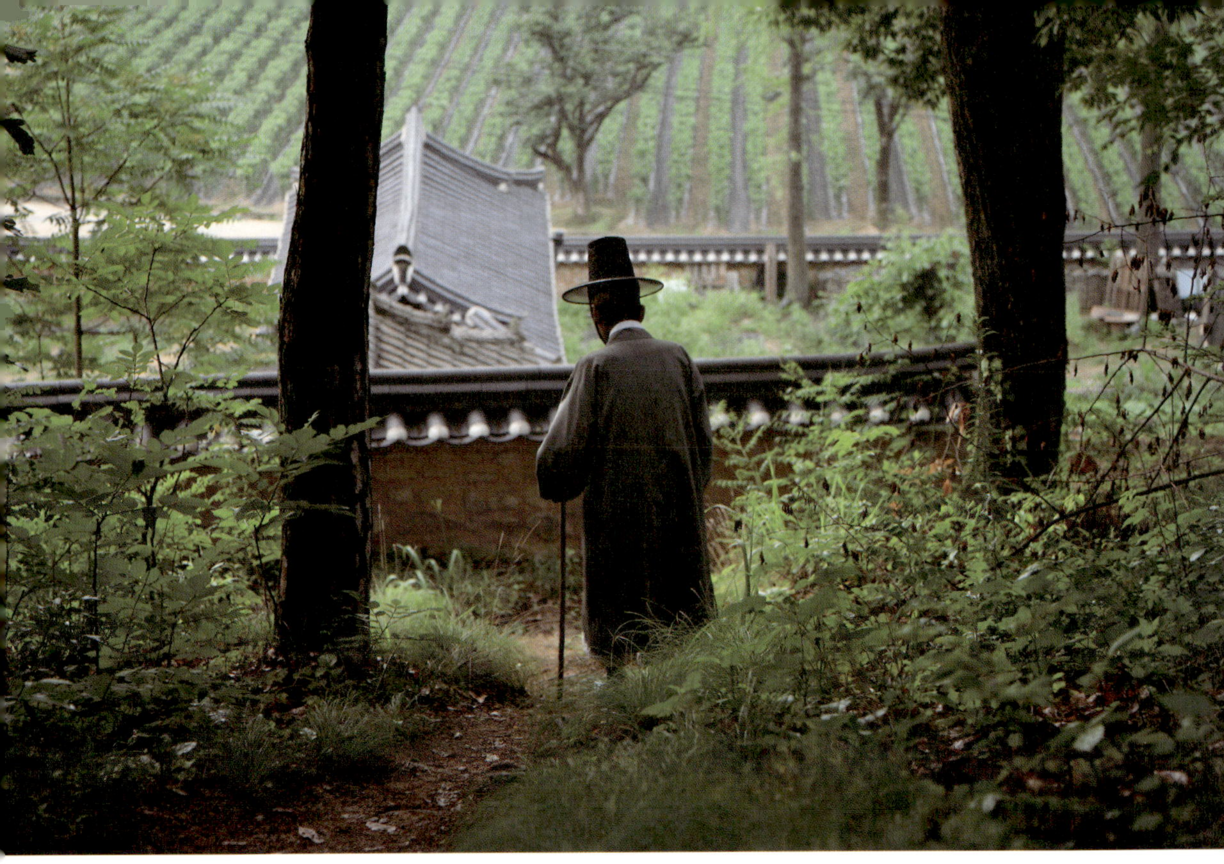

담벼락에 도착해서

잠시

아주 잠시

숨을 고르셨다.

노인의 어깨에서 '오늘도'라는 안도의 한숨을 보았다.

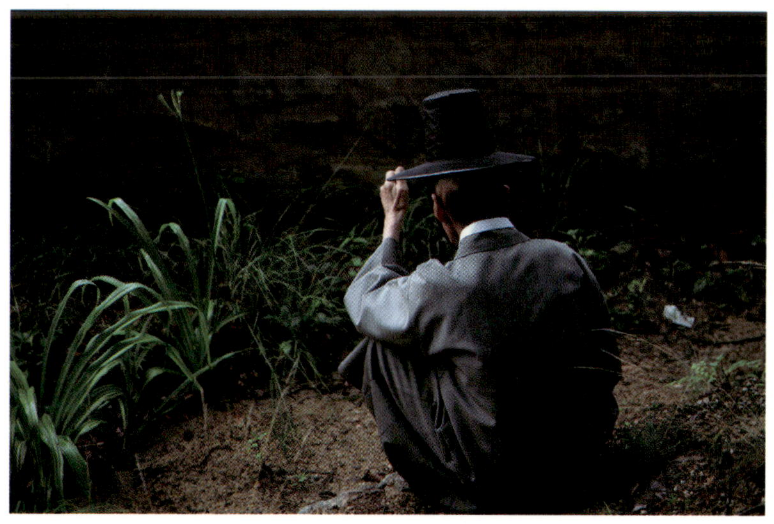

노인의 어깨에서 '오늘도'라는 안도의 한숨을 보았다.

그리고

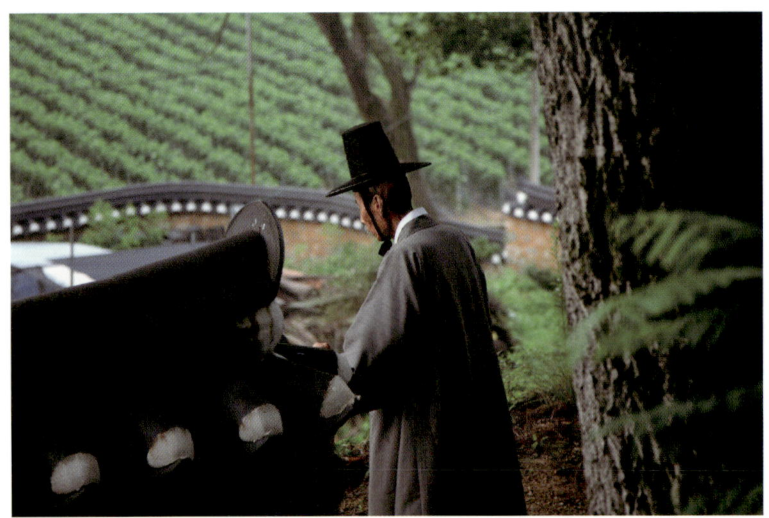

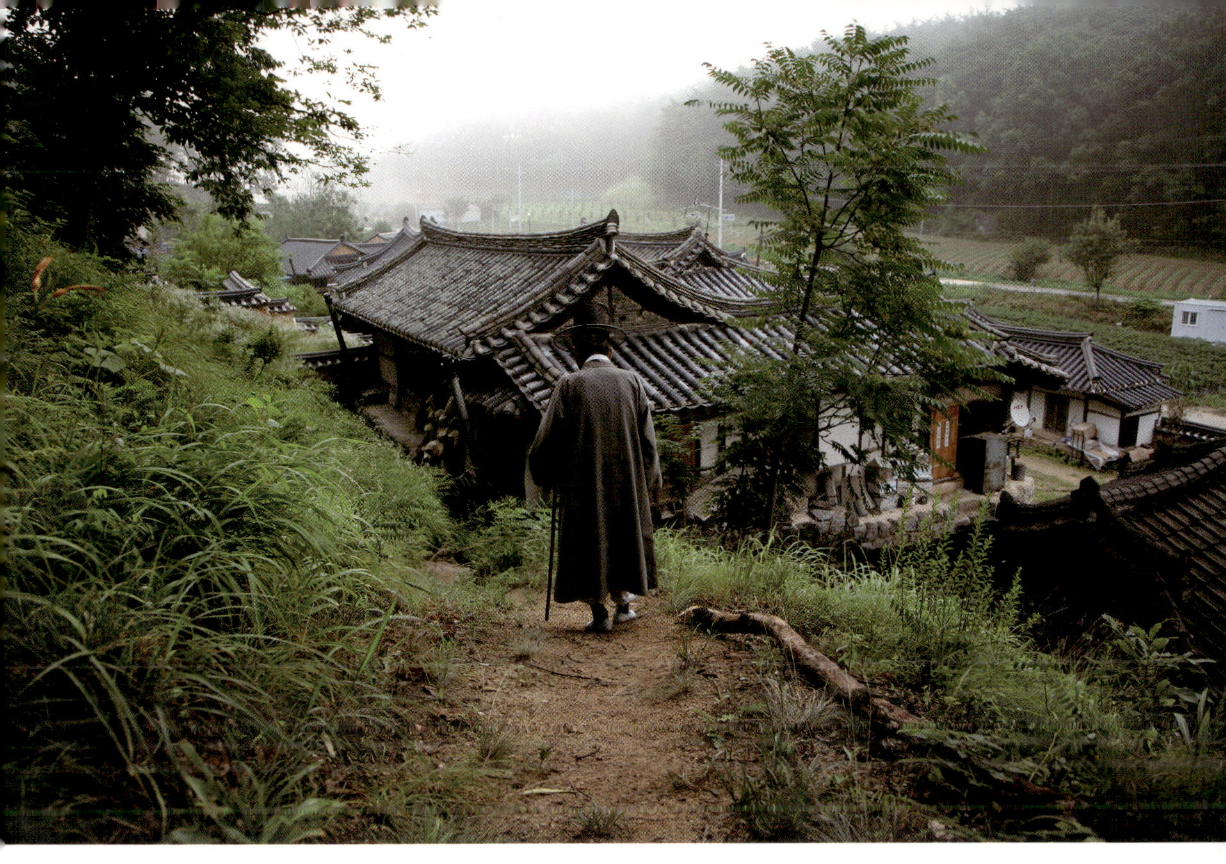

다시 내려선다.
몇 장을 연이어 찍었다.
노인과 집은,

하나였다.

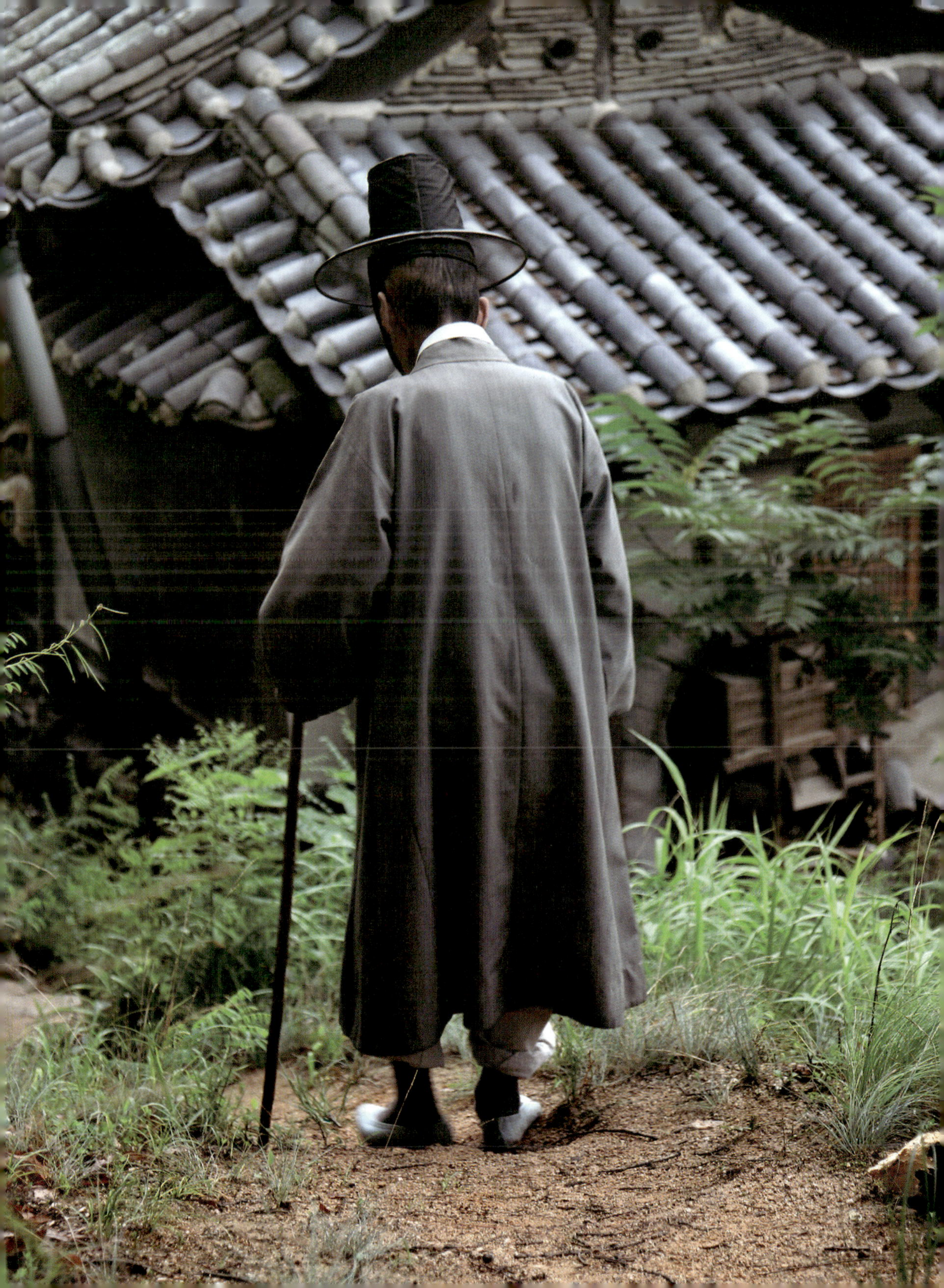

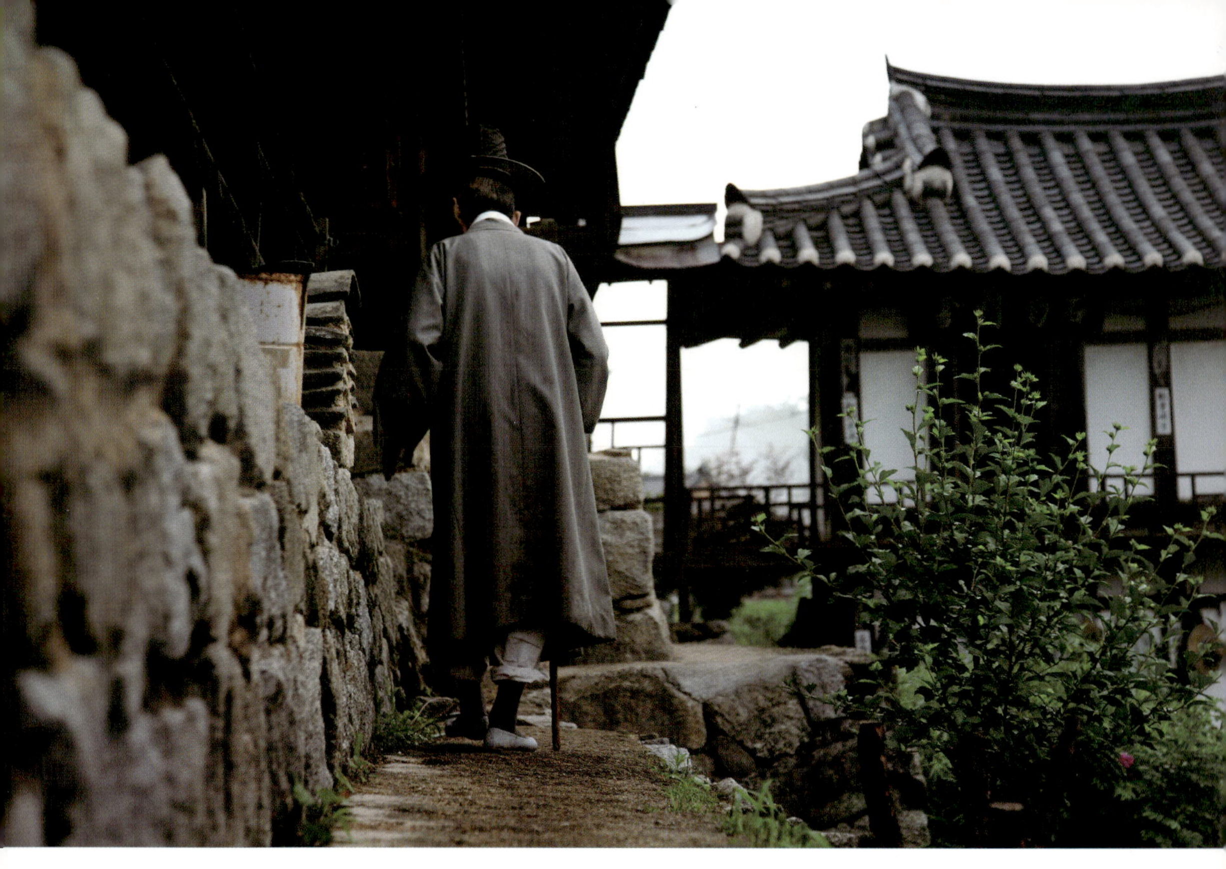

중요한 일과를 성취한 사람의,

아주 느린 걸음으로

마루를 올라 방으로 드셨다. 5시 55분.

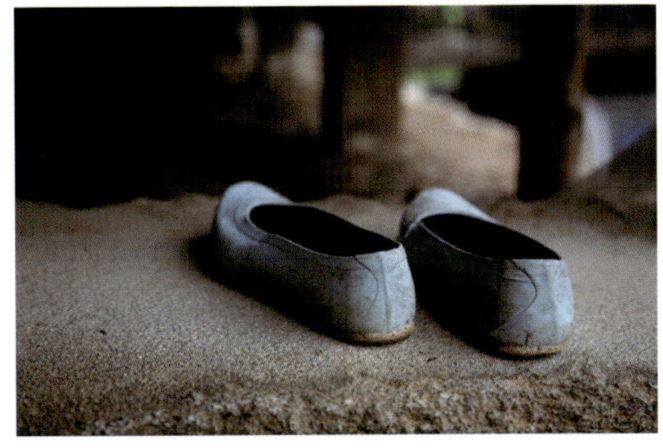

불과 16분 동안의 일이었다.
200번 정도 셔터를 눌렀다.
카메라를 던져놓고,
헐떡이는 내 호흡을 진정시켜야 했다.
왜 아주 많은 시간이 흐른 듯한 느낌을 받았을까.

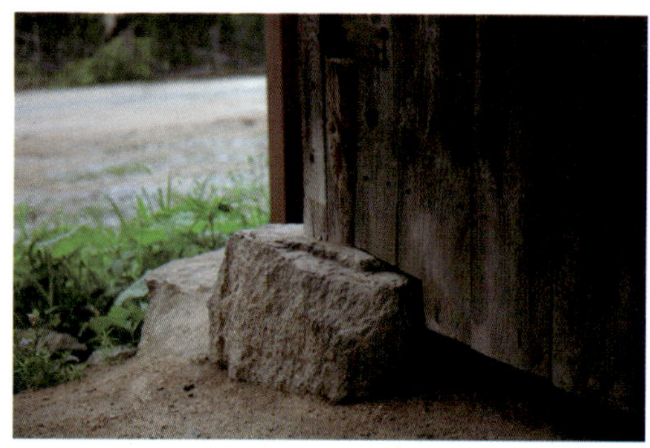

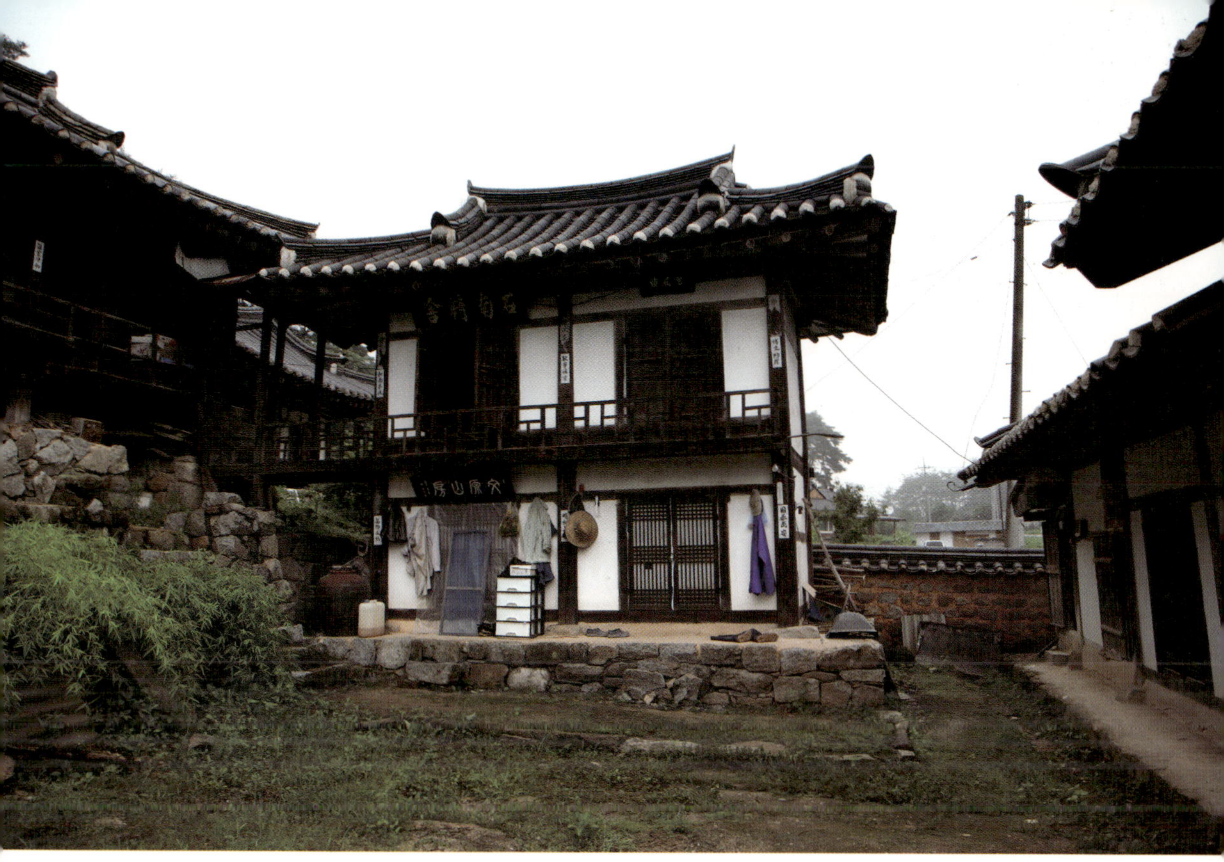

아침 8시 전에 집에 대한 촬영을 끝내는 것이 좋을 듯싶었다.
해가 많이 올라온 다음의 장면은 이미 찍은 사진들과
어울리지 않을 것 같았다.
차라리 흐린, 차라리 어두운.
더 짙은 안개였다면 좋을 것 같았다.

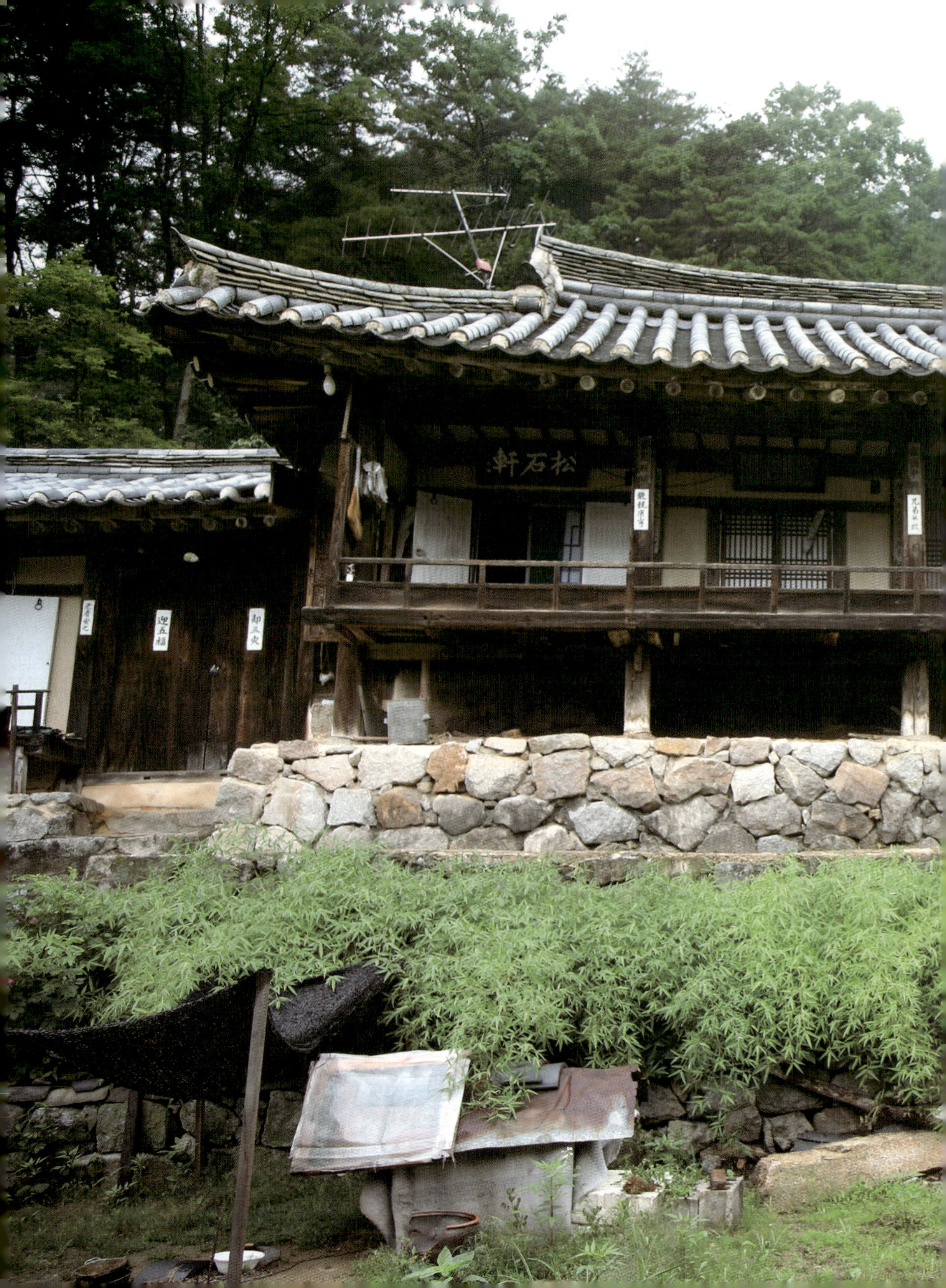

松石軒

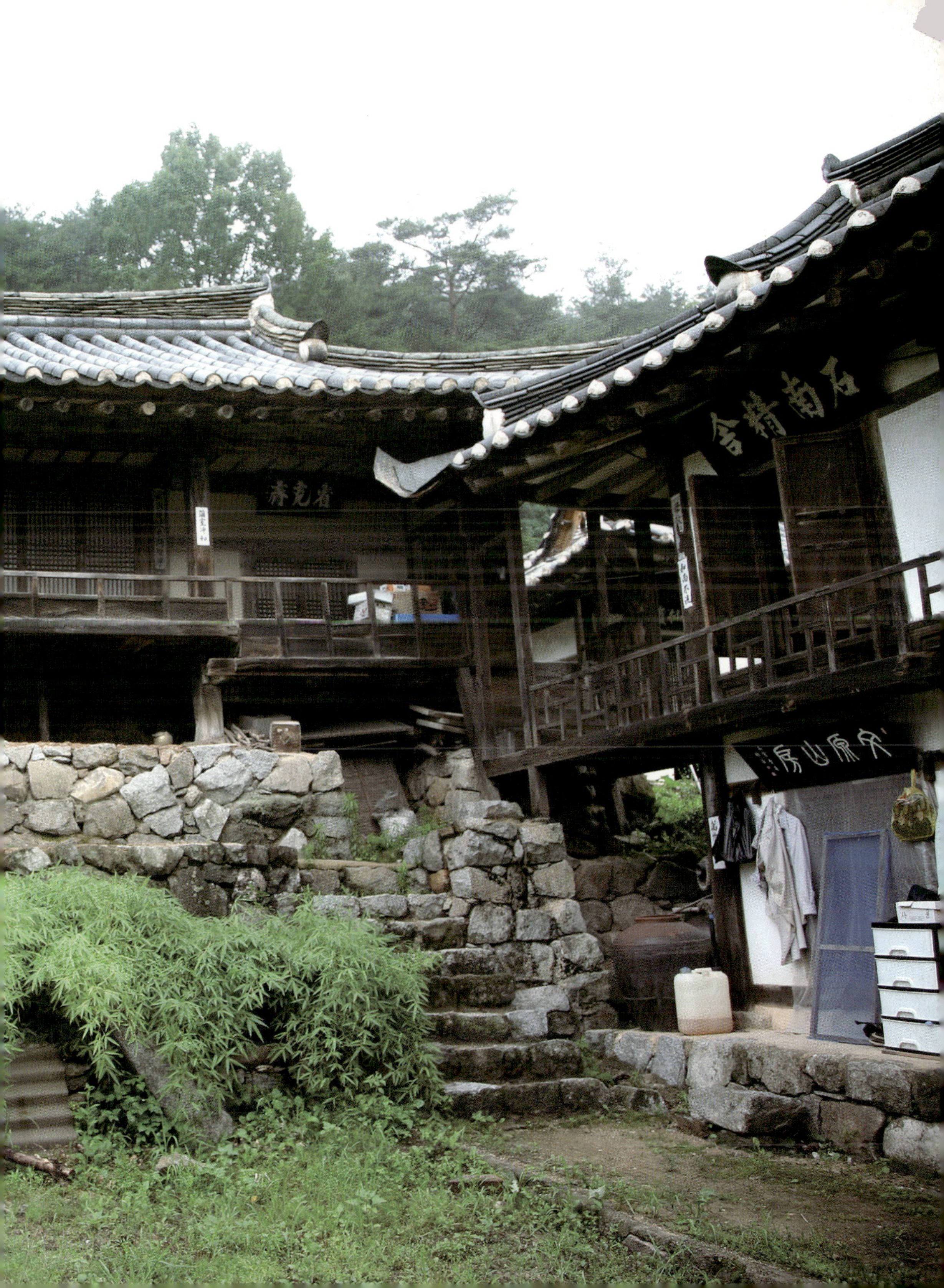

한옥이 이 정도면 큰 편이다.

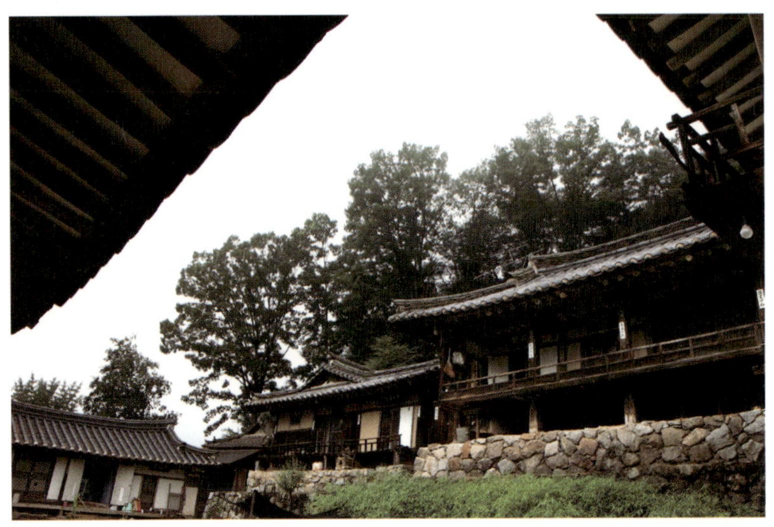

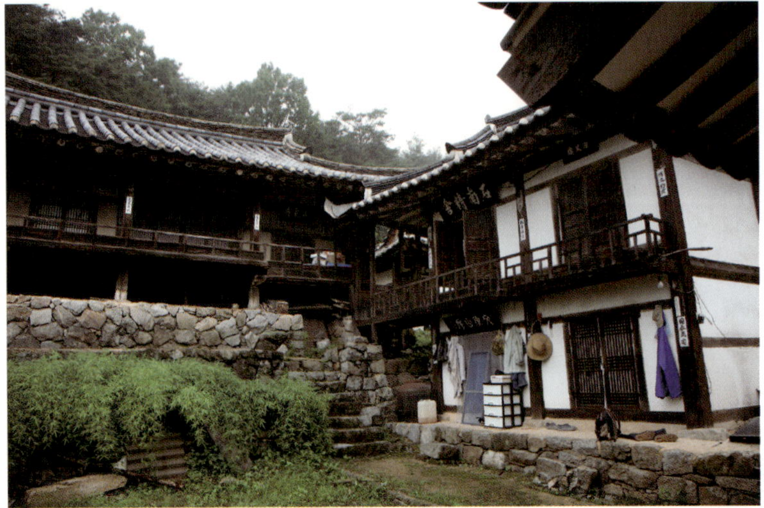

산에 기댄 지형적인 구조 그대로 이층 또는 단층을 높이 띄운 듯한
구조는 집의 연륜과 함께 그로테스크한 인상을 주었다. 그것은
심리적으로 안정적인 높이가 아니었다.

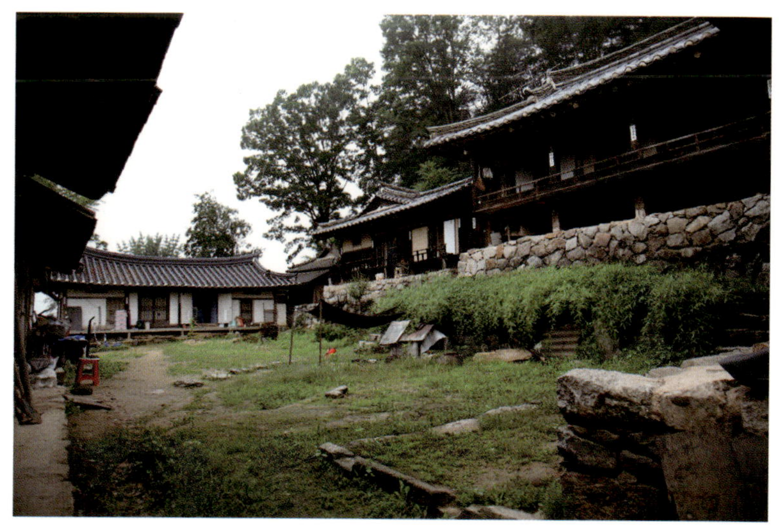

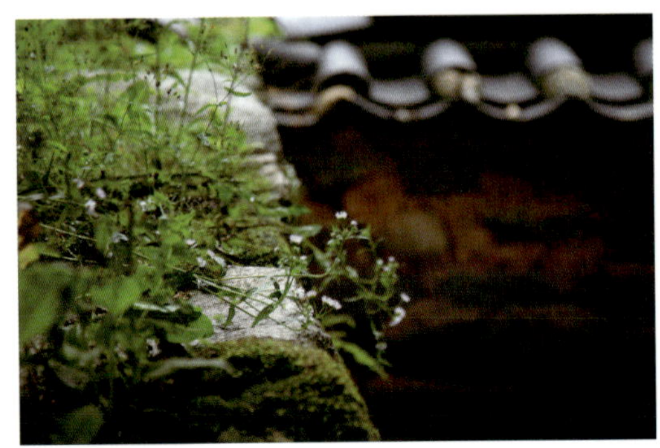

사람은 살고 있으되 관리는 되지 않았다.
관리란 돌봄인데 돌봄을 의식하게 되는 것은
이미 사람이 살지 않음을 뜻한다.

집을 관리하는 가장 좋은 방법은 살림이다.
집은 사람이 살기 위해 만든 건축물이기 때문이다.
그래서 살림의 규모가 집의 사이즈를 결정한다.

송석헌의 아침.
나는 살림의 흔적은 보았지만
진행형의 살림집이란 느낌은 받지 못했다.
살림집엔 남자가 있고 여자가 있다. 아이들이 있다.
송석헌엔 노인 한 분만이 존재한다.
집도 사람도 서로를 그리워한다.
집도 사람도 추억으로 현재를 연명하고 있었다.

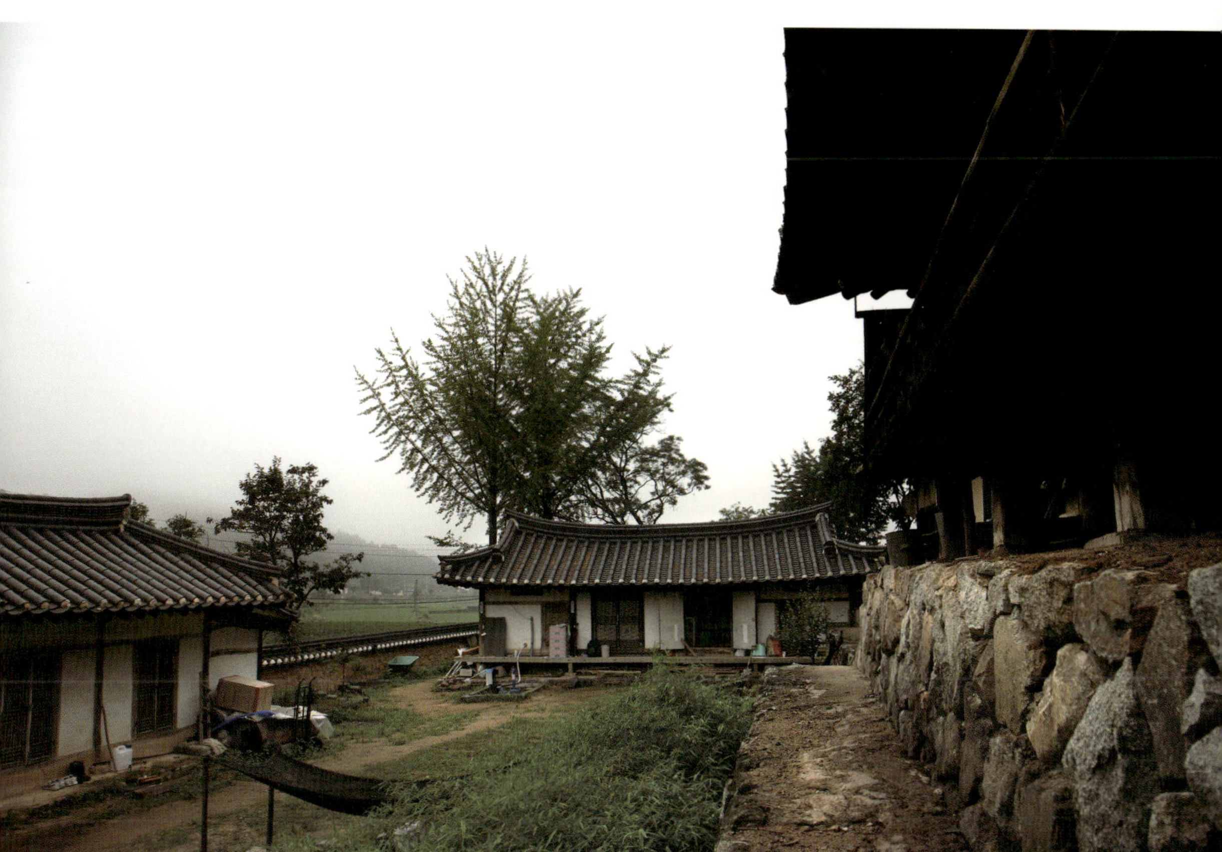

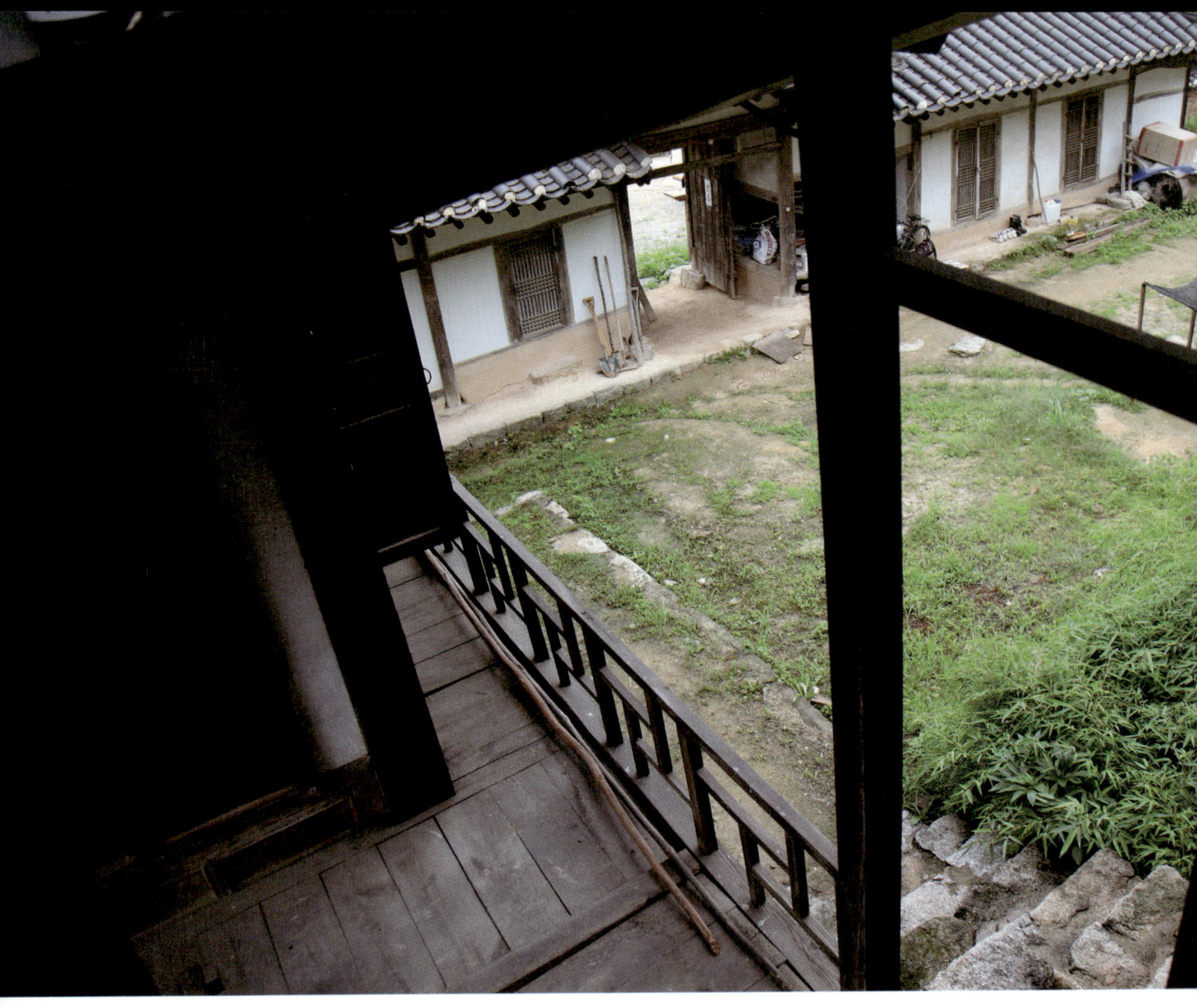

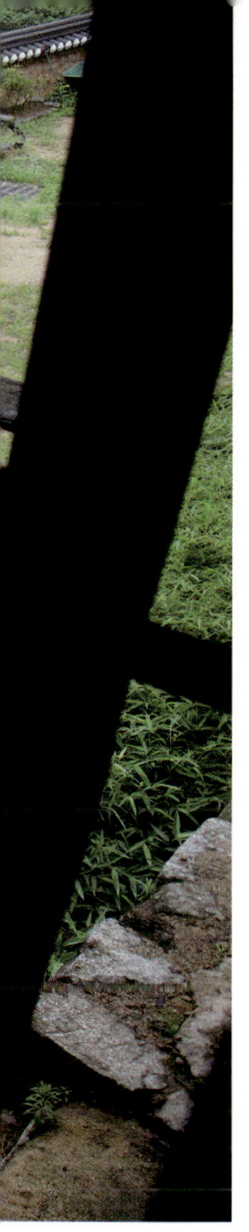

전성기의 높이는 힘 있어 보이지만 쇠락기의 높이는 불안정해 보인다.

그 불안정성은 관찰자의 마음에 동요를 일으킨다.

송석헌에서 나는 불안했다.

그 불안, 그 불안정이 송석헌이라는 낡은 집을

촬영하게 만드는 힘이었다.

송석헌에서 나는 육체적으로도 힘들었다.

집이 나의 어깨를 짓누르는 느낌이었다.

때로 악행이 선행보다 유혹적이듯

송석헌은 나를 힘들게 만들었고

그에 대한 반발심으로 나는 계속 작업을 했다.

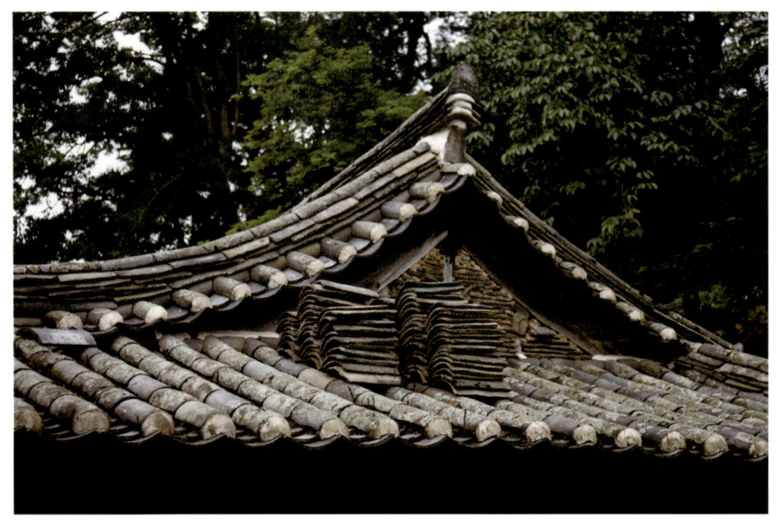

나는 겉돌고 있었다.

겉도는 나를 그대로 두기로 했다.

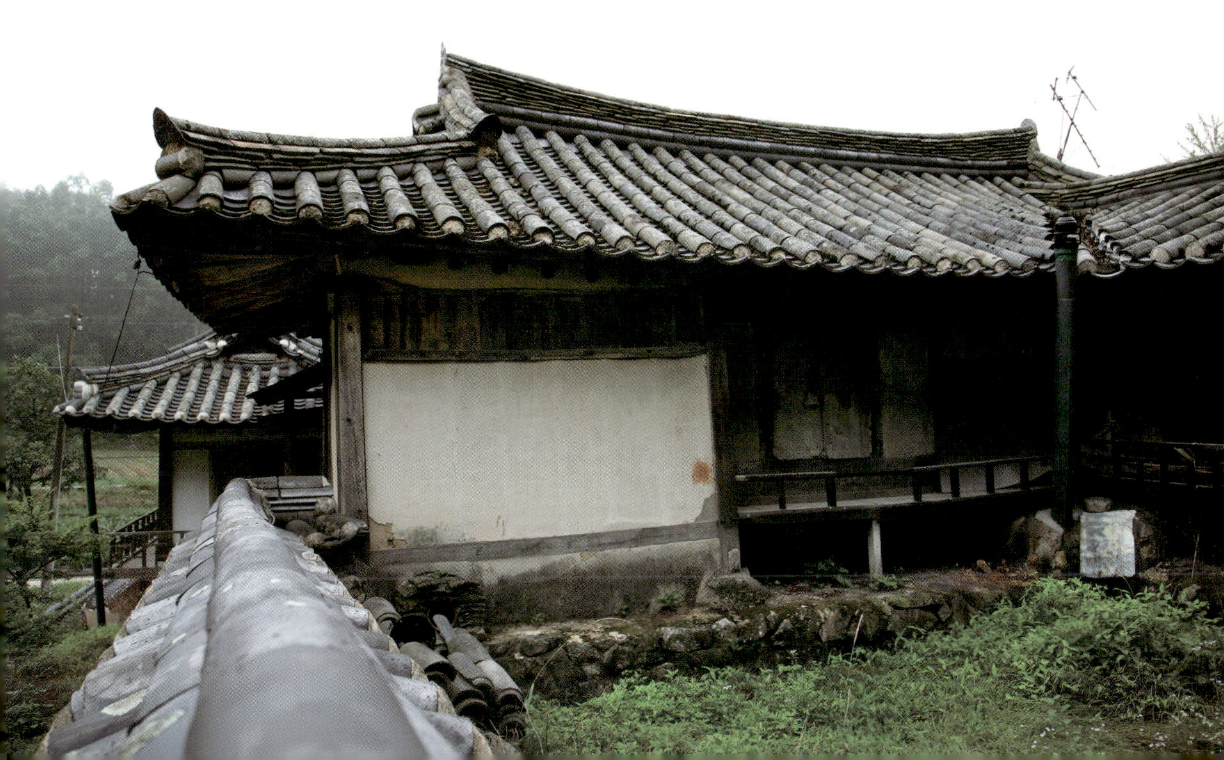

나는 그 집에 속할 수 없다는,
집의 의사 표현이었다.

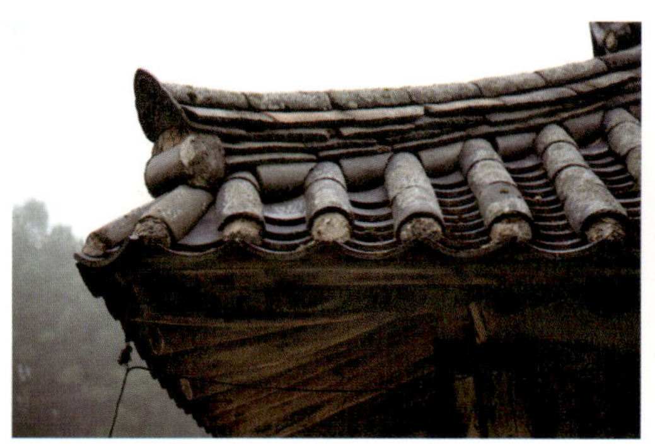
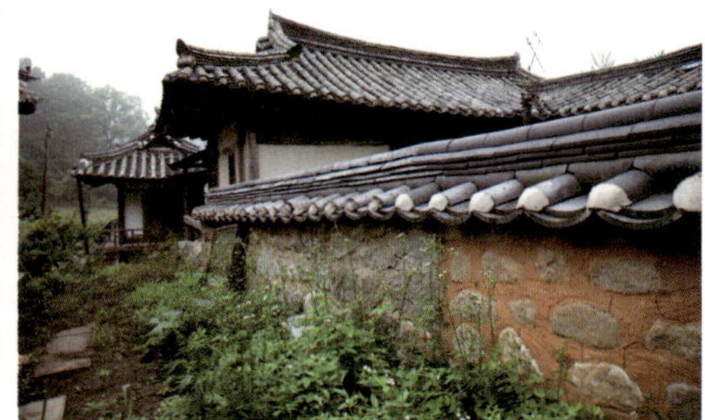

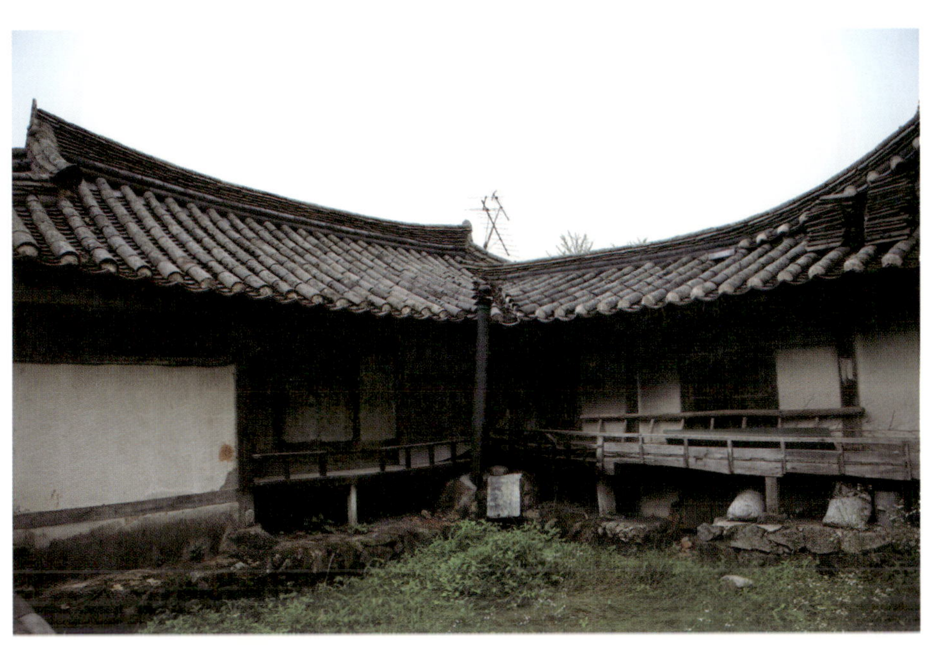

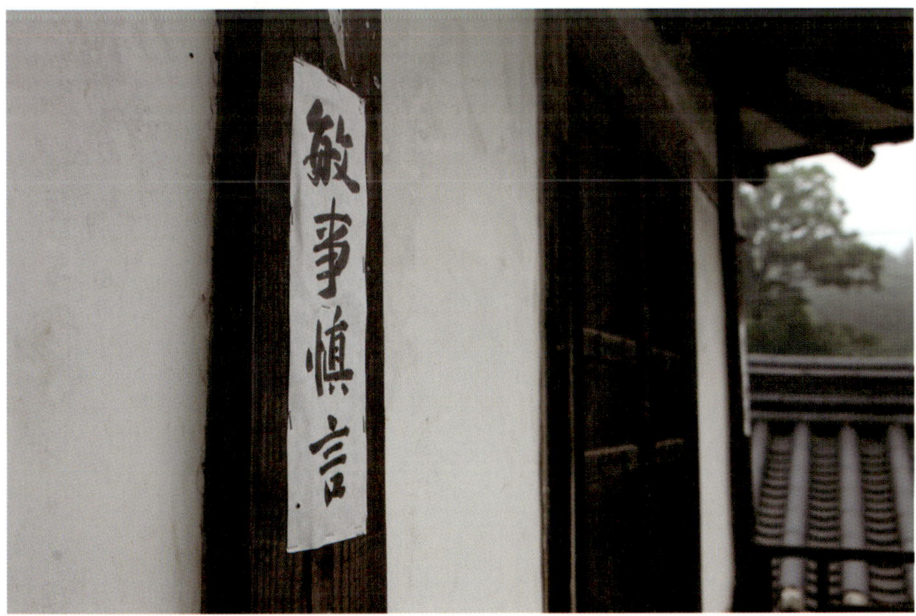

敏事愼言

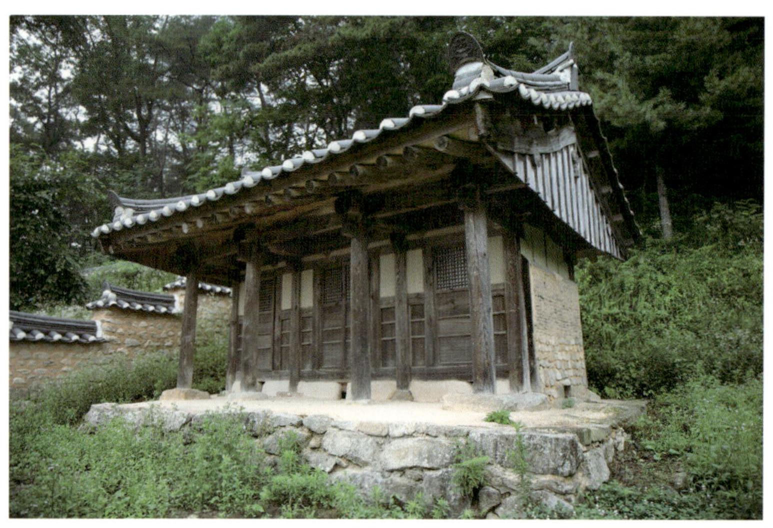

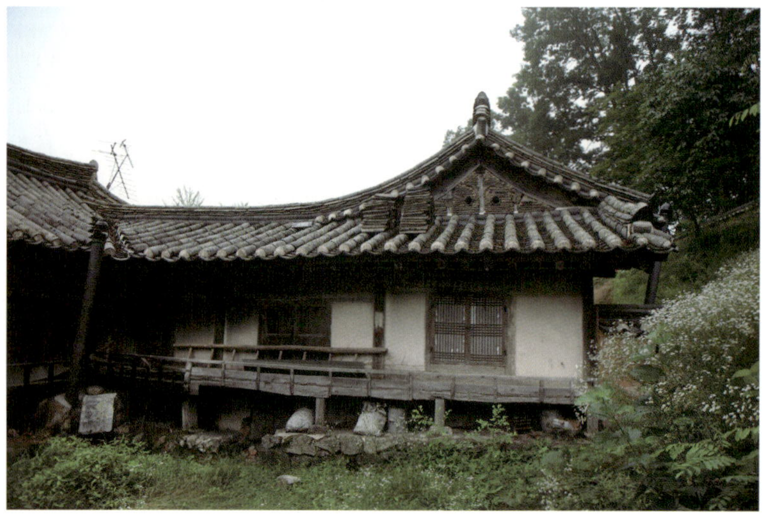

그 의사를 존중하고

나는 계속 겉돌았다.

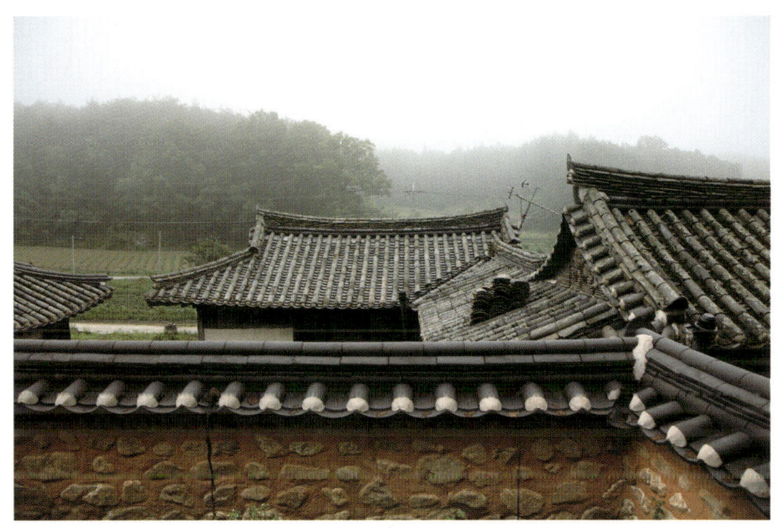

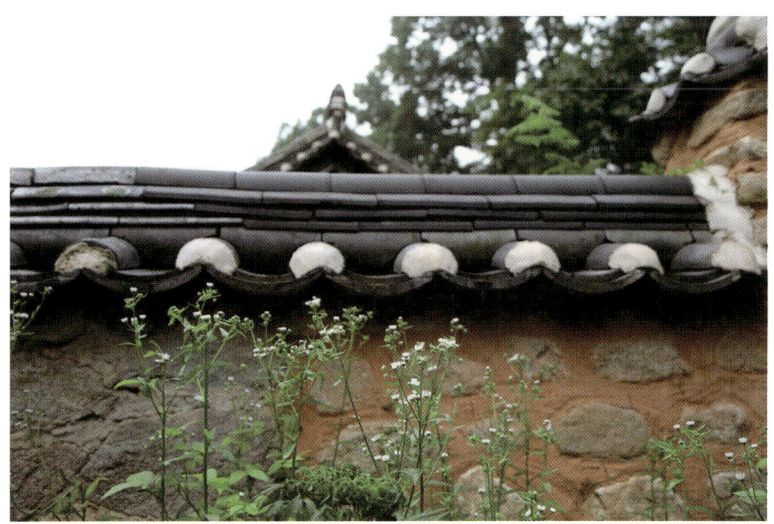

이 집을 어떻게 해야 할지 판단이 서지 않았다.

그것은 난감하고 주제넘은 생각이었다.

집은 사람을 갈구하고 있었다.

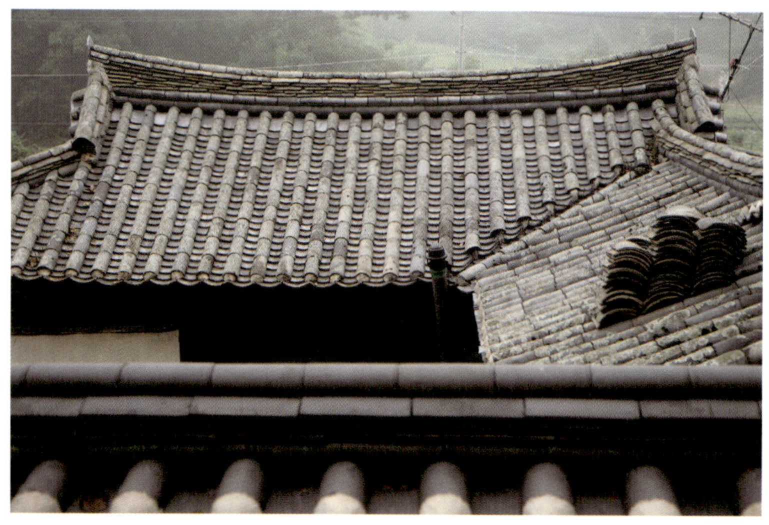

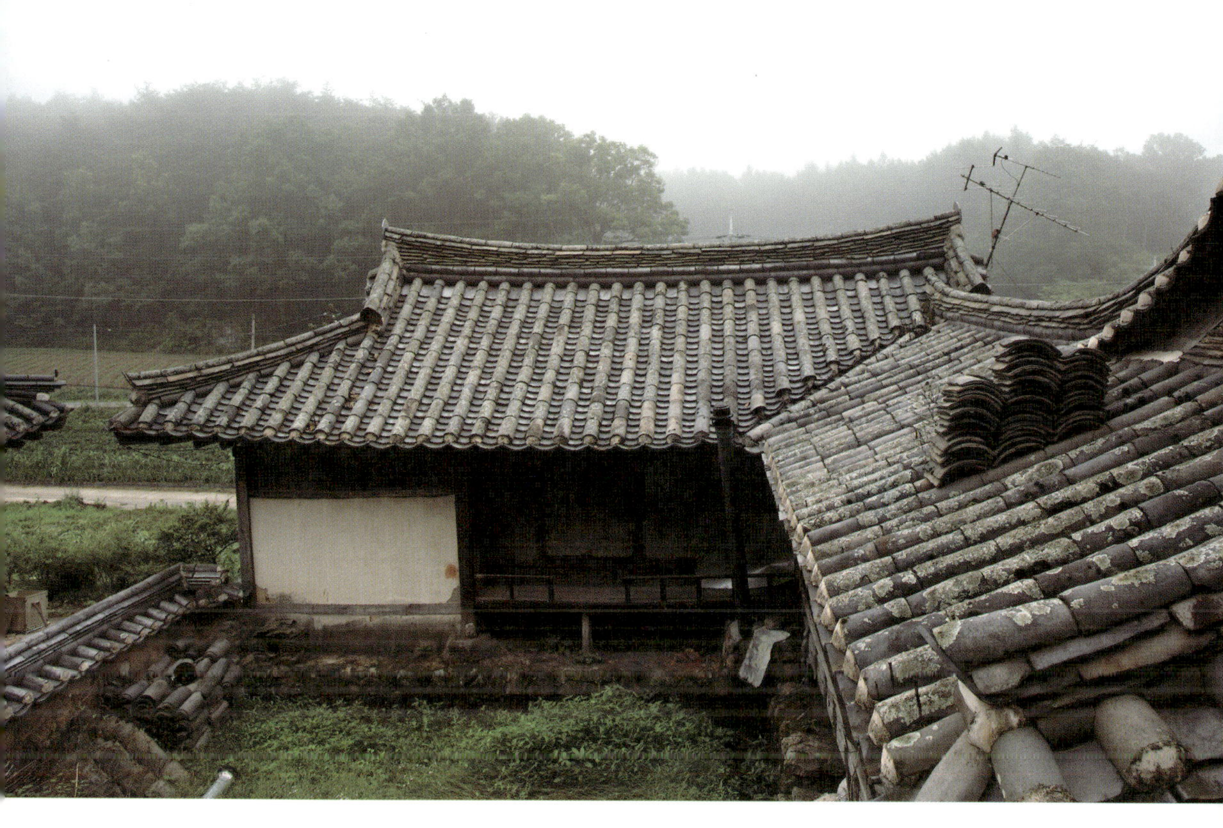

집과 사람의 공존을 생각했다.

문제는 머물 사람이었다. 생각이 주제를 벗어났다.

사랑. 이 집이 필요로 하는 것은 풋풋한 사랑이었다.

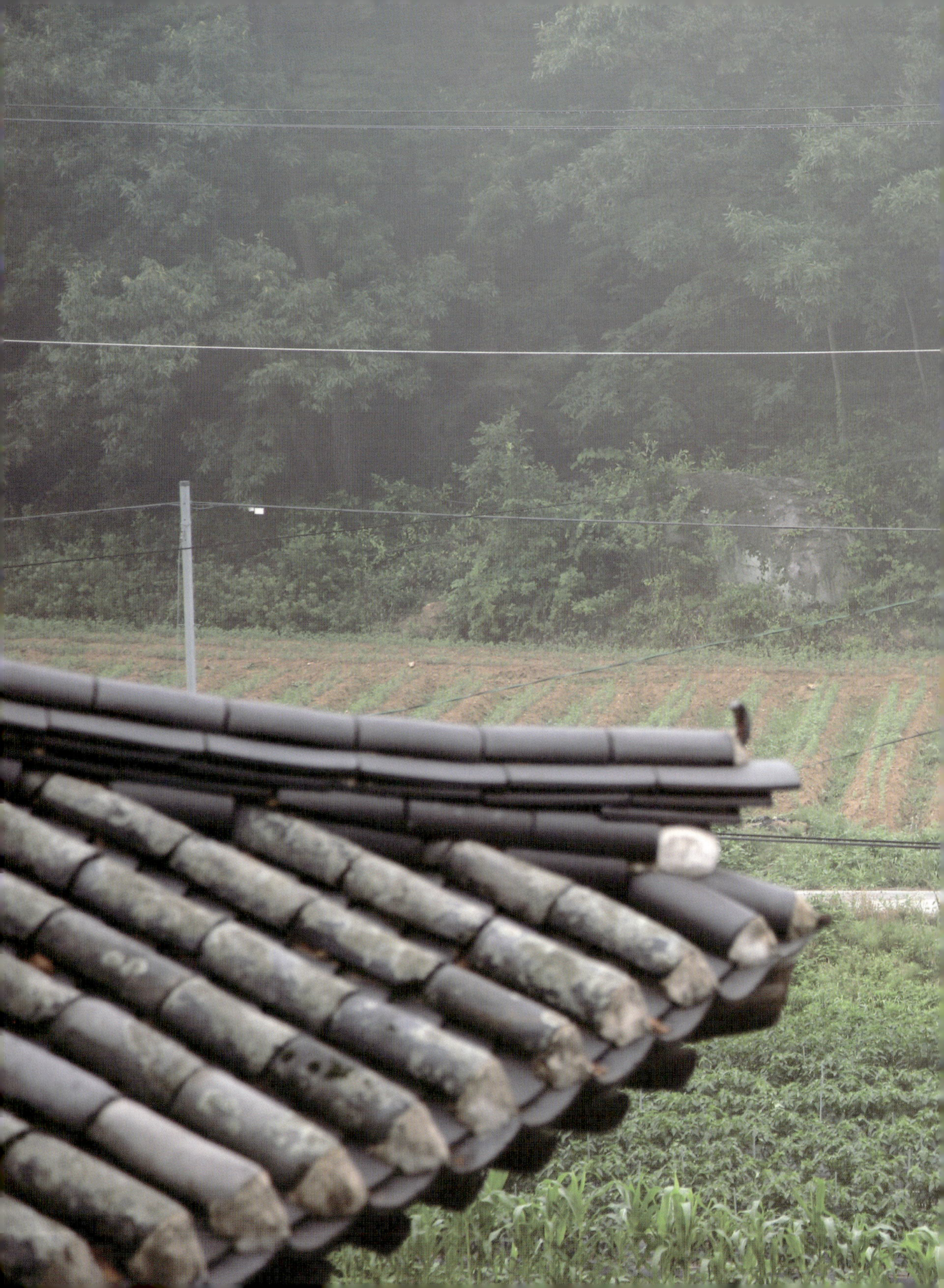

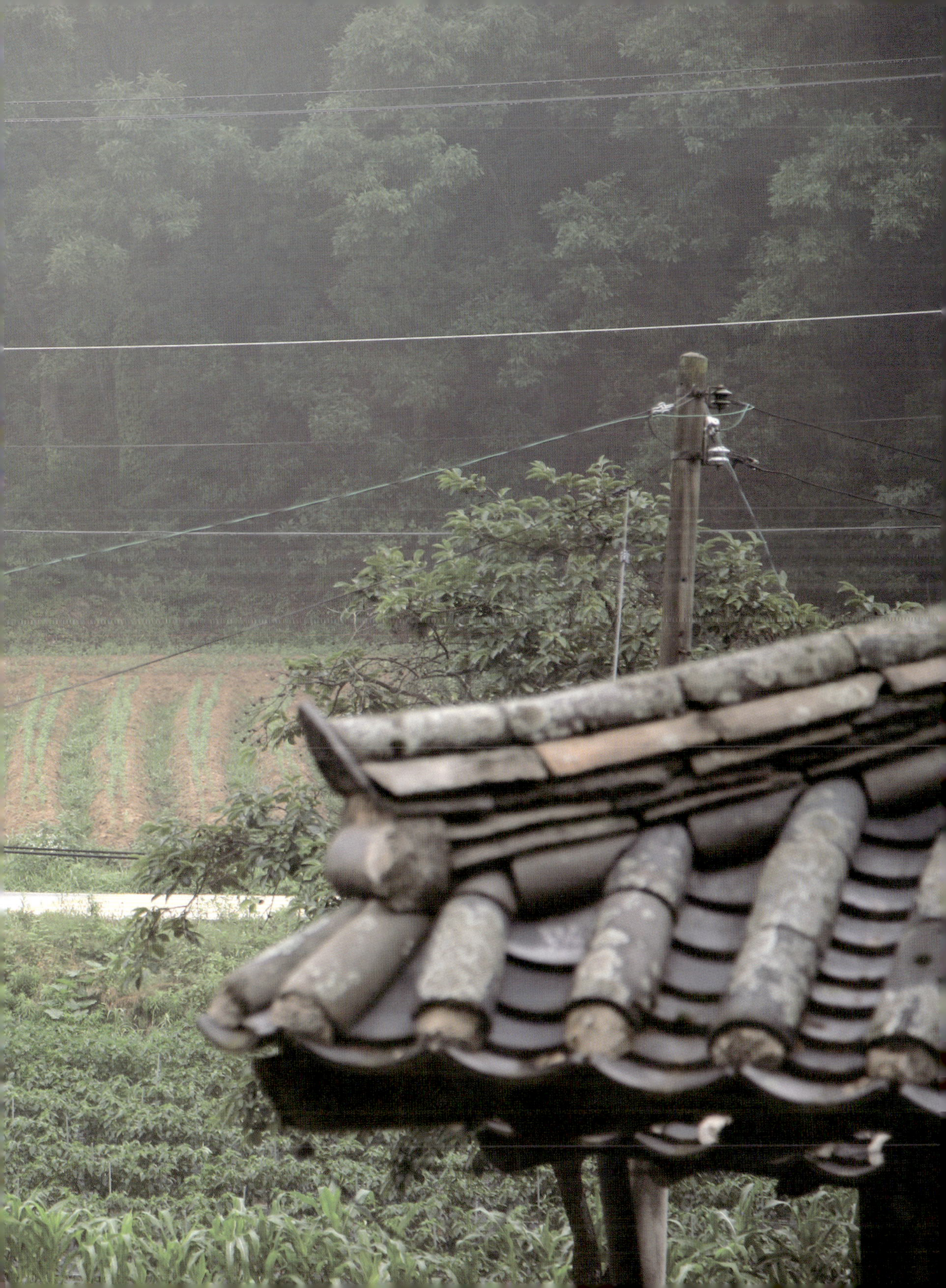

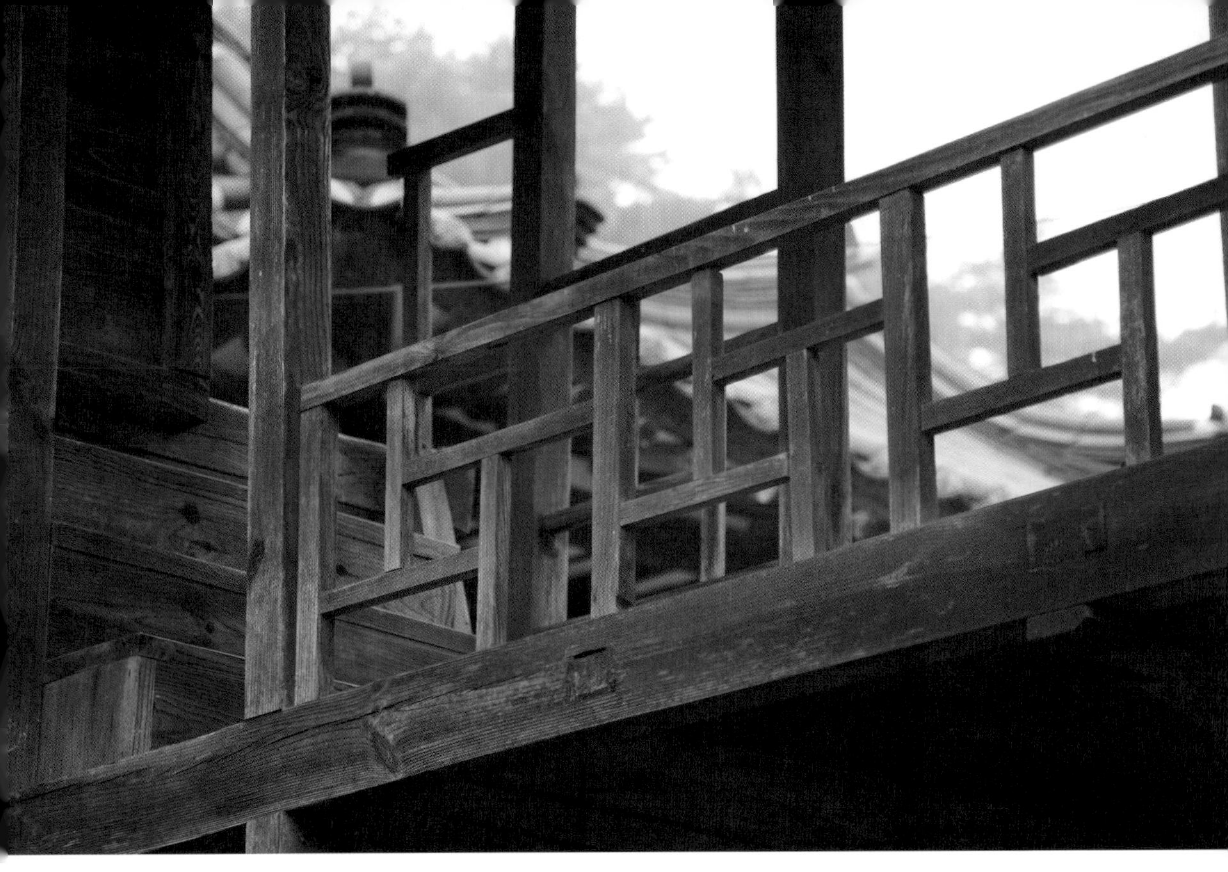

이 집을 바라보는 중심 미학의 하나는 '사이'였다.
나에겐 그랬다.

다층 구조는 수많은 사이를 만들었다. 그 사이사이에는 많은 생각이
있었다. 건축가는 작업을 하면서 가장 적극적으로 그 사이사이를 즐겼을
것이다. 어쩌면 자신만 알고 있는 사이를 만들기도 했을 것이다.

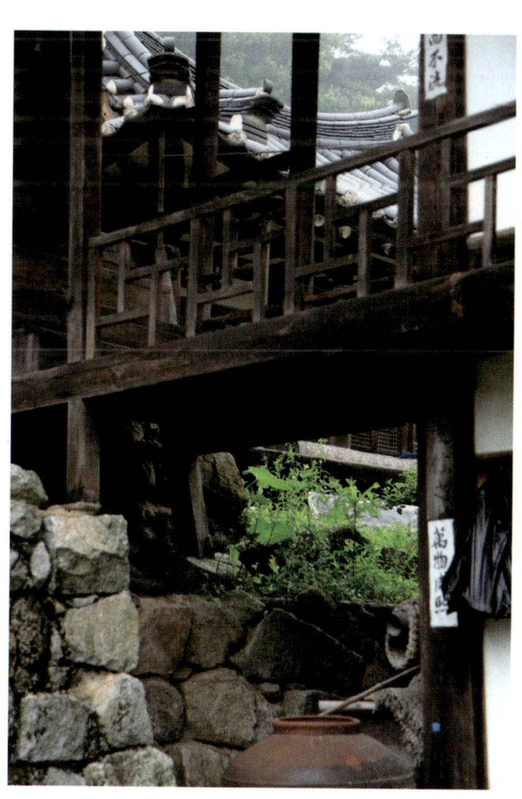

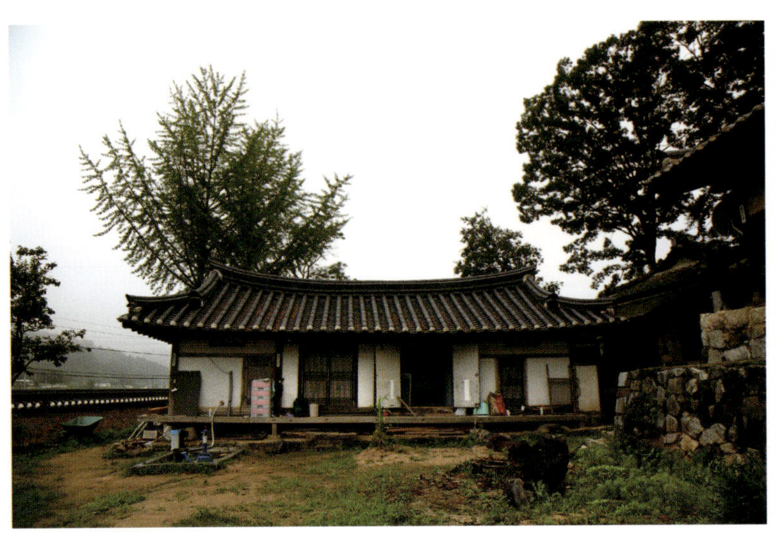

다시 정면으로 돌아왔다.

왜 나를 불렀을까?
나와 송석헌의 어떤 요소가 합이 어울린다는 생각을 했을까.
주문에 의한 사진 찍기에서 생략할 수 없는 고민이다.
나를 통해서 송석헌의 어떤 모습이 보여져야 하는 것일까.

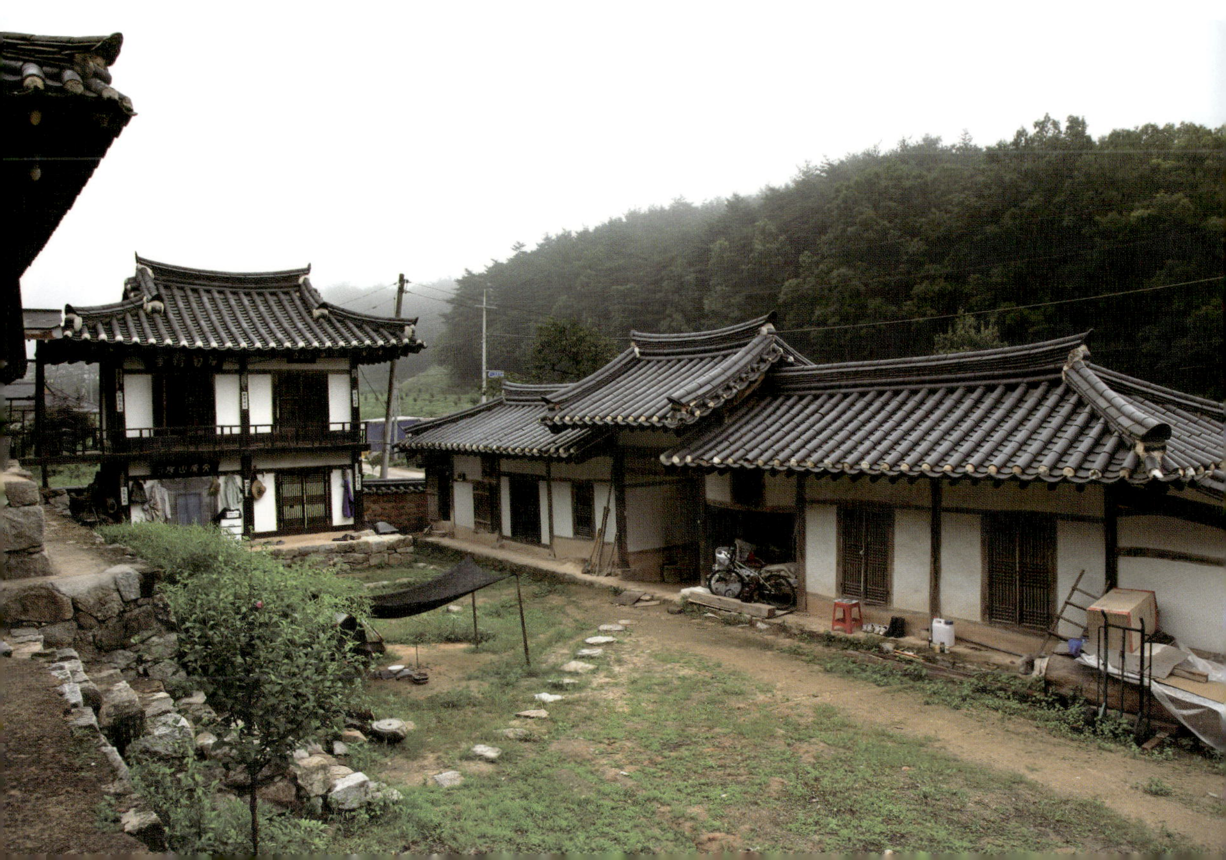

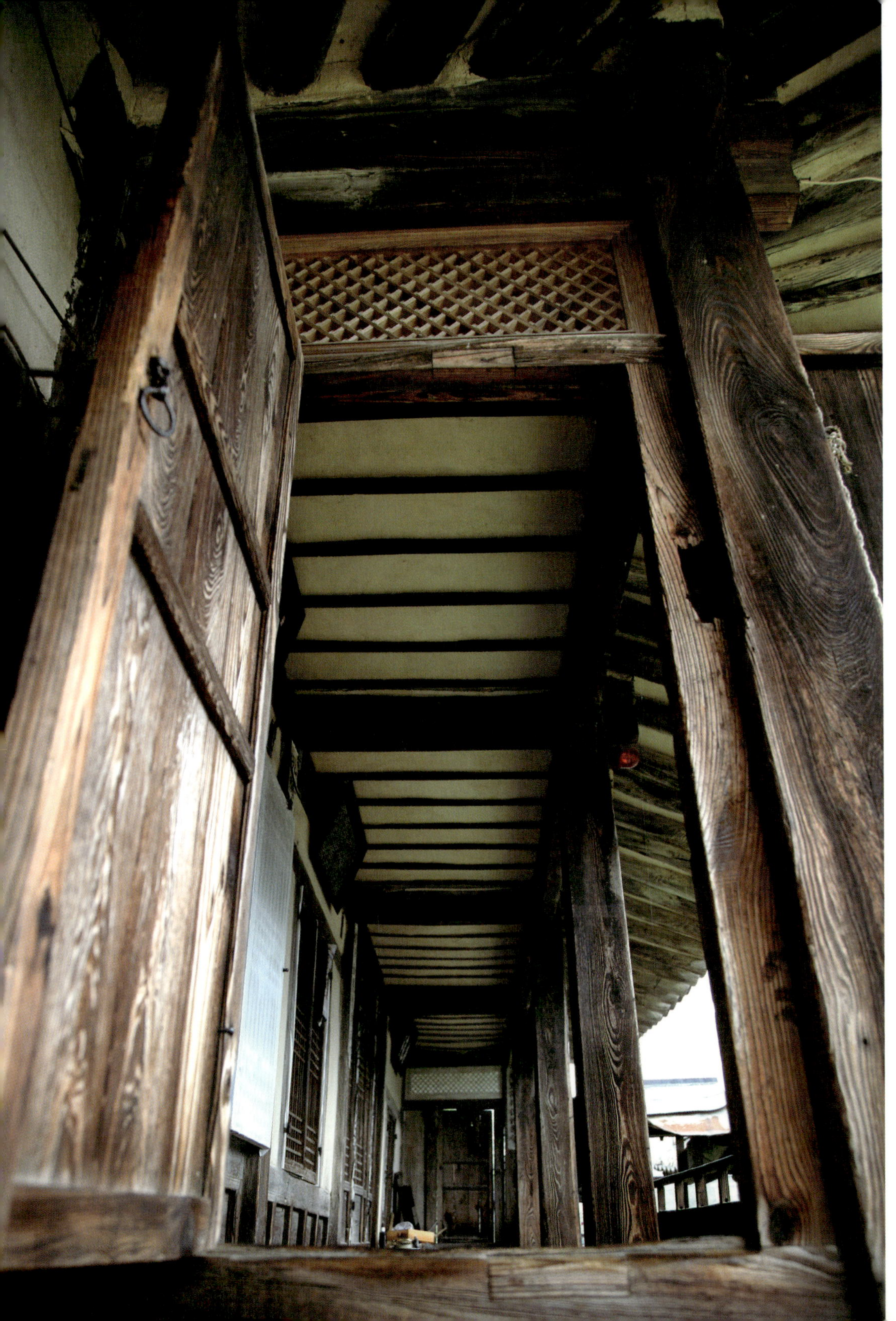

촬영 팀이 도착했다.

아침 꽃을 촬영하러 집 위로 올라갔다.

결국 올라서야 할 마루였다.

디딤돌 자체가 높은 마루다.

권위.

도도함.

꼿꼿함.

일직一直함.

올라서서
집주인의 눈높이를 느껴본다.
내려서서 집주인을 올려다본다.

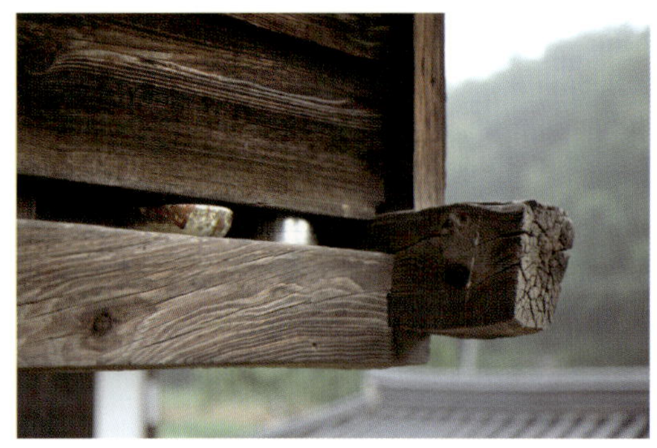

올라서서

집주인의 눈높이를 느껴본다.

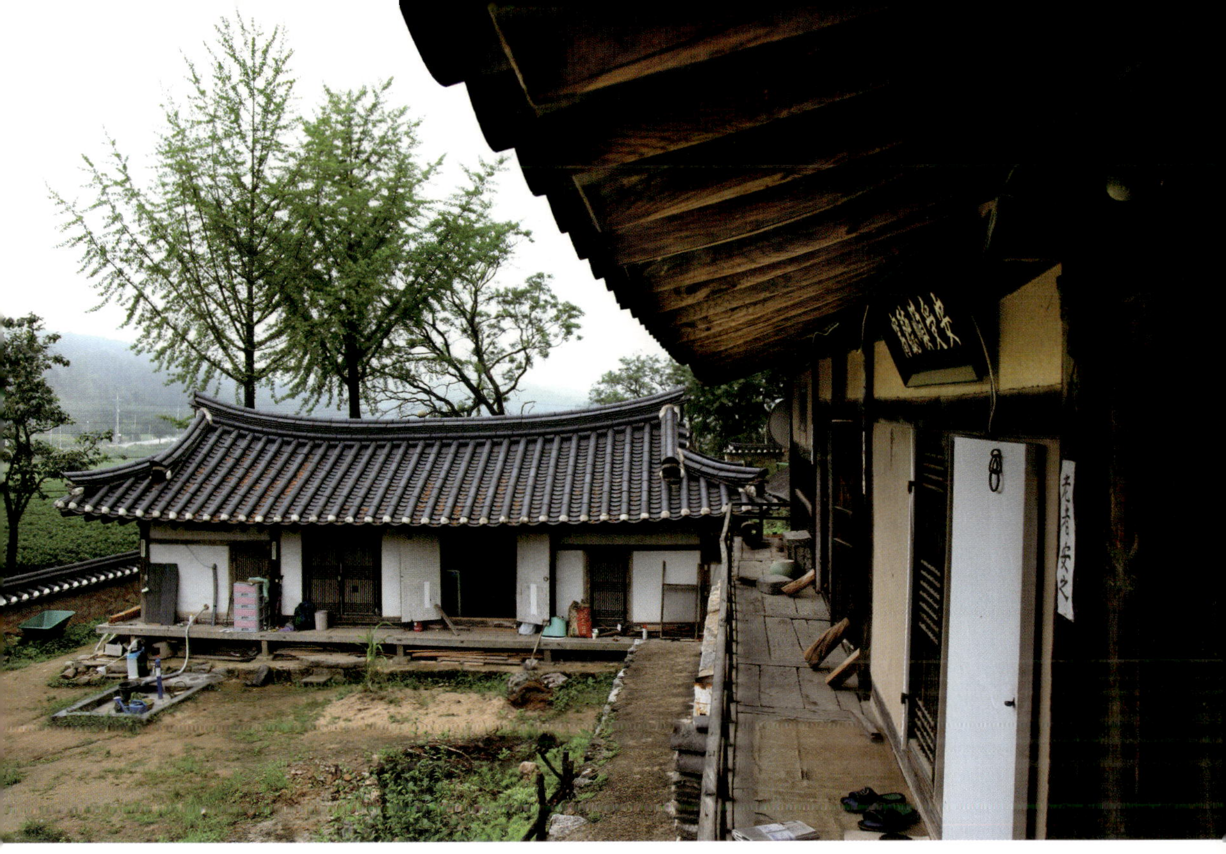

하루 전 오후와 같은 동선으로
집을 돌아서 올라갔다.

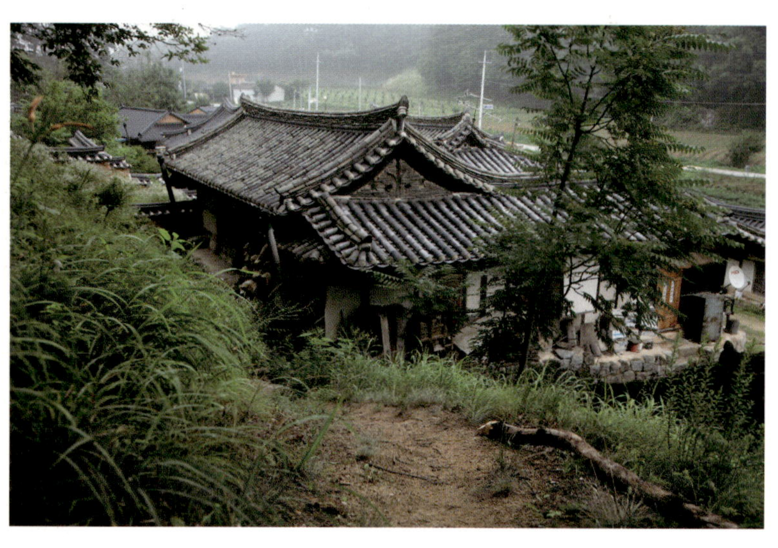

무대.
불과 두 시간 전에 이 무대 위에
한 사람의 배우가 지나갔다.

무대, 배우. 현실성이 없다.
오늘 나의 피곤함은
하루 전의 장거리 운전 때문만은 아닐 것이다.
내 몸의 80퍼센트 기능만 발휘할 수 있는
가상의 공간 속에 들어온 느낌이다.

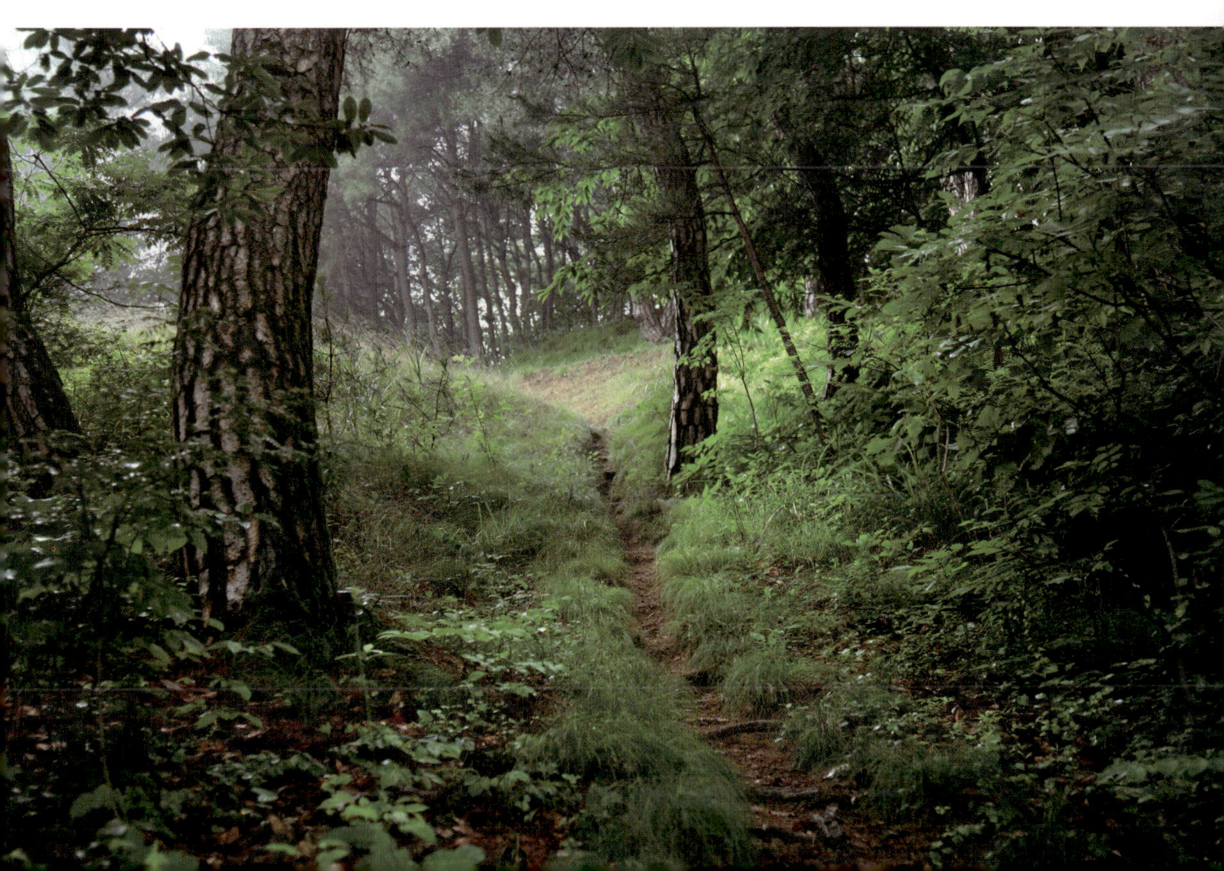

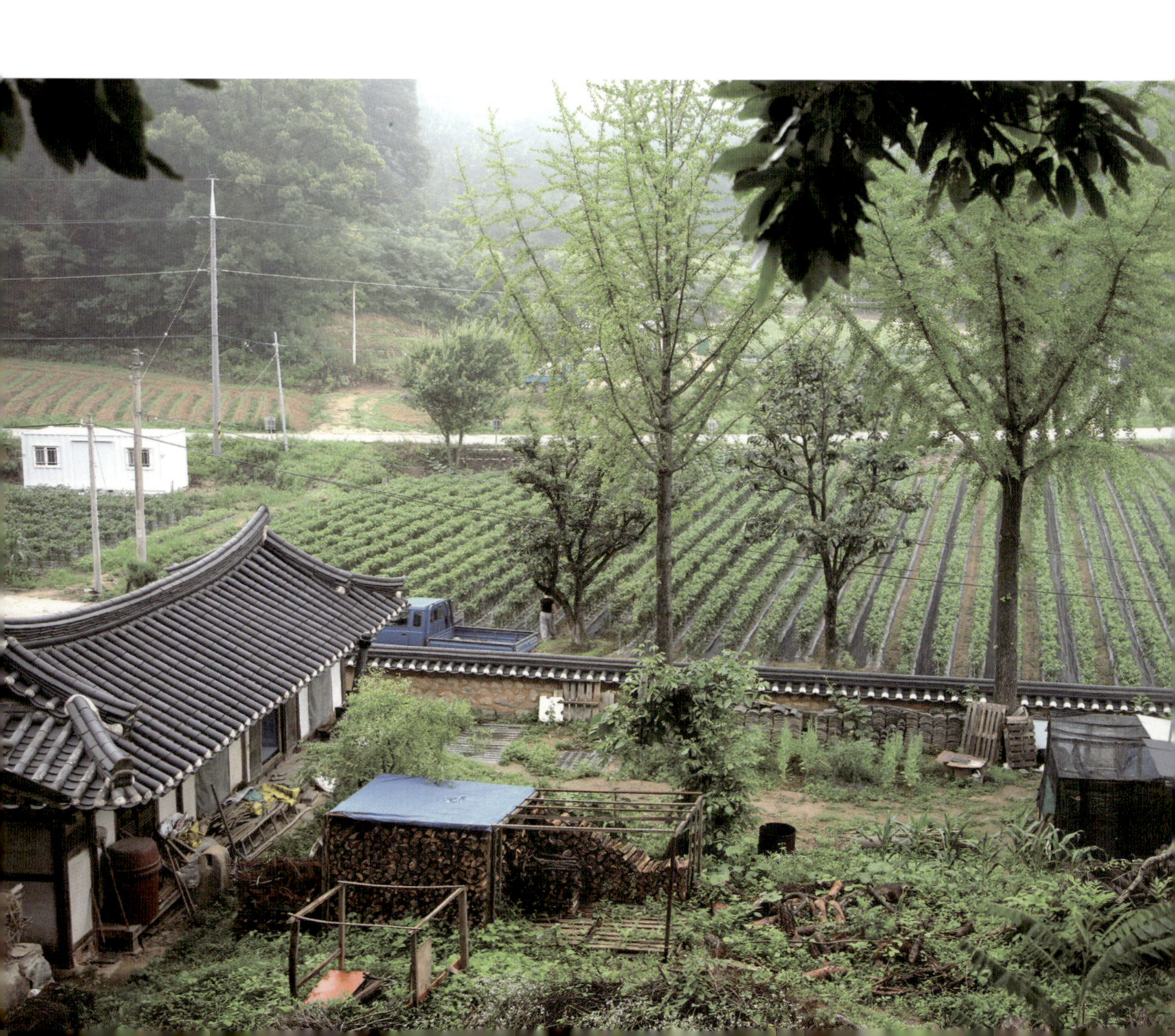

집의 서편에서 살림을 느꼈다.
선돌마을.
마을은 아직 보지 못했다.
그럴 만한 여유가 생길지는 알 수 없다.
아침 촬영을 마친 촬영 팀과 함께
다시 봉화읍으로 나가서
아침을 먹었다.

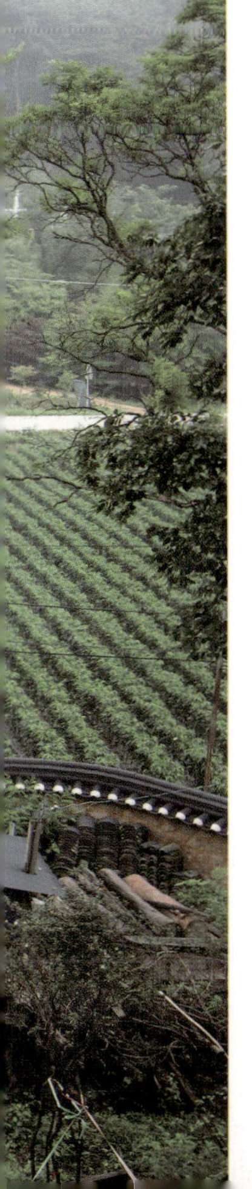

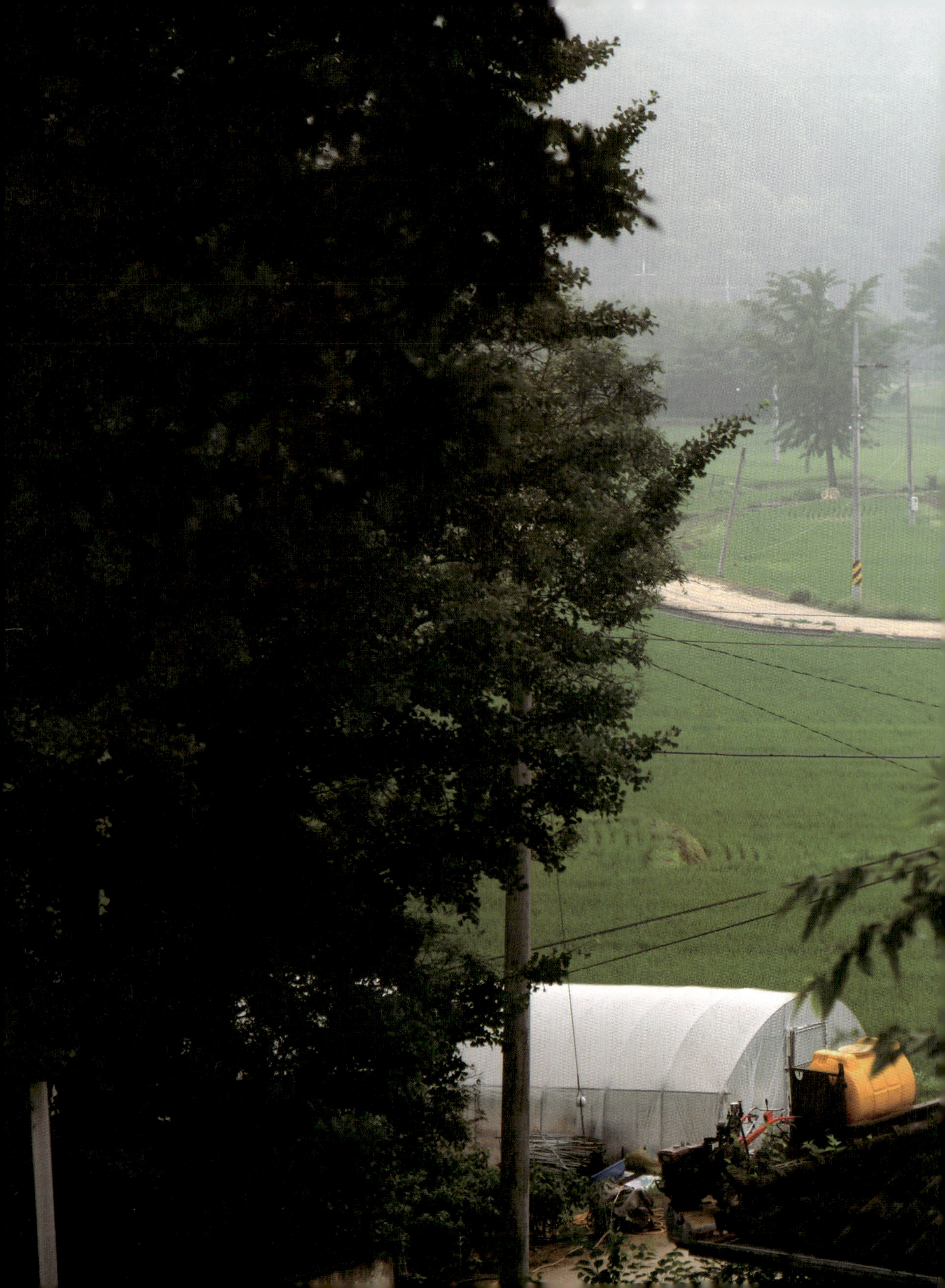

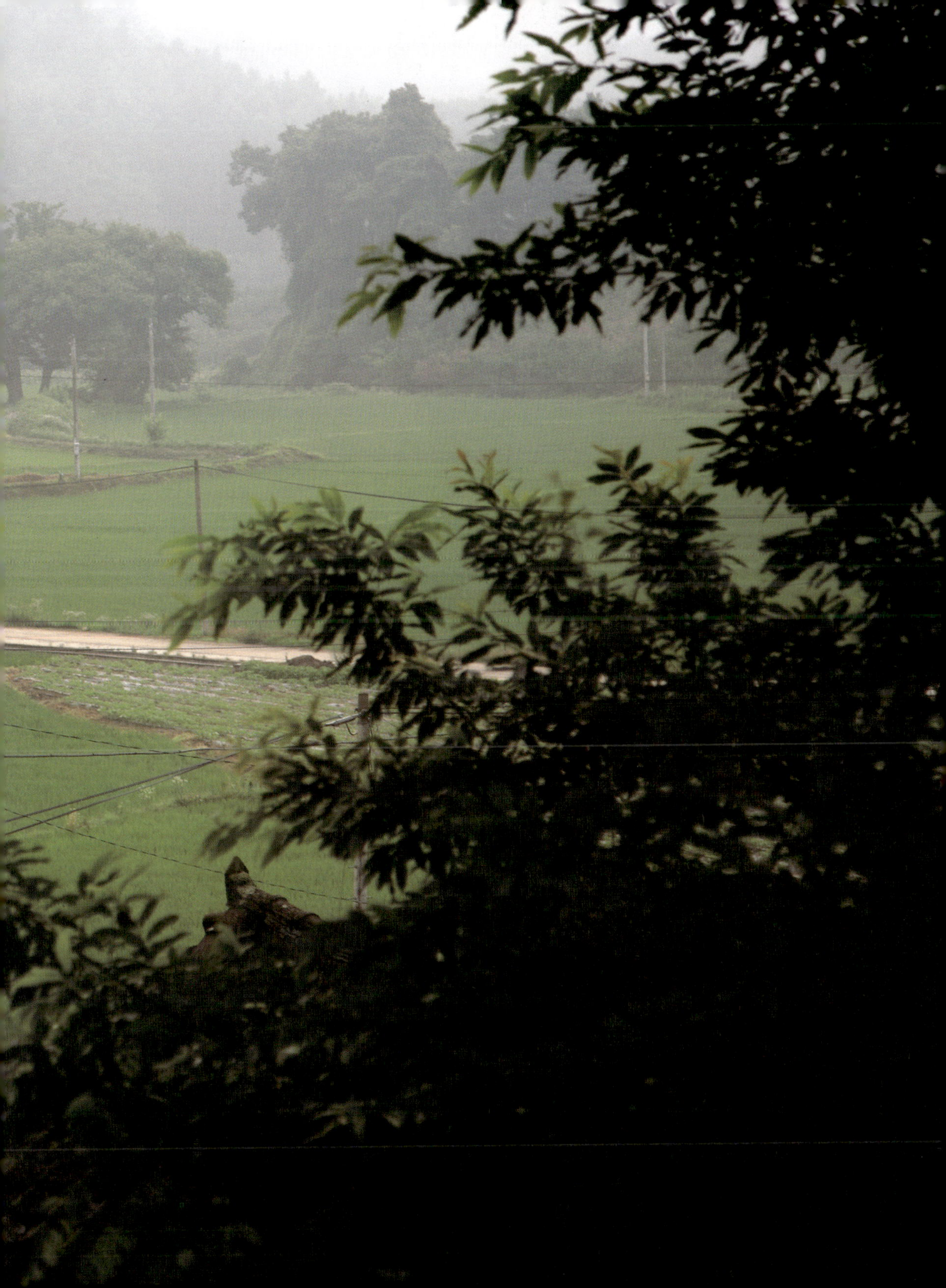

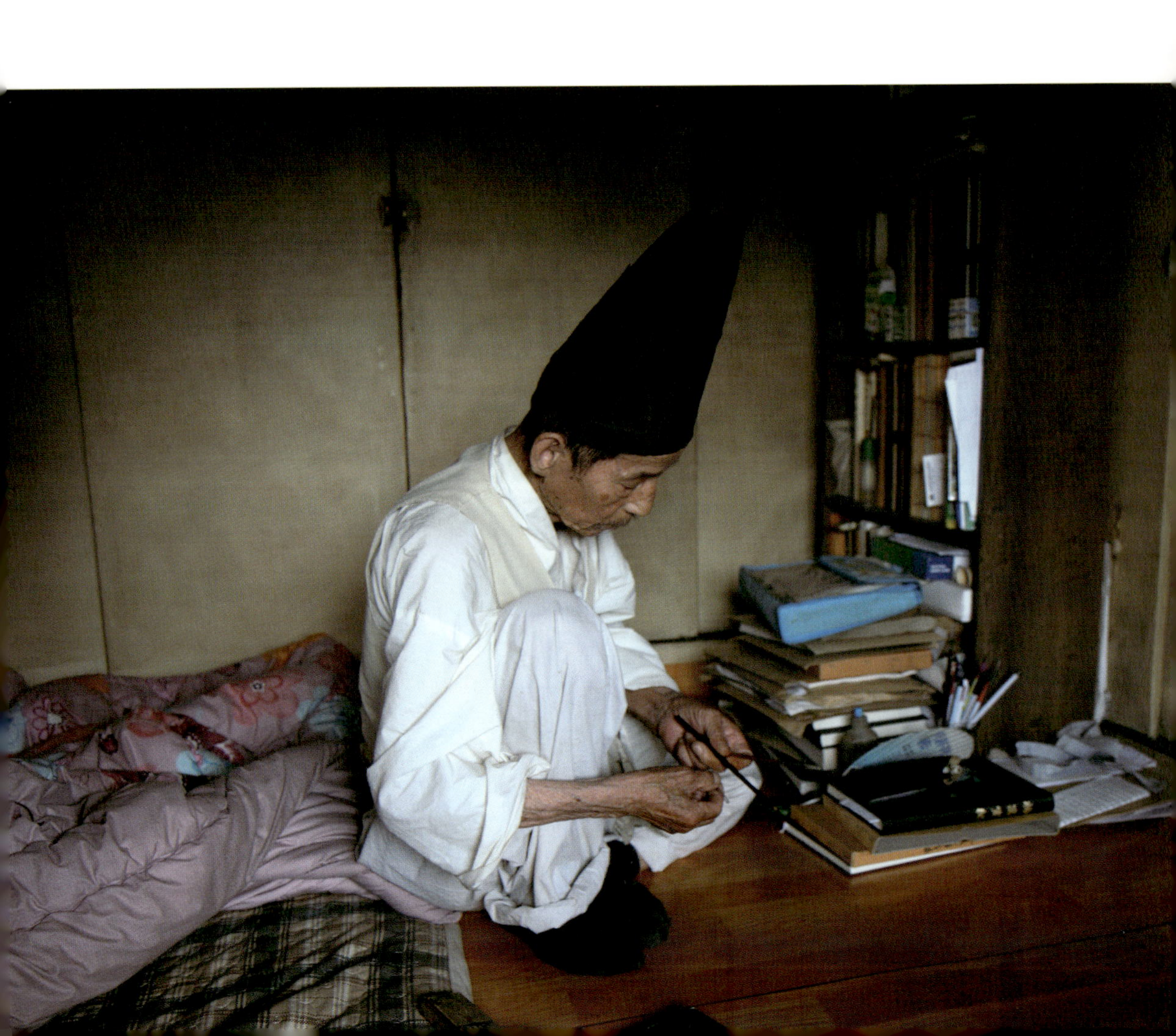

9시 55분. 아침을 먹고 송석헌으로 돌아왔다.

노인은 붓글씨를 쓰시기로 했다.

간혹 쓰긴 하시지만 최근엔 건강 문제로 드문 일이다.

요청을 받아 하시는 일이다.

새벽에도 느꼈지만 뭔가를 수락하시면 그냥 바로 움직이신다.

전형적인 장면에서처럼 서예 도구를 진설하고 어쩌고의 여유를
생각했지만 아니었다.

200자 원고지.
격식이 없었다.
그리고 지극히 자연스러웠다.
당신의 글씨는 별로라고 말씀하셨다.
그러고는 아무런 말씀이 없었다.

격식이 없었다.

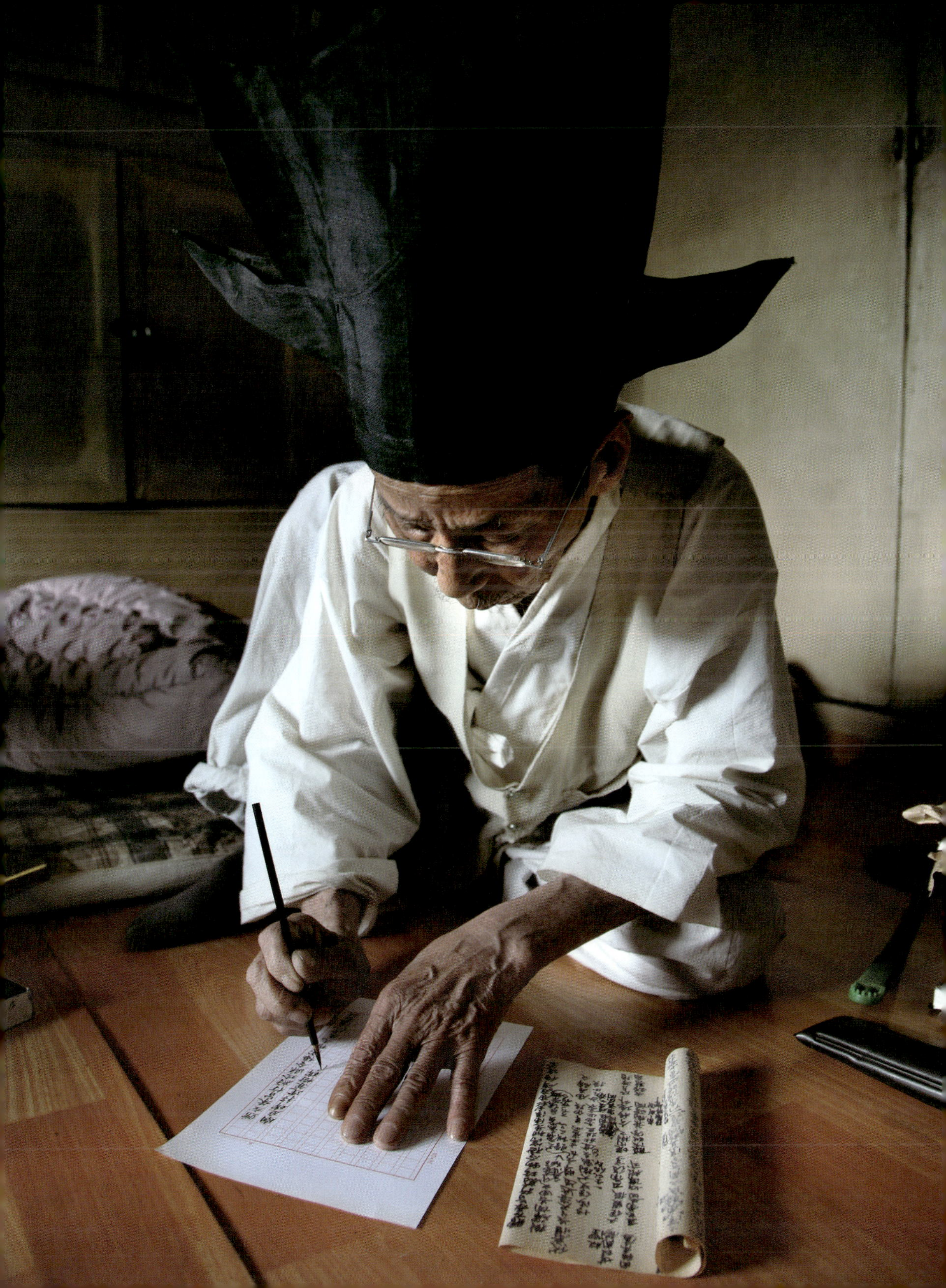

당연히 200자 원고지 위의 정갈한 붓글씨는 처음 보았다.

그것은 정갈한 충격이었다.

부인할 수 없이 아름다웠다.

나의 글과 노인의 글은 다른 세상이었다.

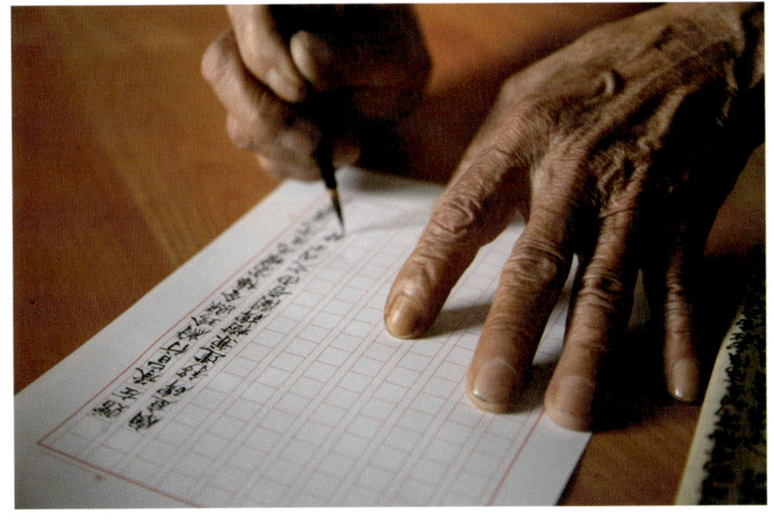

권헌조權憲祖 옹.

2010년 촬영 당시 83세. 송석헌과 한 몸으로 살아가고 있는
안동 권씨 가문의 후손이다. 안동과 봉화는 이전에는 행정적으로도
같은 권역이었는데 그 일원에서 권 옹은 이 시대에 존재하는
마지막 선비로 통한다. 한문학을 해서 마지막 선비가 아니라
그의 일상이 유교적 삶이다.

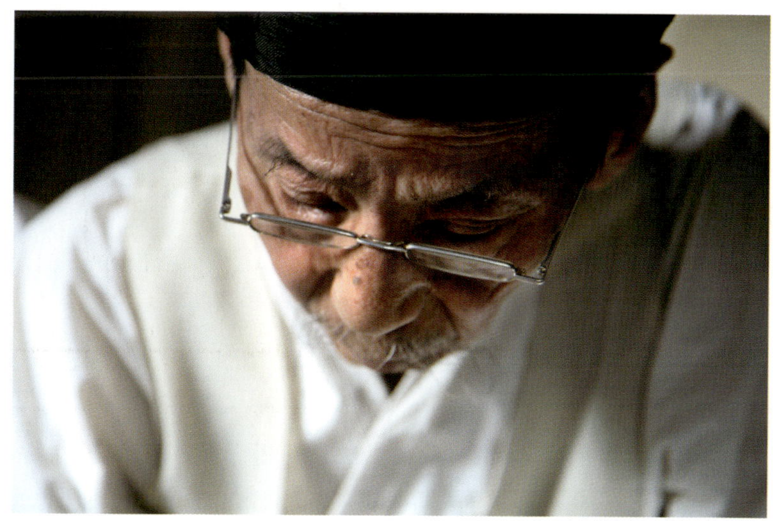

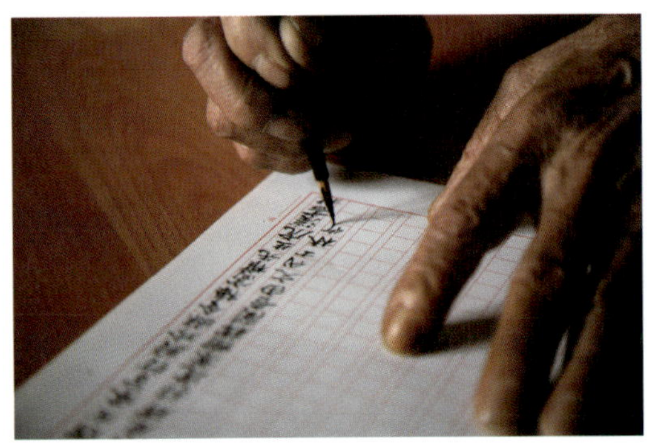

그는 아침저녁으로 의관정제衣冠整齊하고 집 뒤 언덕을 올라 부모님
산소를 성묘한다. 외출하고 돌아오면 그는 가장 먼저 다시 묘소를 찾아
인사를 여쭙는다. 그의 집안 이력을 살펴보면 선대에서 이름난 벼슬을
한 적이 없다. 권헌조 옹 스스로는 '공부가 부족해' 한사코 한학자라는
수식을 불편해하지만, 안동과 봉화 일대에서 한학을 하는 이들은
스스로 찾아와 제자이기를 청하고 정기적으로 그의 가르침을 받는다.
이 큰 집을 그는 홀로 지킨다. 이유는 단 하나다. 부모님이 살던 집을
놔두고 떠날 수 없다는 것이다. 자식들은 모두 서울에 살고 있지만 그의
마지막 자리는 이 집이다. 외부의 시선으로 보자면 그는 과거 속에
살고 있다. 단순히 오래되었다는 것이 아니라 과거의 방식으로 사고하고
행동하는 그이기에, 우리에게는 기억되어야 할 과거지만 그에겐 현재다.

성묘

권헌조 옹에게 성묘는 그의 하루와 1년, 또는 일생을 조율하는 부챗살의 꼭짓점과 같다. 그의 일상과 1년 그리고 일생은 부모와 조상에 대한 예를 갖추는 것에서부터 출발한다. 비가 오나 눈이 오나 하루에 두 번 하는 이 예를 멈춘 적이 없다. 외출할 때에는 그가 아닌, 그를 바라보는 사람들이 부담스러워한다는 이유로 갓을 벗지만 산소에 오를 때에는 갓끈을 고쳐 쓴다. 도리道理. 사람이 어떤 입장에서 마땅히 행하여야 할 바른길.

권헌조 옹에게 그것은 사람의 당연한 도리일 뿐이다.

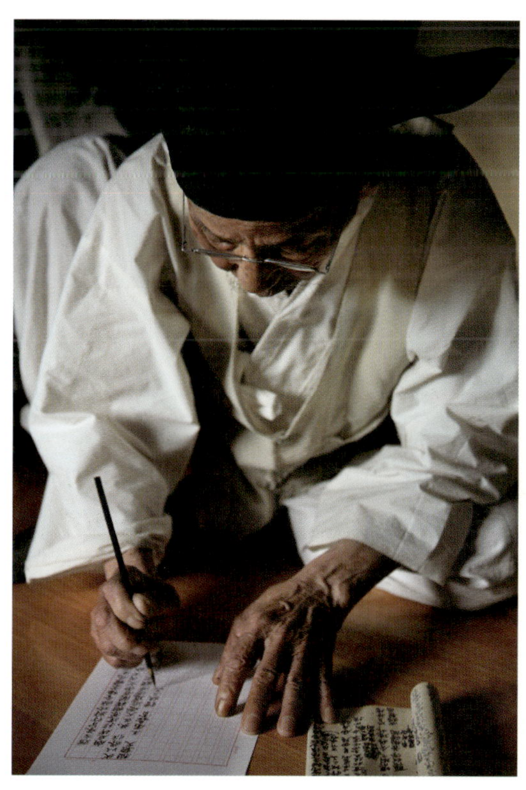

촬영은 힘들었다.

좁고 어두웠다.

무엇보다 촬영 팀이 동시녹음을 하고 있었던 탓에

나는 촬영 전에 오디오맨의 신호를 기다려야 했다.

또는 내가 알아서 ENG가 자리를 이동하는 틈에

속전속결로 촬영을 해야 했다.

촬영과 촬영 사이에 카메라를 '집어 넣고' 연사로 찍었다.

침묵이 흘렀고 노인은 개의치 않고 자신의 일을 했다.

짧은 틈에 호흡을 멈추고 촬영을 하려니

맥박 수가 증가하고 얼굴은 터질 것 같았다.

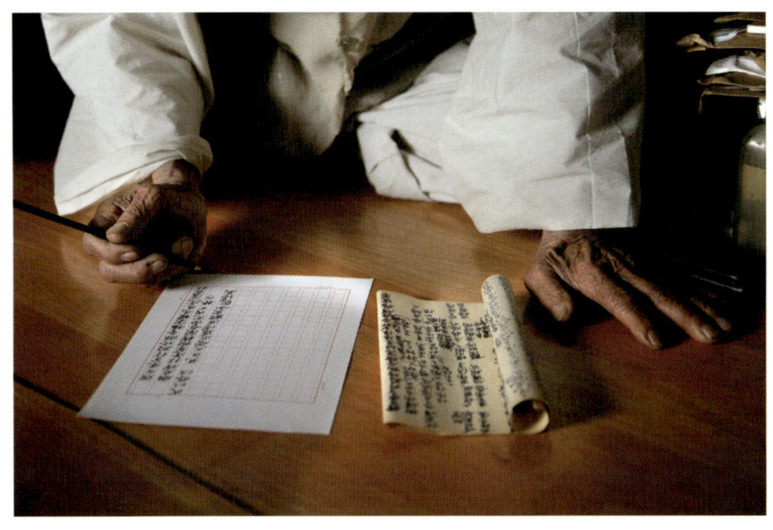

집 건사

하루 두 번 뒷산의 산소를 오르는 일 이외에 권 옹이 빠뜨리지 않는
일과가 있다. 하루 한 번은 꼭 집안을 둘러본다. 권 옹이 사용하는
공간은 사랑채 한 칸과 부엌이다. 살림의 손길이 닿지 않는 집 안
곳곳에는 먼지가 켜켜이 쌓여 있다. 그 먼지 사이로 먼저 간 아내의
희미한 웃음이 남아 있고 그 먼지 사이로 아버지의 표정이 남아 있다.
쌓여 있는 먼지는 권 옹에게는 기억의 퇴적층이다. 허물어진 곳이
보이면 당연히 사람을 부른다. 사람이 살고 있기 때문이다.
사람이 살아서 집이다. 그는 그렇게 믿고 있다. 집은 사람을 품고 사람은
집을 보살핀다. 아버지의 아버지의 아버지로부터 그리해온 일이다.
권 옹에게 집 건사는 곧 삶이다.

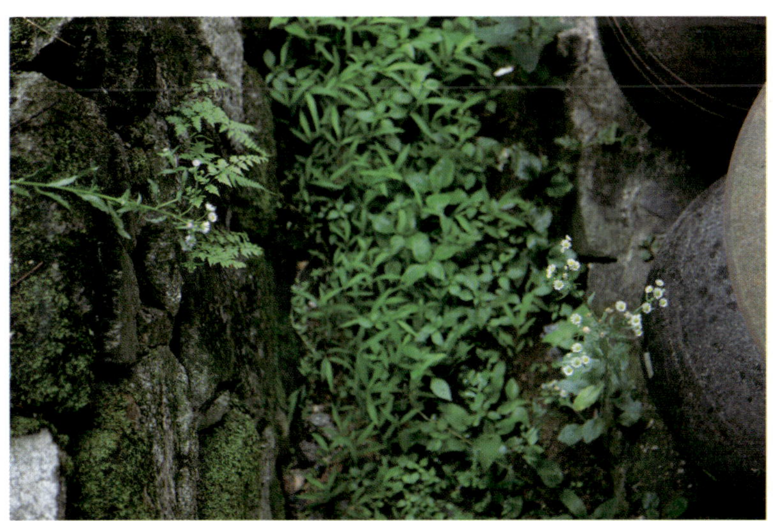

나는 점점 조심성이 없어졌다.

정확하게는 점점 대담해졌다.

문턱을 넘어섰고

이것이 나에겐 마지막 기회가 될 것이란 사실을 잘 알기에

노골적으로 표현하자면, '필사적'으로 찍었다.

노인의 동작 하나하나를 잡아내기 위해

악귀처럼 달려들었다.

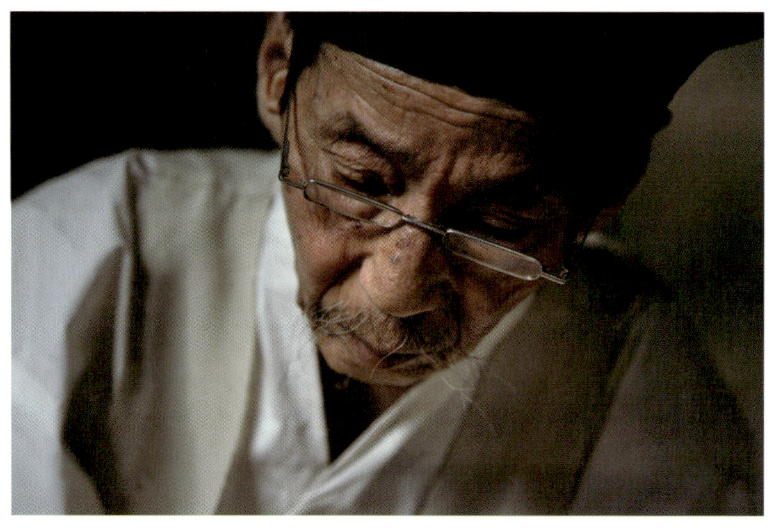

아들

아들은 서울에 살지만 당분간 송석헌에 머물고 있다. 환갑이 넘었다.
송석헌 공사가 마무리될 때까지는 늙은 아버지와 '젊은 아들'이
함께 집을 지킬 것이다. 아들은 몇 년 전부터 건강이 좋지 않다.
아들은 마당 아래 건너채에 머물고 있다. 권 옹은 늘 아들의 건강이
걱정이다. 조상이 남긴 문헌 몇 개를 내놓으며 권 옹은 자신의 글씨는
형편없다고 말한다. "아들 글씨가 그래도 낫습니다."
글 잘 쓰고 문장 좋은 아들은 아버지의 연세와 건강을 염려한다.
아버지와 아들은 모두 담배를 피운다. 자욱한 담배 연기 속에서
부자는 서로를 그렇게 염려하고 있었다.

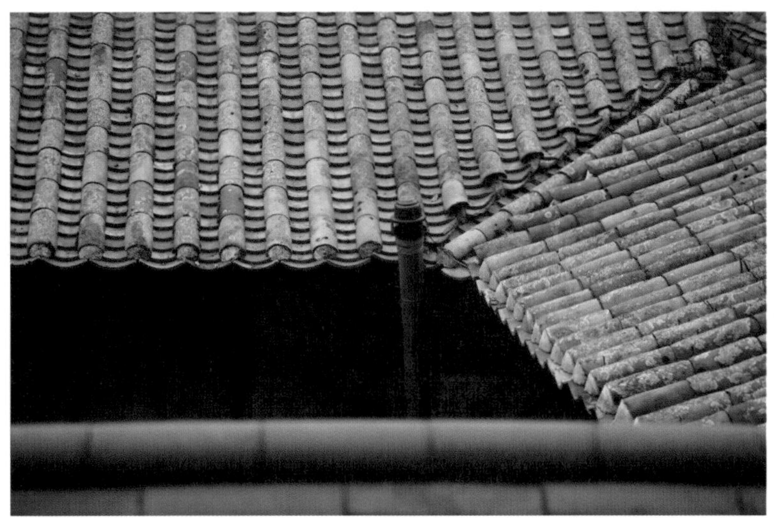

노인의 얼굴에서 집의 모습을 잡고 싶었다.
사용 여부는 차후의 문제였고
나는 더 깊숙하게 노인을 향해 진입하고 싶었다.
노인의 방에서는 곰삭은 먼지 냄새가 났다.
권 옹에 대한 기록을 검색하다 2007년 9월 6일자 《조선일보》와의
인터뷰를 보았다. 그때나 지금이나 노인의 말씀은 막힘이 없다.
주장이 아니라 말씀을 하신다.

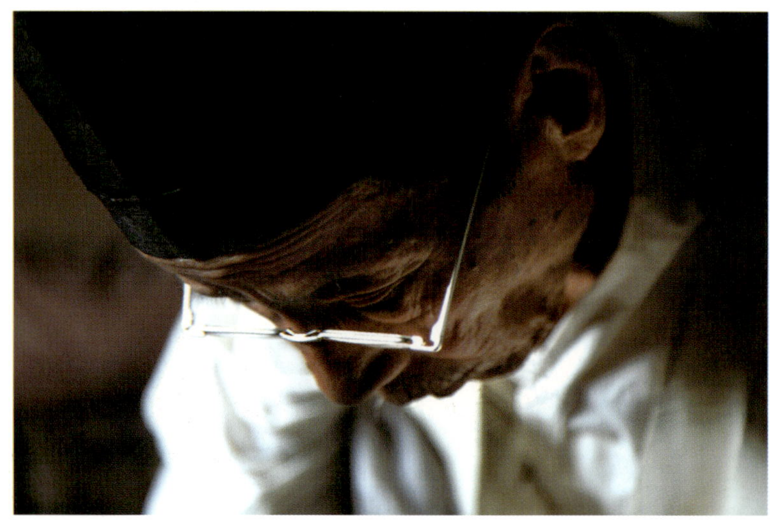

"유학이라면 케케묵고 고리타분하다고 생각하는 사람도
적지 않습니다."
"옛날 일이라고 다 좋은 것도 아니고, 다 나쁜 것도 아니지요."
"유학의 본질을 한마디로 말한다면 무엇입니까?"
"착한 사람을 만드는 것, 그것이 유학이오. 그런데 모두 그 길로 가면
정치가 안 되는 것이오. 누구나 장점이 있고, 단점이 있지요.
그런데 착한 사람은 장점이 많고, 악한 사람은 단점이 많지요."
"요즘처럼 변화가 빠른 세상에서 여전히 갓 쓰고 도포 입고 사는
이유는 무엇입니까?"
"가법家法이 그래서지요. 조부고, 선인이고, 삼촌이고 이렇게
입었어요. 양복은 한 번도 입어보지 않았어요. 요새 세상에서
썩어빠진 짓 한다고 웃는 사람들도 있습니다."

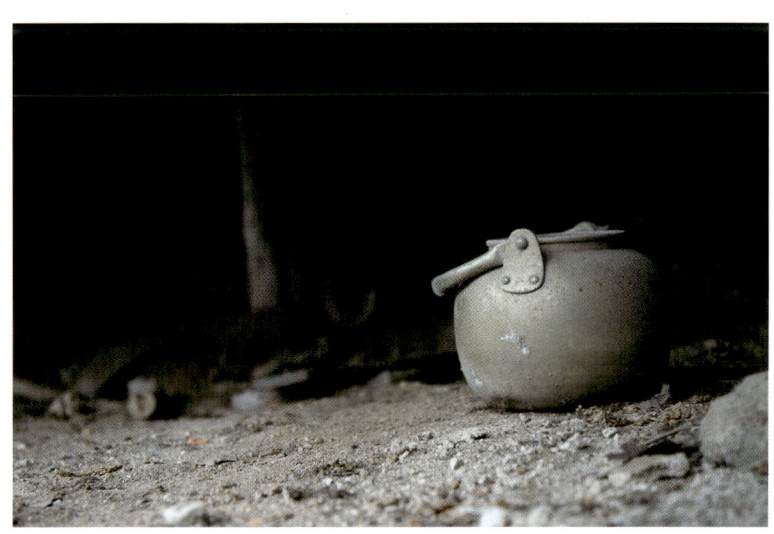

인재

권 옹은 유학을 전공하는 교수들이 몇 손가락 안에 꼽는 유학자 중
한 사람이다. 그는 초등학교도 다니지 않았다. 조부가 '왜놈 학교는 안
된다'고 학교를 보내지 않은 것이다. 권 옹의 조부는 영남에서 이름을
떨치던 학자였다. 당시 퇴계문집을 교정할 사람은 권 옹의 조부밖에
없다는 평가를 받았다. 권 옹은 당연히 조부에게서 한학을 공부했다.

조선지재 반재영남朝鮮之才　半在嶺南,
영남지재 반재안동嶺南之才　半在安東.

봉화는 이전에 안동 권역이었다. 세상은 더 이상 권 옹을 인재로 여기지
않는다. 노인의 생각과 학문은 더 이상 밥을 만들지도 못하고 세상을
움직이지도 못하기 때문이다. 그러나 노인은 개의치 않는다.
그런 현실이 안타깝지만 내가 노인의 세계 속으로 진입하는 것은
어차피 불가능하다. 노인은 지금 200자 원고지에 또박또박 노인의
세계를 나열하고 있다.

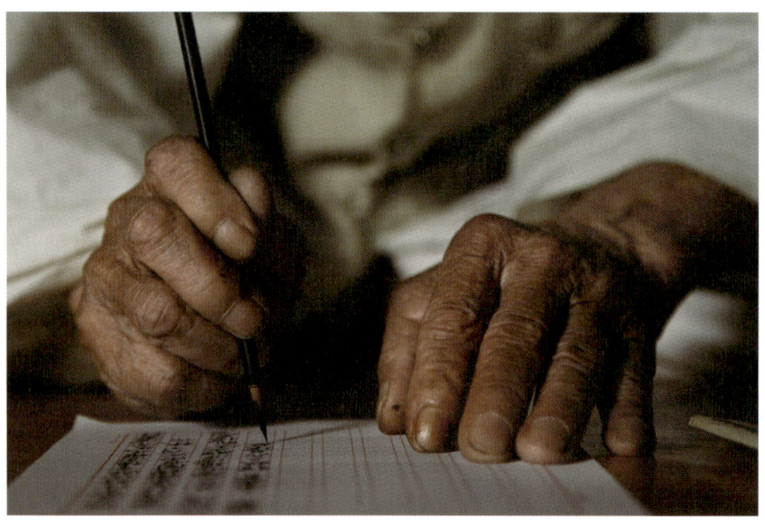

비행기가 지나갔다.

밖은 소란했다.

이미 공사를 위한 자재를 담 밖으로 내려놓는 모양이다.

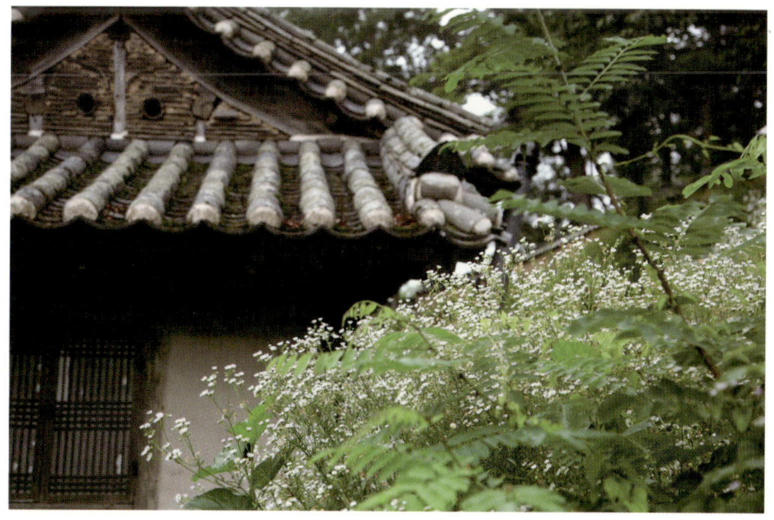

노인의 옷은 낡았다.
아주 낡았다.
노인과 노인을 둘러싼 모든 것들은 오래되었다.
나는 그 오래됨에서 기품을 느끼기보다 곤궁함을 보았다.

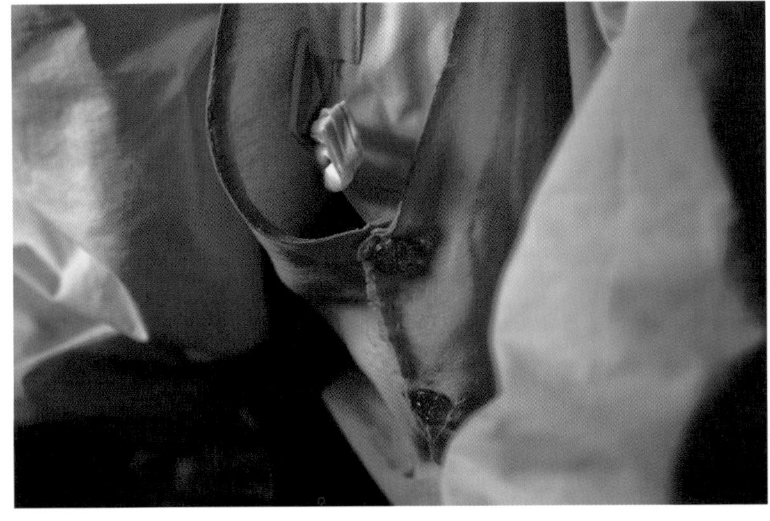

노인의 옷은 낡았다.
아주 낡았다.

중앙정부 지정 중요민속자료.
그것은 훈장일까.
국가는 집을 보호한다고 한다.
몇 억, 몇십 억 원의 예산을 고택 수리에 투여한다.
그들에게는 건축물인 집만 보일 뿐
그 집 안에 살고 있는 사람은 보이지 않는 것이다.
사람이 떠나면 집은 없다.

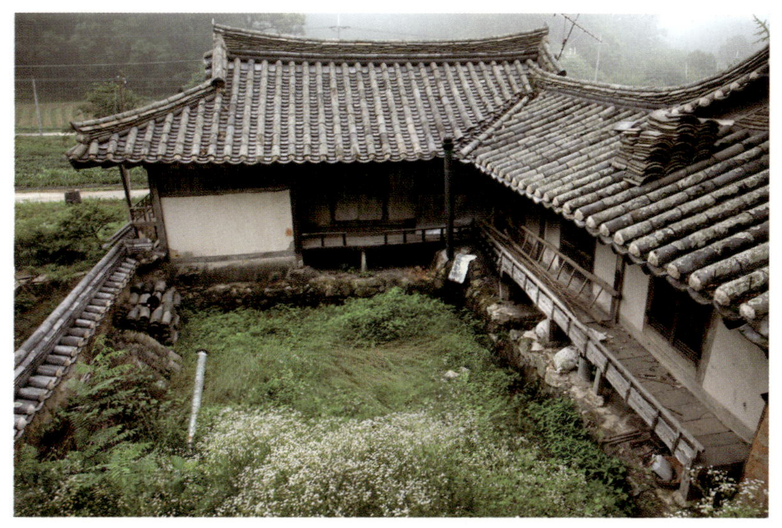

건축과 집

송석헌을 얼핏 보면 이층집으로 보인다. 북부 경북에서 간혹 볼 수
있는 구조지만 흔히 볼 수 있는 한옥 구조는 아니다. 당연히 건축하는
사람들이 찾아온다. 그렇게 찾아오는 이들의 눈에 송석헌은 하나의
'건축'이다. 그들은 송석헌의 구조를 해체하고 분석하고 언어로 선명한
정리를 시도하지만 권 옹에게 송석헌은 '집'이다. 그들은 민도리집이다,
납도리집이다, 건축 방식으로부터 비롯한 격식과 조선조의 신분제를
연결해보지만 권 옹은 선친이 무엇을 수리했고 그 나무는 어디에서
왔고 어느 목수의 손을 빌렸는지에 대해 이야기한다. 사람들이 기술과
전통을 이야기할 때 노인은 기억을 말한다. 사람들은 송석헌의 '겉'을
바라보고 노인은 그 집의 '안'에 살고 있다.

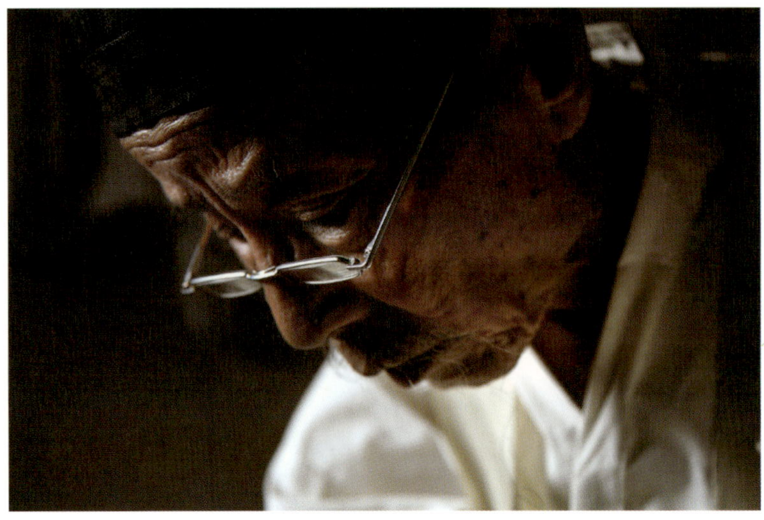

"왜 이혼을 많이 하는 것일까요?"
"서로를 주장하기 때문입니다."
"젊은 사람들에게 해주고 싶은 말씀이 있으신지요?"
"실천하기 위해 듣겠다는 것이 아닙니다.
단지 듣기 위한 것이니 부질없는 소립니다."

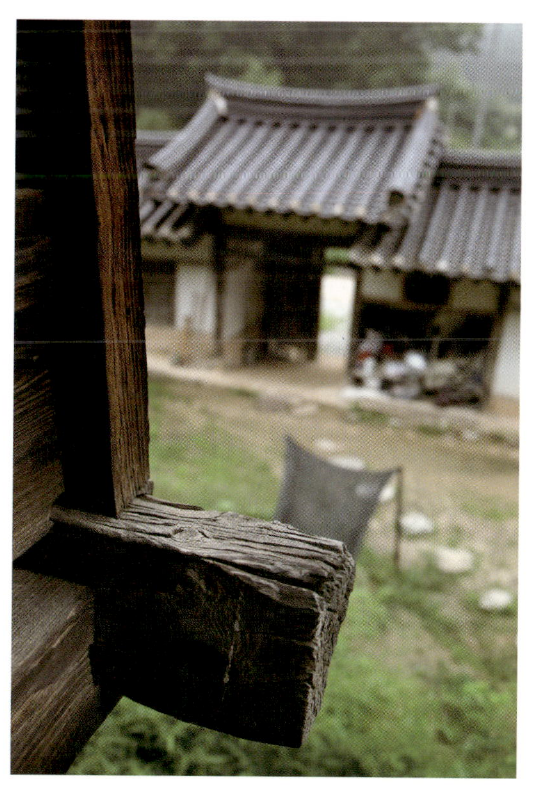

말씀은 간명했다.
그것을 받아들이는 사람의 판단에 따라
옳고 그름은 갈라설 것이다.
그러나 노인은 말씀에 막힘이 없었다.
하나의 잣대를 가지고 계시다는 느낌을 받았다.

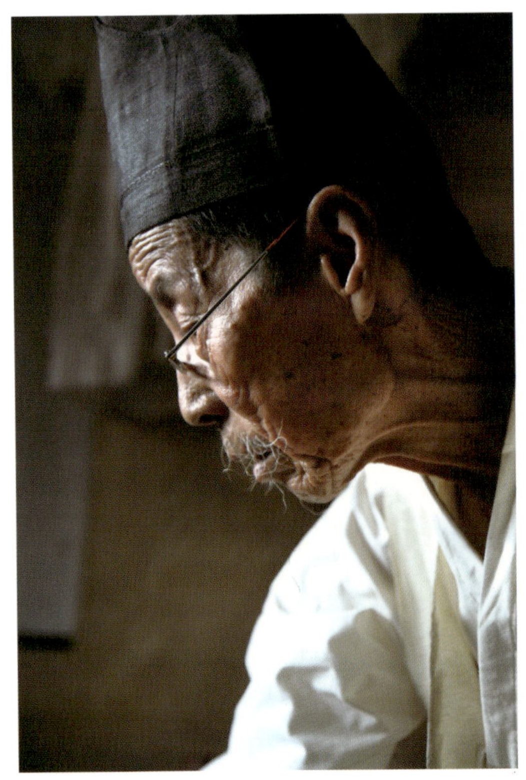

오래 쓸 수 없다고 하신다.

원고지 위에 집중하고 있다 보면 어지럼증이 도진다고 하신다.

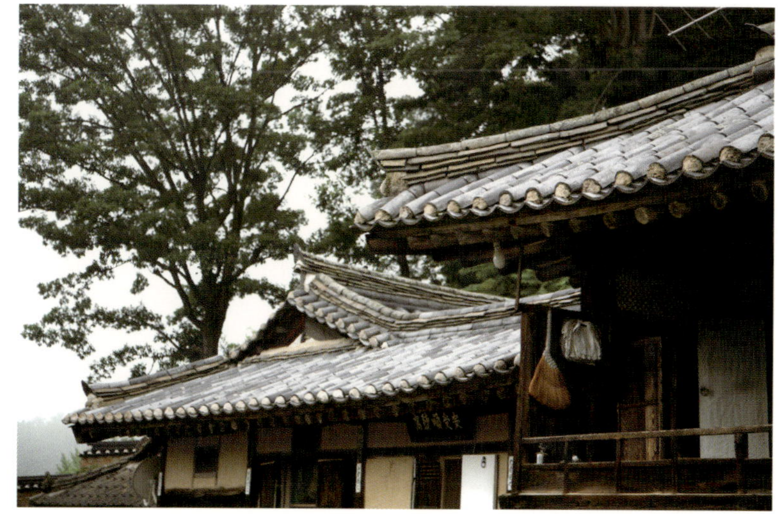

노인의 손은 피부와 속살로 분리된 두 개의 객체로 보였다.

속살이 희박하다는 것은 분명했다.

그래서 차라리 피부와 뼈로 구성된 것처럼 보였다.

그 손이 잡고 있는 붓을 움직이는 원동력이 무엇인지 나는 모른다.

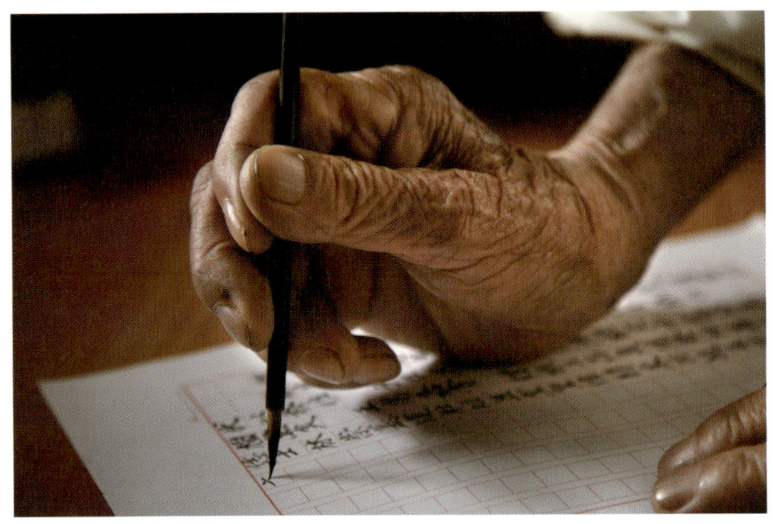

지탱하고 있다.

집과 노인에게서 내가 받은 느낌의 뼈다귀는 그것이다.

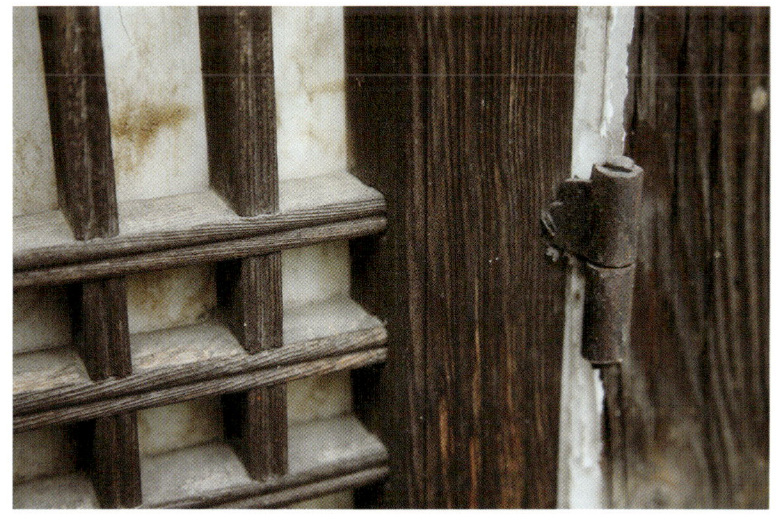

"안동 권, 복야공파 삼십칠 댑니다.
시작하시기 전에 인사를 드려야 했는데……"

노인의 글쓰기가 끝이 난 후에야 큰절을 올렸다.

"허허, 그런가. 나는 삼십사 대네."

잠시 숨을 돌렸다.
무거운 햇볕이 보이기 시작했다.
북부 경북, 더운 지역이다.

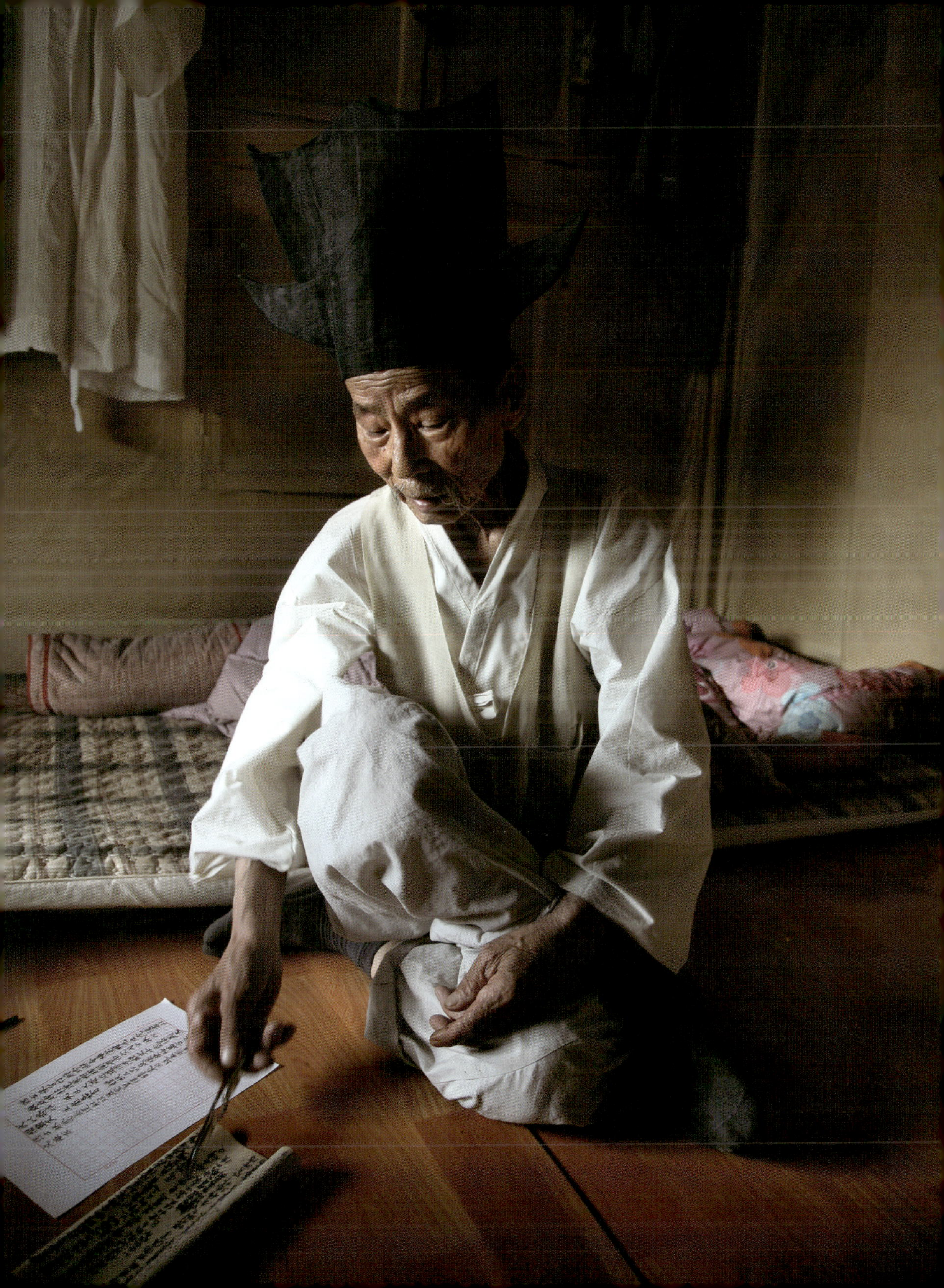

육신肉身

영혼의 현신現身이라고 한다. 세상에 보여주는 나의 겉이다.

깨지고 낡은 것은 불편하다.

깨지고 낡은 몸은 불편하다.

세대를 화제에 두고 짧은 대화를 나누었다.

"그러니까 태중胎中의 할아버지라는 말도 있지 않은가.
허허허."

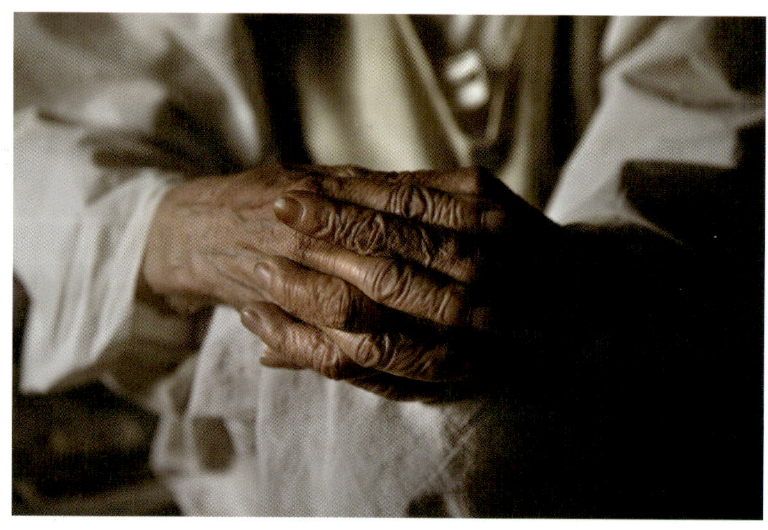

육신肉身

영혼의 현신現身이라고 한다. 세상에 보여주는 나의 겉이다.

세대世代

시골에 살면서 느끼는 점은
세대 차이로 인한 갈등이 지난 200년 이전에는
그리 극심하지 않았을 것이란 사실이다.
물론 전혀 없지는 않았겠지만
세상과 사물에 대한 인식의 차이는
그리 크지 않았을 것이다.

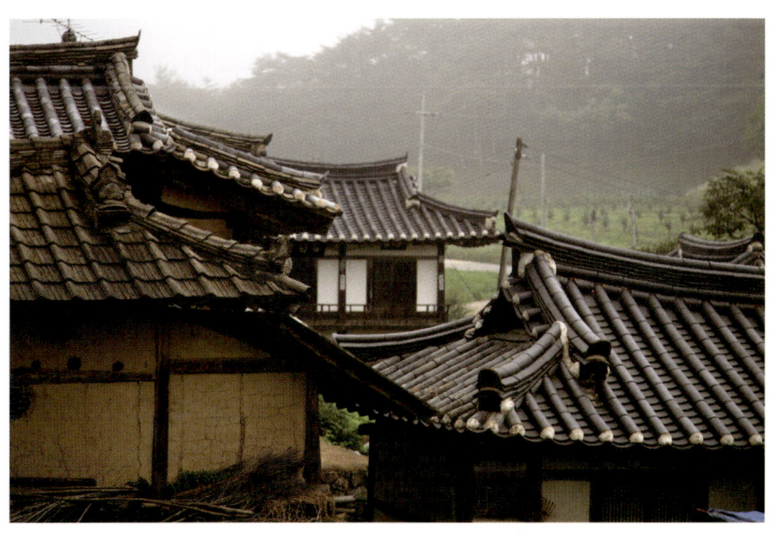

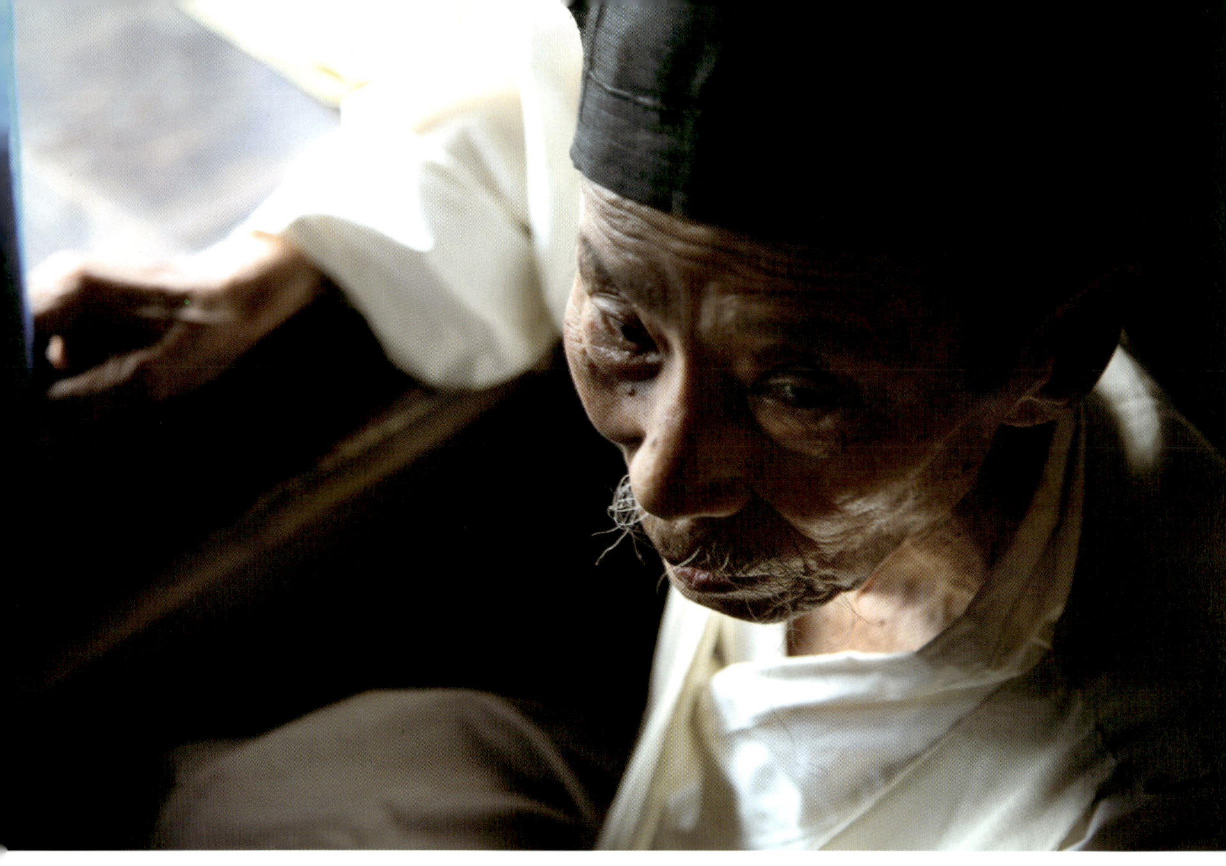

권 옹은 나와 다른 세상에 살고 계신 분이다.
그리고 그것이 우리가 지금 살고 있는 세상의 단면이기도 하다.

'당연하다'는 것은 우리가 경험한 것의 보편적 총합일 뿐이다.
사실 우리라는 범주는 지리적, 인문적, 문화적, 경제적,
정서적 일치감이 높은 사람들의 레이아웃인데
그 범주를 벗어난 사물과 현상, 생각에 대해서
우리는 '이상하다'는 표현을 자주 사용한다.
그래서 '우리'와 이상함'은 충돌한다.

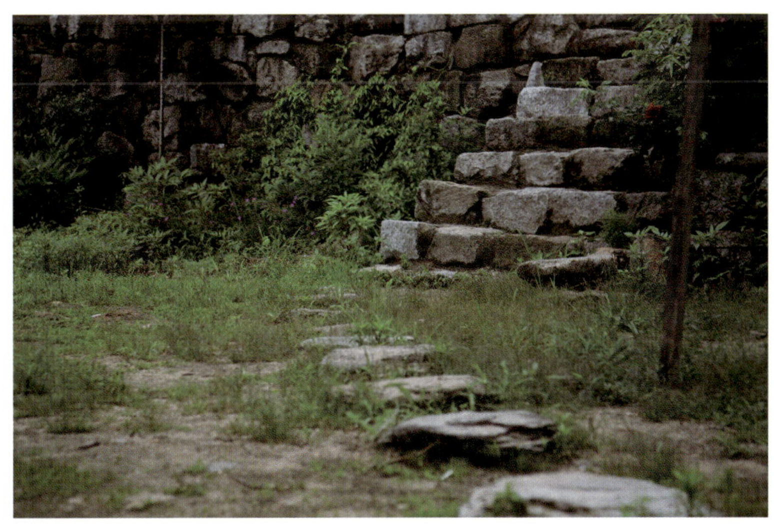

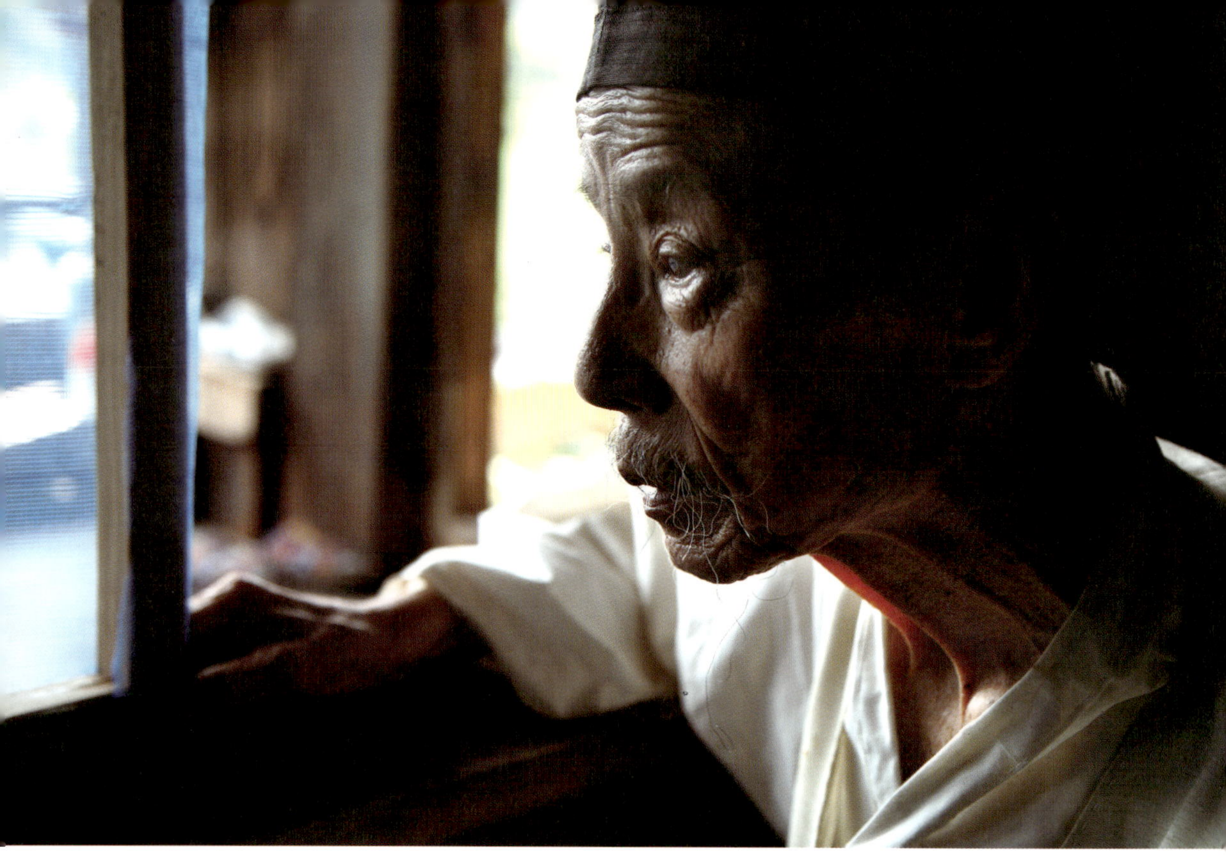

노인은 호흡을 가다듬었다.
육신의 호흡은 거칠었지만 정신의 호흡에서 번뇌는 없어 보였다.
노인은 스스로 당연한 삶을 이어왔고,
우리는 그 당연함을 이야기로 삼자고 자리에 함께하고 있다.

노인의 모든 것은 붙박이였다.

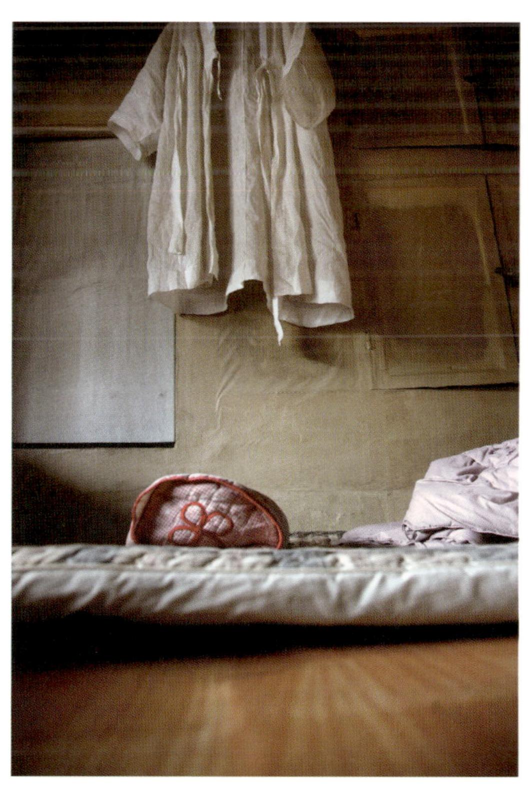

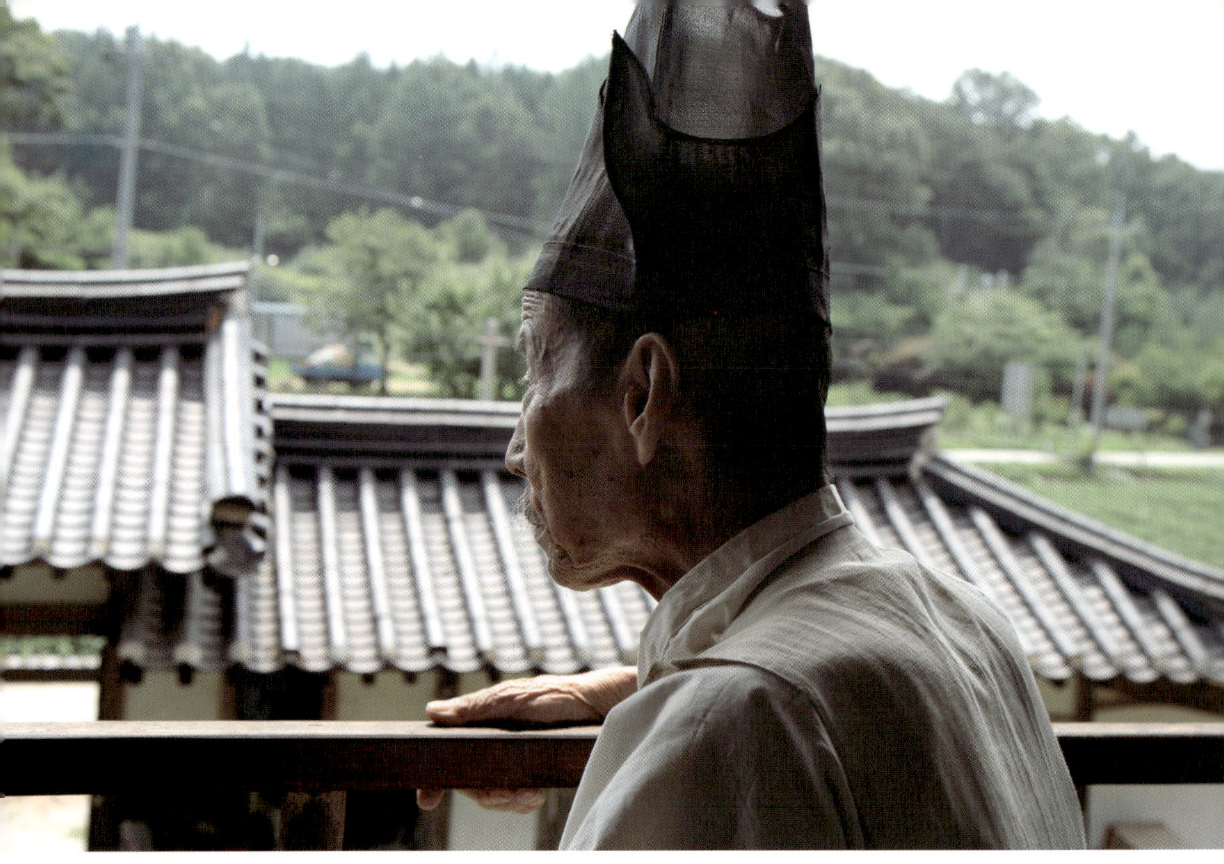

햇볕으로 나섰다.

이제 곧 이 집은 일단 원형을 잃게 될 것이다.

사람이 사는 집을, 그것도 300년을 이어서 살고 있는 집을

수리하는 일은 당연한 것이다.

그러나 불과 100년 전의 수리와

지금의 수리는 의미와 결과가 다를 것이다.

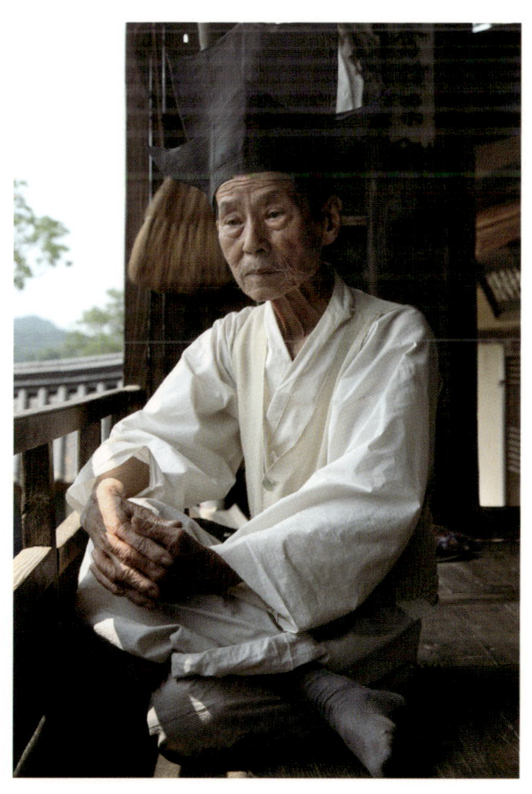

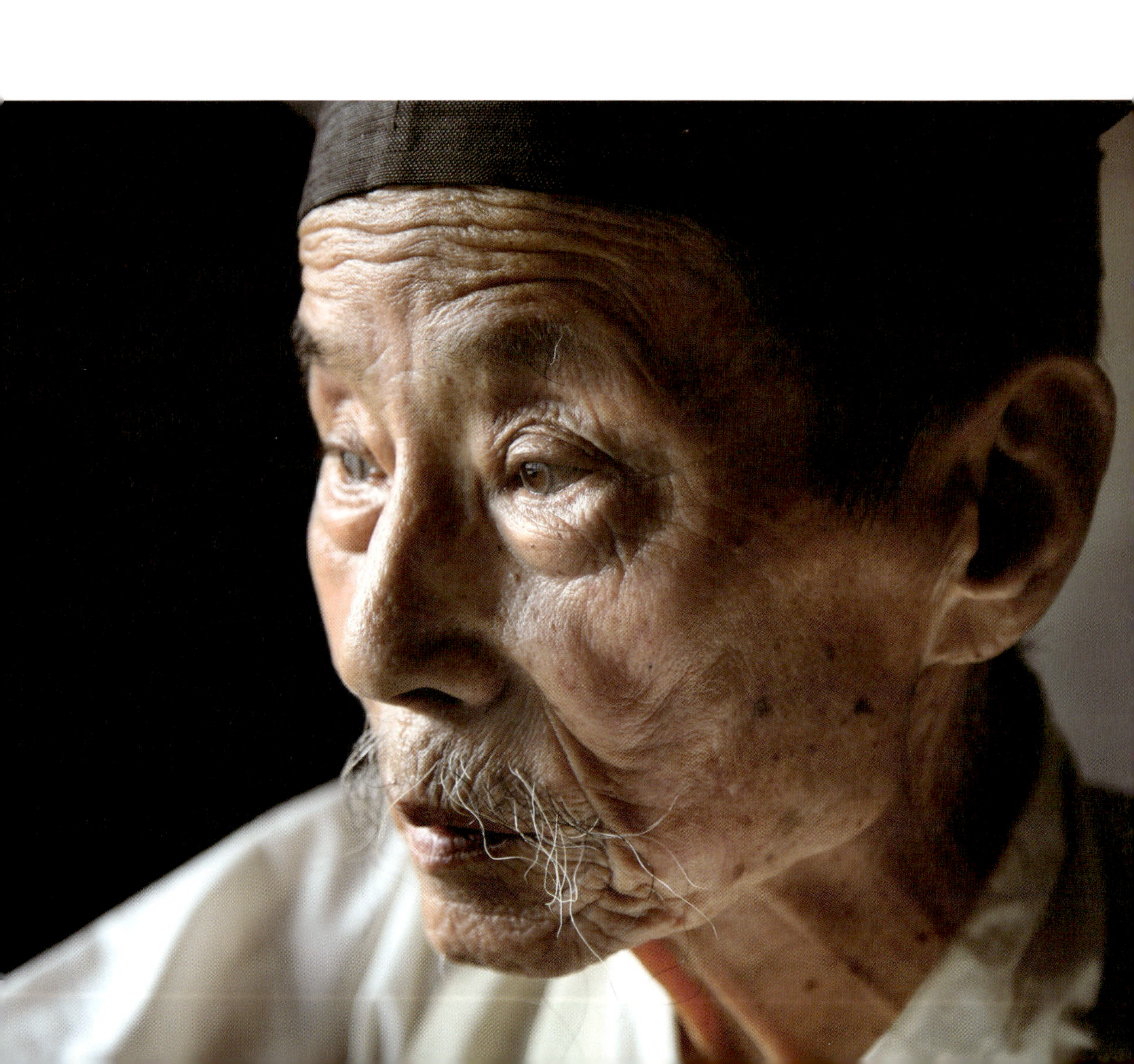

나는 이미 제한선 없이 카메라를 집어넣었다.

노인은 그것을 받아들였다.

또는 개의치 않았다.

나는 턱없는 욕심을 내고 있었다.

채용신이 그린 간재艮齋 전우田愚의 초상화를 생각했다.

전신사조傳神寫照.

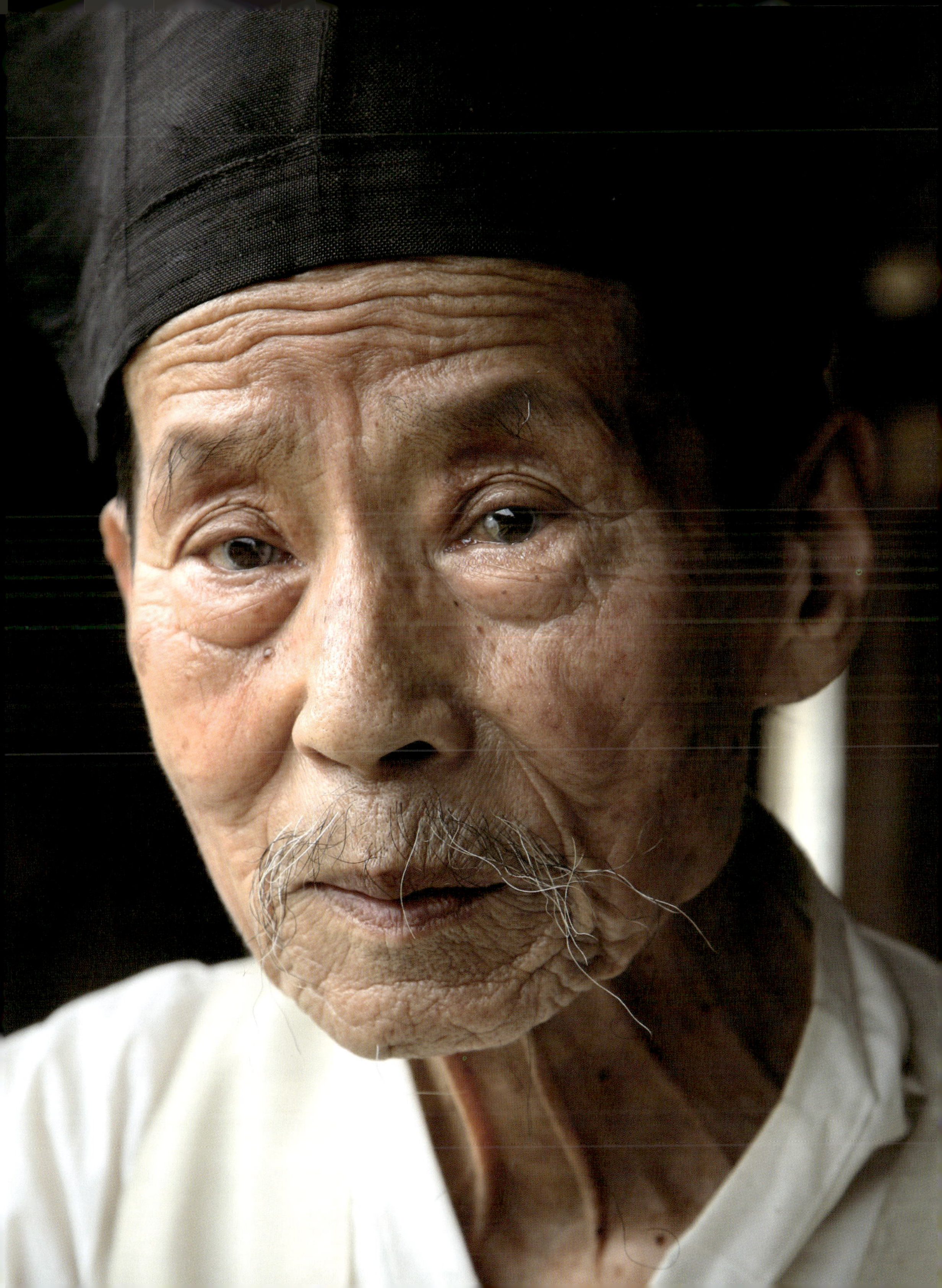

방으로 드셨다.

최근에는 이렇게 누워 계신 시간이 대부분이다.

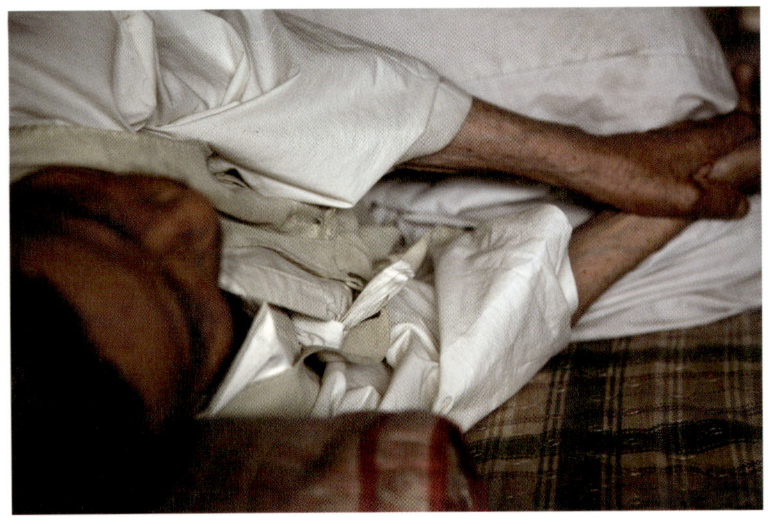

금년 남은 시간 동안 계속될 공사로 인한
소음 속에서 노인은 어떻게 생활할 수 있을까?

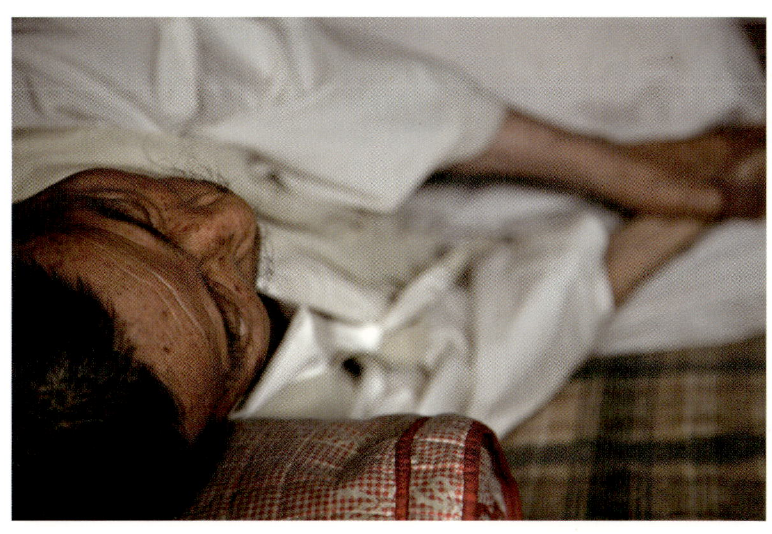

금년 남은 시간 동안 계속될 공사로 인한
소음 속에서 노인은 어떻게 생활할 수 있을까?

글쓰기 촬영이 끝나고 방송 팀은 짐을 꾸렸다.
일단 서울로 돌아가는 것이다.
나는 남았다.

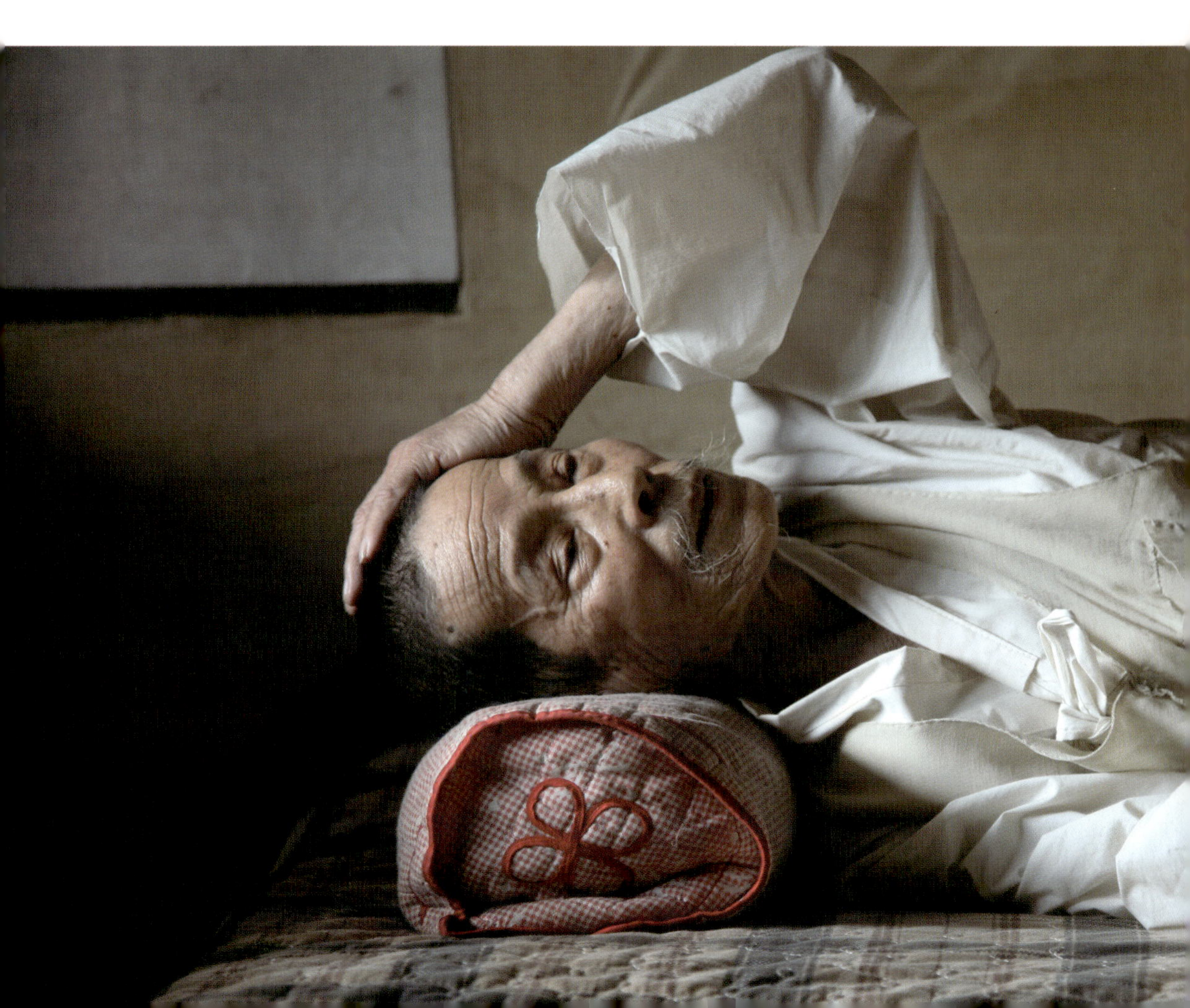

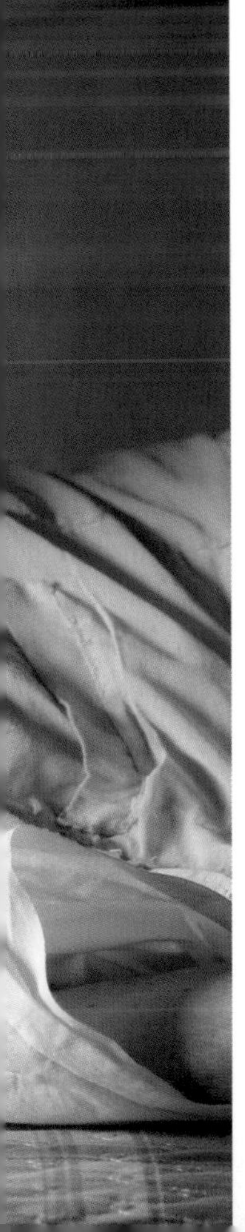

10시 29분.
문안 인사 올리고 방을 나섰다.

노인은 잠을 청하셨다.

노인이 주무시자 집도 잠이 들었다.

나는 살금살금 송석헌 속을 유영했다.

적막함 속에서,

늦은 햇볕 속에서,

카메라 셔터 소리는 유난했다.

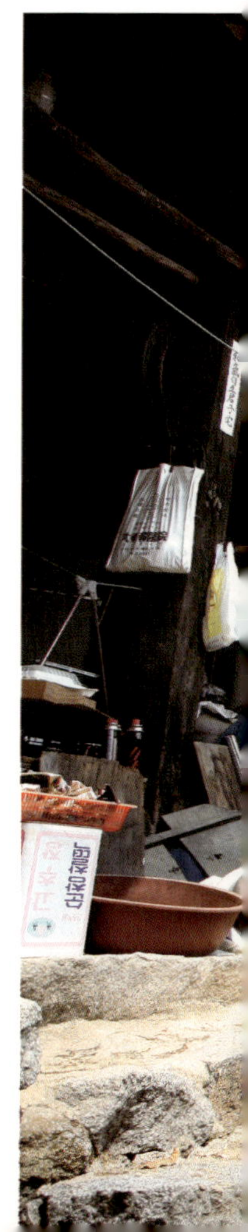

생각하지 않았던 햇볕이 나오고 나는 잠시 고민에 빠졌다.
대부분의 사진은 '밝음'을 배제했다.
단 한 번에 해야 하는 하루의 기록에서 나는 촬영 콘셉트를 그리
설정했다. 햇볕 상태의 송석헌 촬영이, 과연 돌아가서
내 스스로의 선택을 통과할 수 있을지 장담할 수 없었다.

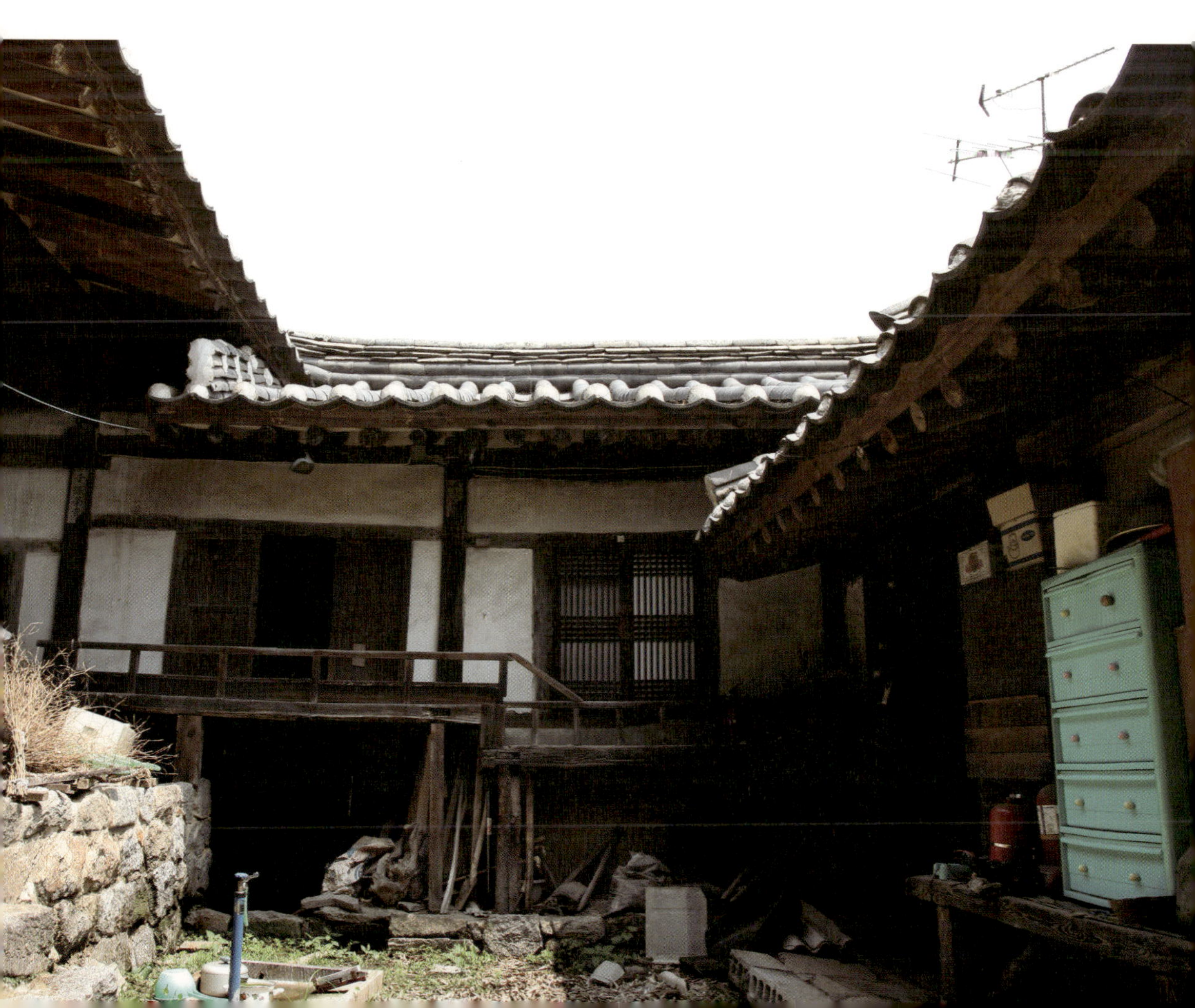

도착해서 처음에는

나의 노가다가 헛짓이 될 수도 있다는 점을 생각했다.

방송 팀의 노가다는 사실 별로 생각하지 않았다.

방송과 출판처럼 만들다가 허무는 경우가 많은 영역에서

일하는 사람들까지 생각할 여유는 없었다.

이 먼 길을 왔는데 60분 프로그램을 며칠 동안의 촬영과

나의 스틸로 커버할 수 있을까 하는 의문이 든 것이다.

하지만 새벽부터 정오가 되기 전까지 일을 하면서

방송 여부는 생각하지 않게 되었다.

송석헌과 권 옹을 기록해두었다는 사실이 스스로 만족스러웠다.

편도 300킬로미터의 이동은 충분히 가치가 있었다.

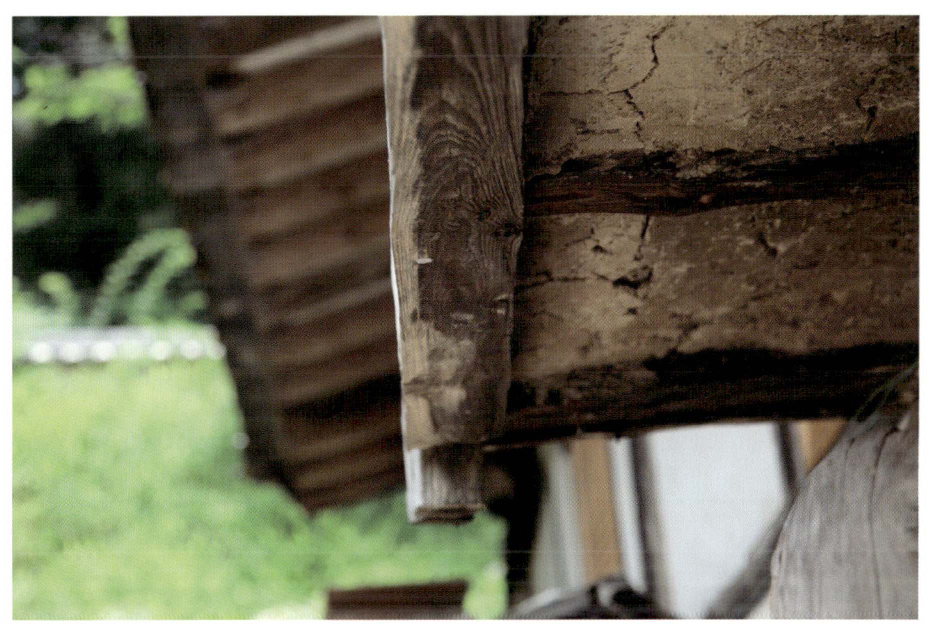

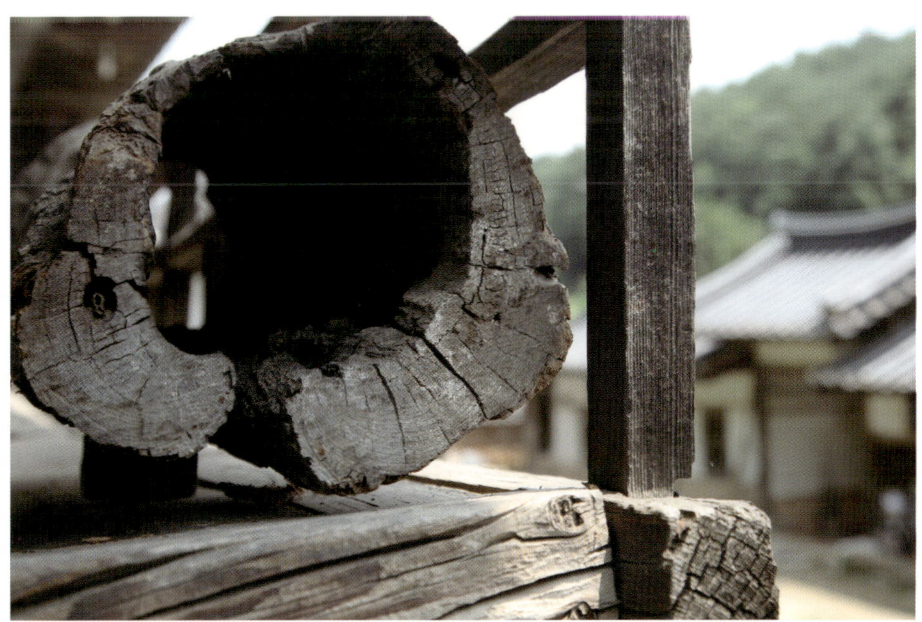

부재

안채에서 거의 셔터를 누르지 않았다. 솔직하게는 누를 수 없었다.
외부로 소개되는 사진들에서 송석헌 안채의 모습은 일종의 결례였다.
지난 수십 년 살림의 부산물들, 보기에 따라서 쓰레기라고 부를 수도
있는 잡동사니들이 안채 'ㅁ'자 모양의 마루를 점령하고 있었다.
안채는 사용하지 않는 공간이었다. 사용하지 않음은 현재로서 '필요
없음'을 뜻하는 것이고 그것은 안채 살림의 주인이 부재함을 말한다.
그것은 슬픔이었다. 송석헌에서 '가족의 부재'는 공간의 허전함 또는
허망함을 극대화시켰다. 권 옹 역시 이 공간으로 걸음하는 일이 거의
없을 것이란 생각이 들었다. 부재를 확인하는 발걸음을 매일 옮길
이유는 없을 것이다.

오정요 작가의 기획안을 마지막으로 찬찬히 읽어보았다.
더 남아 있어도 나열된 아이템 중 가능한 촬영은 없어 보였다.

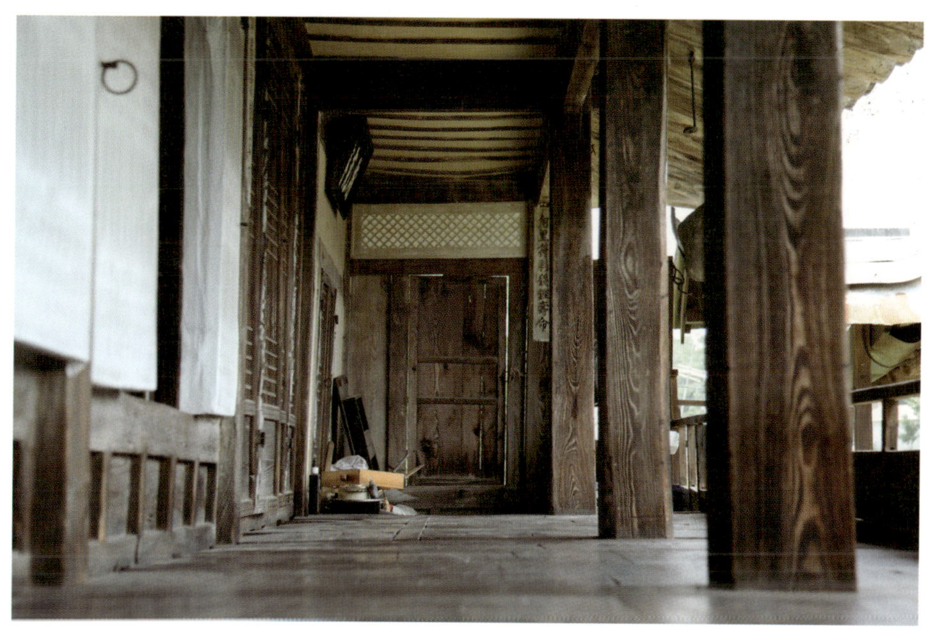

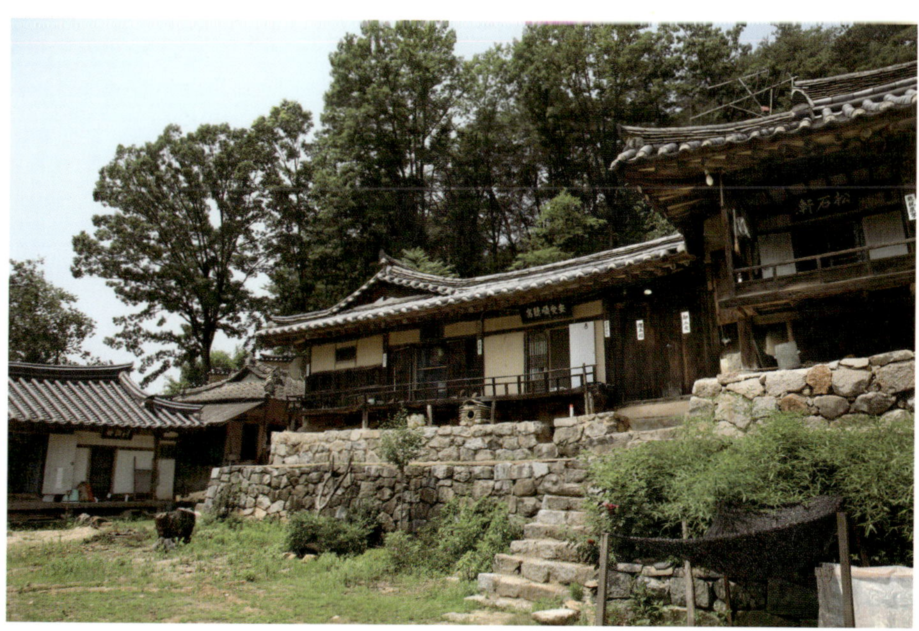

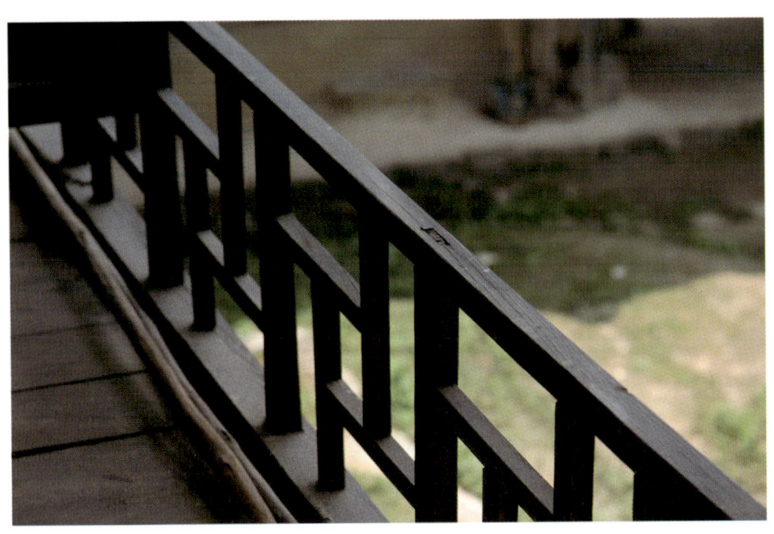

누구랄 것도 없이 우리에게는 모두
잊히지 않은 집 한 채가 있다.
떠나와서 더 그리운 집.
거기에는 아직도 기억이 살고 있다.
그래서 모든 오래된 집은
기억의 사원이다.
기억의 사원으로 떠나는 여행,
어느 오래된 기억에 대한 예찬.

남는 것은 추억이다.
하나의 집은,
시작되고 지어지고 마무리되고
쓰여지고 사랑받고 지속되고 사라지며
마침내 추억을 남긴다.
— 건축가 김기석의 글(오정요 작가의 기획안 중에서)

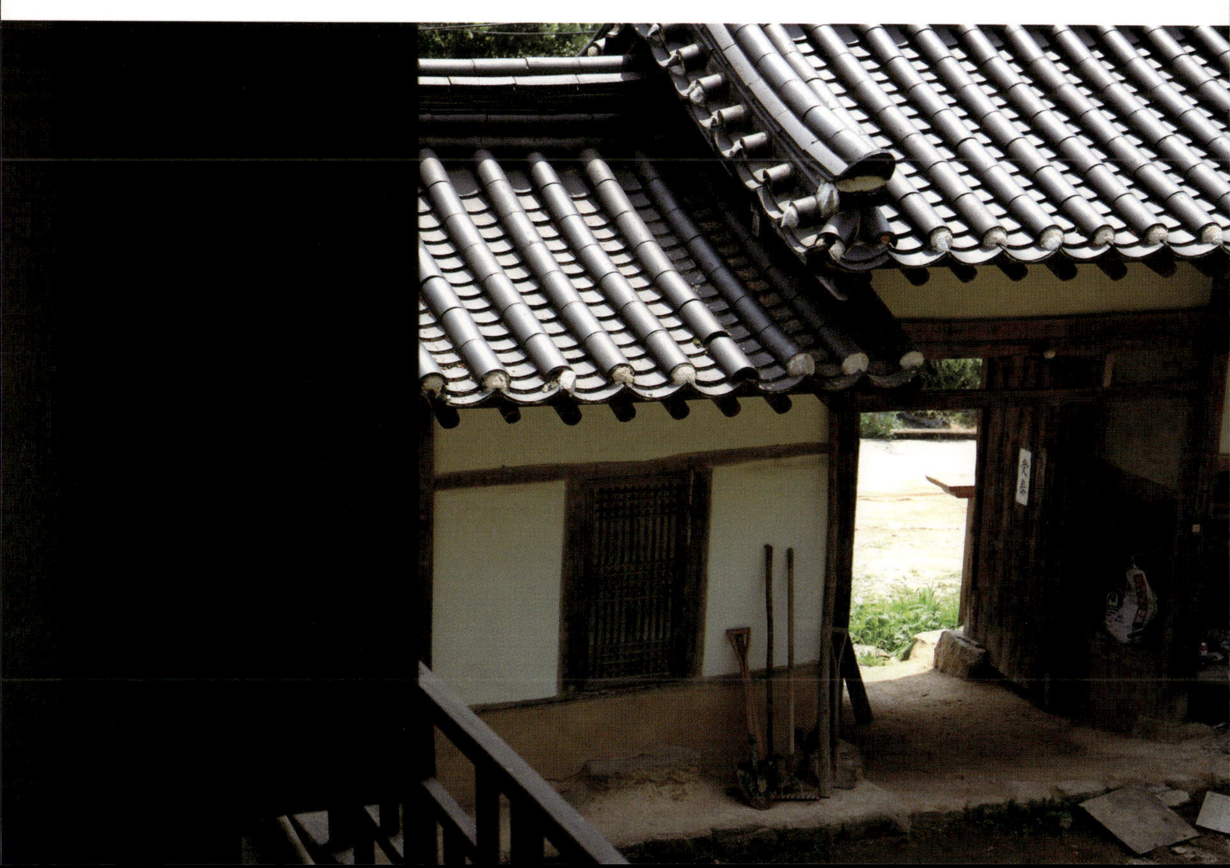

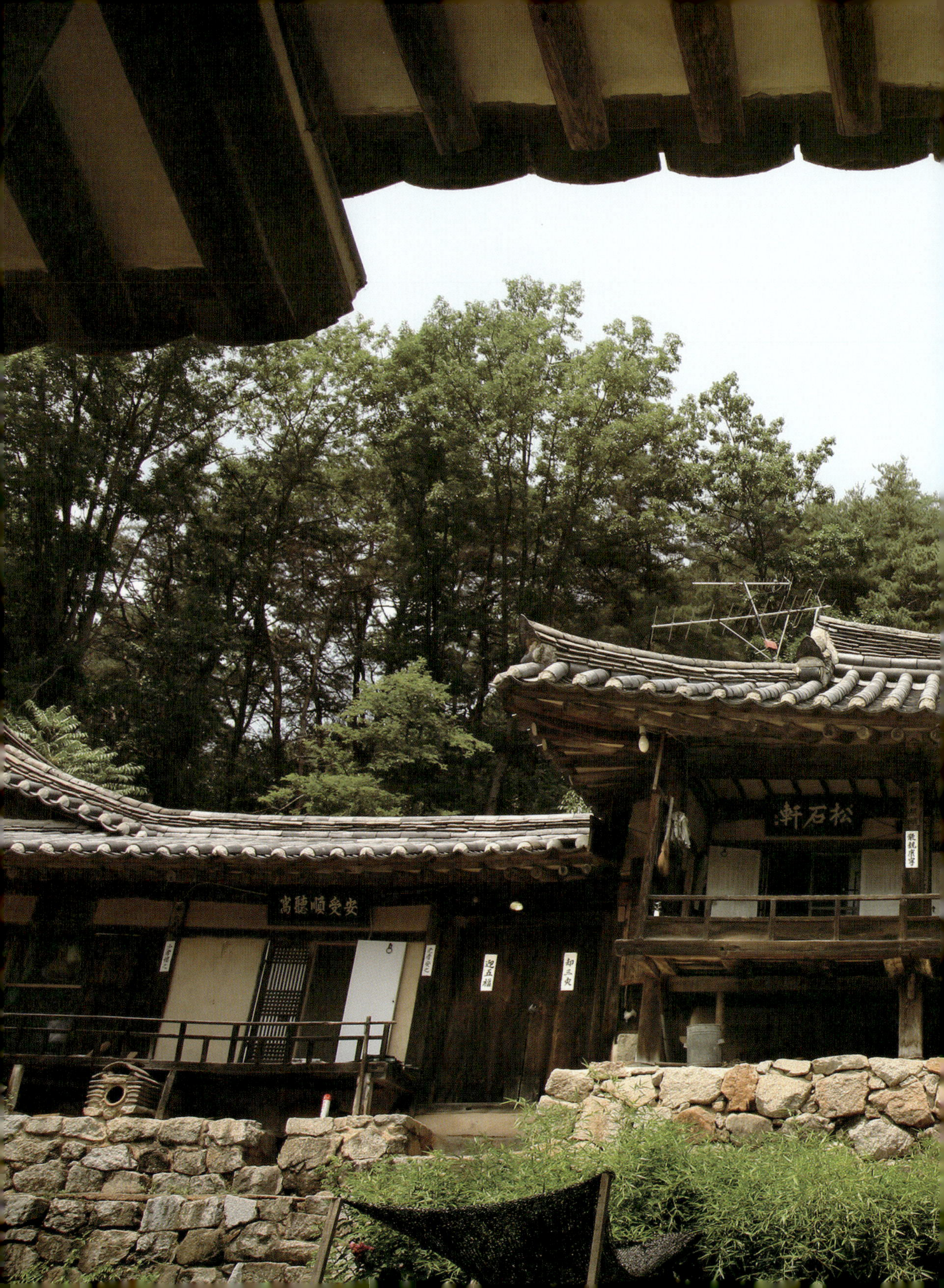

松石軒
安受順聽高

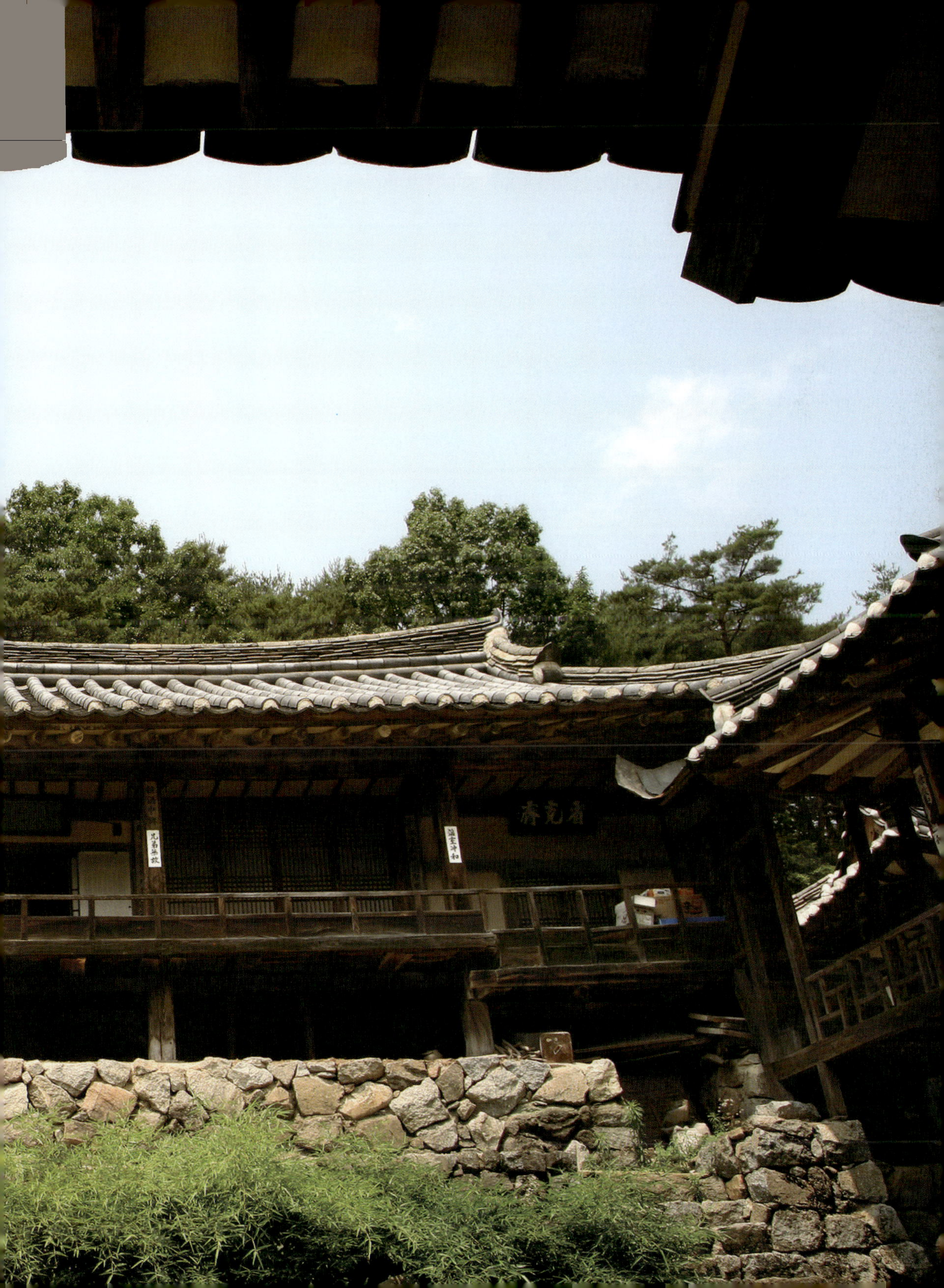

兄弟無故
溫室沖和

오후 2시 넘어 영주의 삼계탕 집에서 늦은 점심을 청했다.
북부 경북에 대한 편견 탓인지 옆 테이블의,
명백한 삼십 대 사내들의 대화는 내 주변 삼십 대들과의 대화와
비교하자면 놀랍도록 보수적이었다.
오래간만에 제대로 된 삼계탕을 먹었다.
가당치도 않은 상상이지만 노인을 모시고 나와
삼계탕 한 그릇이라도 대접해드려야 했다는 아쉬움이 남았다.
방송 팀이 가을에 다시 촬영을 하게 된다면
나 역시 다시 찾을지 장담할 수는 없다.
가능하다면 다시 송석헌을 찾는다는 것이 지금 나의 마음이다.

그때 나는 송석헌에서 무엇을 보게 될까?

두 번째 방문

아름다운 뼈

집수리와 몸 수리

시간이 그렇게 흘렀나.
한 달 정도 지났다고 생각했는데 두 달이 넘었다.
출발할 때 보았던 구례의 잠자리가 봉화에서도 같은 모습으로
나를 맞이했기에 공간을 이동했다는 사실을 잠시 잊었다.

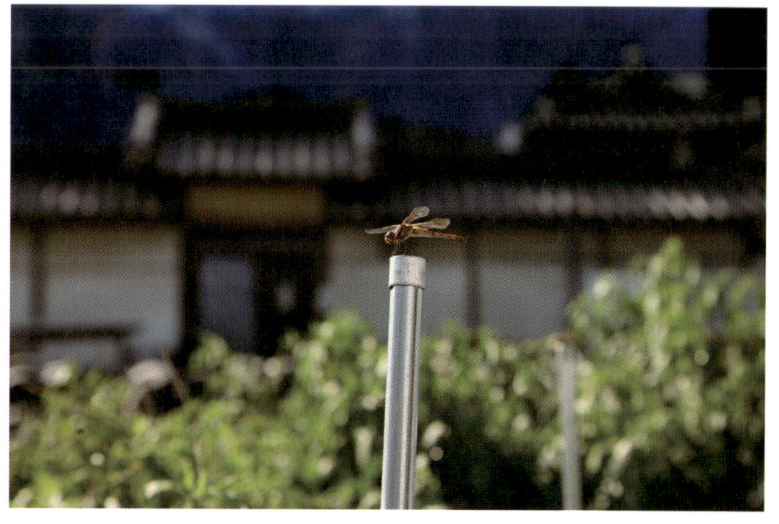

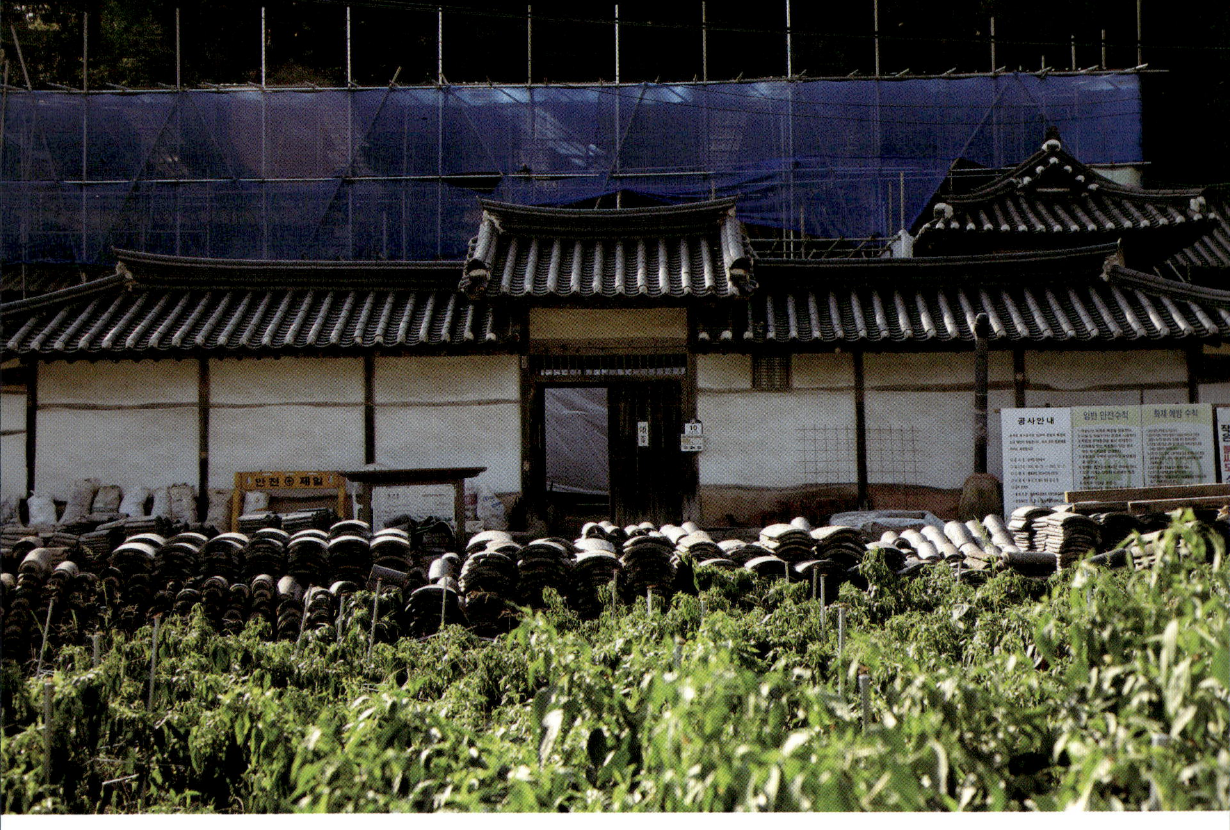

성벽을 두르고 있다.
예상했던, 익숙한 모습이다.

시간이 흘렀고 애초에 방송사에서 일을 받았을 때는
한 차례 촬영일 것이라 생각했지만(물론 나 혼자 생각에)
수리 중인 송석헌의 모습을 기록해야 한다는 필요성은 느끼고 있었다.
그러나 전남 구례에서 경북 봉화까지는 먼 길이다.
물리적, 무엇보다 마음의 여유가 있어야 한다.
그러나 나의 일상은 역시 전혀 어떤 여유도 허락하지 않았다.
결국 여유가 있어 일을 하는 것은 아니다. 상황이 강제한다.
고급용어로 '해치우는 것'.

지금까지 해체 작업을 한 것으로 보면 되겠다.
예상 공기는 2010년 연말까지지만 가능할 것 같지는 않다.
물론 지난 7월 촬영에서 이미 '이 공사는 1년은 걸립니다'라고 예언
하기도 했다. 전문가적 견해로 그런 것이 아니라 시골 일이 그렇다.
무엇을 상상하건 항상 그것보다는 늦다.

전화 상으로 확인한 네 가지 촬영 미션이 있다.

역시 우선 순위는 공사 중인 집을 촬영하는 것이다.

번와翻瓦(기와 교체) 작업을 할 때 기존의 낡은 기와를

파손하지 않고 최대한 살리는 것은 정말 힘든 일일까?

활용할 곳이 많은 것이 기와다. 담장 작업에서 그릇으로까지.

오후 4시경이었다. 선돌마을은 해 지는 시간이 이르다.

2박을 예정하고 왔지만 가능하면 1박으로 작업을 완료하고 싶었다.

그렇게 끝이 난다면 여름휴가라고 생각하고

부석사나 봉정사 방면에서 하루 정도 쉬고 싶었다.

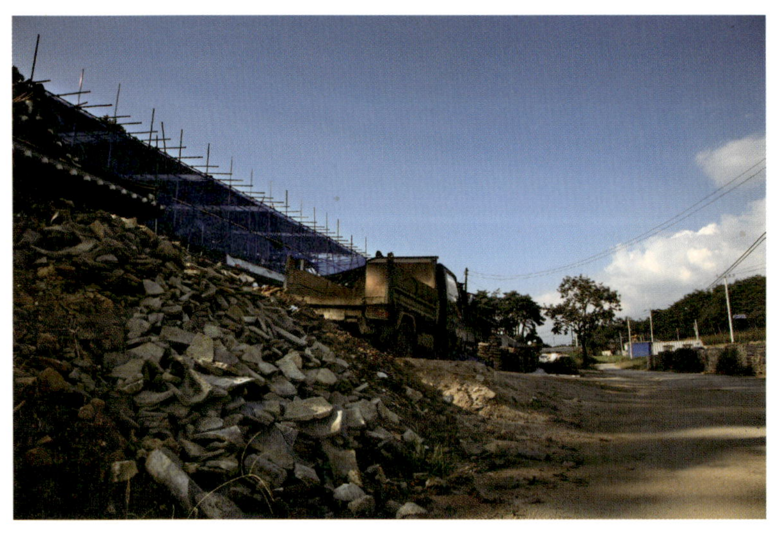

들어섰다. 이용 가능한 목재를 제외하고는 전면 보수다.
집은 뼈대를 드러내고 있었다.
한옥 벽체의 씨줄과 날줄은 대나무와 새끼로 엮은 산자橵子인데
흙을 받아내고 지탱하는 역할을 한다.
사무실 옆 운조루 보수공사에서 이 산자를 각목과 나사못으로
처리하는 것을 보고 경악한 적이 있다.
문화재 보수 허가를 받은 업체를 전혀 믿지 않는 계기가 되었다.
사진 찍어서 문화재청에 알렸고 그들은 재작업을 해야 했다.
천박한 세상은 브로커를 양산한다. 브로커는 원래 '중개인'이다.
대한민국에서는 의미가 변형되어 '일을 따 먹는 놈'들을 지칭한다.

헛소리라고 해도, 촬영을 하는 동안 나름으로
작업 전체를 관통하는 미학이 있었다.
집은 세월의 흔적을 간직하고 있었다.
11월만 되어도 벽 작업을 하지 못할 것이다.
기온이 내려가면 흙을 붙이기 어렵다.
송석헌의 보수 공사가 약속된 일정을 지킬 수 없는 결정적인 근거다.
공사 자체는 예산으로 진행하는 일이니 일만 제대로 한다면
별 문제는 없지만 집 밖으로 나가 계신 어르신의 불편이 길어질 것이다.
송석헌은 '아름다운 뼈다귀'였다.

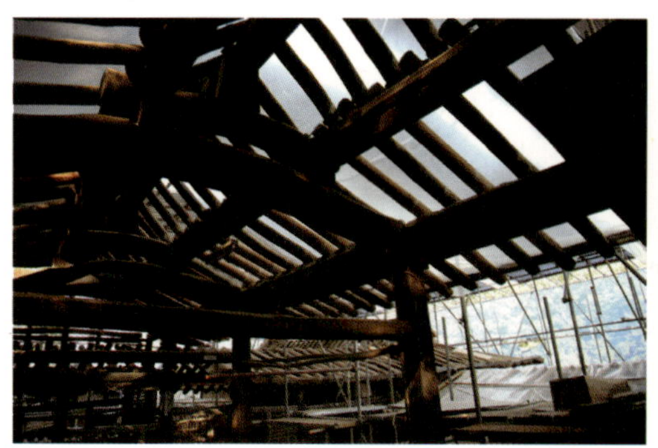

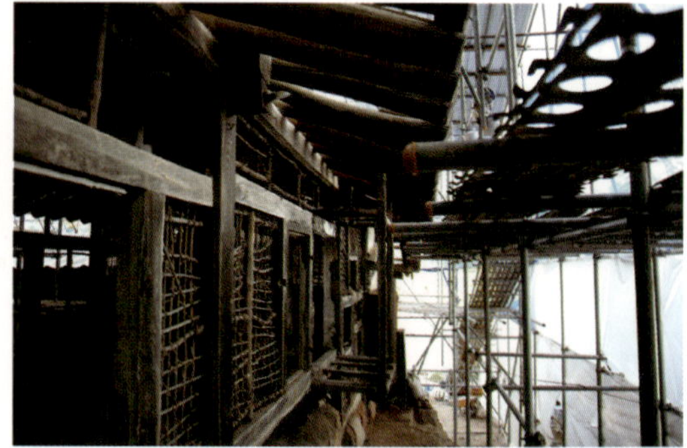

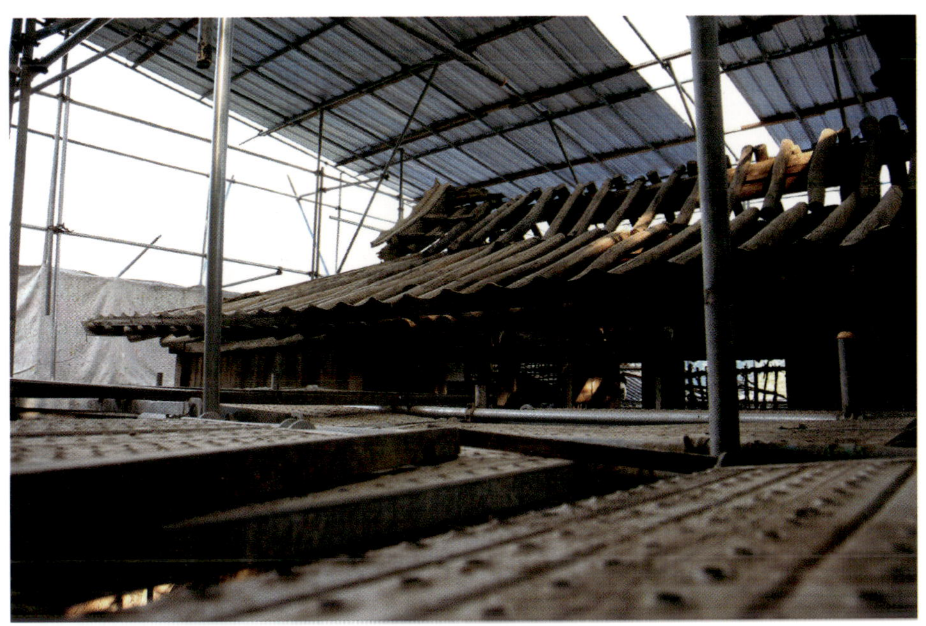

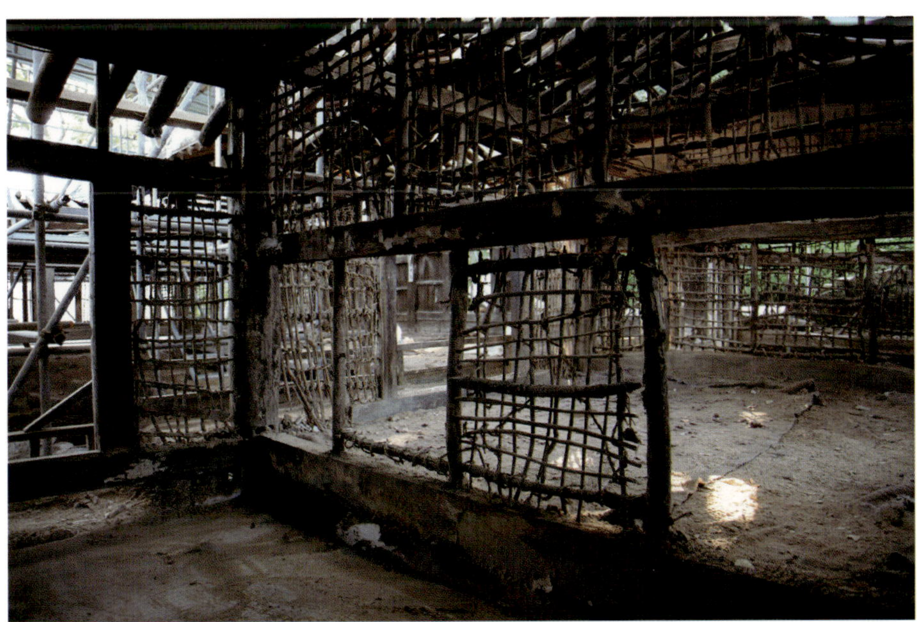

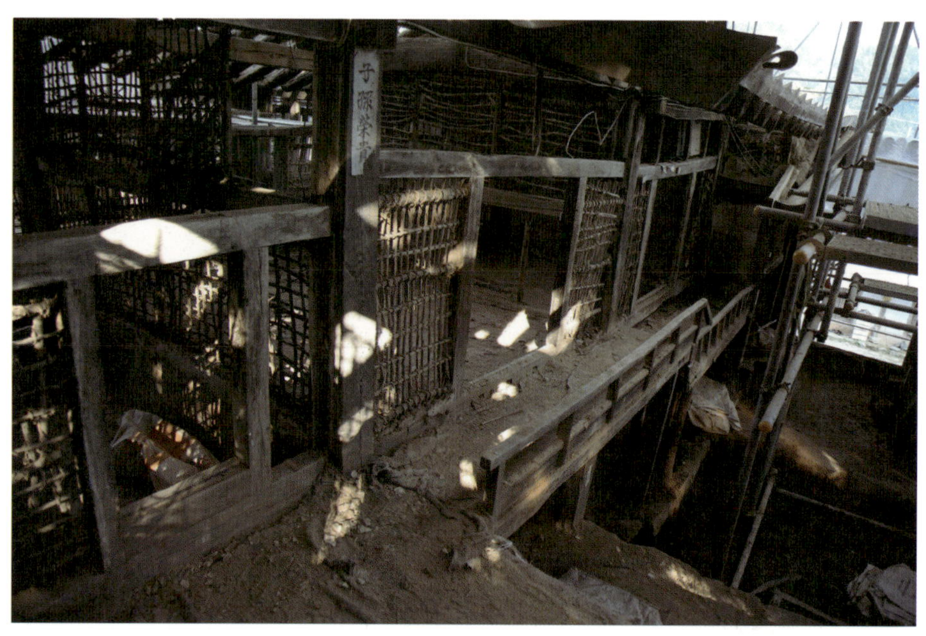

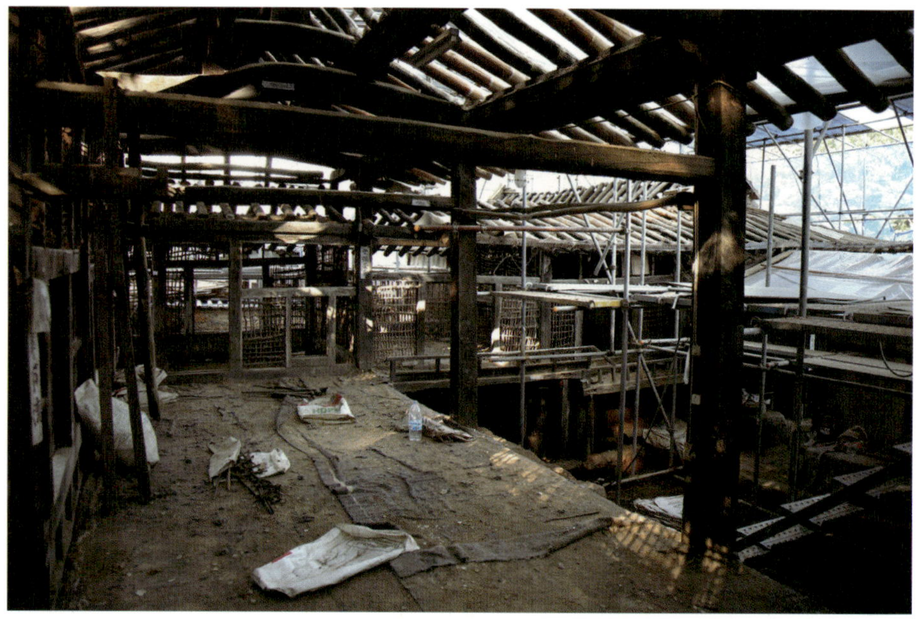

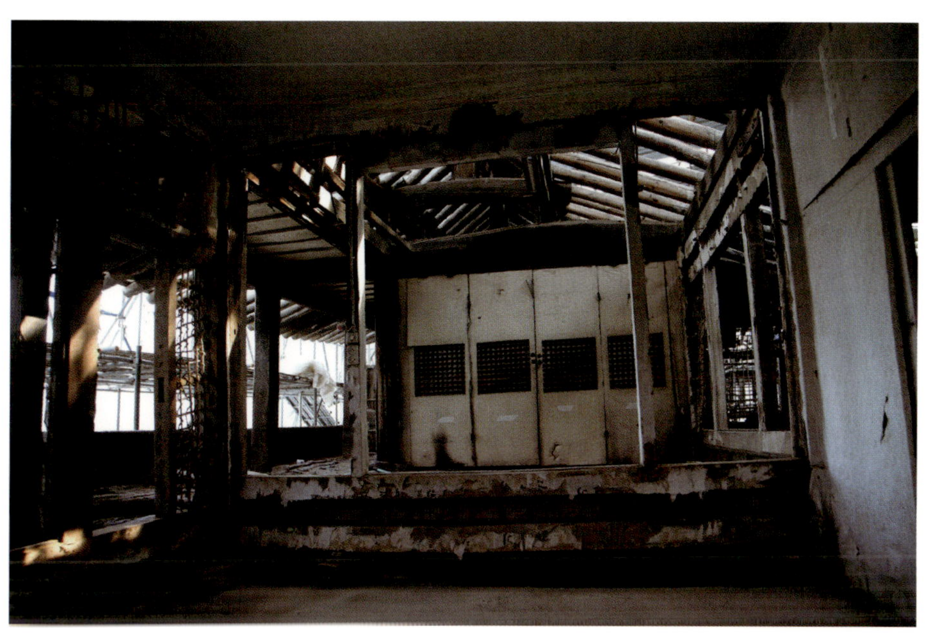

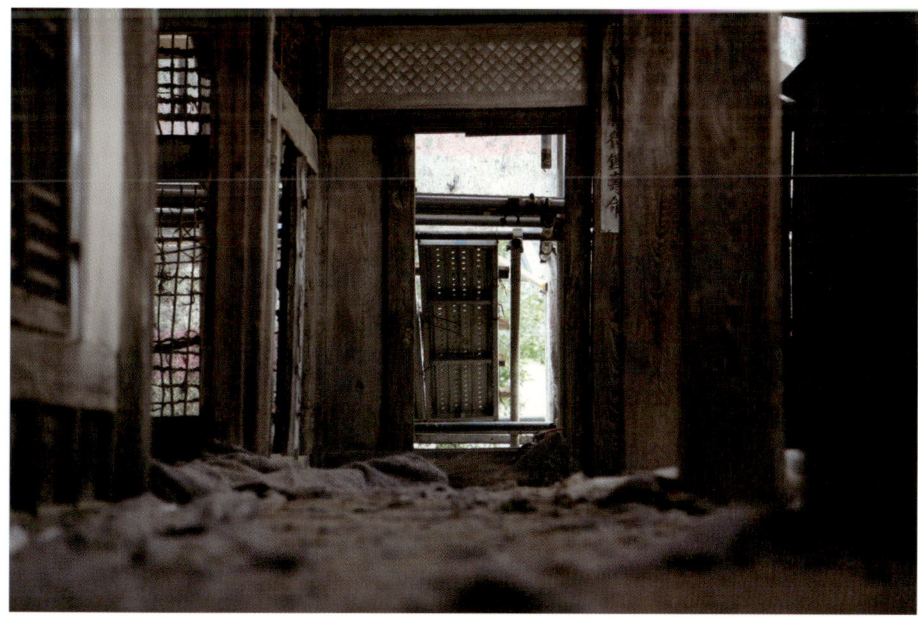

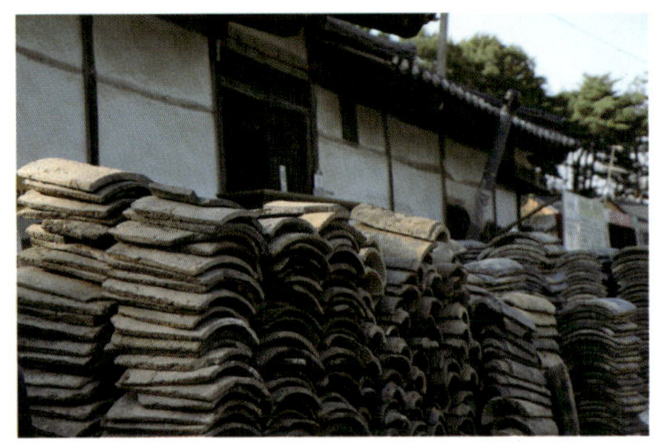

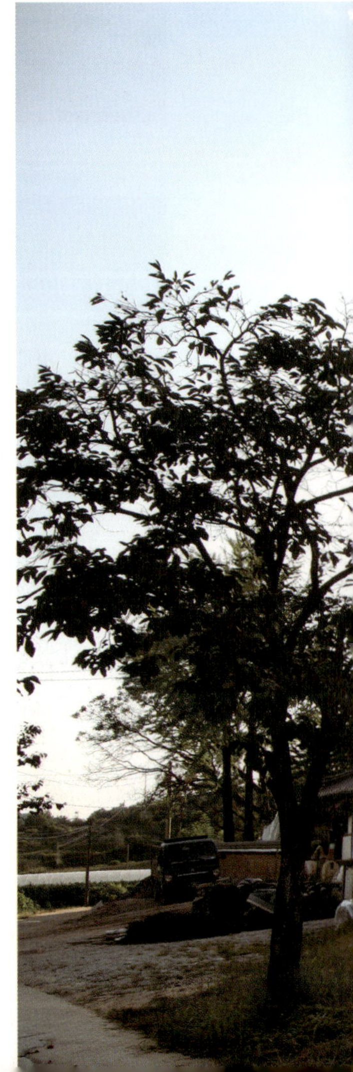

한 시간 정도 촬영을 했다.

뼈다귀 속을 헤집고 다니면서 계속 촬영을 했다.

원래의 모습을 염두에 두면서 작업을 했다.

일단 첫 번째 미션은 완료된 것 같다.

이제 봉화읍으로 이동해야 한다.

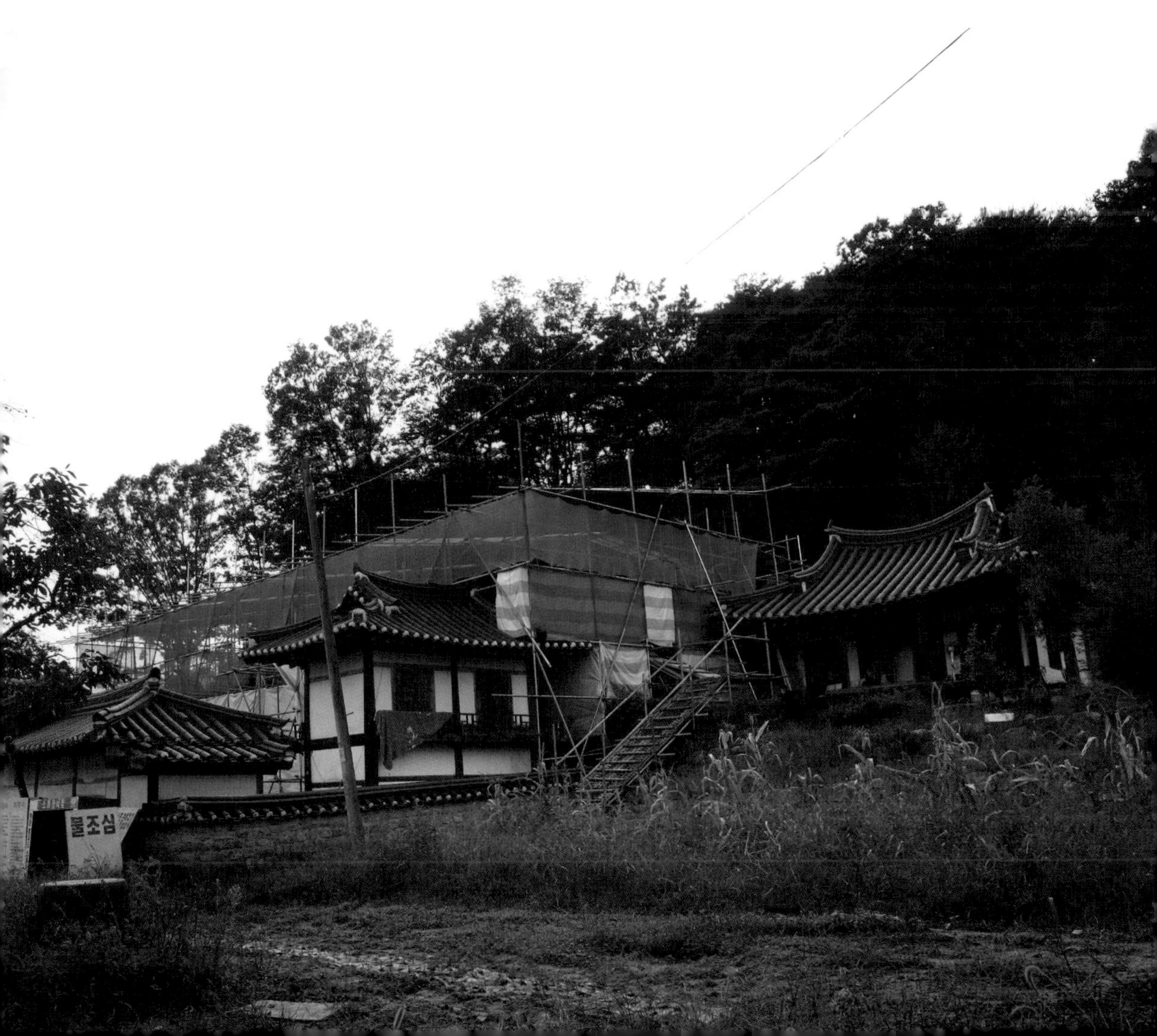

9월 16일 6시 무렵. 봉화읍 해성병원.

'혜성병원'으로 검색해서 내비게이션에 나타나지 않았다.

봉화와 나의 내비게이션 검색은 궁합이 아닌 모양이다.

해성병원이었다. 군립병원이었다. 병원은 낡고 정갈했다.

3층 노인요양원에 권헌조 어르신이 계셨다.

병실로 들어서자 담배 냄새가 났다.

　　"여기서도 피우세요."

　　"답답해."

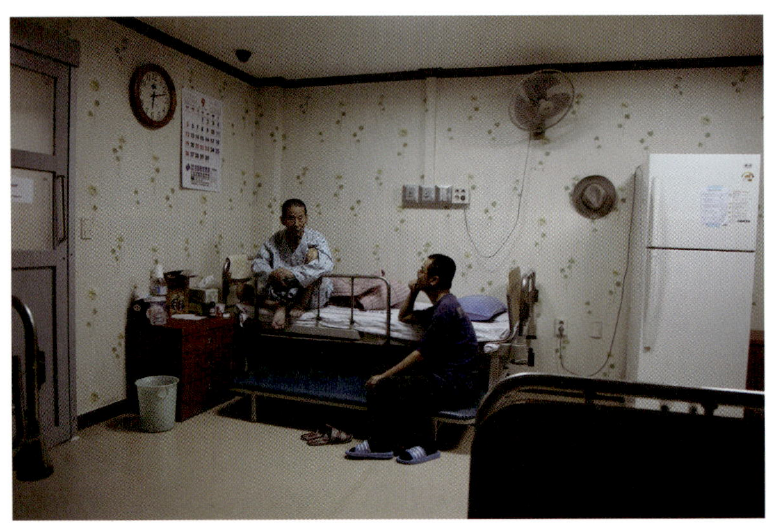

'혜성병원'으로 검색해서 내비게이션에 나타나지 않았다.

병실 문을 열면 맞은편 벽은 에어컨으로 막혀 있다.
내가 들어서도 답답하다.
무료하신지 객을 반기신다.

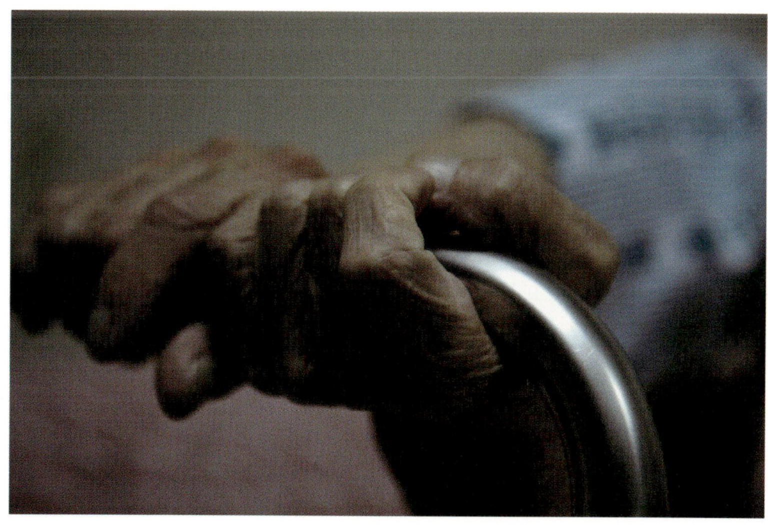

병실 문을 열면 맞은편 벽은 에어컨으로 막혀 있다.

연세도 있으시고 건강이 좋으신 편은 아니지만
특별히 문제가 있어 입원을 하신 것도 아니다.
집수리 기간 동안 잠시 송석헌을 떠나 계신 것이다.
그 소음과 먼지를 짐작할 수 있다.

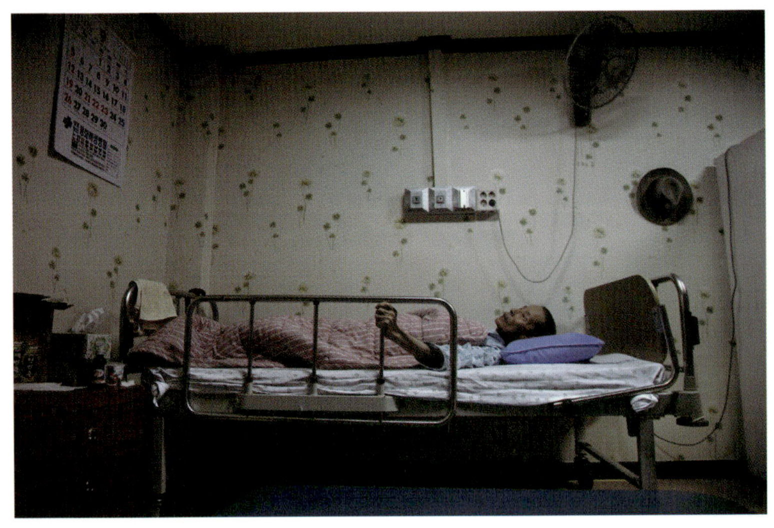

촬영 팀으로부터 어르신이 입원하셨다고 들었을 때
나는 차라리 안도했다.
송석헌에서의 일상이, 워낙 고령에
구체적인 수발을 드는 사람이 없는 형편이라
생각만 해도 막막한 대목이 있었다.

입원을 결정하기 전에는 나에게 어르신의 동향에 대한
점검 임무가 요청된 상태였다.
예정대로라면 방송 팀은 북인도의 어디 즈음에선가
촬영을 하고 있어야 했다.
낡은 PD는 병원으로 들어가신 어르신의 건강을 변수로 생각했다.
누군가 경북 봉화의 상황을 체크할 사람을 필요로 했다.
그러나 방송 팀은 북인도가 아닌 봉화에 나와 함께 있었다.

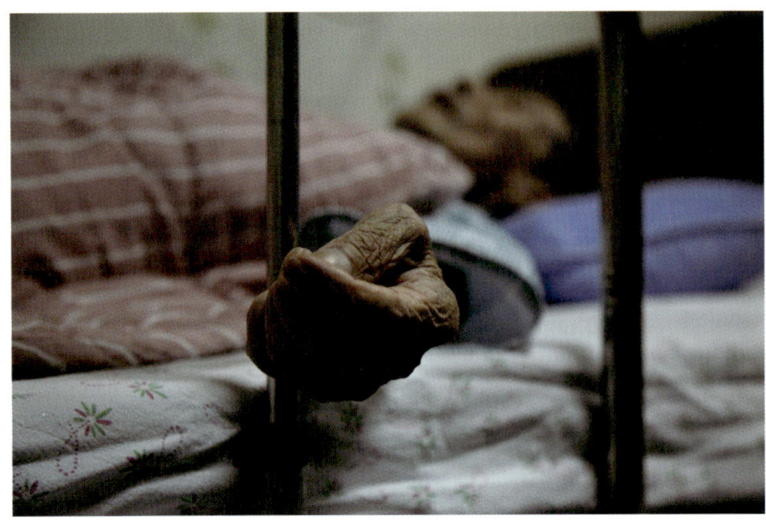

입원을 결정하기 전에는 나에게 어르신의 동향에 대한

점검 임무가 요청된 상태였다.

잠시 이런저런 이야기를 나누었다.

문병을 오시는 분들이 계신지.

종종 있다고 하신다.

불편한 곳은 어디신지.

빨리 집으로 가고 싶으시단다.

이내 누우신다.

이야기를 나누면 쉽게 피곤해지고 어지럽다고 하신다.

하지만 상황만 허락한다면 대화를 즐기시는 분이다.

노인의 권위를 전혀 앞세우지 않으시는 분이라

나 역시 노인과의 대화가 즐겁다.

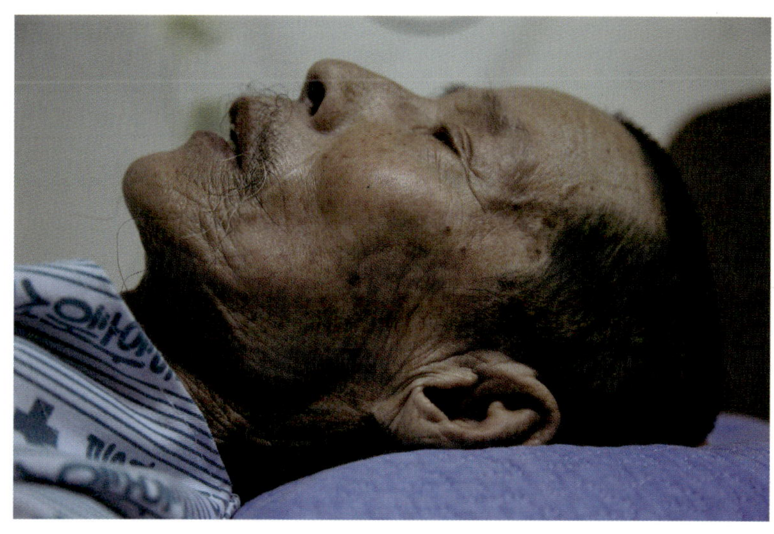

누워 계신 상태에서 몇 장의 사진을 찍었다.

피부는 많이 좋아지신 듯했다.

당신은 부정하셨지만 뵙기에 건강 상태는 호전되신 듯했다.

아무리 부인해도 누군가의 보살핌을 받아야 할 연세이시다.

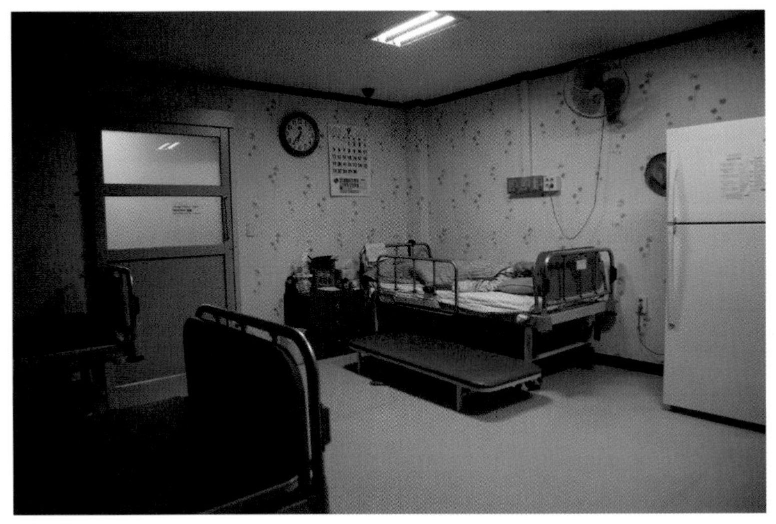

전화가 온다. 택배다.

차근차근 설명하시고 이어서 송석헌에 계신 아드님에게 전화를 하신다.

추석을 앞두고 두 아드님이 내려와 계신다.

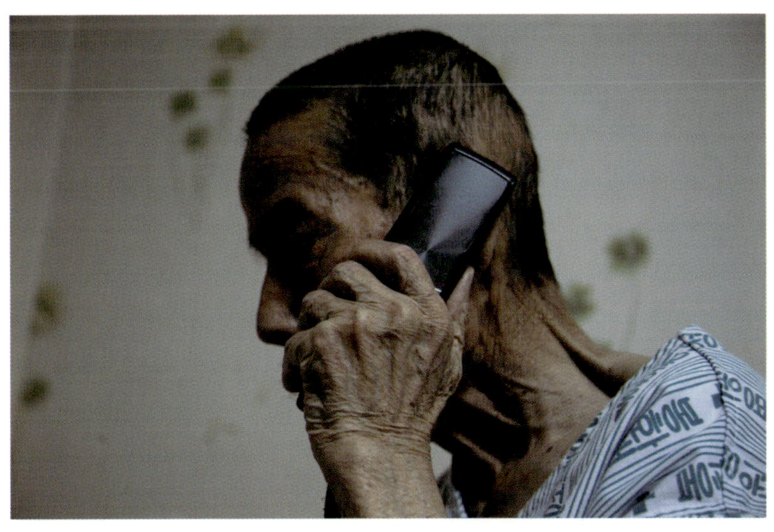

전화가 온다. 택배다.

차근차근 설명하시고 이어서 송석헌에 계신 아드님에게 전화를 하신다.

추석을 앞두고 두 아드님이 내려와 계신다.

9월 17일 봉화 場場.

공사 중인 송석헌이 첫 번째, 병원의 권헌조 어르신이 두 번째,

그리고 봉화 장을 촬영하는 것이 세 번째 미션이다.

아침 8시 못되어 숙소에서 가까운 봉화읍 장으로 갔다.

내가 사는 곳은 지리산 자락 구례. 시골에서 산다.

그런데 나는 다른 마을 장 구경이 항상 재미있다.

솔직히 '우리 마을'과 '다른 마을'을 견주어 보는 재미도 있다.

봉화 장은 새로 지은 시장 건물과 천막들이 어우러진 장터 풍경이었다.

많은 시골 장들이 옛 모습을 허물고 '효율적으로 정리된' 모습으로

바뀌고 있다. 도시 사람들을 불러들이겠다고 도회지 감각을 도입하는

것이다. 이른바 '촌스럽기 싫은' 것이다.

사투리가 몸에 밴 사람이 억지로 서울 말씨를 쓰는 것이다.

그래서 도시 사람들은 새로운 시골 장의 모습에 실망하는 경우가 많다.

대목을 앞둔 장이지만 아침이라 그런지 사람은 많지 않았다.

구례 장보다 장터 세팅이 늦었다. 또는 지광이 넓거나, 읍내로 들어오는

첫 버스 시간이 구례보다 많이 늦었다. 9시가 넘도록 장터 천막은

계속 준비되고 있었다. 장거리에서는 이벤트도 준비 중이었다.

문화체육관광부에서 지원하는 장터활성화 프로젝트가

진행 중인 장이었다. 프로젝트 제목은 문전성시.

그러나 요원해 보이는 분위기.

동쪽으로 산을 넘어서면 동해다.
울진으로 통한다.
해산물도 풍부해 보였다.
북부 경북에서 많이 생산되는 사과가 많다.
사과는 9월 중순이 넘어서면 장이 아니더라도
읍내에서 아침마다 경매 시장이 열린다고 했다.

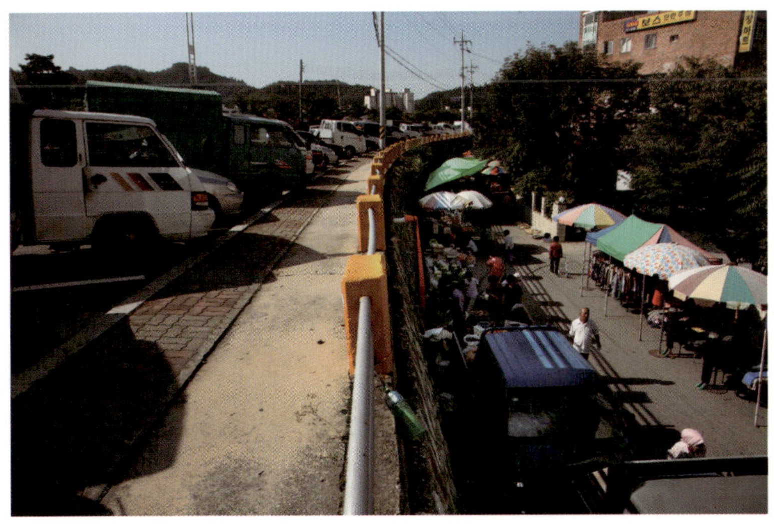

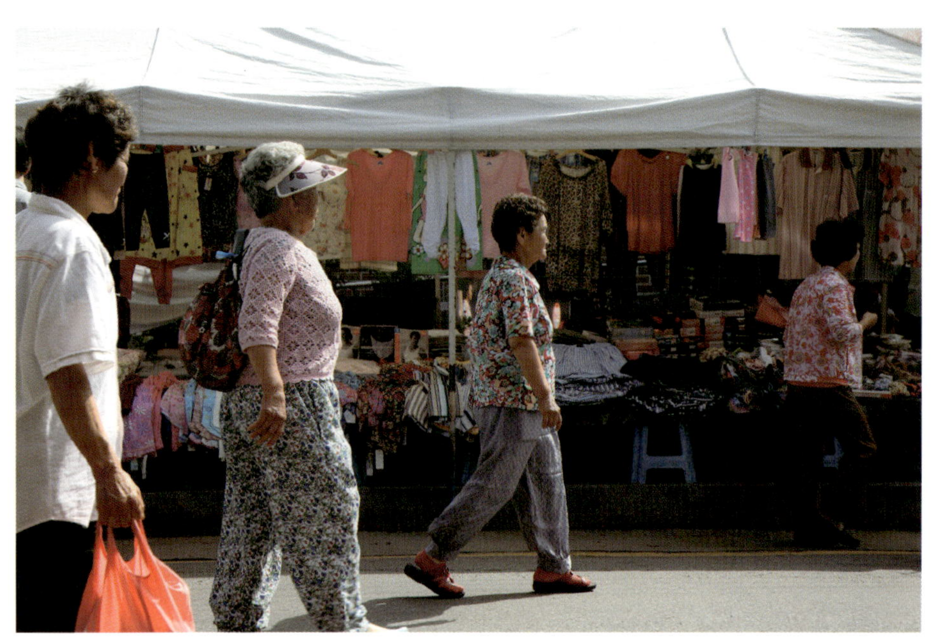

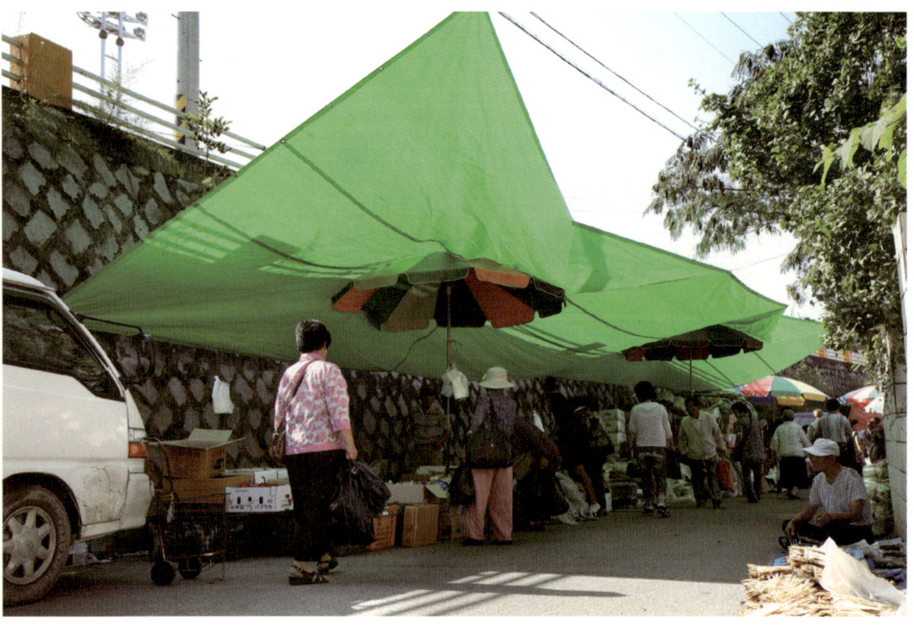

복숭아도 옛날의 그 나무가 남아 있는지
짙은 향의 작은 놈이 간혹 보였다.
개복숭아라고 불렀는데…….
장은 풍성했지만 사러 나온 사람보다
팔러 나온 사람이 더 많아 보였다.

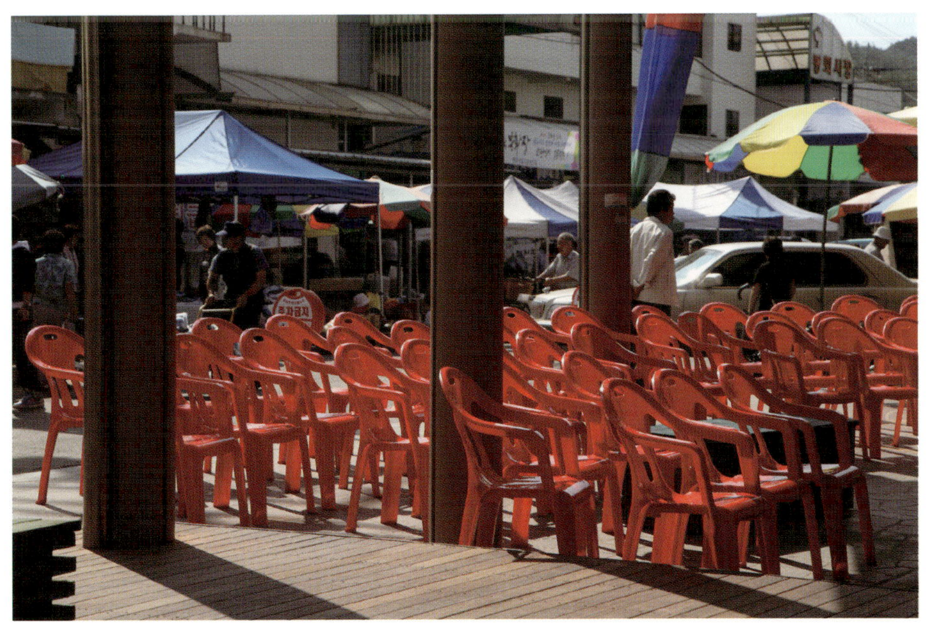

다시 봉화읍 해성병원.
장터 촬영을 끝내고 병원으로 갔다.
지난 밤의 어르신 사진이 너무 어두운 듯했고
식사하시는 모습을 담고 싶기도 했다.
역시 앉아 계셨고 역시 담배 냄새가 났다.

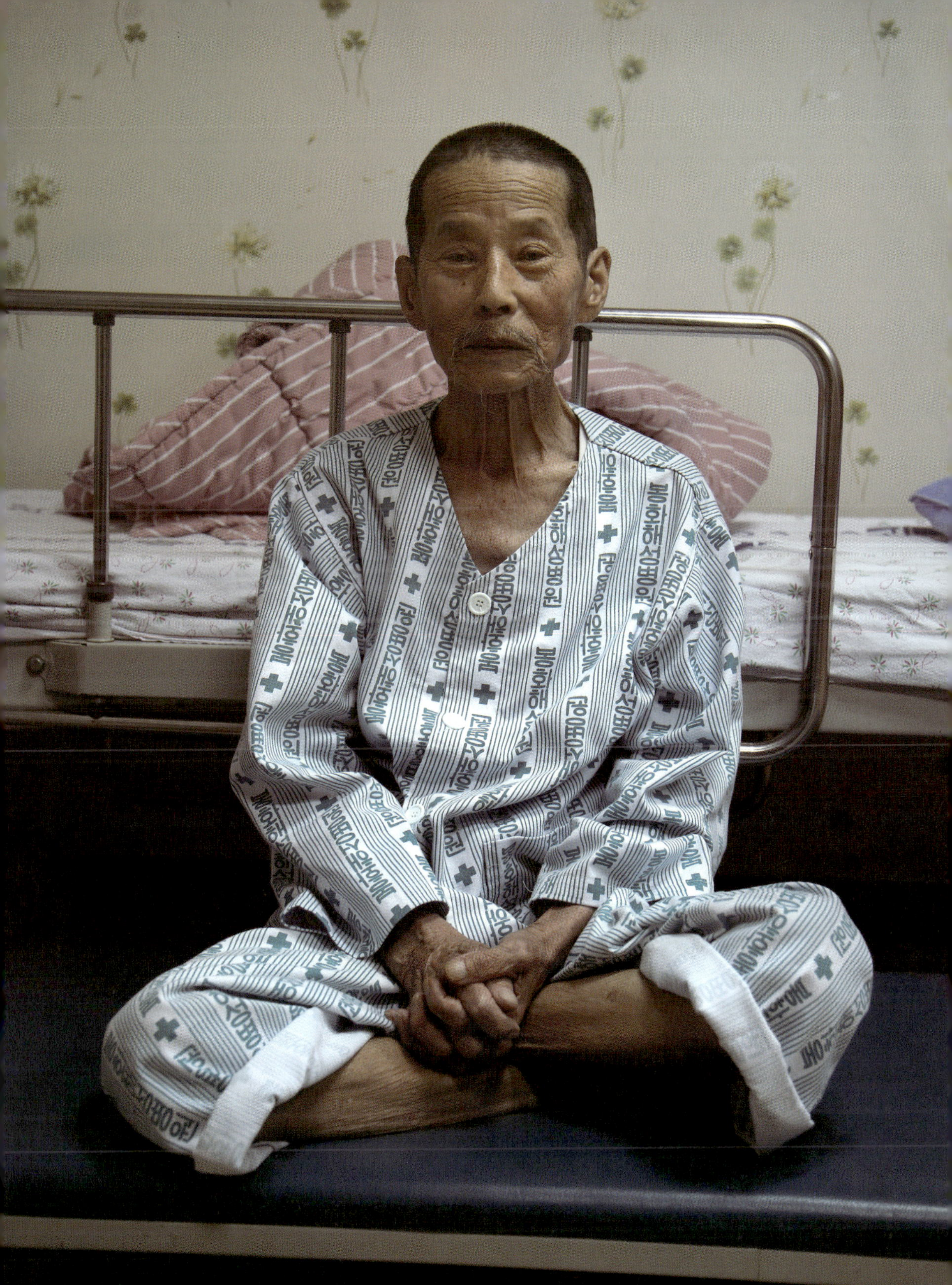

무겁지도, 심각하지도 않은 유학자.
포장이나 가식이 없는 노인.
자신의 삶이 스스로 당연한 자연인.

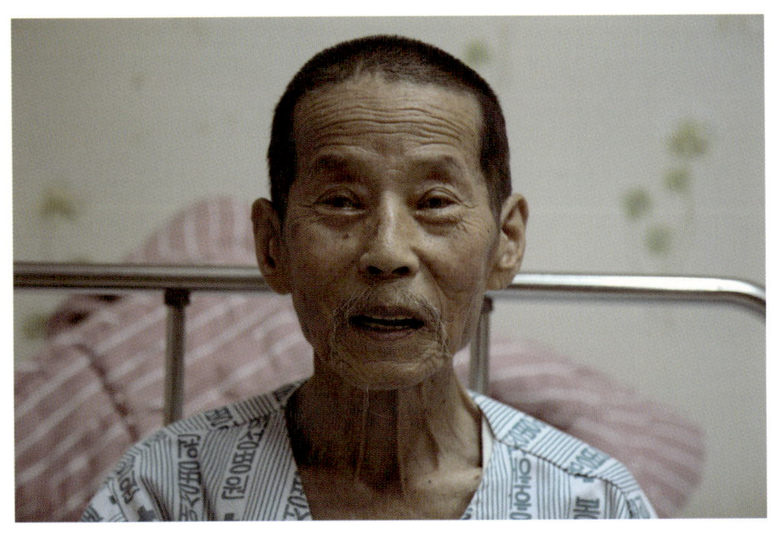

찬을 거의 손대지 않으셨다.
모든 것이 짜다고 하셨다.

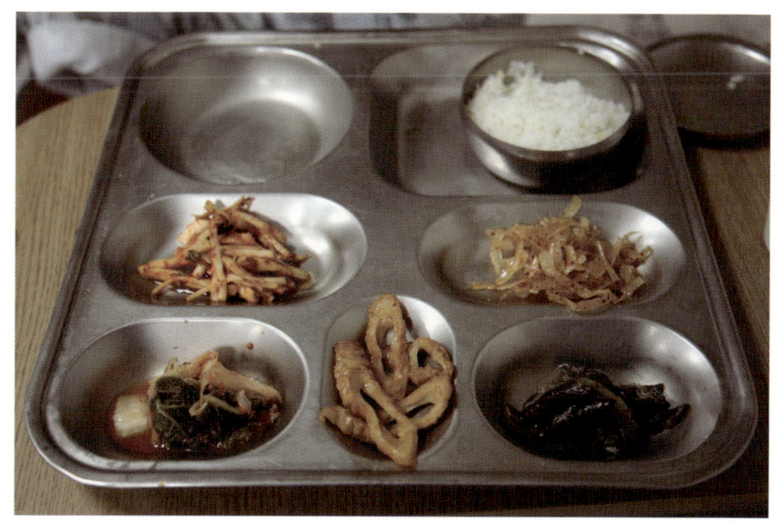

거의 유일하게 국수를 후루룩 드셨다.

물을 조금 타서 드셨다.

넘기기 편하신 게다.

그러나 국수는 거의 영양가 없는 끼니이기도 하다.

추석이 오기 전에 일단 송석헌으로 돌아갈 생각만 하시는 듯했다.

집이 편하신 게다.

행랑채는 바닥 공사도 되어 있는 듯하다고 말씀드렸다.

임시방편으로 행랑채에라도 기거할 계획이시다.

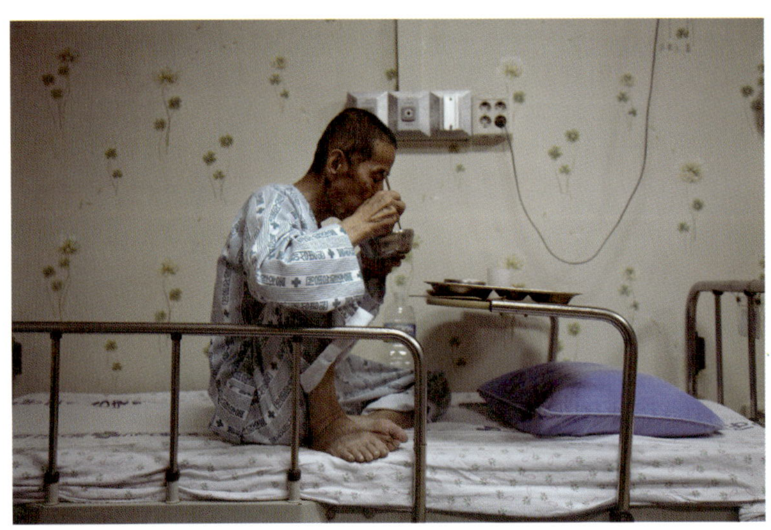

병원비도 부담스럽다고 하신다.

진지 드신 후 병원을 빠져나왔다.

"다음에 뵙겠습니다." 말씀드렸지만 언제가 될지 기약할 수 없다.

현재로서는 내 인생에서 만난 가장 인상적인 노인이다.

주장하지 않는 노인.

좌중을 말의 '양'이 아닌 '질'로 집중시킬 수 있는.

마지막 미션을 위해 다시 송석헌으로 이동했다.

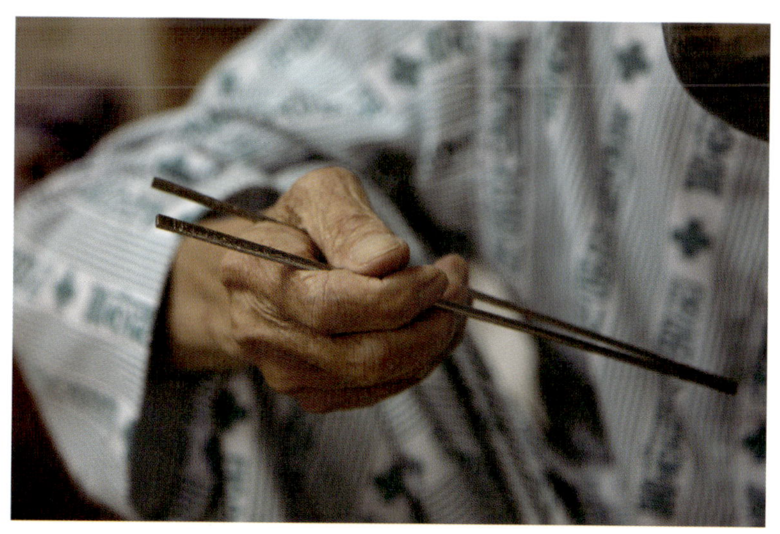

닭과 토끼가 함께 잘살고 있다.
풀을 뜯어주자 녀석들이 모여들었다.

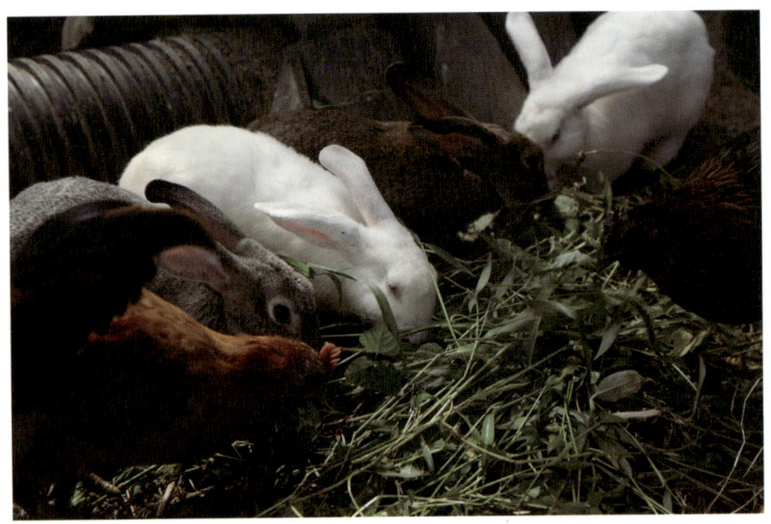

권동재權東載.

권헌조 옹의 큰 아드님이시다.

카메라에 특히 비협조적인 이 어르신을 촬영하는 일은

아무래도 나에겐 출발 전부터 부담스러운 일이었다.

그래서 가능하면 촬영 팀이 봉화로 내려오는 날

KBS라는 방패를 앞세우는 방법이 용이할 듯했다.

특이하게 스틸을 사용하는 프로그램이다 보니

촬영당하는 사람들의 입장에서는 같은 장면을 두 번 겪는 것이다.

다시 인사를 드렸다.

35대이시니 나에겐 할아버지뻘이 되신다.

이런 경우 같은 집안임을 내세우는 것이 조금 유리하다.

"할아버님, 저하고 산소에 한 번만 올라가시지요."

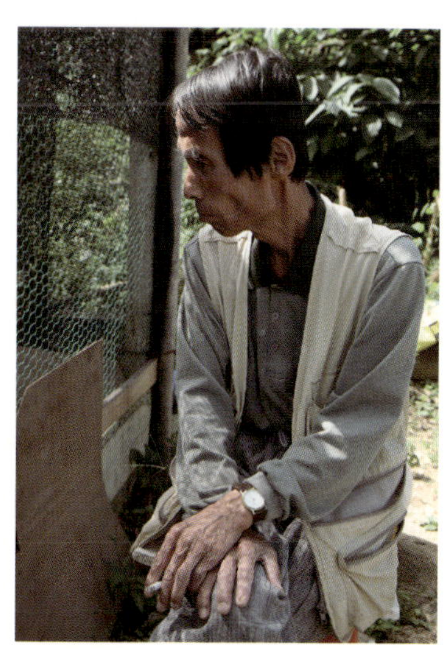

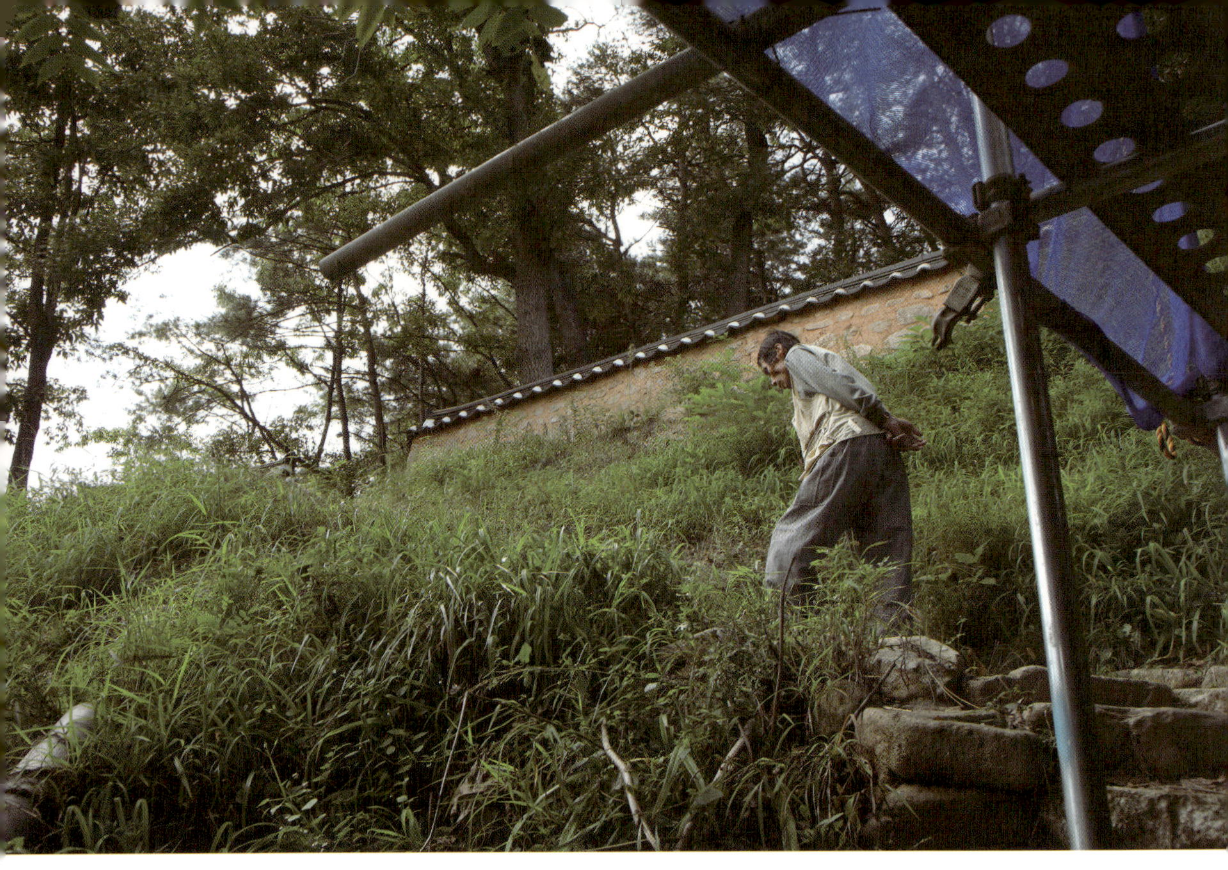

지난 7월 9일,
어르신이 오르셨던 동선을 염두에 두었다.
그때 포커스를 생각하면서 촬영했다.
동일한 상황에 놓인 두 인물의 비교라기보다 데자뷔에 가까웠다.
생김, 몸짓, 스타일 모두 그러하다.

다르지만 같은 사람의 뒷모습을,
같은 길에서,
나는
뒤쫓고 있었다.

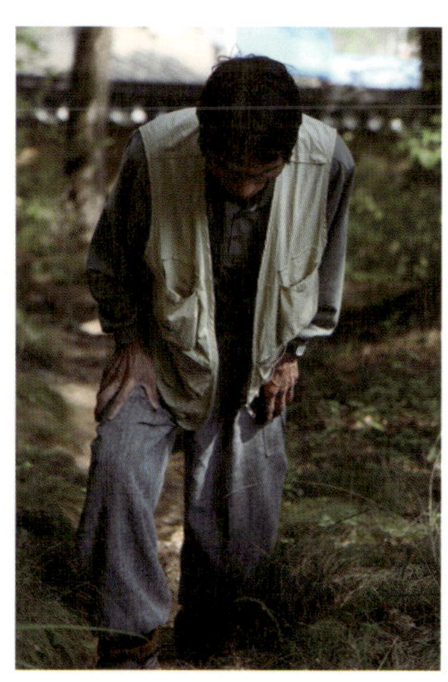

권헌조 옹이 병원에 계신 동안 권헌조 옹의 발걸음마다 풀이 올라왔다.
그 흔적은 명확했고 파릇했다.
계시건 계시지 않건 권헌조 옹의 흔적은 또렷했다.

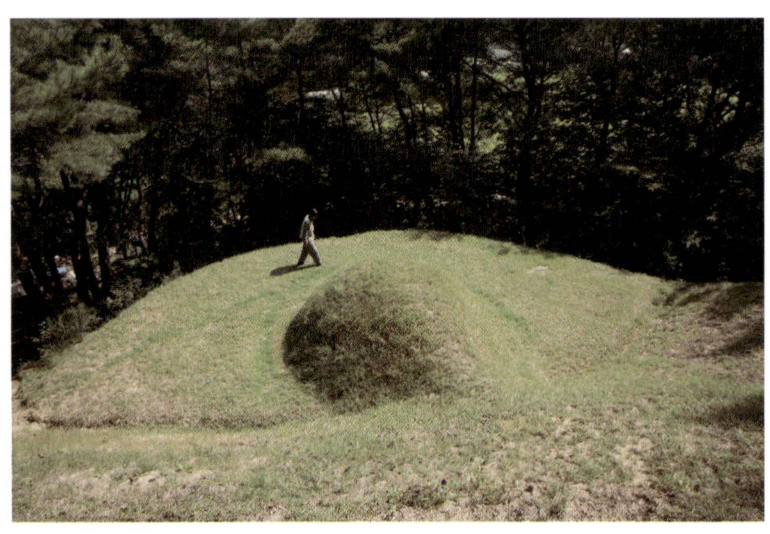

권헌조 옹이 병원에 계신 동안 권헌조 옹의 발걸음마다 풀이 올라왔다.
그 흔적은 명확했고 파릇했다.

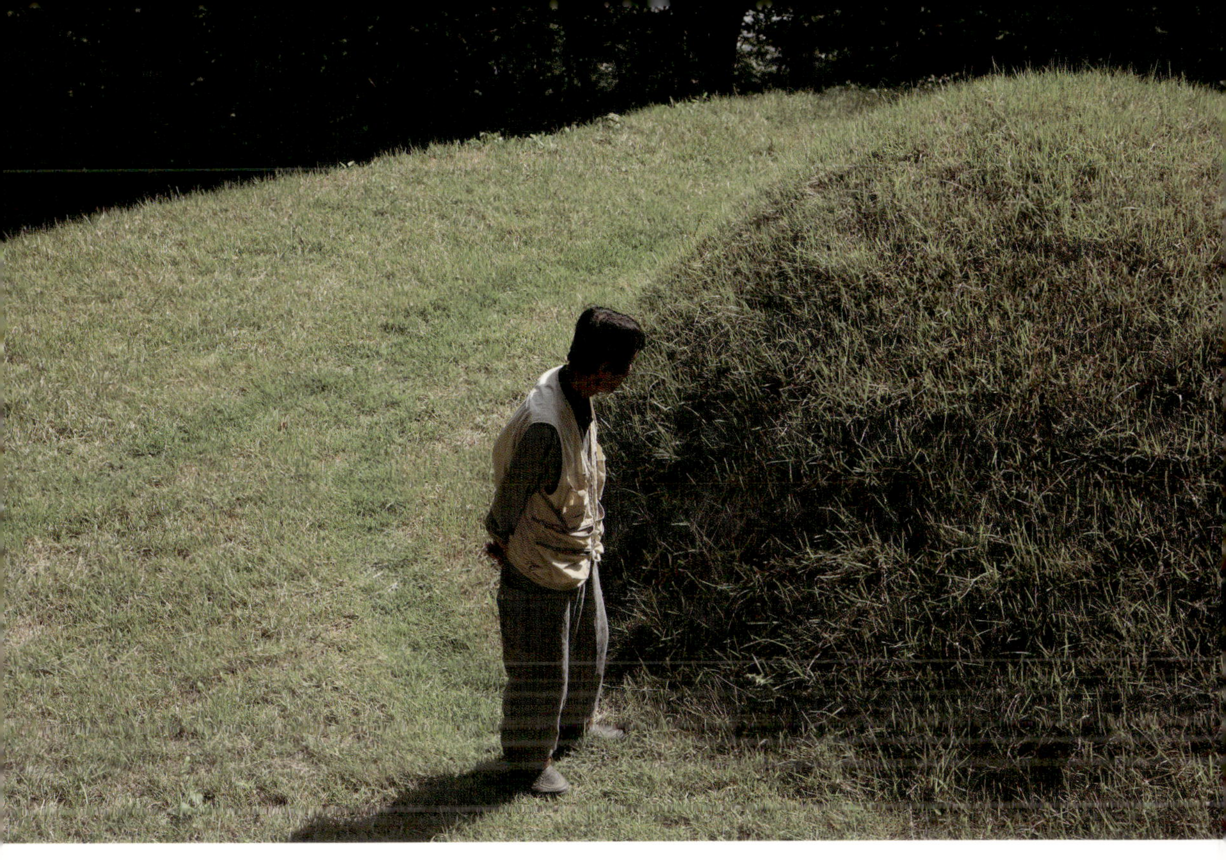

권동재 선생의 움직임 역시 익숙했다.
권헌조 옹이 마지막이 아니란 생각이 들었다.

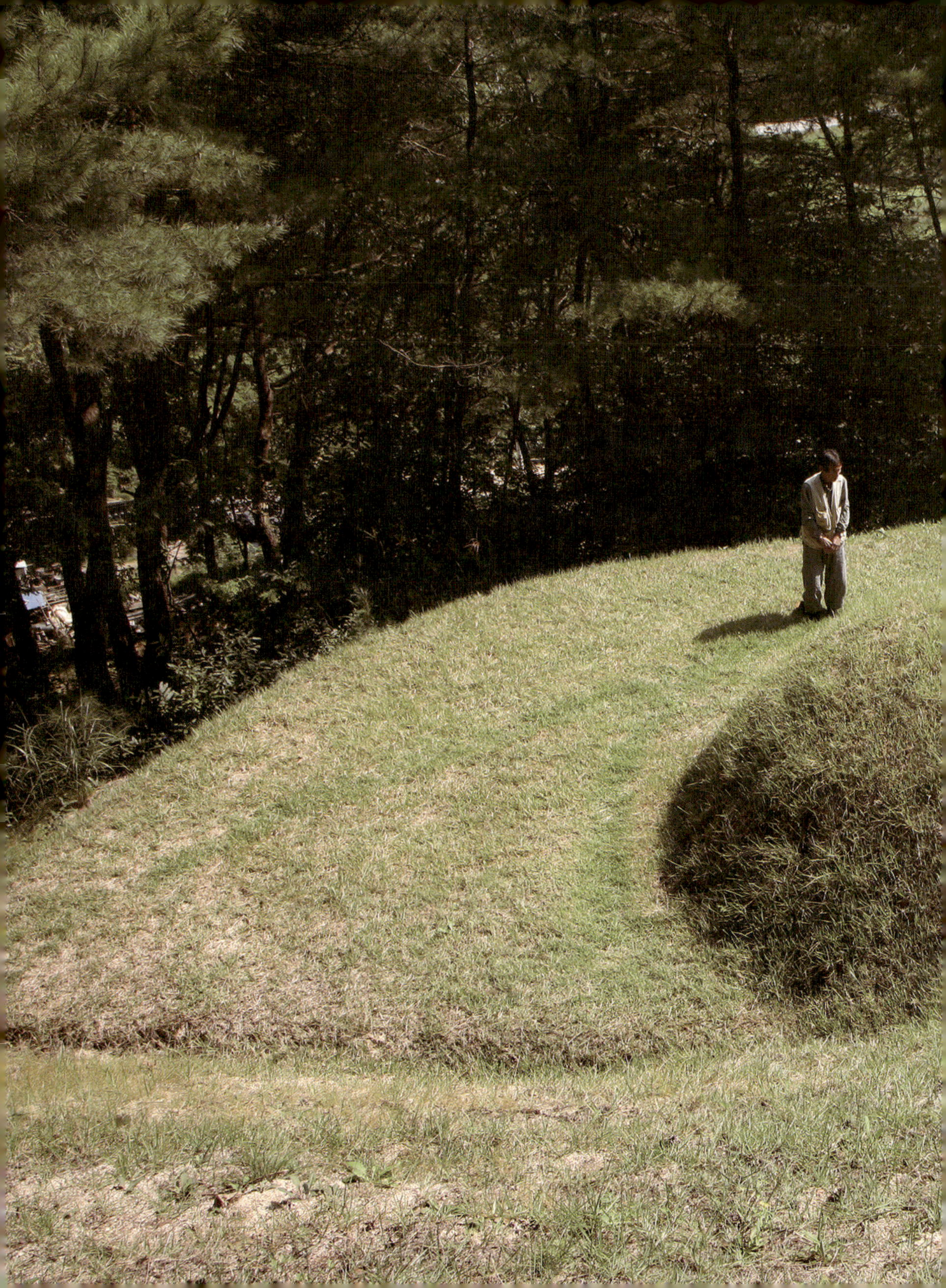

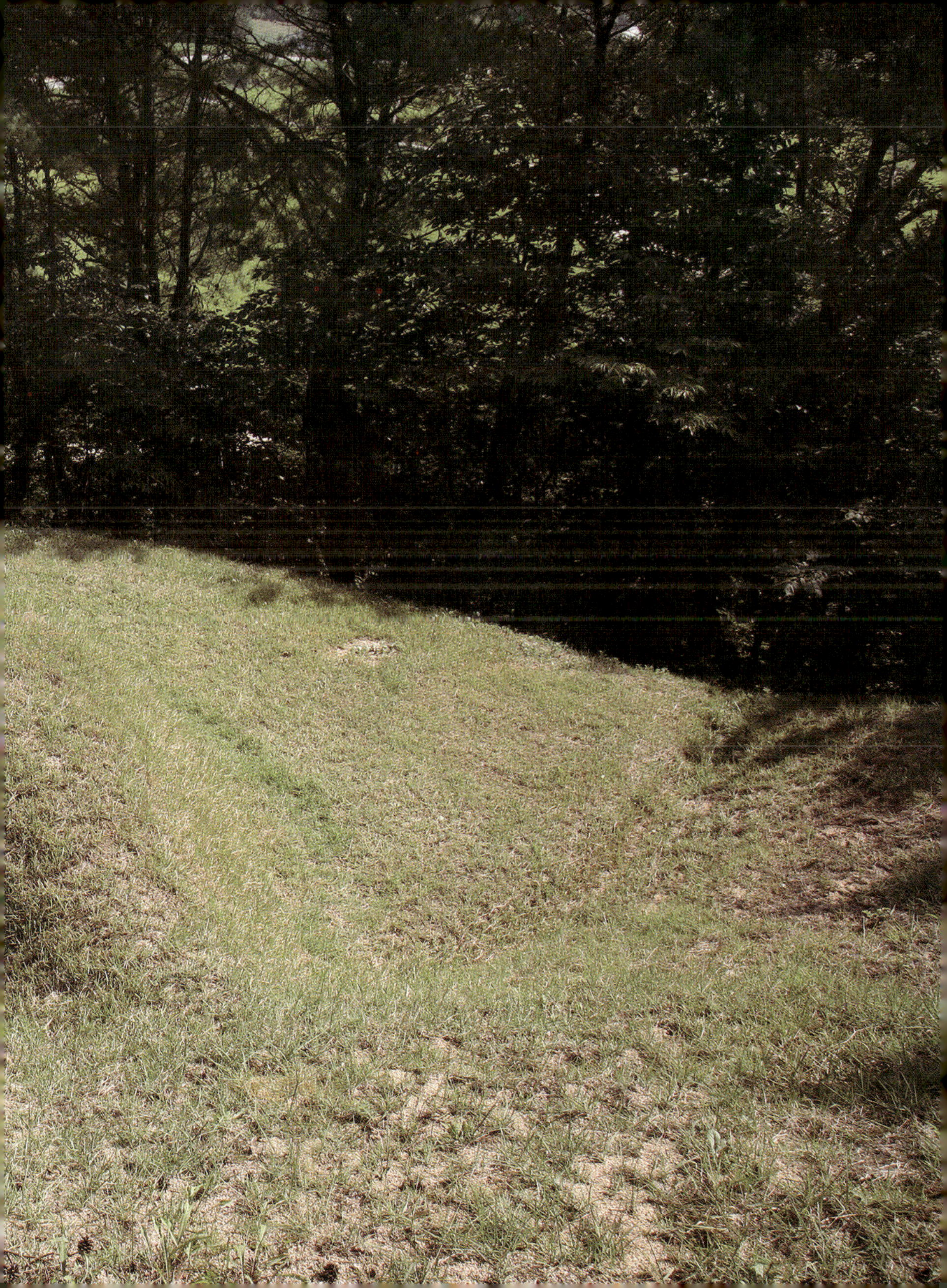

집을 수리하는 동안은 봉화에 계실 모양이다.

이런저런 이야기를 나누었다. 주로 내가 질문을 던졌고

마지못해 그가 답했다. 쉽게 접근하기 힘든 분위기였는데

막상 대화를 나누어보니 말씀이 명확하고 막힘이 없다.

나는 셔터를 누르면서 대화를 지속했다.

짐짓 사진에는 관심이 없고 대화에 집중하는 척 연기를 한 것이다.

상황을 최대한 자연스럽게 만들어야 했다. 내가 답한 말은

"안동 권, 복야공파"라는 것뿐이었다. 송석헌이 있는 선돌마을에

복야공파 집이 한 집 있다는 말씀을 하셨다. 안동 권씨는 몇 개 파가

있는지 여쭈었지만 나는 그런 것에는 관심이 없었다.

15개 파가 있다고 한다. 처음 알았다. 성씨를 언제 받았는지,

고태조(왕건)와의 관계, 단종에 대한 지역의 애착 등에 대한

말씀이 있었지만 나는 그 이야기들이 병원에서 어르신과 나눈 것인지,

이곳에서 권동재 선생에게 들은 것인지도 기억하지 못한다.

나의 혀는 단지 사진을 위한 것이었다.

그래서 나는 짧은 시간에 미션을 완료하는 이 일에

나의 진정성이 얼마나 투여되는 것인지 스스로 가늠하지 못한다.

역광에 투영된 그의 무게는 새털처럼 가벼웠고 내 마음은 무거웠다.

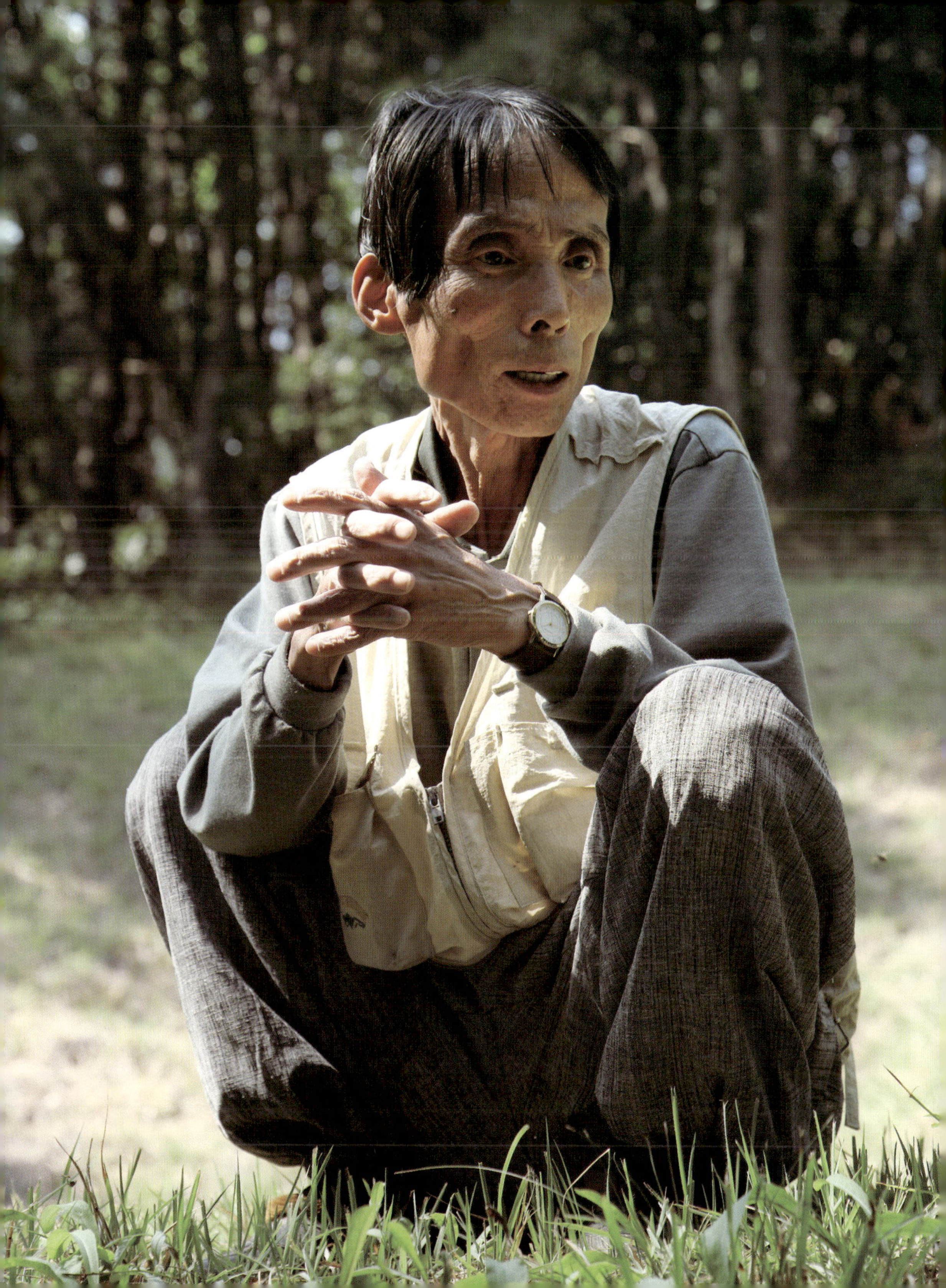

"그곳에도 고택이 하나 있지?"

내가 살고 있는 구례를 말씀하시는 것이다.

　"예, 운조루라고 큰 고택이 있습니다."
　"옛날에는 참 많이 돌아다녔는데……."
　"구례로 한 번 오십시오. 모시겠습니다."
　"이제 힘들어……."

그의 모든 말은 끝이 흐렸다.
그의 어깨에 송석헌이 내려앉아 있었다.

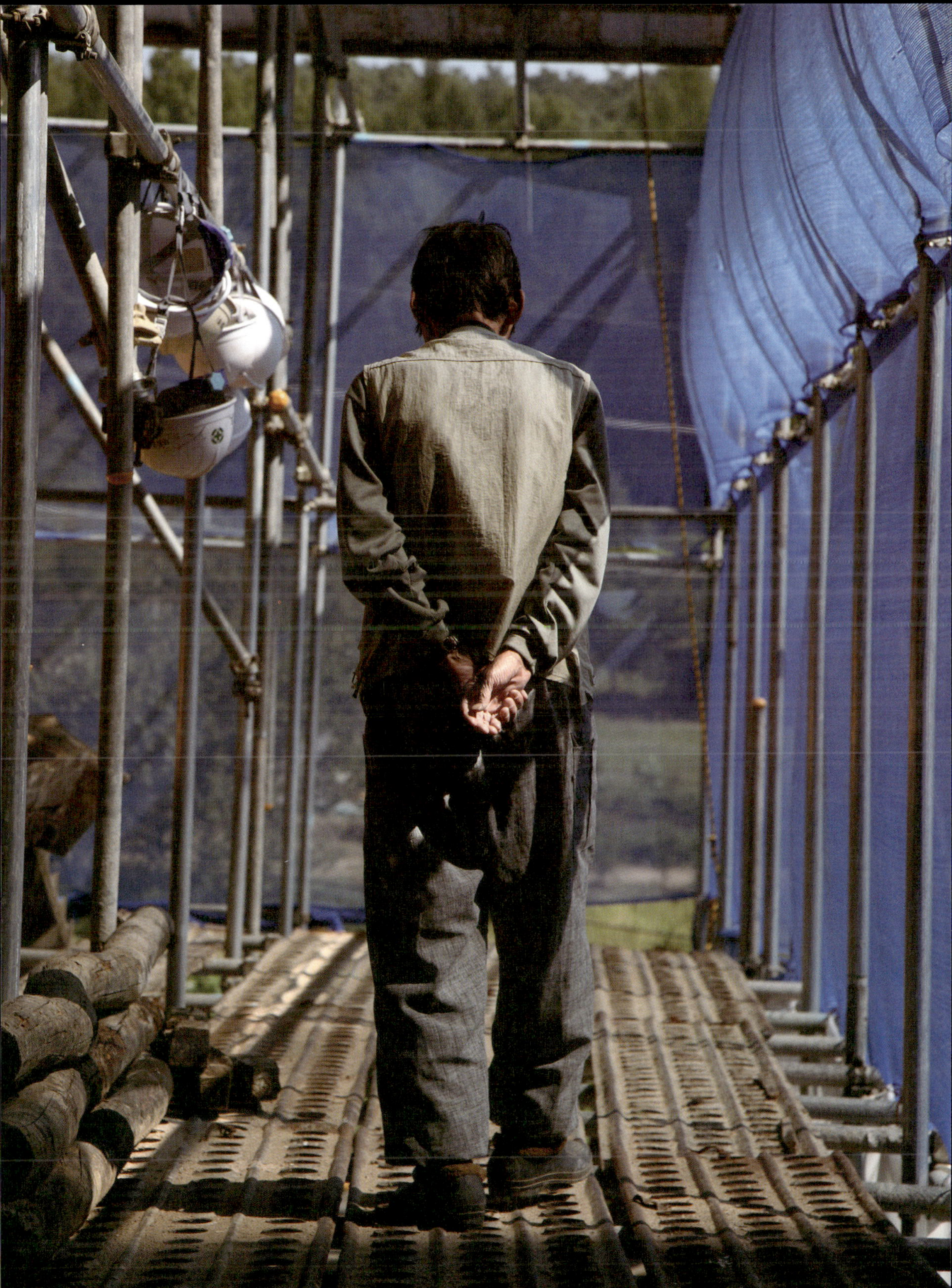

담배.

그는 곧 담배였다.

이전 방문에서도 나는 엄청난 양의 담배꽁초를 목격했다.

사발에 담겨진 그 무수한 필터는 기묘한 감정을 불러일으켰다.

담배는 그의 호흡을 힘들게 만들었고

그는 호흡을 위해 담배를 필요로 했다.

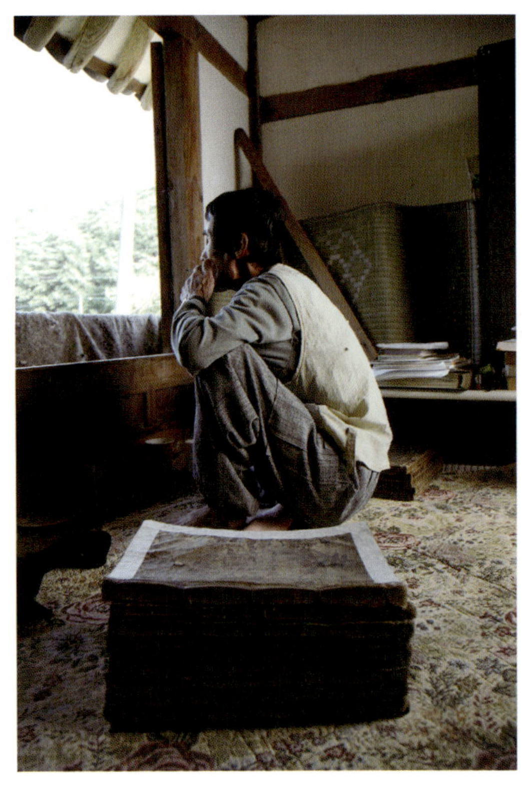

잠시 휴식을 취하고 있는 권동재 선생을 다시 청했다.
영주까지 드라이브 한 번만 하시지요.
지난번에도 찍었다고 한다.
그래도 한 번 더 찍어야 한다고 말씀드렸다.

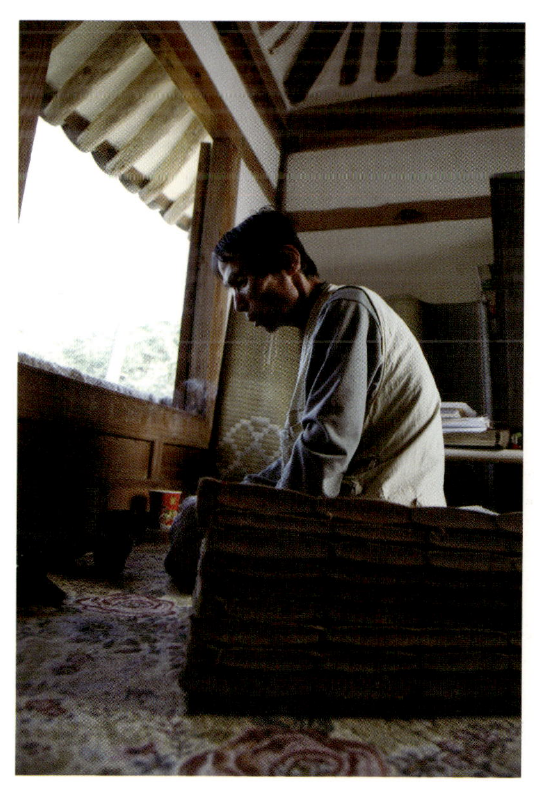

그와 만난 대부분의 시간 동안,
그의 시선은 허공을 좇고 있었다.
바라볼 이유가 없는데,
바라볼 필요가 없는데.
아니라면,
갈급渴急하게 바라보아야 할 대상을 찾고 있거나.

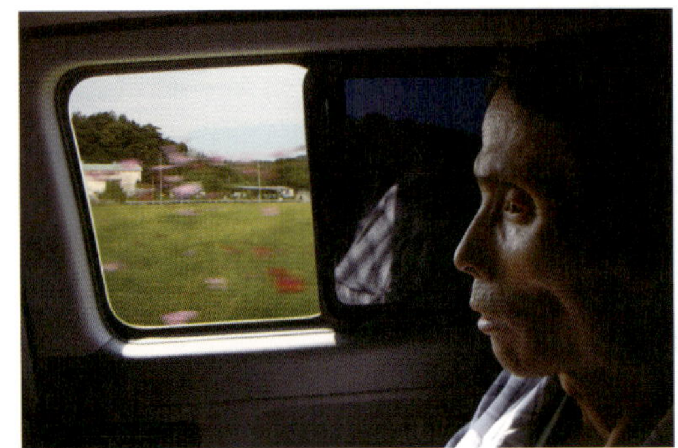

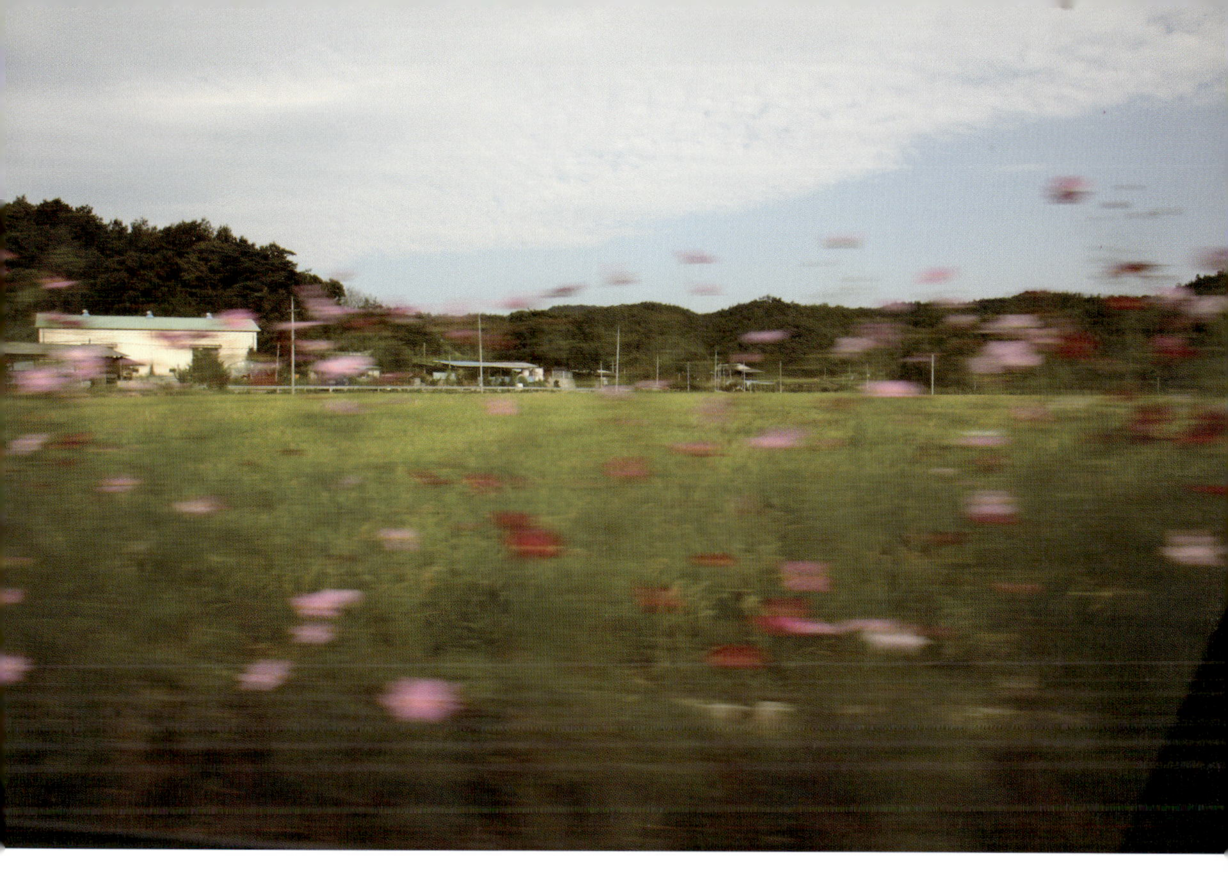

꽃은 부유하며 점멸했고

그의 시선은 아무것도 포획할 수 없는,
세상의 모든 물고기가 빠져나갈 수 있는 그물 같았다.

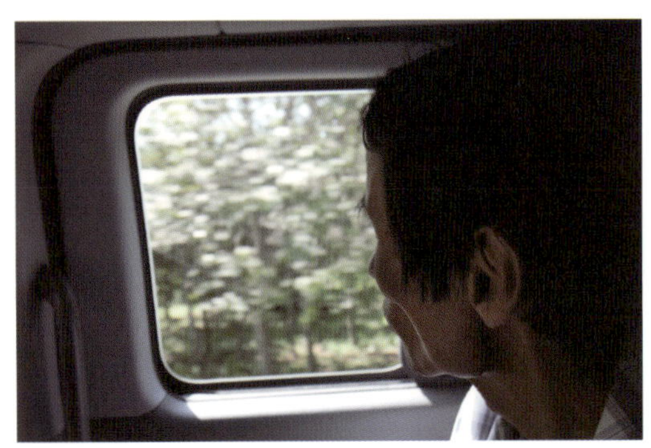

그의 시선은 아무것도 포획할 수 없는,

세상의 모든 물고기가 빠져나갈 수 있는 그물 같았다.

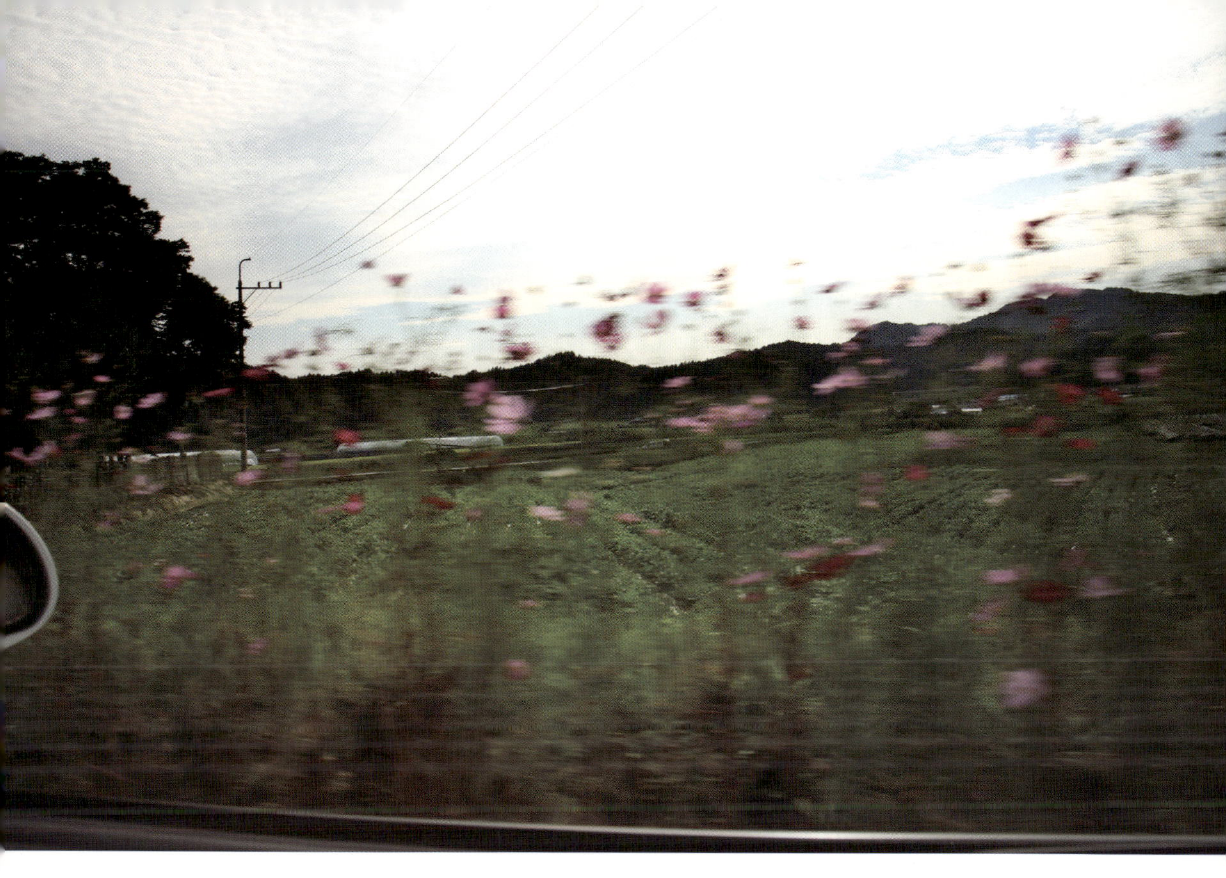

코스모스와 사과밭이 스쳐 지나갔다.
북부 경북의 어느 길 위로 가을이 내려서고 있었다.

셔터를 누르면서 나는 그의 생각을 종잡을 수 없었다.
요구는 어울리지 않았고 상황에 충실해야 했다.
나 역시 선택 없는 집중이 필요하다는 판단이 들었다.
손가락을 보지 않고 달을 보려면 그 방법이 옳을 듯했다.

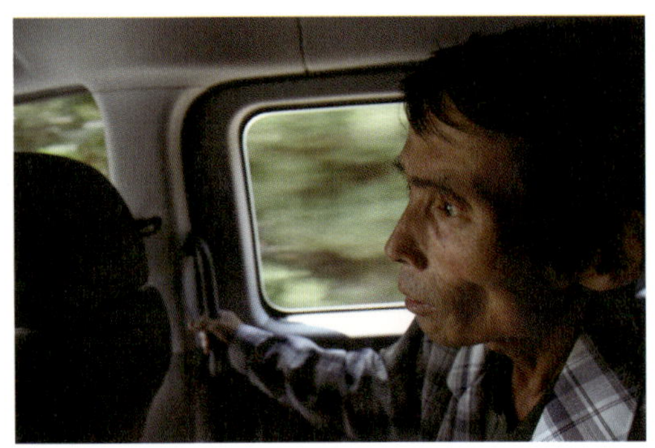

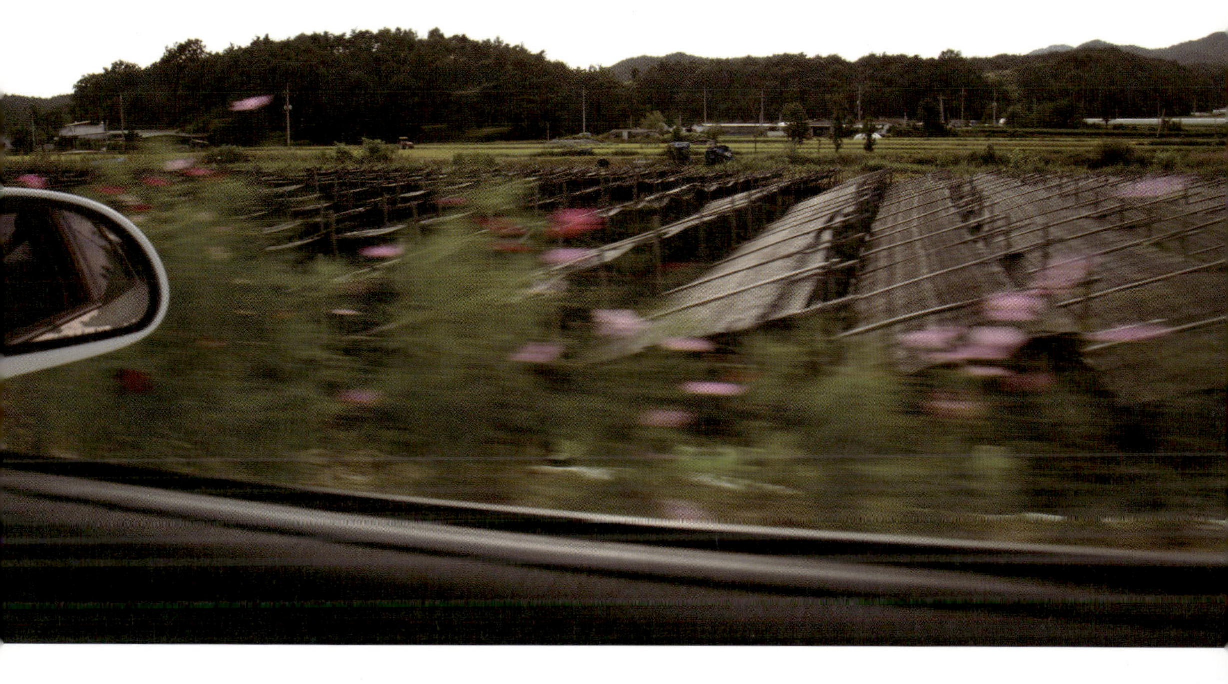

인삼밭이 스쳐 지나갔다.
우리는 묵음 속을 조금 빠르게 달렸다.

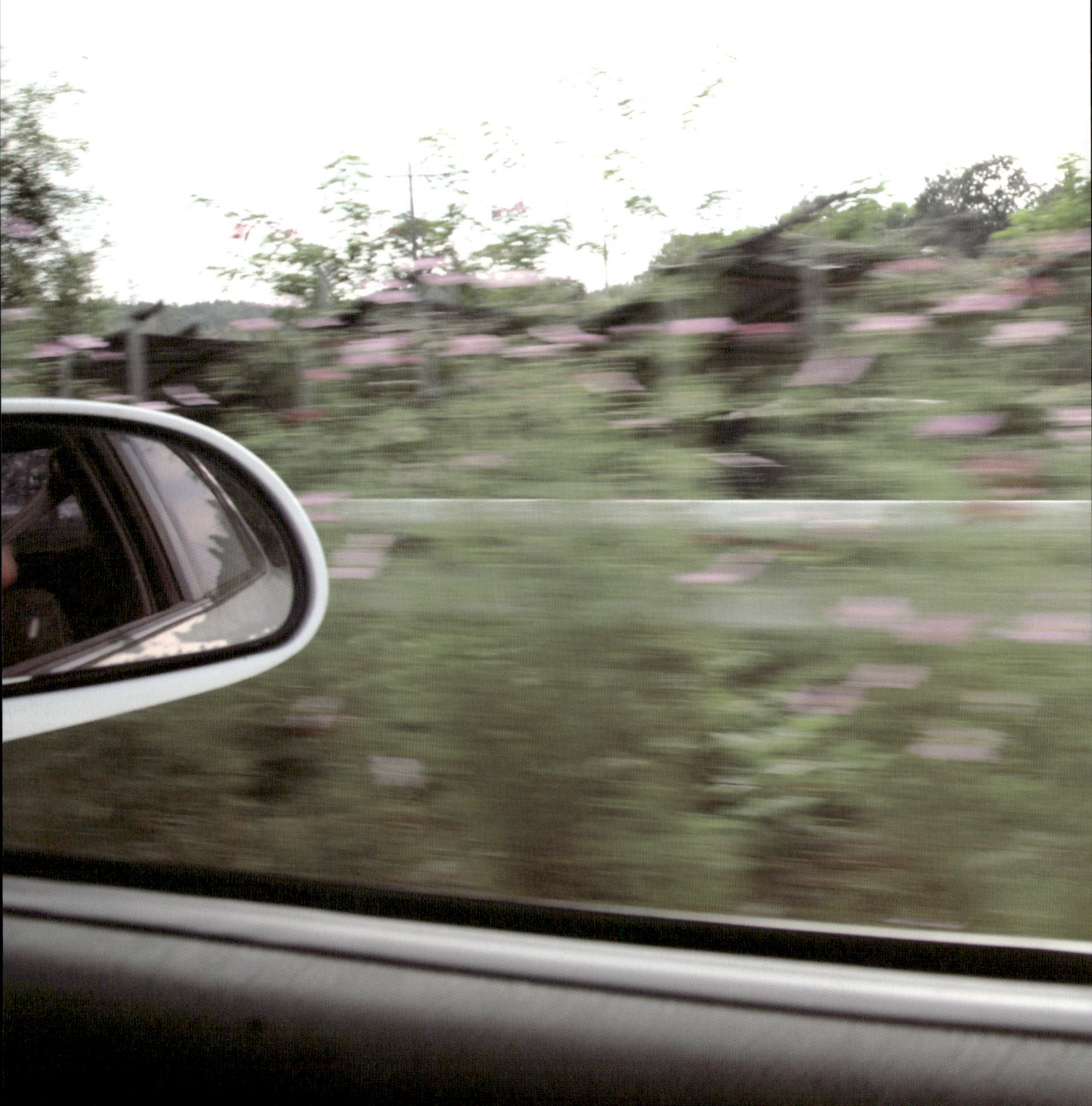

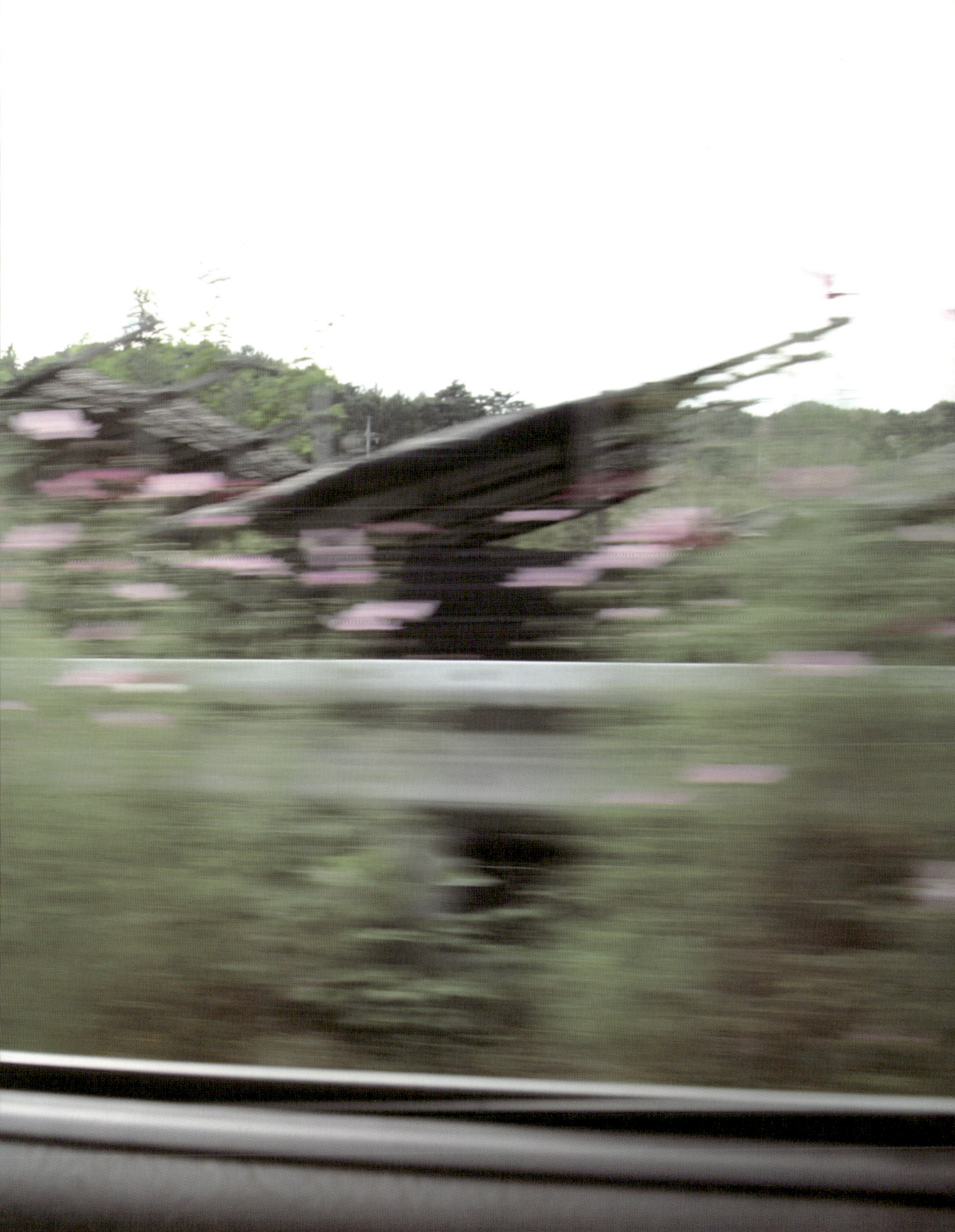

그 오후로 나는 봉화를 떠났다.
부석사를 바라고 올라갔다.
촬영 팀은 추석까지 촬영을 결정하고 봉화에 남았다.
이번 촬영도 역시 힘들었다.
역시 물리적 이유만은 아닌 듯하다.

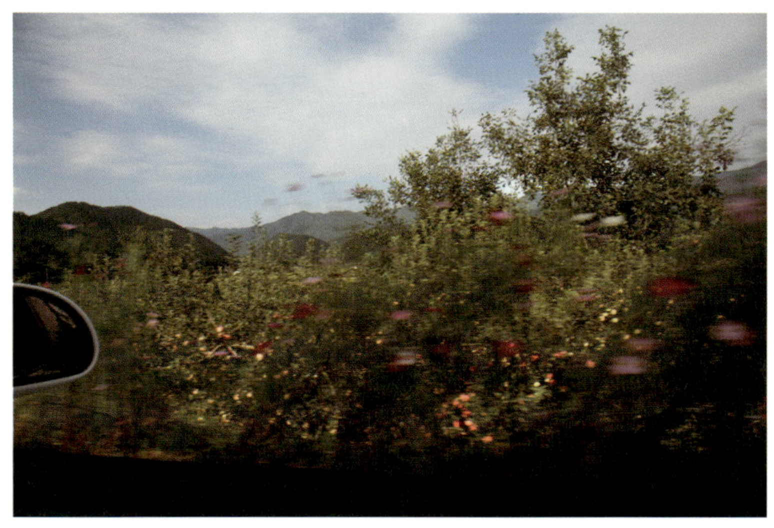

돌아와서 며칠 지나지 않아 두 차례의 촬영 사진을
정리하고 보정해서 보내주어야 했다.
사진을 만지는 동안 나는 여전히 봉화 송석헌 속에 존재하고 있었다.
현장에서 나는 겉돌고 있었는데 사진 속 송석헌에는 내가 있었다.
단순히 풍경을 찍는 일이 아닌, 내 사진이 주문에 의해 만들어진다는
드문 경험 때문도 아닌, 이유를 알 수 없는 다른 그 무엇이
나의 마음을 힘들게 했다. 어느 여름의 힘겨운 촬영은
나에게 단순한 하나의 일이었을까.
내가 다시 송석헌을 찾게 되는 날이 있을까.
왜 우리는, 무엇인가를 그리워하는 것일까.
나는 부지불식간에 송석헌을 그리워하고 있었다.

못난 나무가 마을을 지킨다

권헌조 옹 가시는 길에

2010년 12월 16일 밤.
북부 경북에서는 상갓집 술상에 문어가 올라왔다.
여쭈어보니 문어 없는 술상은 없다고 한다.

　　"전라도 초상에 홍애 올라오는 것 하고 같다고 보면 맞제."

홍어를 홍애라 발음하는 것은 전라도나 경상도가 같았다.
늦은 저녁밥을 먹고 마시지 못하는 소주에 입술을 적시고
권헌조 어르신이 차려주신 문어를 몇 점 씹는다.

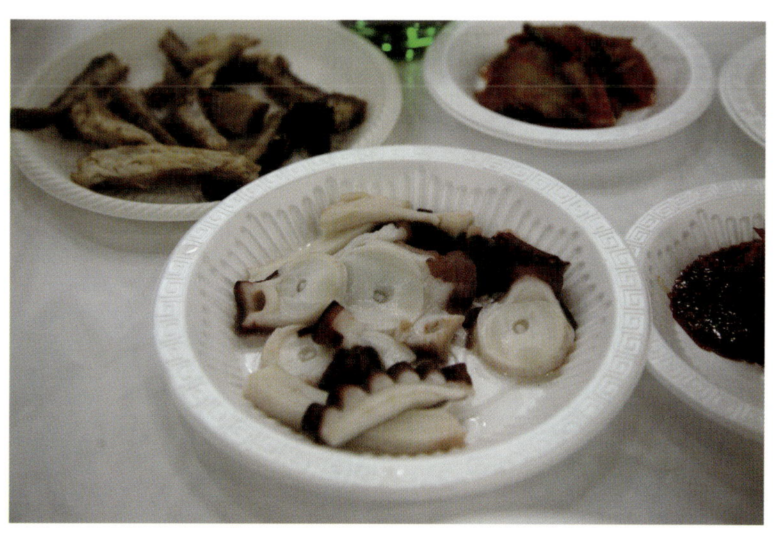

12월 12일 예정이었던 방송은 방영되지 못했다.
권헌조 옹은 그다음 날인 월요일에 별세하셨다.
화요일 오후에 낡은 PD의 전화를 받았다.
다음 날 서울행이 예정되어 있었다.
서울을 가기 위해서 나는 진행 중인 작업을 끝내야 했다.
그러나 태블릿 펜을 잡은 손이 파르르 떨렸다.
밖으로 나가서 담배 연기를 날렸다.

수요일 아침, 구례에서 버스를 놓치고 남원으로 차를 몰았다.

서울에서 약속은 세 가지였다. 아주 추운 날씨였다.

충무로와 인사동 사이에서 6시간 정도 머물렀다.

마지막 약속은 낡은 PD와 인사동에서였다.

생태탕으로 좀 늦은 저녁을 먹었다.

역시 영감은 막걸리를, 나는 밥을 먹었다.

권헌조 어르신의 마지막 가시는 모습을 촬영하기로 했다.

그러나 이번에 ENG는 없다. 나만 찍어야 한다.

프로그램은 이미 편집이 완료된 상태다.

마지막 몇 초만 들어내고 장례식 관련한 스틸 몇 컷을

삽입하는 것이 낡은 PD의 결정이었다.

낡은 PD는 금요일에 문상을 할 것이고 나는 금요일 오후 몇 시쯤에,

그러니까 역시 몇 가지 일들을 끝내고

구례에서 봉화로 향하게 될 것이다.

강남 고속버스터미널에서 남원행 심야에 몸을 던졌다.

몇 주일 동안 잠이 부족했다.

그러나 까만 배경 속을 달리는 버스 안에서 잠은 오지 않았다.

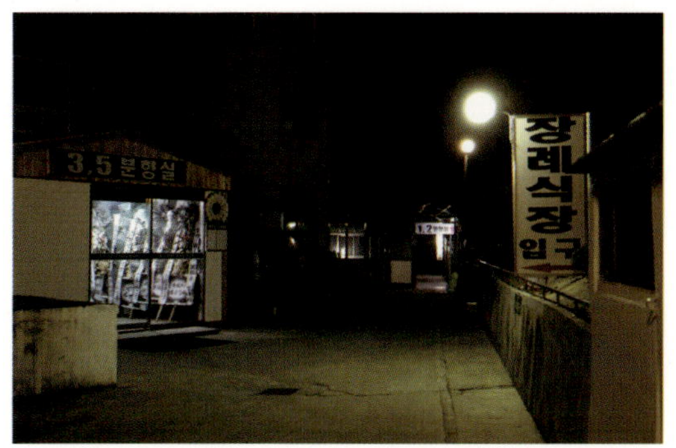

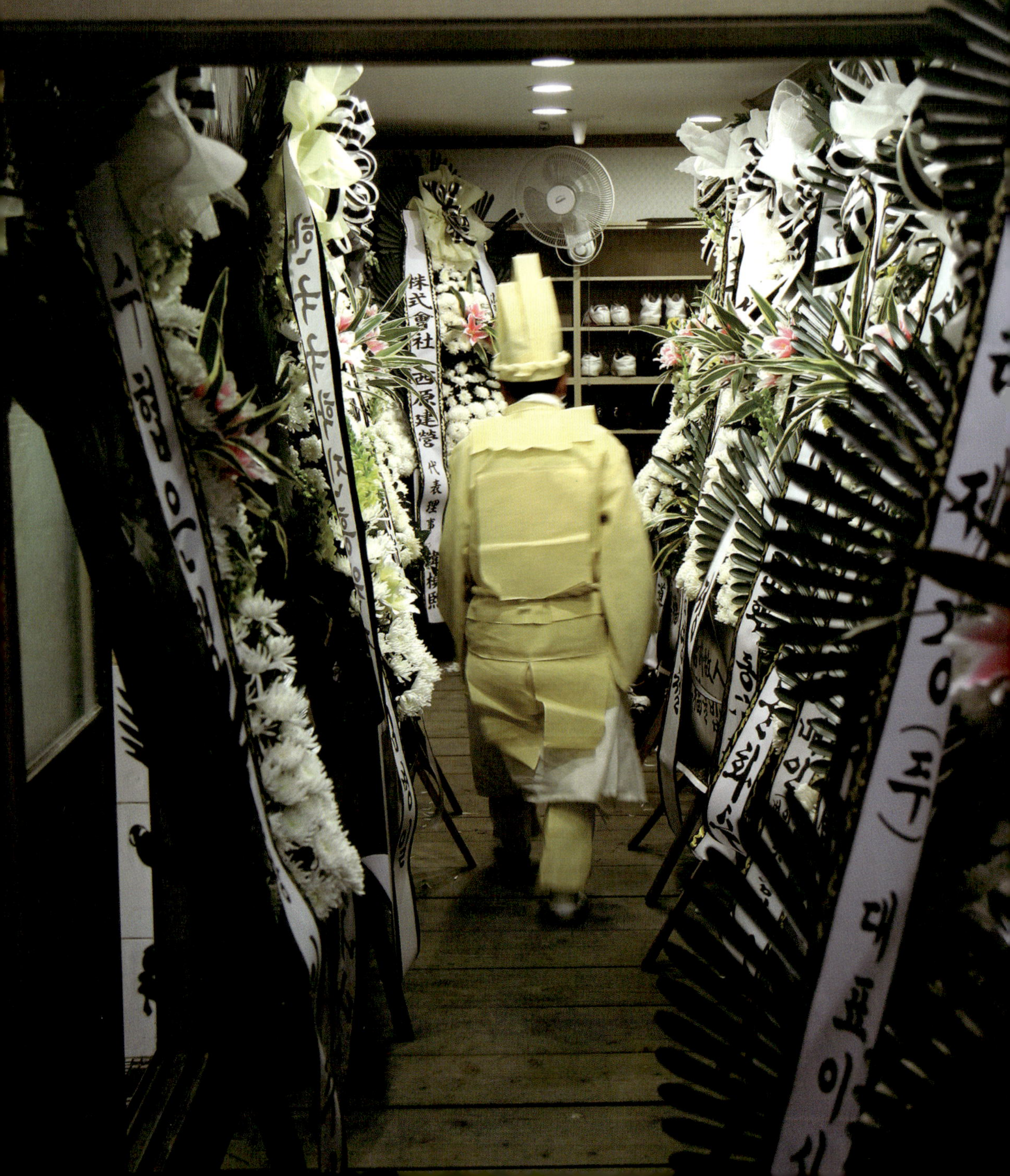
삼가 고인의 명복을
株式會社 西原建營 代表理事 韓根照

'섬진강시멘트자전거도로'를 반대하는
문화 공연의 무대 현수막 작업을 숨 가쁘게 끝내고,
"수정은 안 됩니다. 저 지금부터 토요일까지 없습니다!"라는
외마디 비명을 문자로 남기고 구례를 출발한 시간이
목요일 오후 4시경이었을 것이다. 예상보다 늦었다.
어두워진 상태에서 그 망할 놈의 팔팔고속도로를 달리고 싶지 않았는데
어쩔 수 없이 어두워진 후에야 대구를 지나칠 듯했다.
카메라와 배터리는 제대로 챙겼는지,
도무지 모든 일상이 진행 중인 일들에 견인되어
이렇게 경황없이 떠나는 길은 뭔가 빠뜨린 기분이다.
출발하고 바로 전화를 받았다.
문상을 끝낸 낡은 PD다.

　　"어디쯤입니까?"
　　"조금 전에 출발했습니다. 저 기다리지 마시고 올라가세요."

늦은 9시 조금 못 되어 봉화읍 해성병원 장례식장에 도착했다.
그리고 권헌조 옹을 뵈었다.
슬프다.

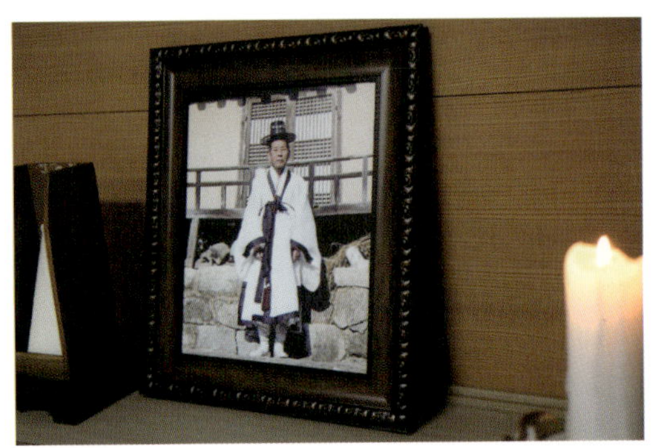

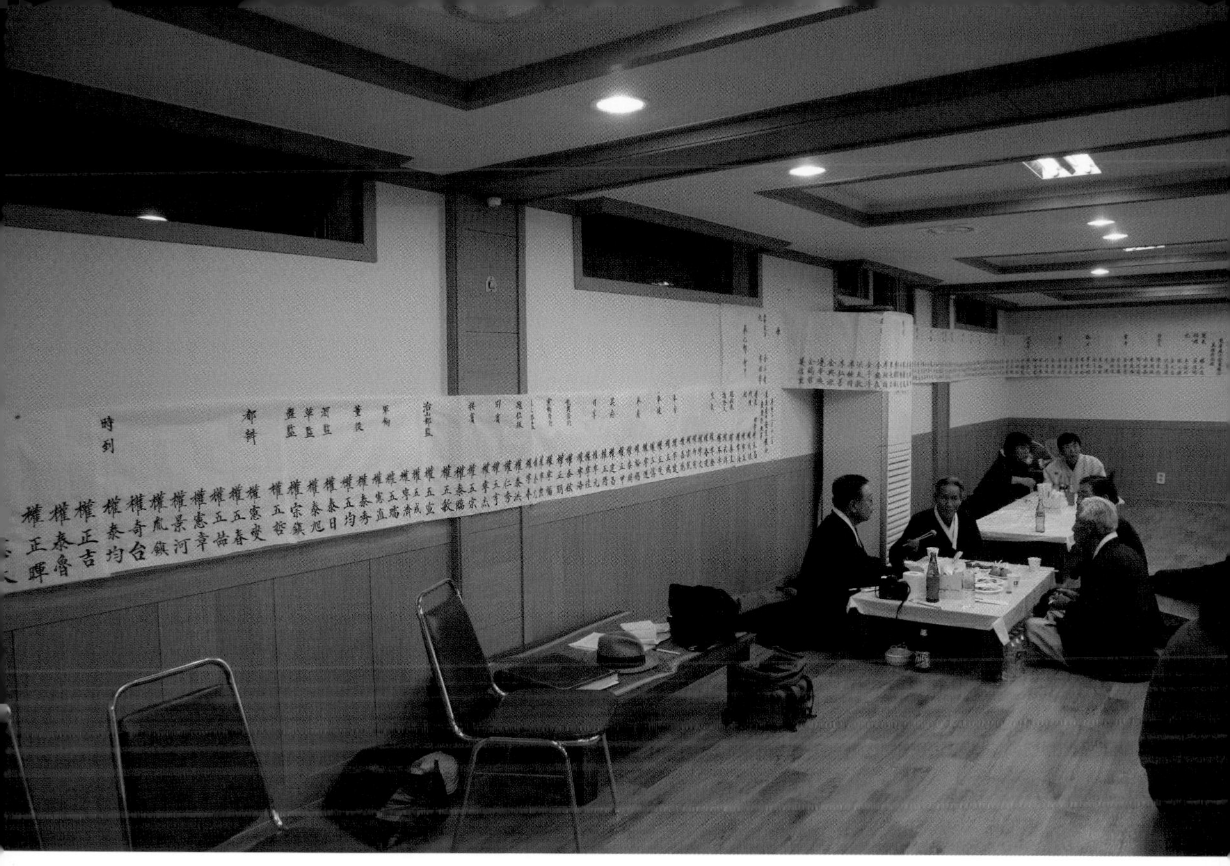

파록爬錄이라고 부르는 명단이 장례식장 벽을 두르고 있었다.
파록은 집사분정執事分定이라고도 한다.
일종의 장례위원회 명단이자 '당신의 부음을 들었다,
함께 한다'는 사람들의 명단이기도 하다.
봉화 유림, 안동 권씨 문중 그리고 금요일 아침에는
안동 유림들의 것이 도착할 것이라는 말이 흘러들었다.
안동에서 올라오는 것이 중요하다는 소리들을 했다.

다음 날 장지에 진설할 예정인데
좋지 않은 날씨라 비닐로 씌울 모양이다.
그 방식을 놓고 설왕설래다.

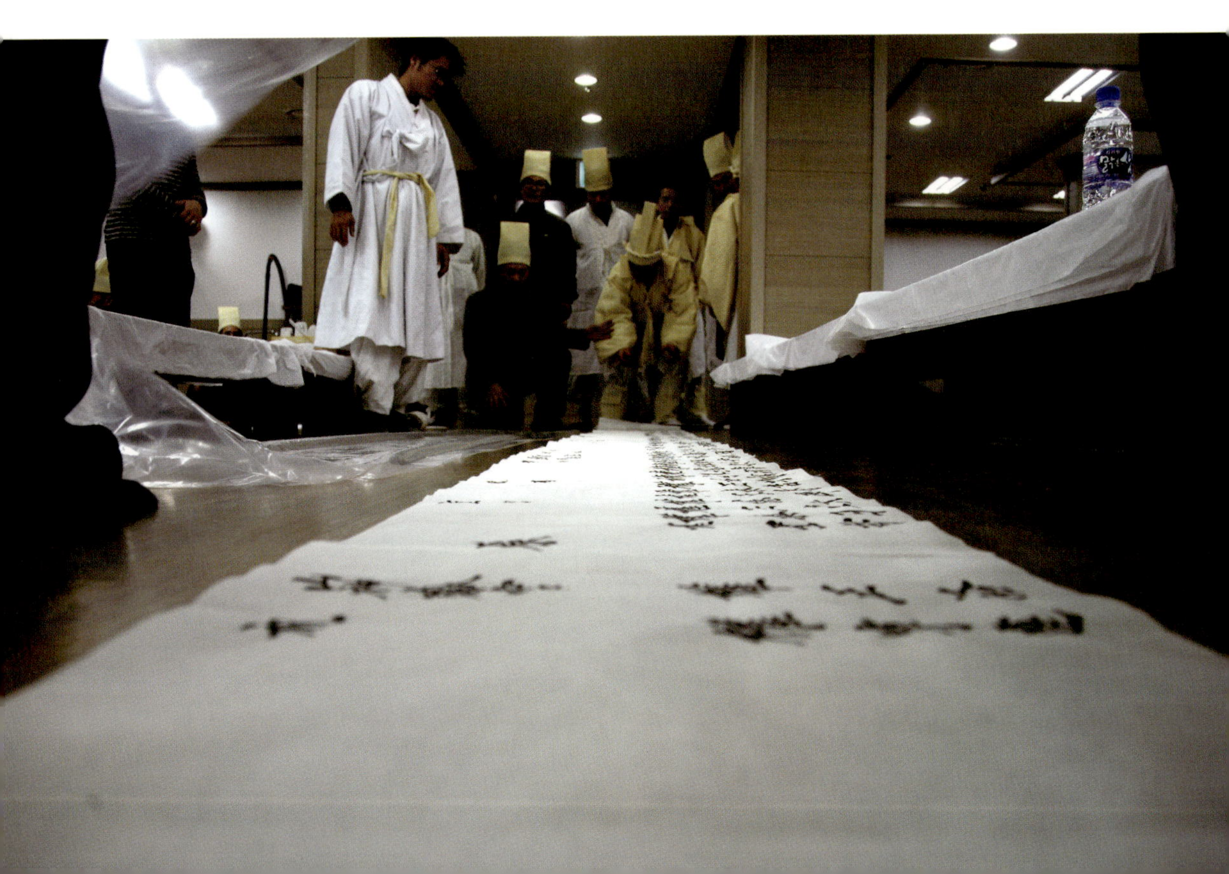

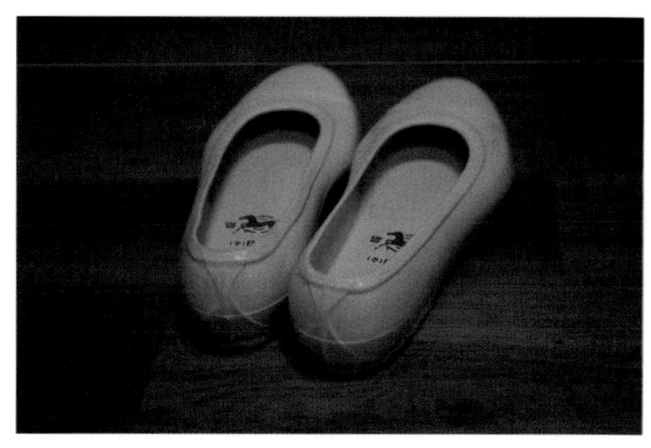

발인 전 밤이었지만 빈소는 비교적 한산했다.
예상 밖이었다.
조용한 가운데 사람들 사이에 '방송사 기자'라고
신분을 정리당한 나는 비교적 자유롭게 촬영을 진행할 수 있었다.
'큰 카메라는 언제 오나'라는 질문을 열 번 정도
들은 것 외에는 편안했다.

"한문 배아 가꼬 나믄 제문이나 지어주고,
제문 지어주믄 떡 한 접시 준다."

문상객들 중 한복 입은 어르신들이 나누시는 말씀을 동냥한다.

11시가 가까워지고 상주들도 문상객들과 담소를 나누고 있다.

아무도 없는 빈소에 잠시 앉아 어르신과 대면한다.

이곳으로 오는 길은 항상 객관적으로는 불가능한 일정을
억지로 만들어낸 다음이었다.

그렇게라도 나는 지난 7월부터 봉화를 찾았다.

즐거움도 아니고 돈도 아니고, 어떤 요인이 시작부터 나를
이곳으로 불러들였는지 알지 못한다.

그리고 마무리를 하고 싶었다.

아니다, 하고 싶지 않았지만 해야 한다.

"지난 몇 달 동안 어르신과 저의 인연은 무엇인가요?"

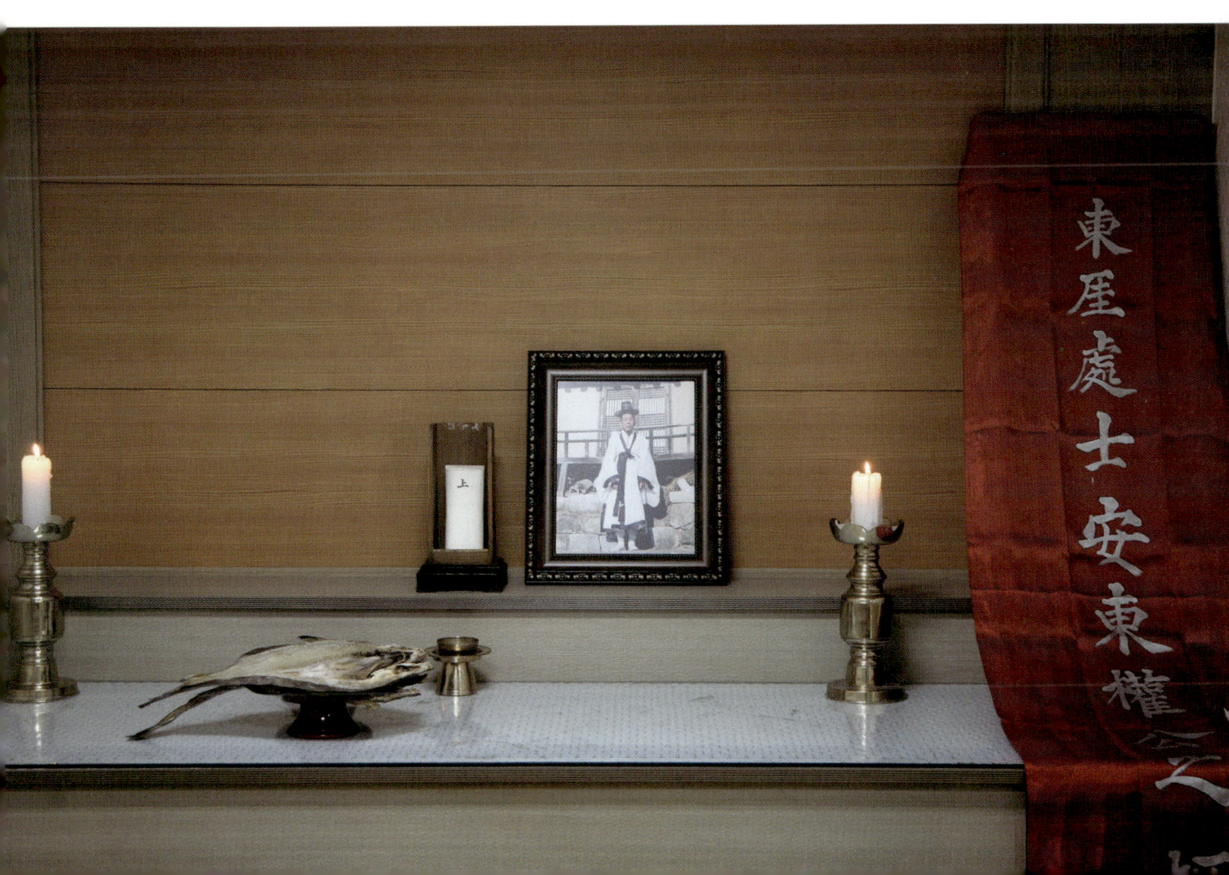

발인과 관련한 일정을 확인하고 빈소를 나섰다.

새벽 6시 30분 신혼곡晨昏哭 장면을 담는 것이 좋겠다.

그러나 역시 지금은 잠이 답이다. 천변에 몇 개 늘어선 모텔을 찾았다.

그 말을 믿자면 "딱 하나 남은" 방으로 들어갔다.

혼자 여관에 앉아 있었던 경우가 언제였지?

눈바람 부는 전혀 예상치 못한 여관방. 상황이 익숙하다.

1991년 12월 어느 날의 이야기를 1995년에 끄적여둔 것이 있다.

난 1센티미터라도 내 방과 가까운 남쪽으로 내려가고 싶었다.
그날 나의 판단은 분명히 시종일관 착오와 비이성적 결정이라는
외길로만 치달았다. 대전으로 가기 위한 흥정을 끝내고 나서
택시에 몸을 실었다. 대전에서 기차를 잡아탈 요량이었다.
내가 타본 가장 비싼 택시는 국도를 질주했다. 캄캄한 터널 같은
국도를 감지할 수 없는 속도로 달려갔다. 굳이 국도를 고집한 나는
환각과 같은 침묵과 속도 속에서 절대로 내 방에 도달할 수 없을
것이라는 확신을 하고 있었다. 제천을 지나서 나는 멀리서 깜박이는
여관이라는 네온을 보았고 차를 세웠다. 기사 아저씨는 대전에
가야 손님을 태운다면서 투덜거렸지만 약속한 돈을 다 지불하자
말없이 돌아갔다…….

기억이 맞다면, 1991년 12월 거의 막바지 어느 날이
내가 혼자 여관에 우두커니 앉았던 마지막 날이다.
잠이 오지 않는다.
이런 경우 나에겐 확실한 방법이 있다. 수면제를 읽는다.
이틀 전 서울에서 만난 어느 편집자가 건내준 책을 펼쳤다.
서경식, 김상봉 두 선생의 대화를 읽는다.
20페이지를 넘기지 못하고 잠이 든다.
그날 역시 직설적으로 물었다.

　　"인문서를 왜 만들어요?"

그리고 나는 지금 '오래된 인문'의 부음을 듣고
봉화읍 여관방에 쓰러져 있다.

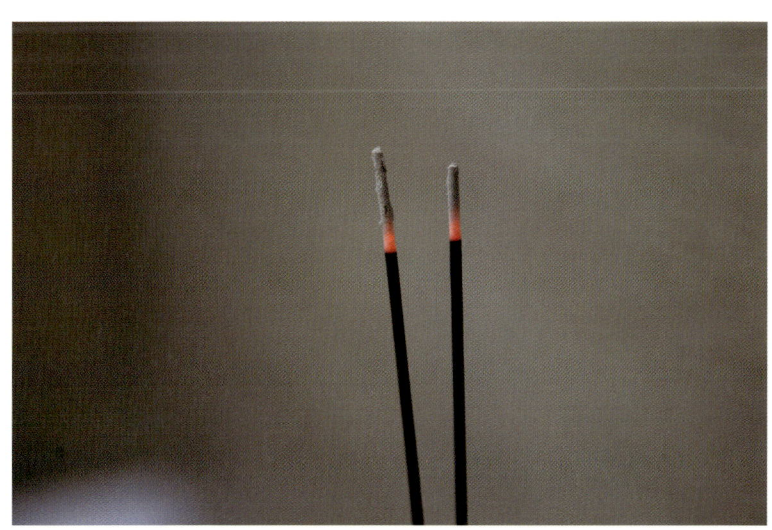

늦었다. 6시에 눈을 뜨지 못했다.

몸이 일어나지 못했다. 신혼곡을 촬영하지 못했다.

7시에 빈소에 도착해서 보통은 먹지 않는 아침밥을 먹었다.

그리고 기둥에 등을 세우고 밤을 보낸 다른 문상객들의 소리를 들었다.

다른 지역의 대학 교수들이라고 지난밤에 들었는데…….

아침부터 해장술을 앞에 두고 정세 논쟁 중이었다.

참 낯설고도 익숙한 풍경이었다.

"연평도 문제는 그렇게 보시면 안 돼요!

오바마의 위기를 감추고 있는 거란 말입니다.

FTA를 숨기고 있는 것이고요."

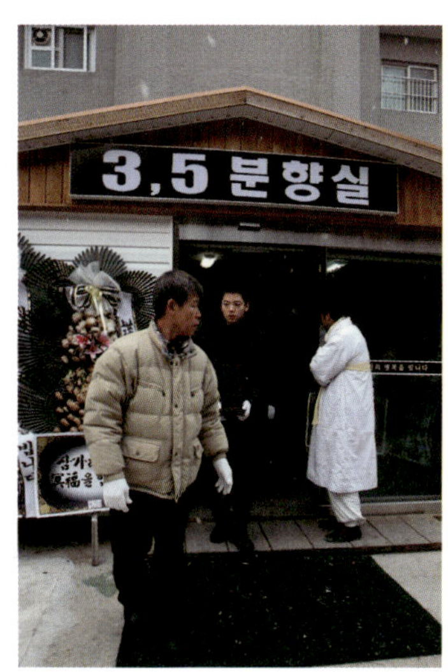

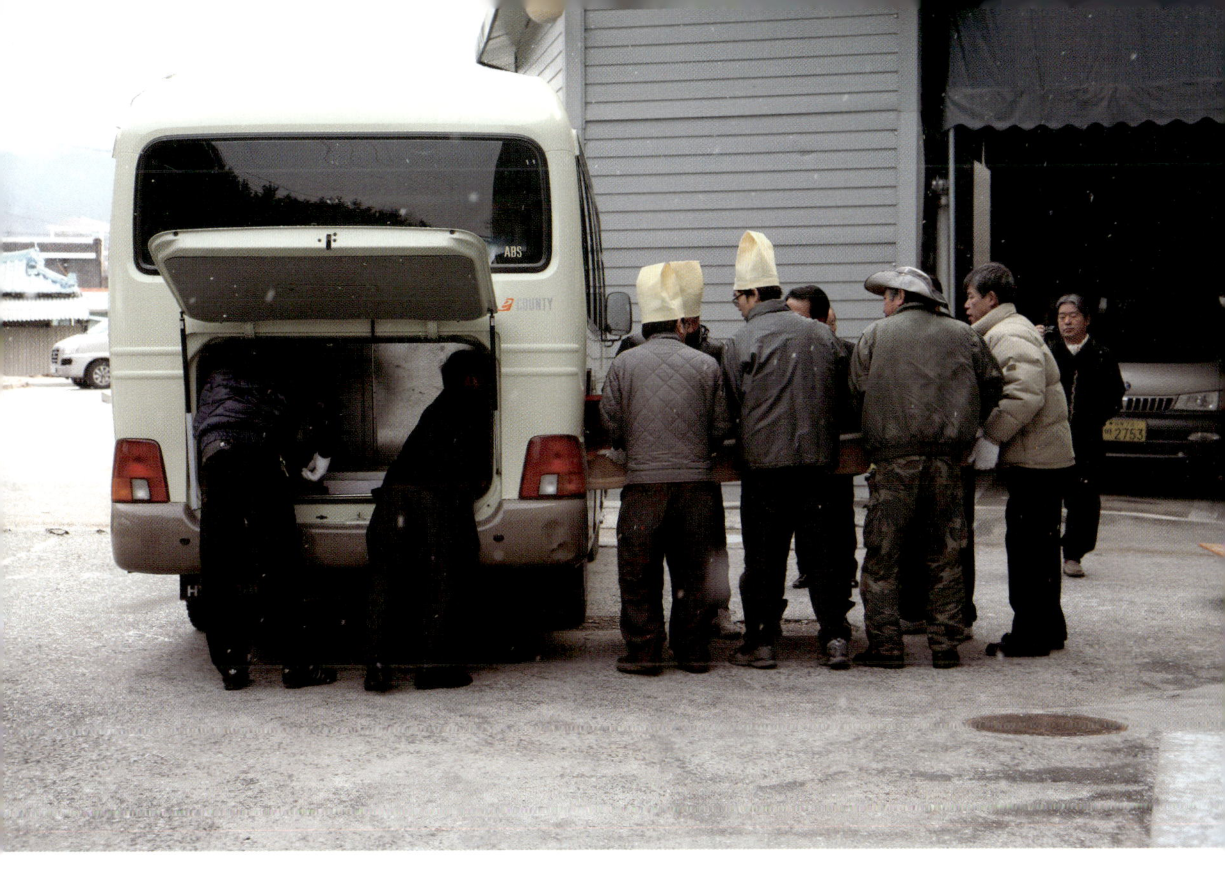

말씀은 정연했고 소리는 공허했다.
나는 아는 이가 없었기에 혼자 묵묵히 발인을 기다렸다.
아침 8시 30분. 예정대로 발인했다.
나는 기계적으로 움직이기 시작했다.
눈발이 흩날렸다.
영안실에서 어르신을 모시고 나왔다.

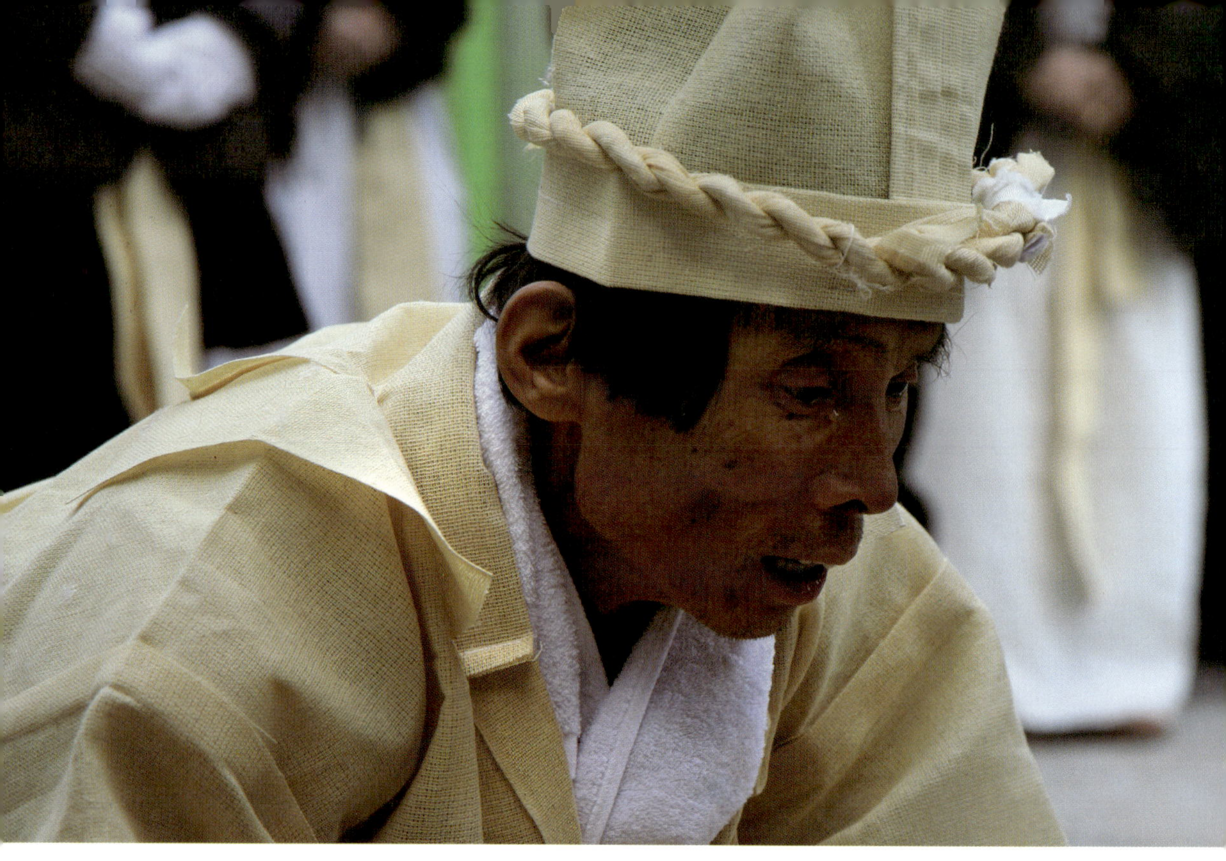

내가 알고 있는 세상의 거의 전부는 권헌조라는 어르신을
알지 못하고 그의 부음도 널리 알려지지 않았다.
상주가 곡을 했다. 나는 사진을 찍었다.

238

숨길 수 없이 쓸쓸했다.
어르신이 병원이 아닌 집에서 별세하셨다는
지난밤의 소리가 유일한 위안이었다.
부음을 들었을 때 내 손이 떨렸던 것은 송석헌에서
마지막을 맞이하지 못하셨다고 생각했기 때문이다.
어르신의 마지막 자리는 송석헌이어야 한다.

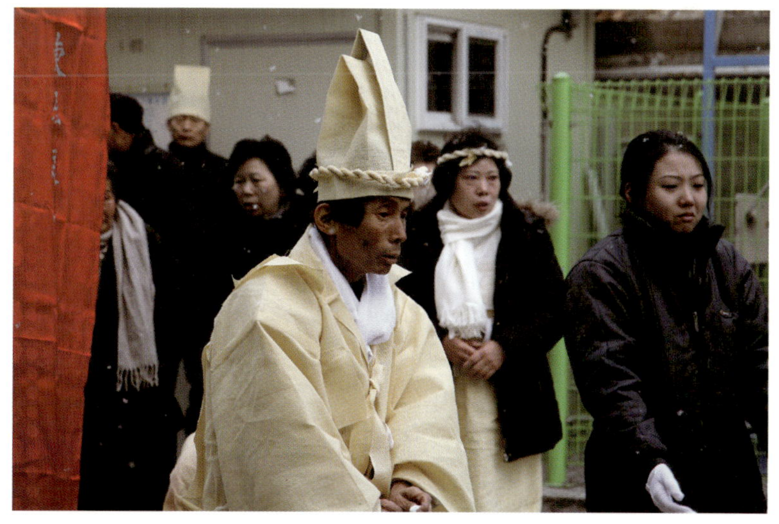

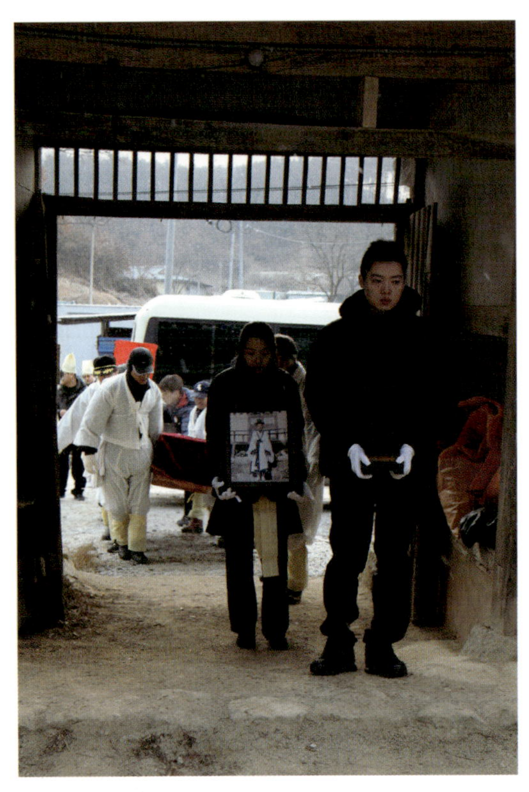

손자 손녀들의 손에 의해 어르신이 송석헌으로 들어서신다.
마지막 걸음이실 것이다.

마지막 외투가 마당에 놓여 있다.
송석헌은 여전히 '공사 중'이다.

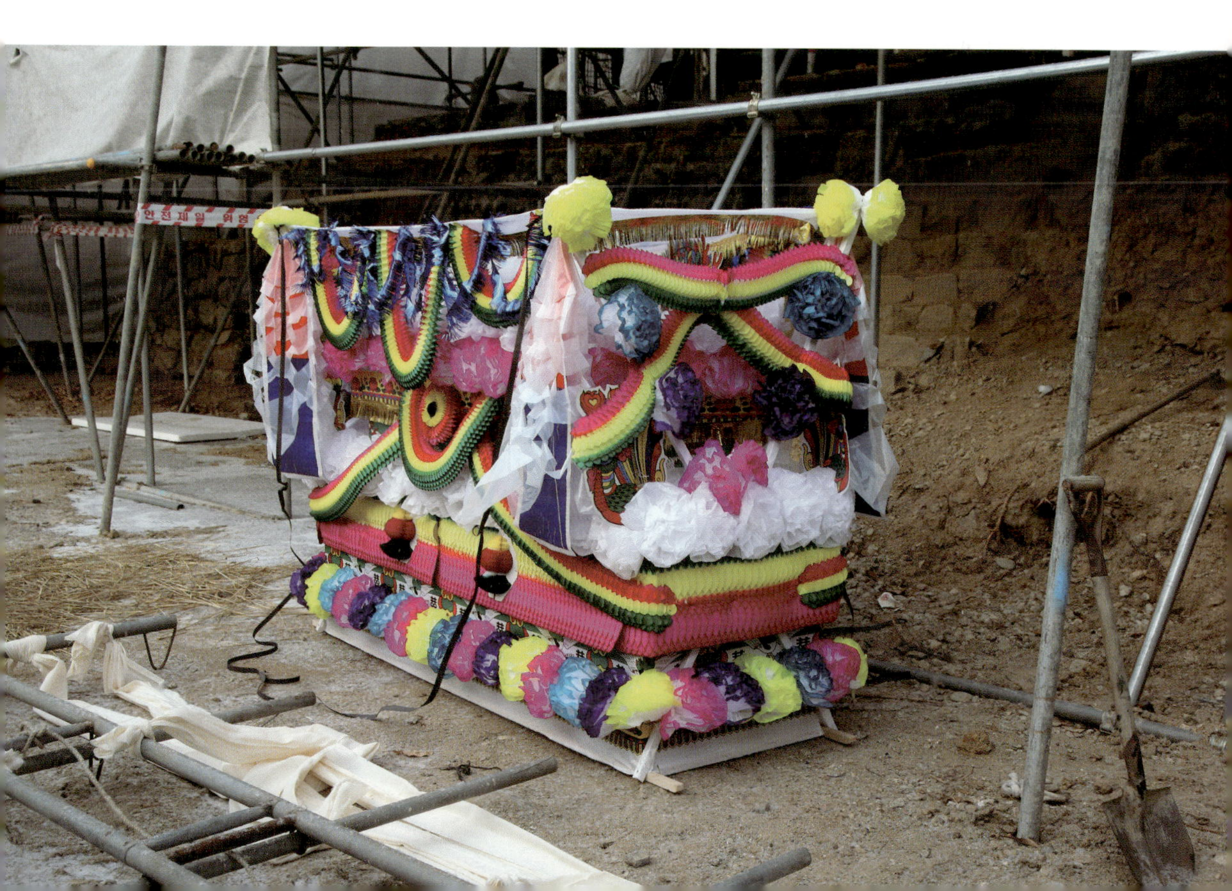

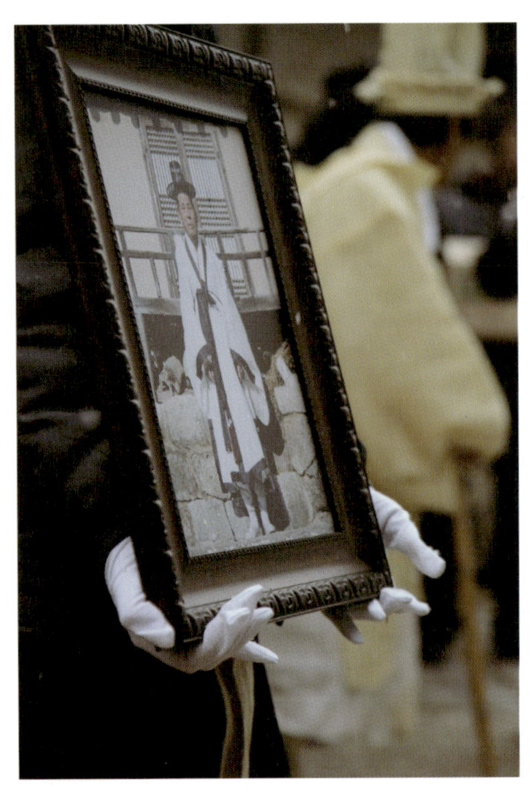

간간이 흘러나오는
여인들의 울음소리와 바람 소리만
마당을 가로질렀다.

상여를 씌웠다.

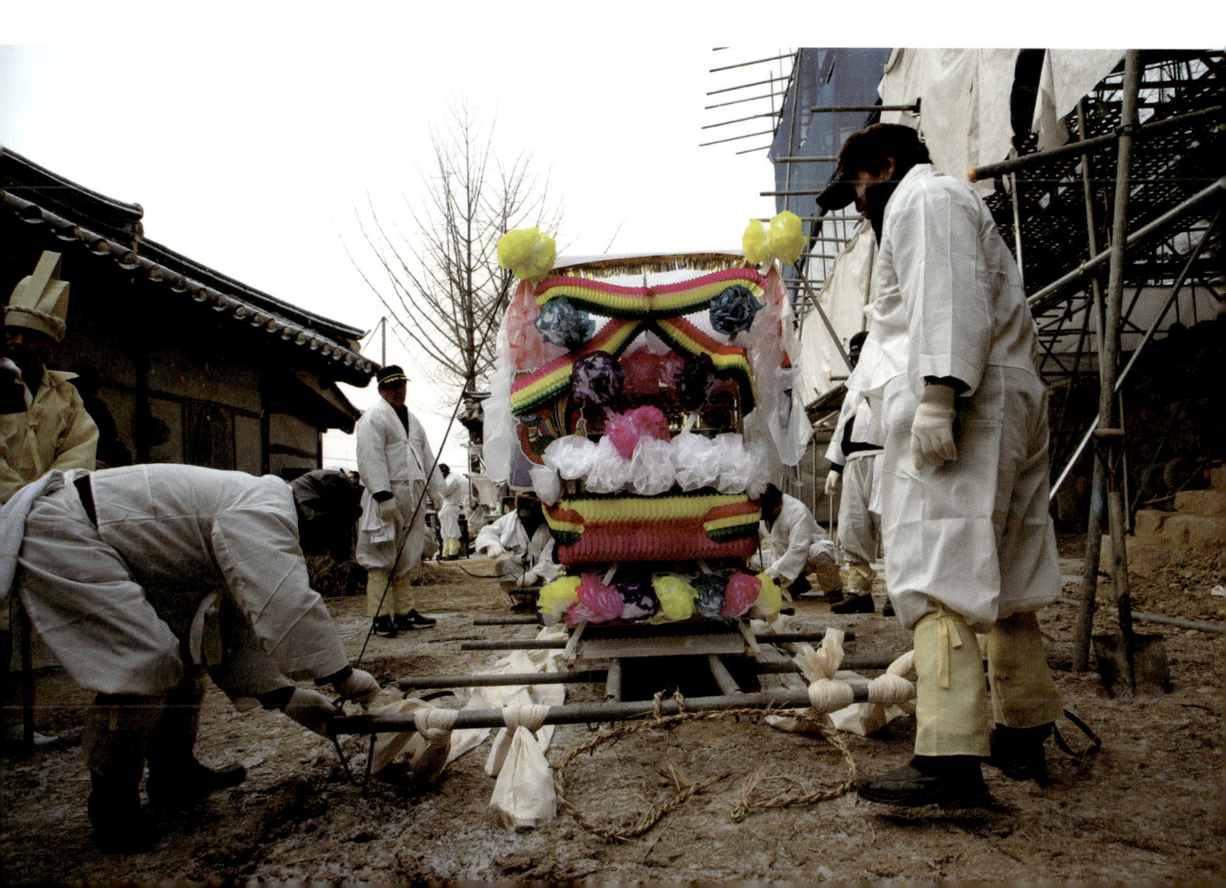

어르신을 더듬었다.

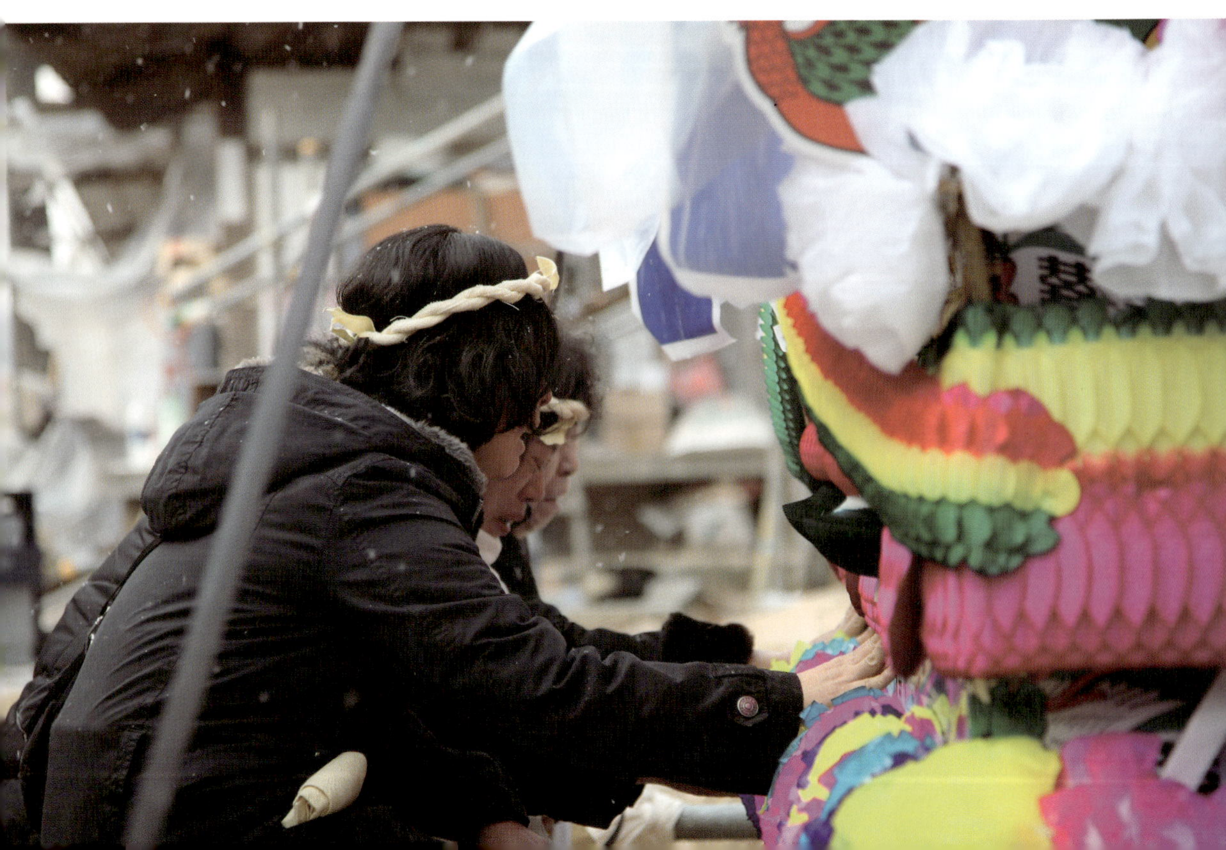

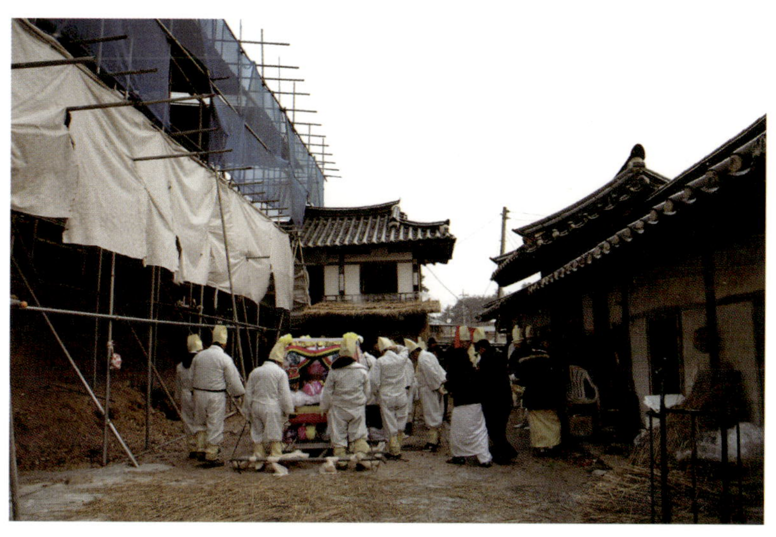

송석헌에 차려진 빈소 앞에서 집을 떠나는 마지막 제를 올린다.

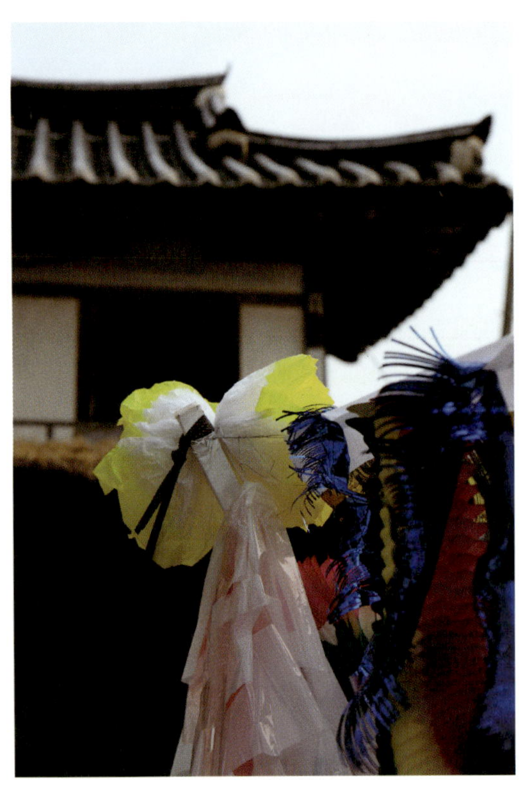

송석헌에서의 사진은 항상 짙었다.

오늘은 빛이 전혀 보이질 않는다.

인사동에서 낡은 PD와 한탄스러운 대화를 나누었다.

"집 때문일 겝니다.
집을 떠나 계셔서 몸도 떠나신 것이지요."
"너무 아까워. 그런 어른 다시는 없는데."
"추석 전에는 혈색도 더 좋아 보이셨는데.
정신도 또록하시고.
어르신은 추석을 기다리신 게 아니라 추석이면
집으로 갈 수 있다는 사실만 기다리시는 듯했습니다."

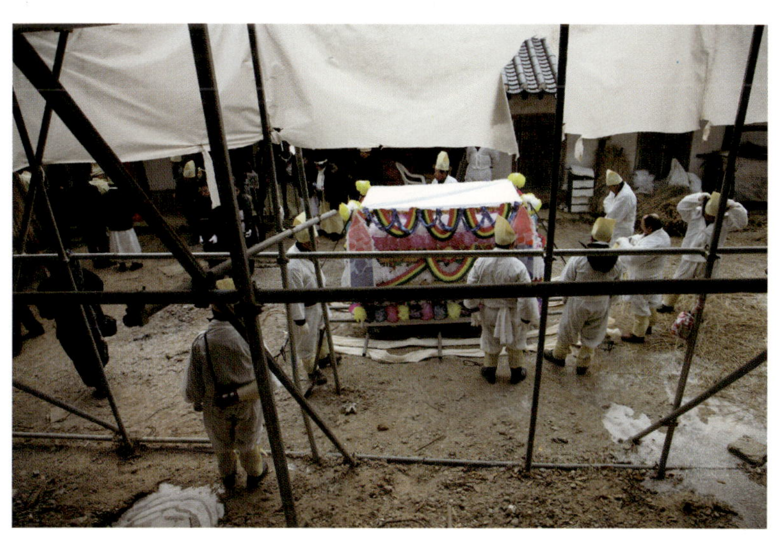

'집으로 오셨습니다.
그리고 이제 길을 떠나실 것입니다.'

상여꾼들이 일어섰다.

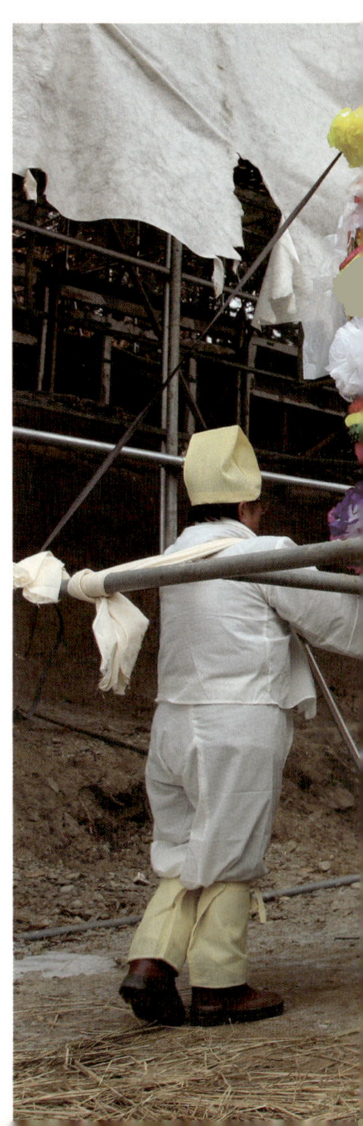

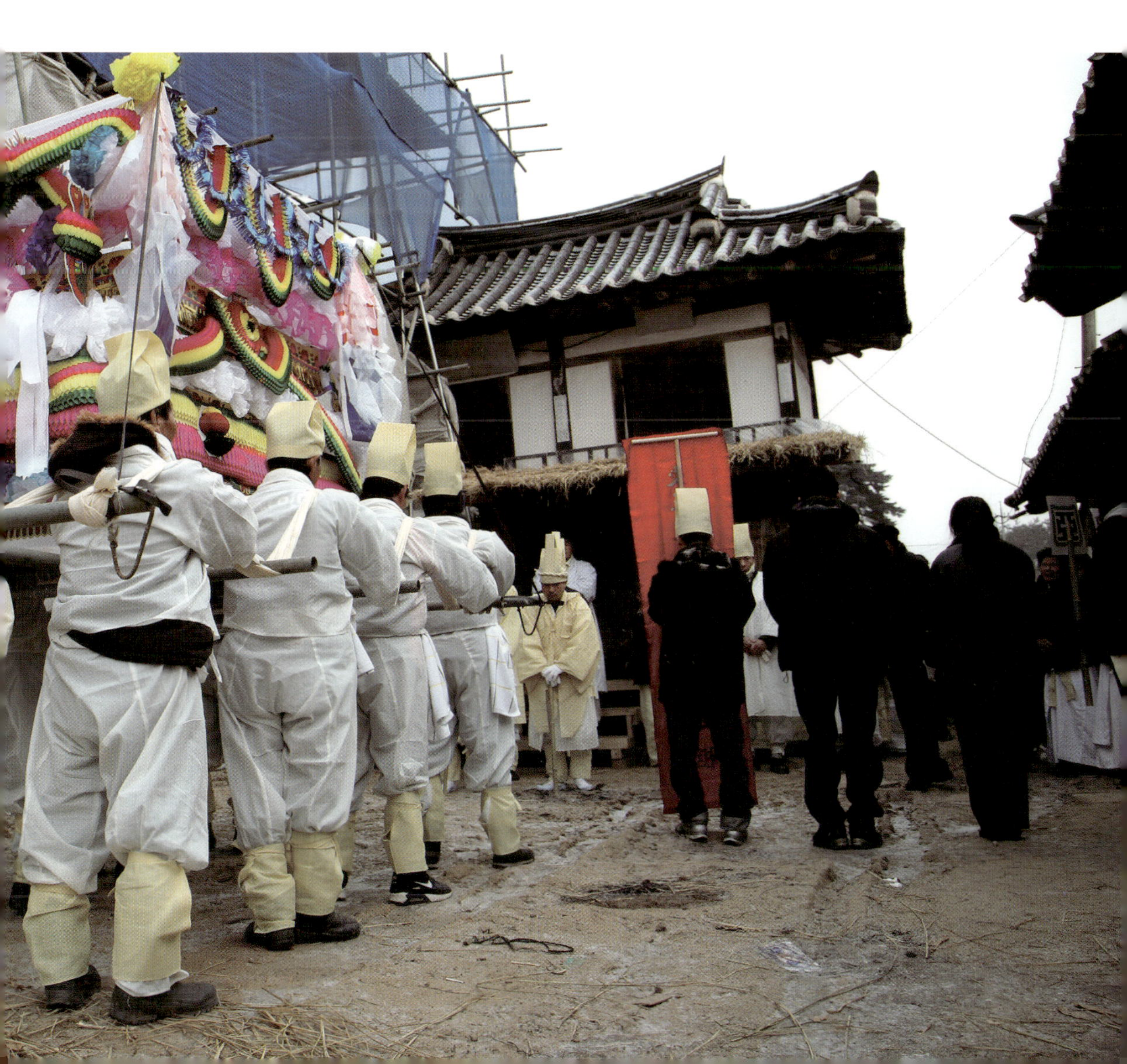

상여꾼과 상여, 상여와 상주 사이는 자간과 행간의 여백처럼 느껴졌다.
그 사이로 내 생각을 집어넣는다.
셔터를 누른다.

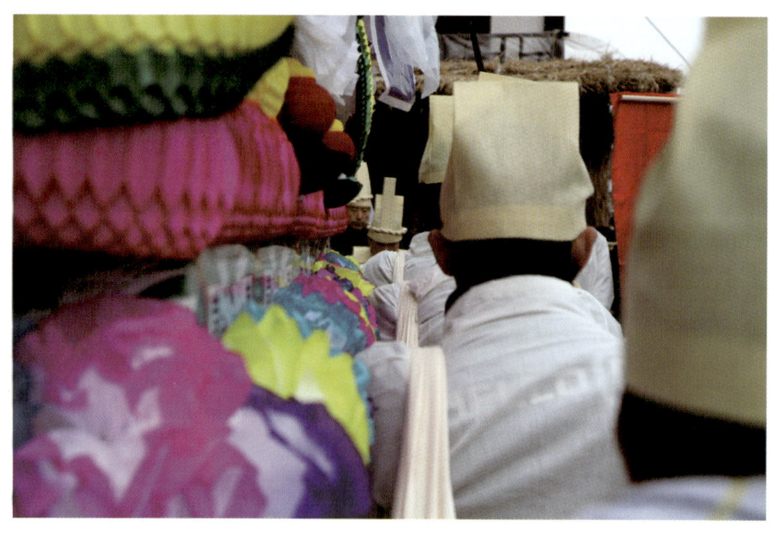

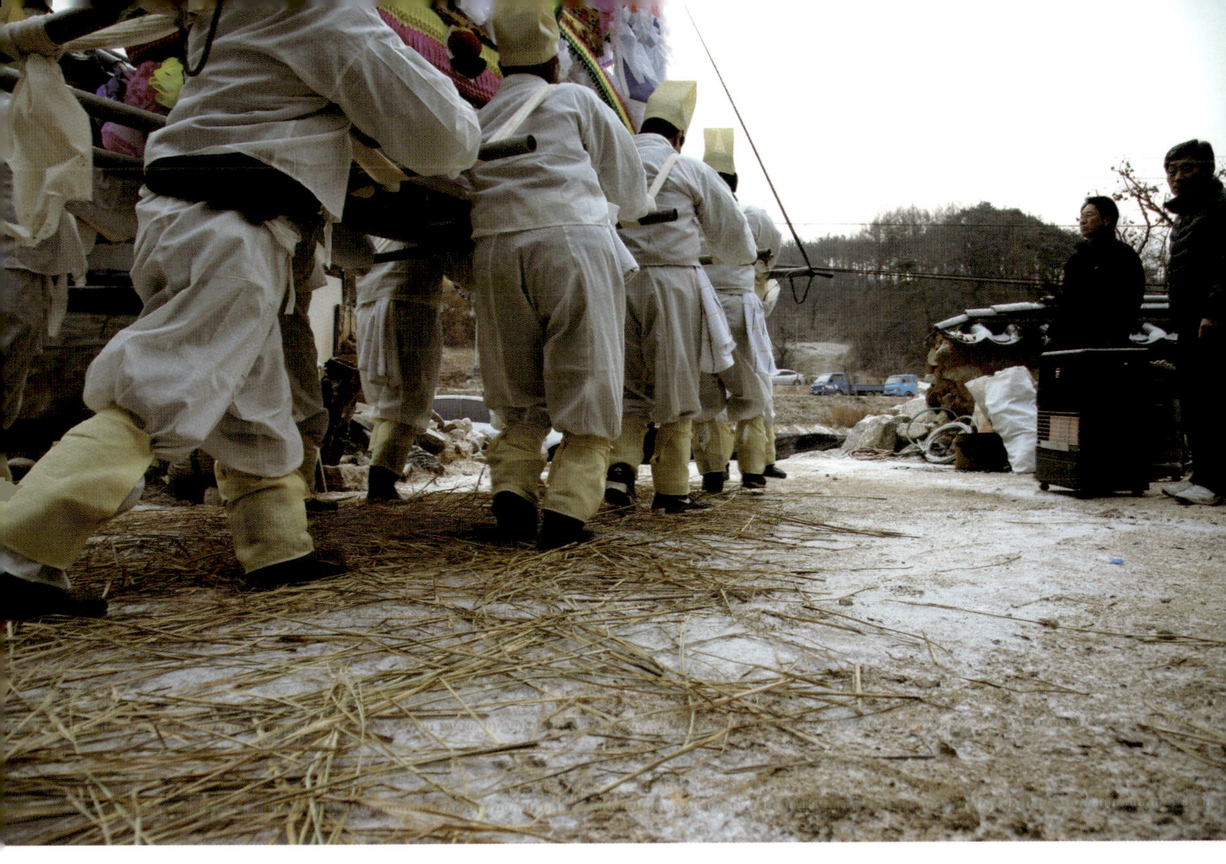

떠나신다.

파인더 속으로 아무것도 보이지 않았다.

내가 이래야 할 구체성을 찾지 못했는데,
현재는 항상 구체적이다.
그 멍함 속에서 시간은 흘러간다.
세월의 태반이 그렇게 흘러가더라.

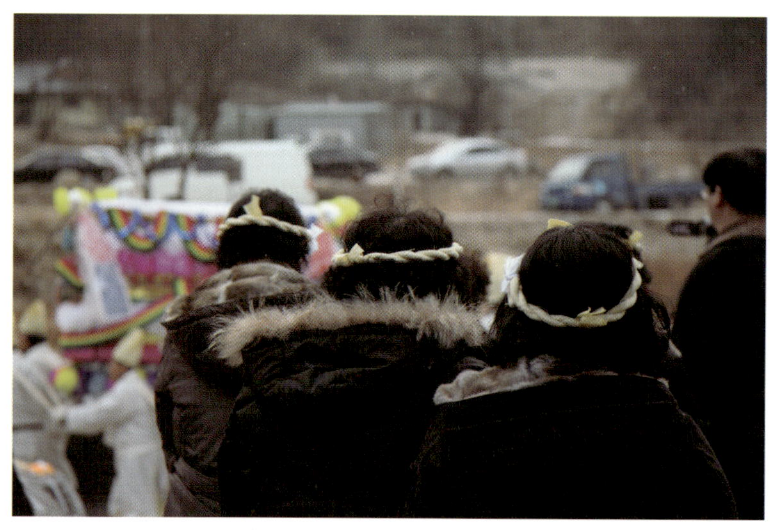

내가 이래야 할 구체성을 찾지 못했는데,
현재는 항상 구체적이다.

마지막으로 집을 대면한다.

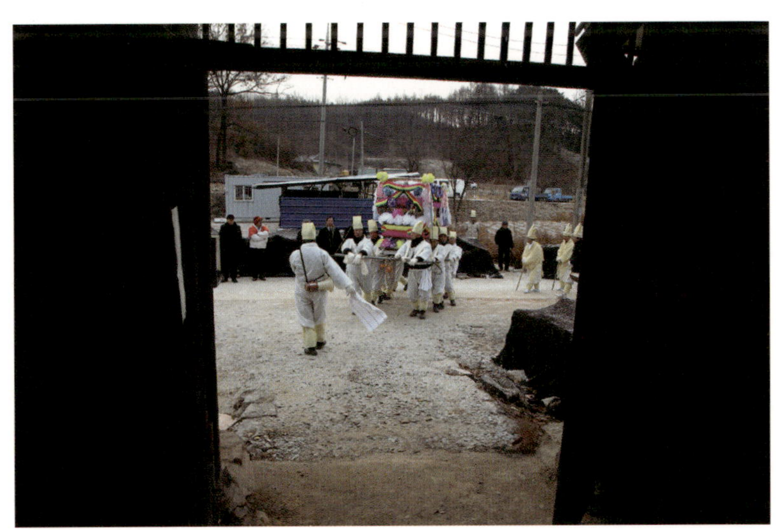

집을 슬퍼함인가 사람을 슬퍼함인가.
당신이 집이었고 집이 당신이었는데.

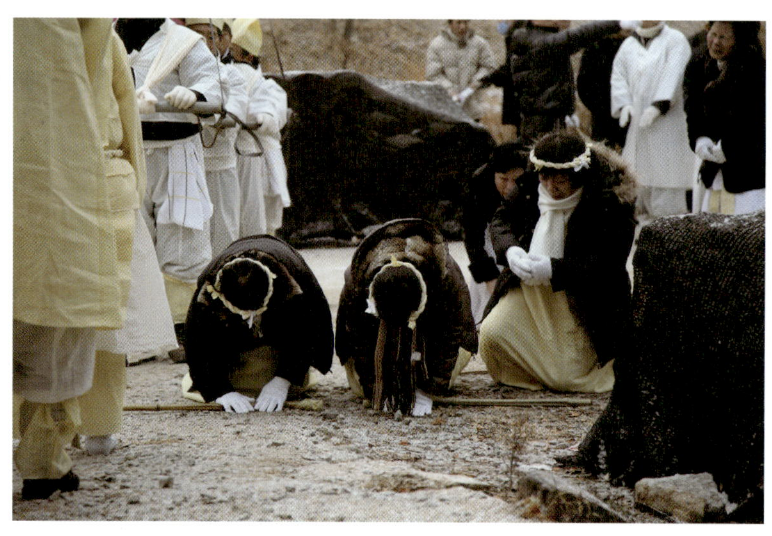

출상이다.

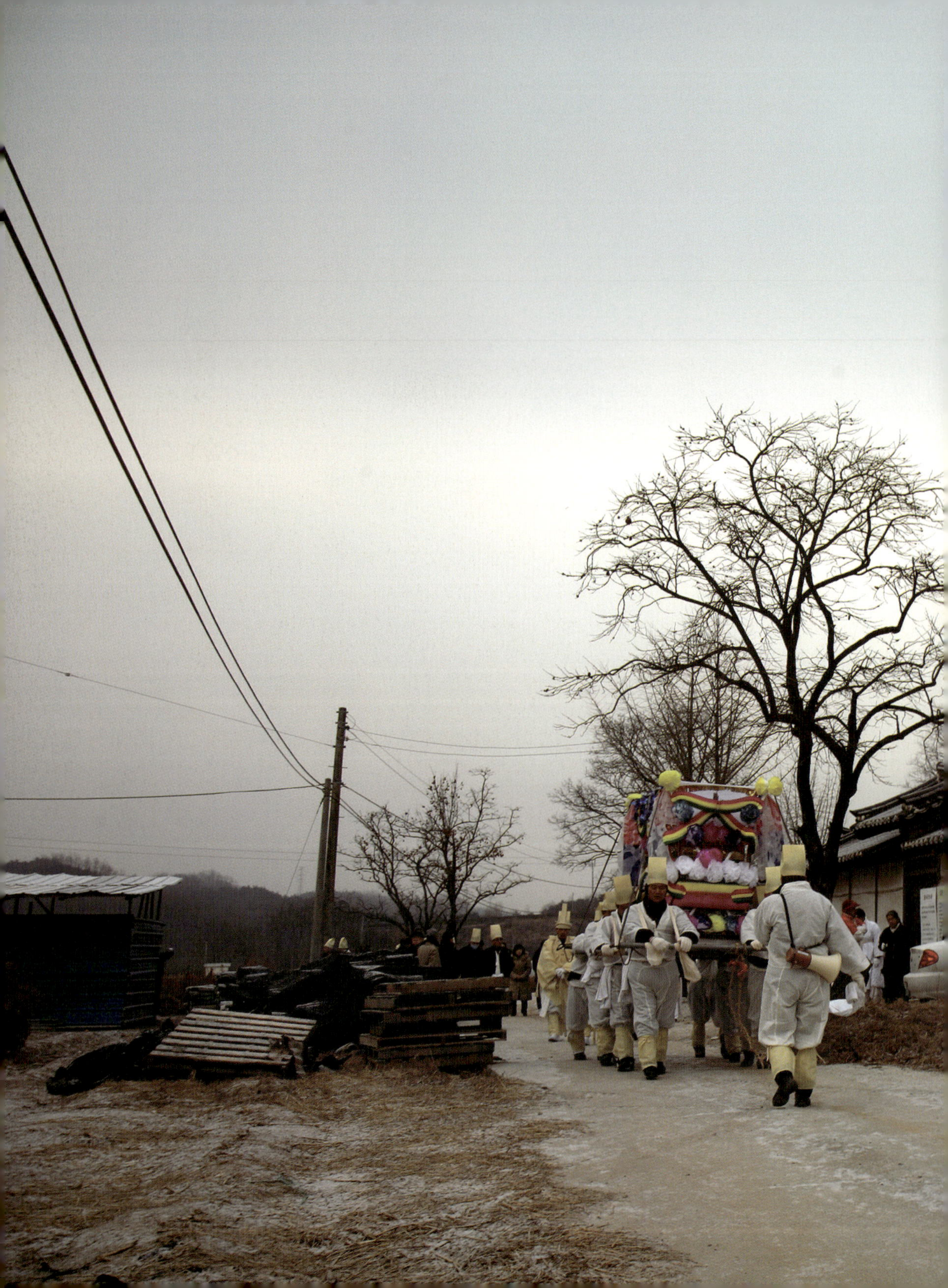

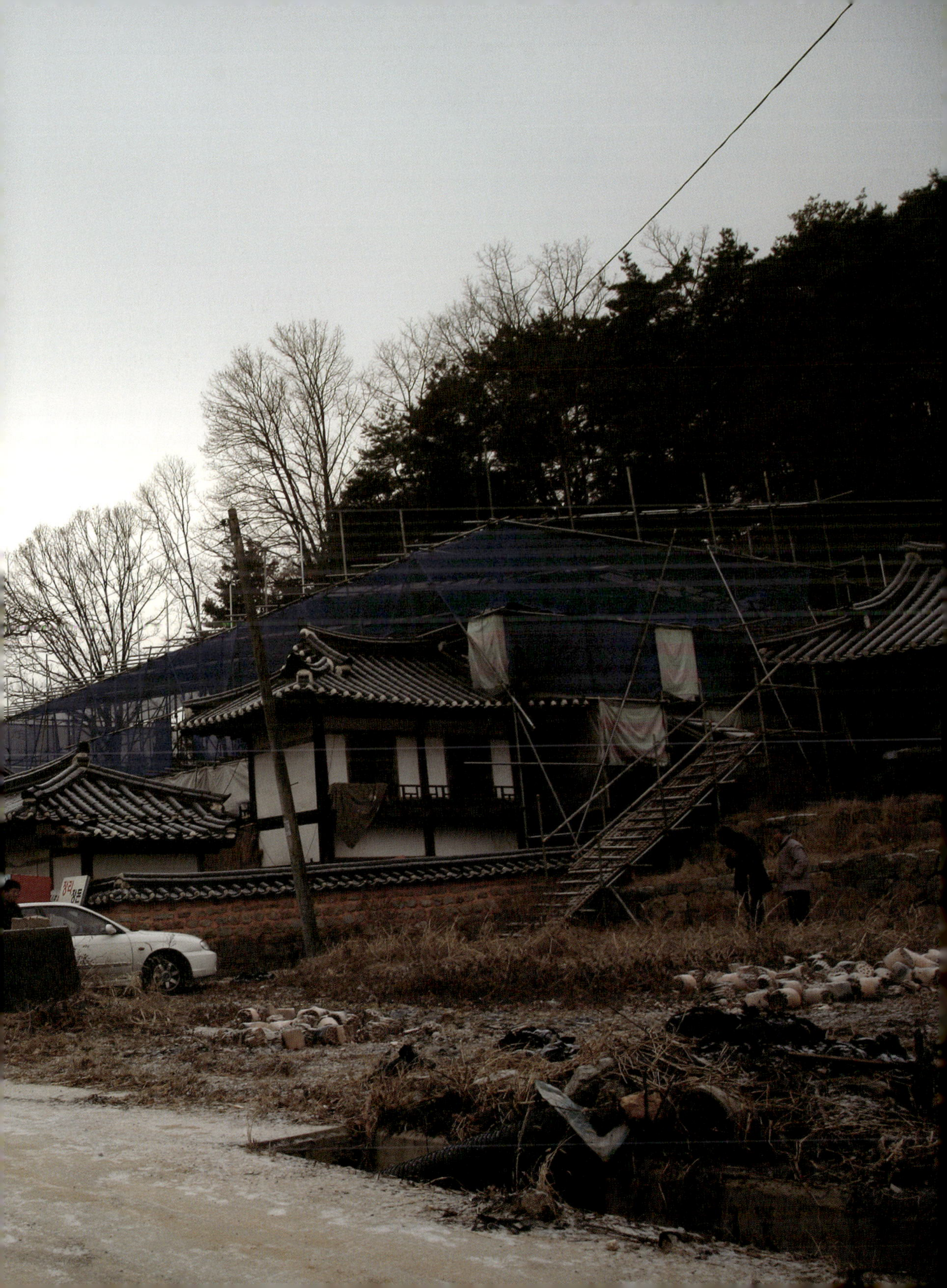

혼백이 앞서고 만가가 하늘을 가른다.

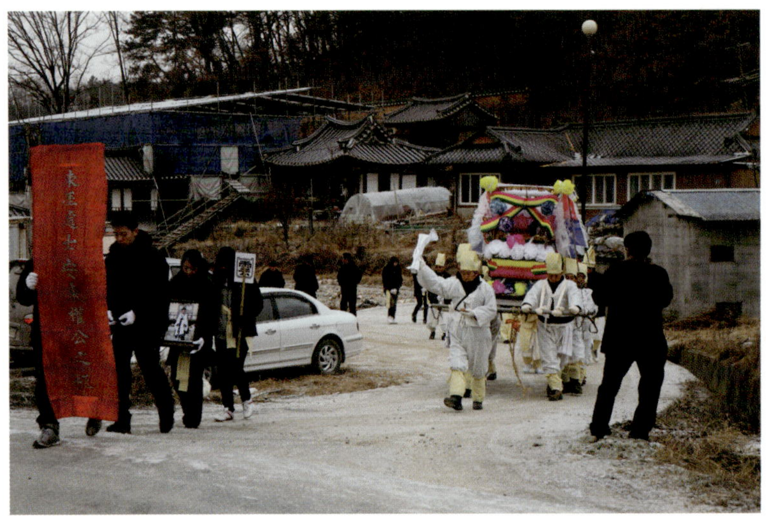

혼백이 앞서고 만가가 하늘을 가른다.

하루 한 번은 걸음 하던 길이다.

길은 그의 걸음을 알지만 세상은 그를 모른다.

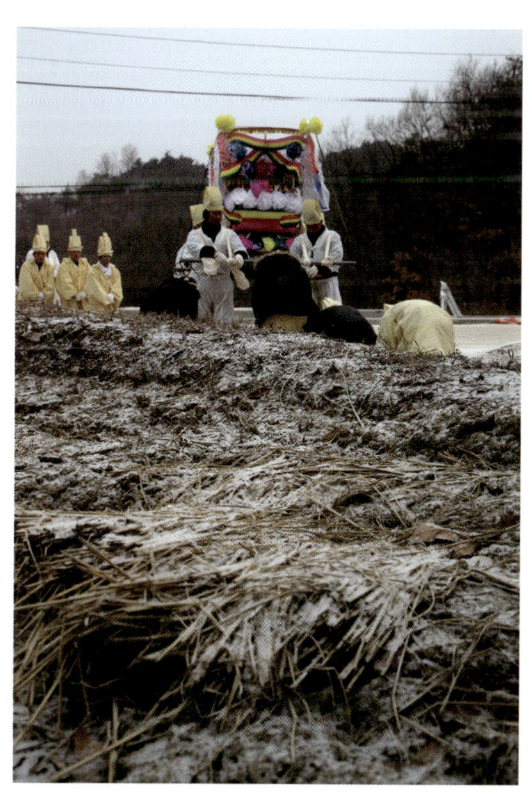

집을 나선 지 5분이나 지났을까,
사잇길로 방향을 바꾼다.

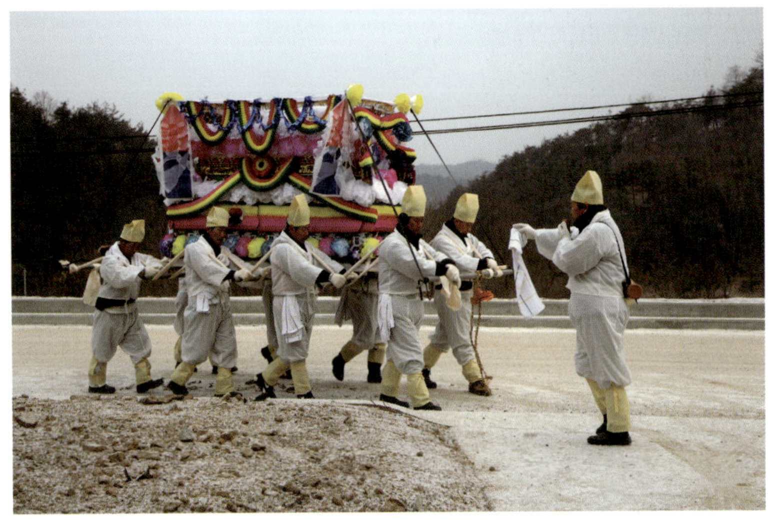

하늘은 더 어두워졌다.

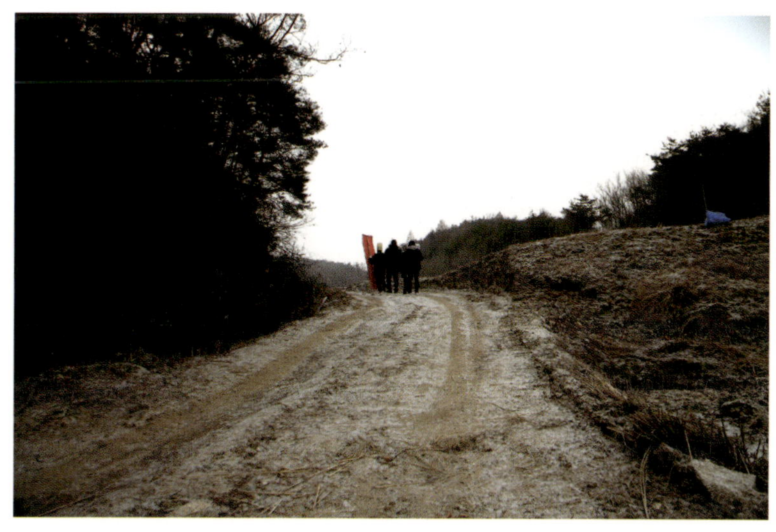

하늘은 더 어두워졌다.

가까워진다.

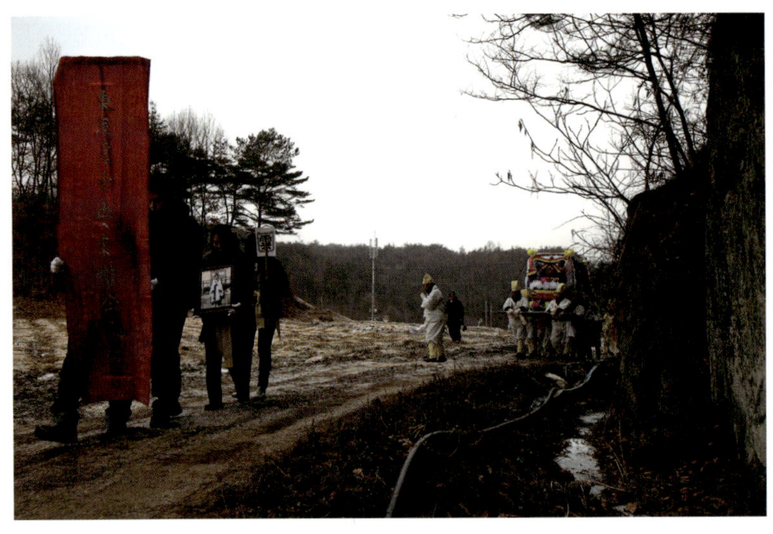

포털 사이트 인물 검색에 권헌조라는 '정보'는
없지만 나는 그를 기억할 것이다.
우리는 그의 뒤늦은 부음을 세상에 알릴 것이다.
그렇게라도 하지 않는다면.

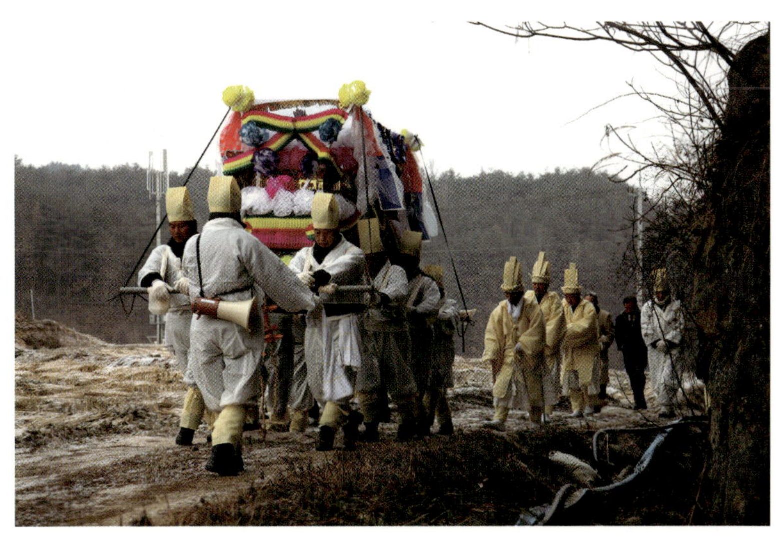

많이 춥다.
손이 언다.
관계없다.
그렇게 되려고 왔다.

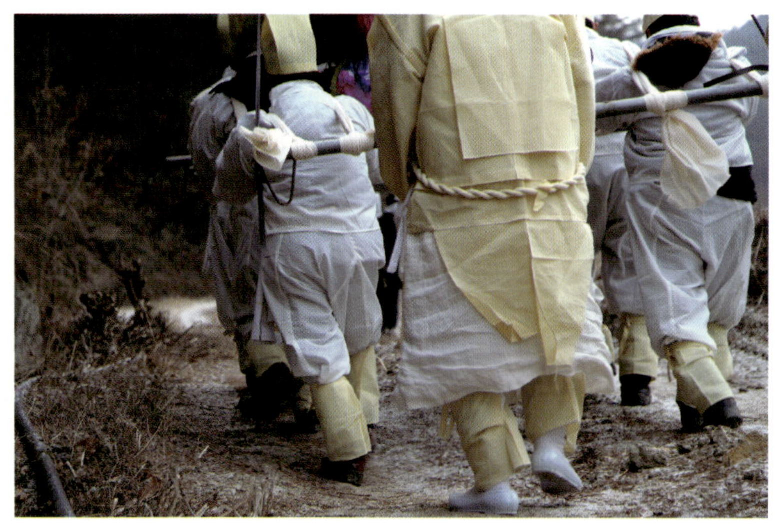

많이 춥다.
손이 언다.

왜 슬퍼하는가?

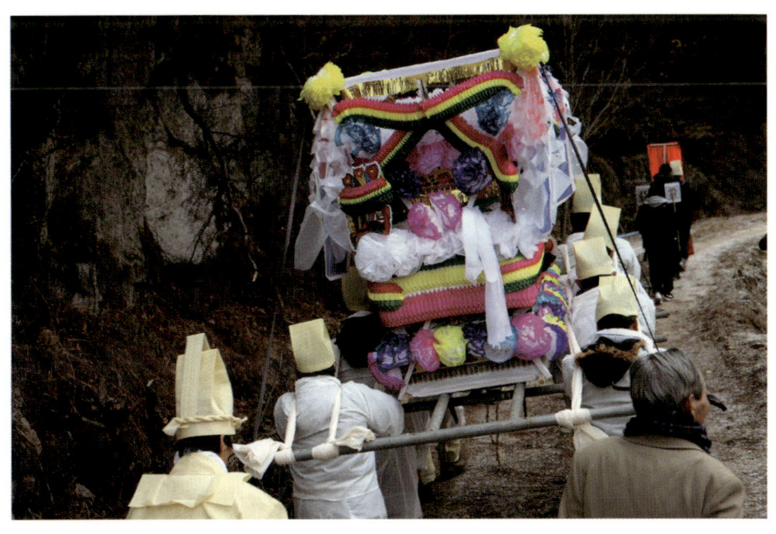

왜 슬퍼하는가?

낡은 PD는 그의 죽음이,
팔순이 넘은 노인의 죽음이 아깝다고 했다.
그의 가치는 무엇인가?

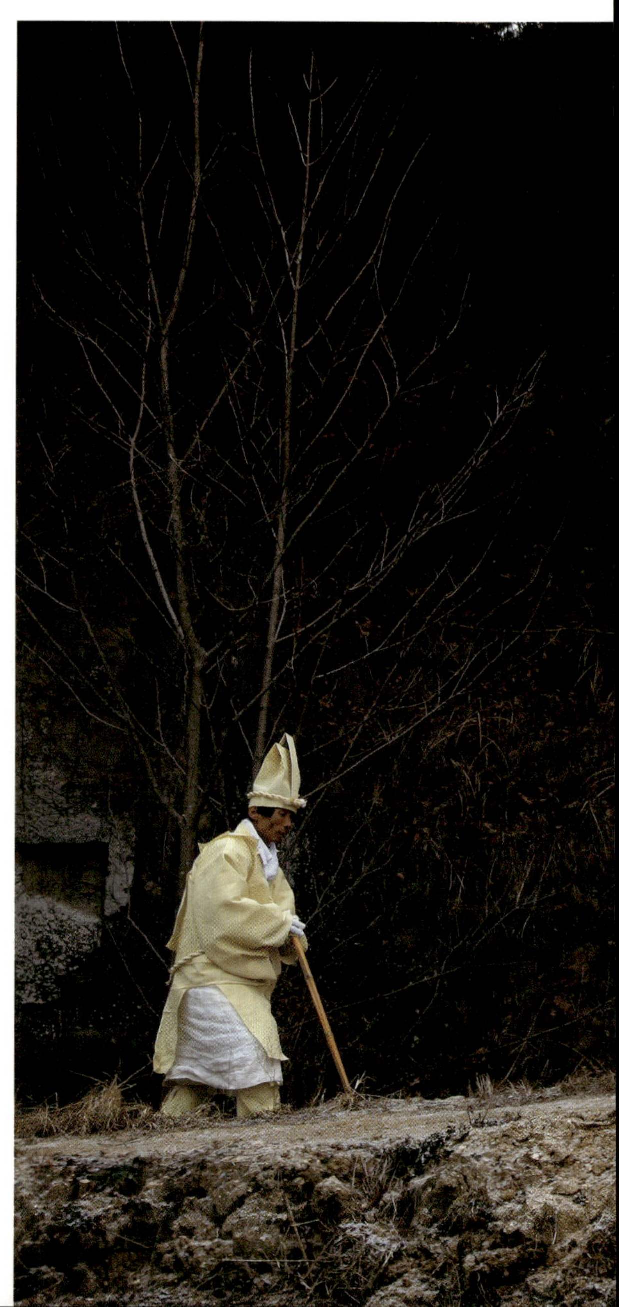

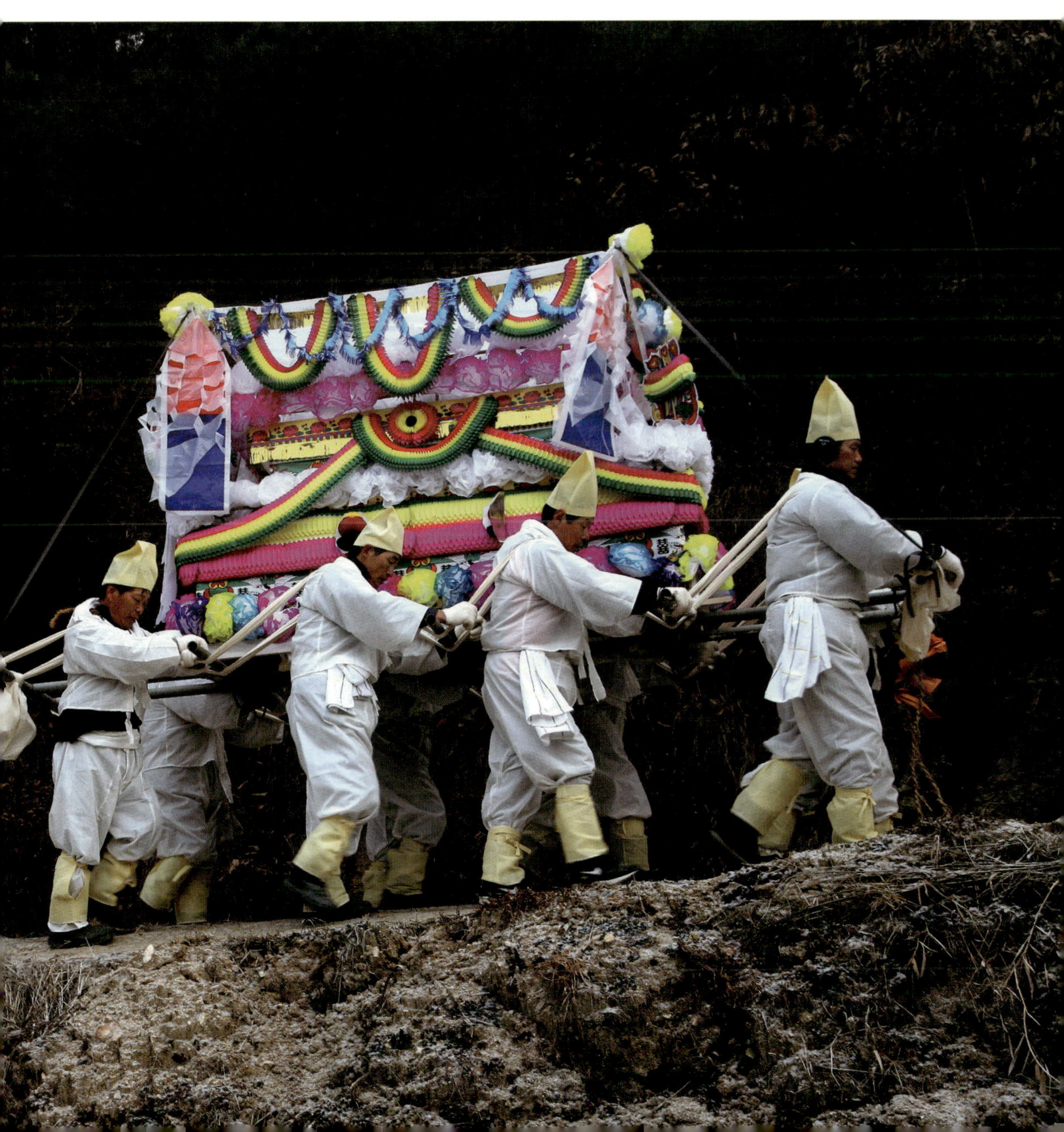

생각과 일상이 일치한 삶이었다.
낡은 사고라고 한다.
하지만 그가 생각하는 낡음과 새로움은
우리가 생각하는 것과 달랐다.

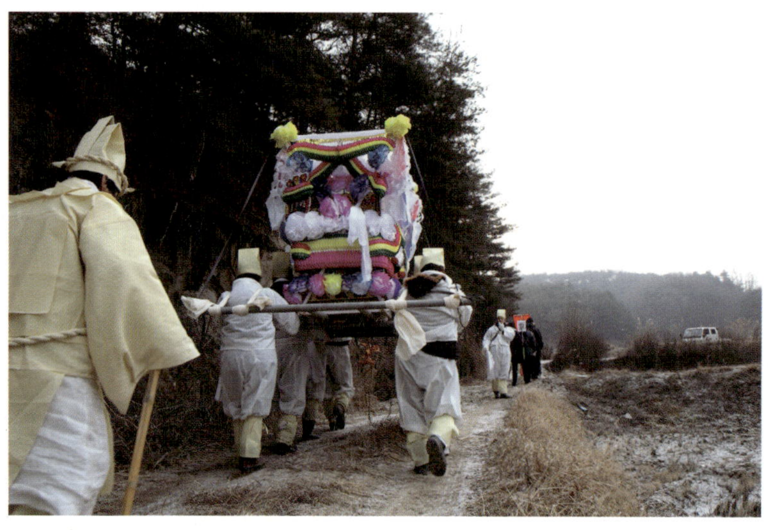

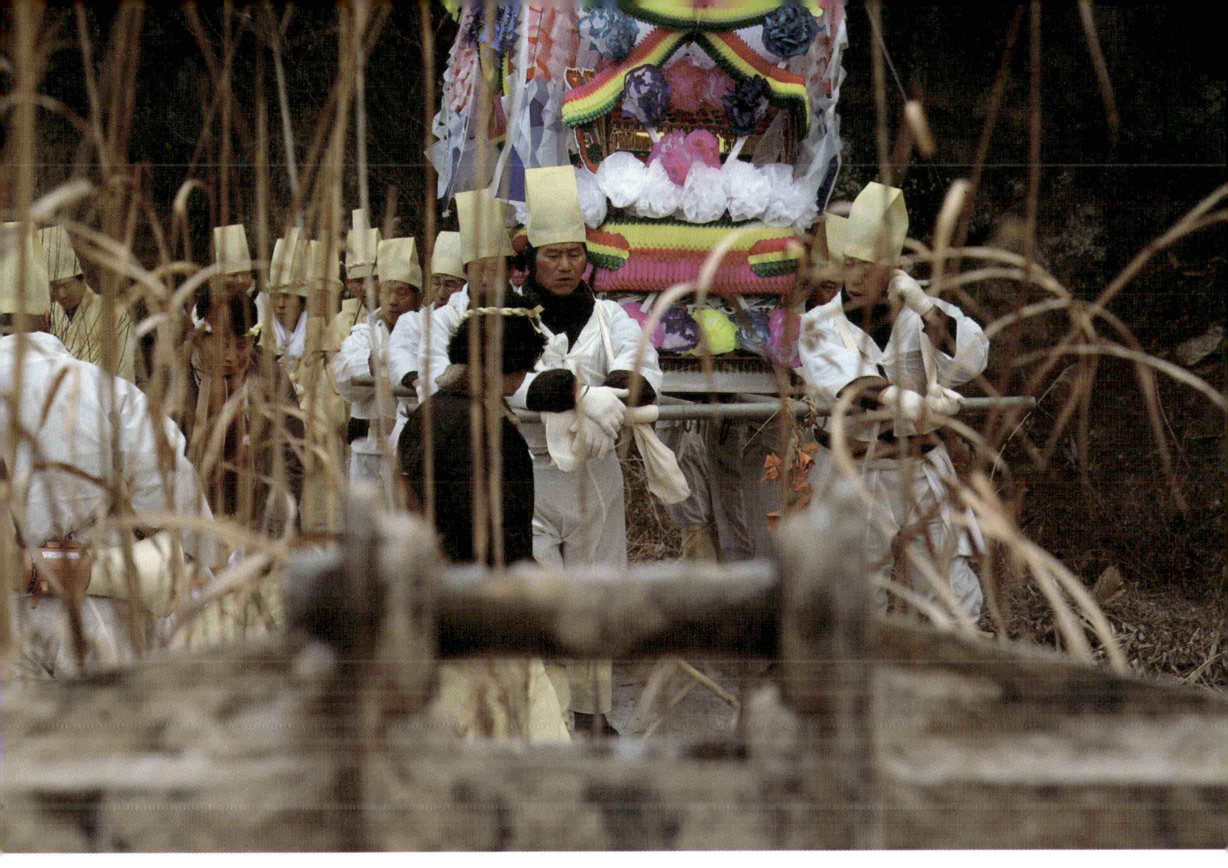

짧은 대화에서 나는 그의 사고가 진보적이라는 생각을 했다.
여기는 북부 경북이고 그는 한학자이자 유교적 삶을 평생
이어온 노인이다. 그런데 나에게 그는 진보적인 사고를 지닌
노인이다. 그의 복장과 일상과 형식이 세상에 대한
그의 자세와 태도를 규정하지 않았다.

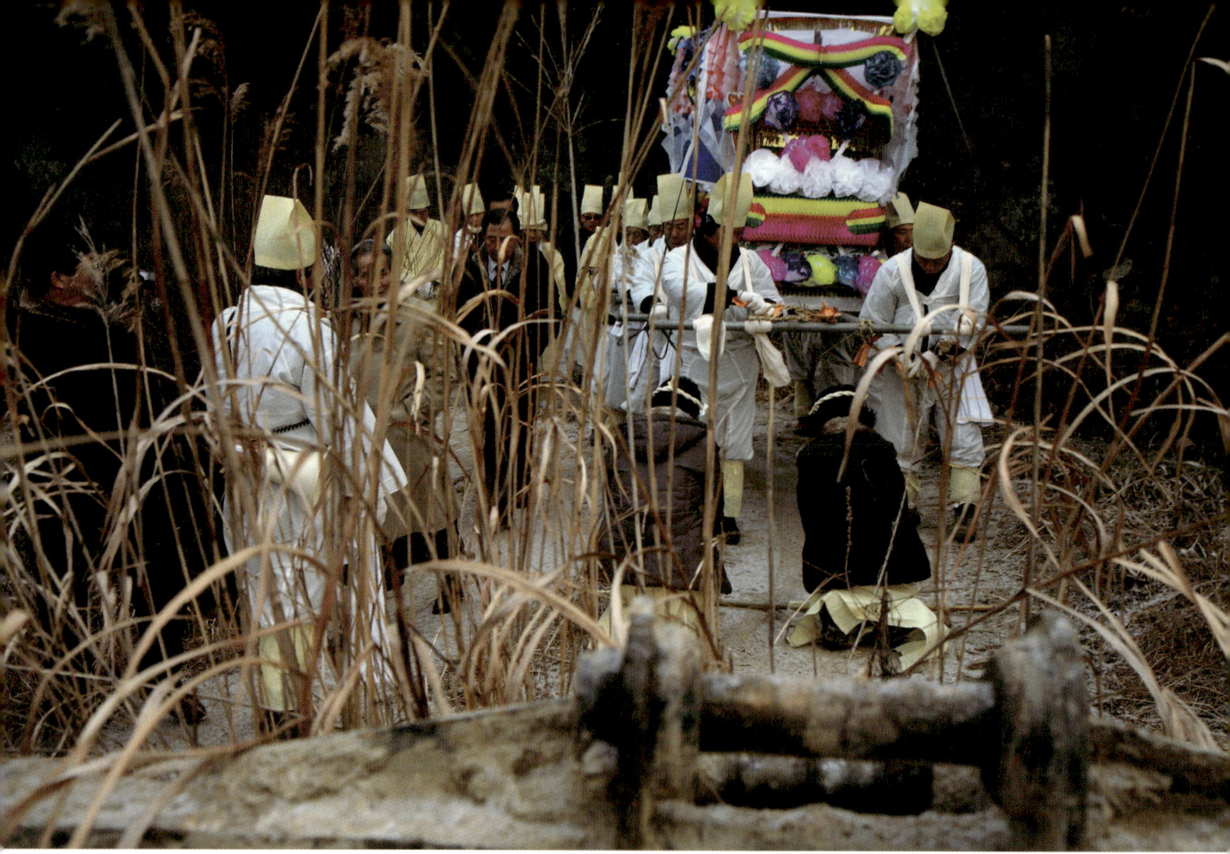

"세상에 그렇게 착한 사람 없니더."

빈소에서 들었다. 착하게 살기란 정말 힘든 일이다.
착함이란 매일 자신을 되돌아보지 않는다면 불가능한 일이다.
'일신우일신日新又日新'하는 태도는 소리 없는 진보다.
정치적 입장의 날카로움은 저녁 9시 뉴스를 만 번 정도 본
사람들에게 대체로 아무 설득력이 없다. 성인과 학자와
허명 가진 사람들의 소리보다 마을 엄니들의 소리에서
더 큰 각성을 얻는 것은 그것이 날 것의, 살아 있는
'삶의 태도'이기 때문이다. 나에게 진보란 착함이다.

270

평토제를 모실 자리에 당도해서 상여를 잠시 내렸다.
거리는 짧지만 여기서부터 길이 험하다.
베어진 논 두어 군데에 불을 피웠다.

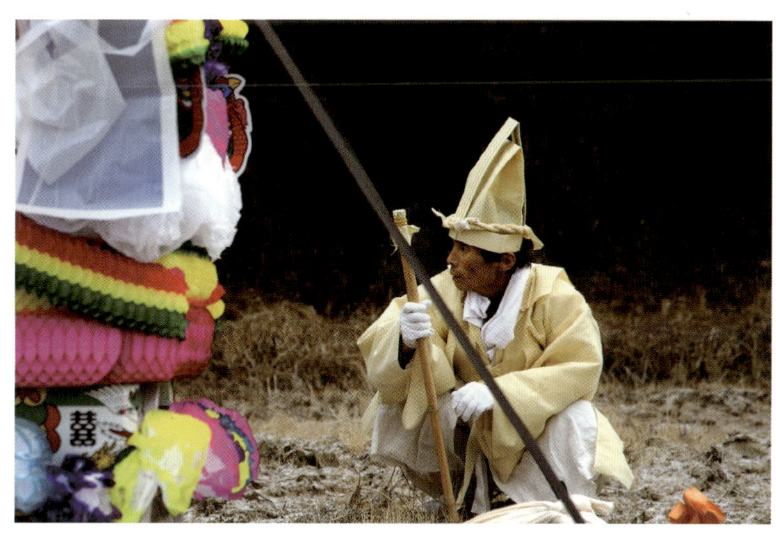

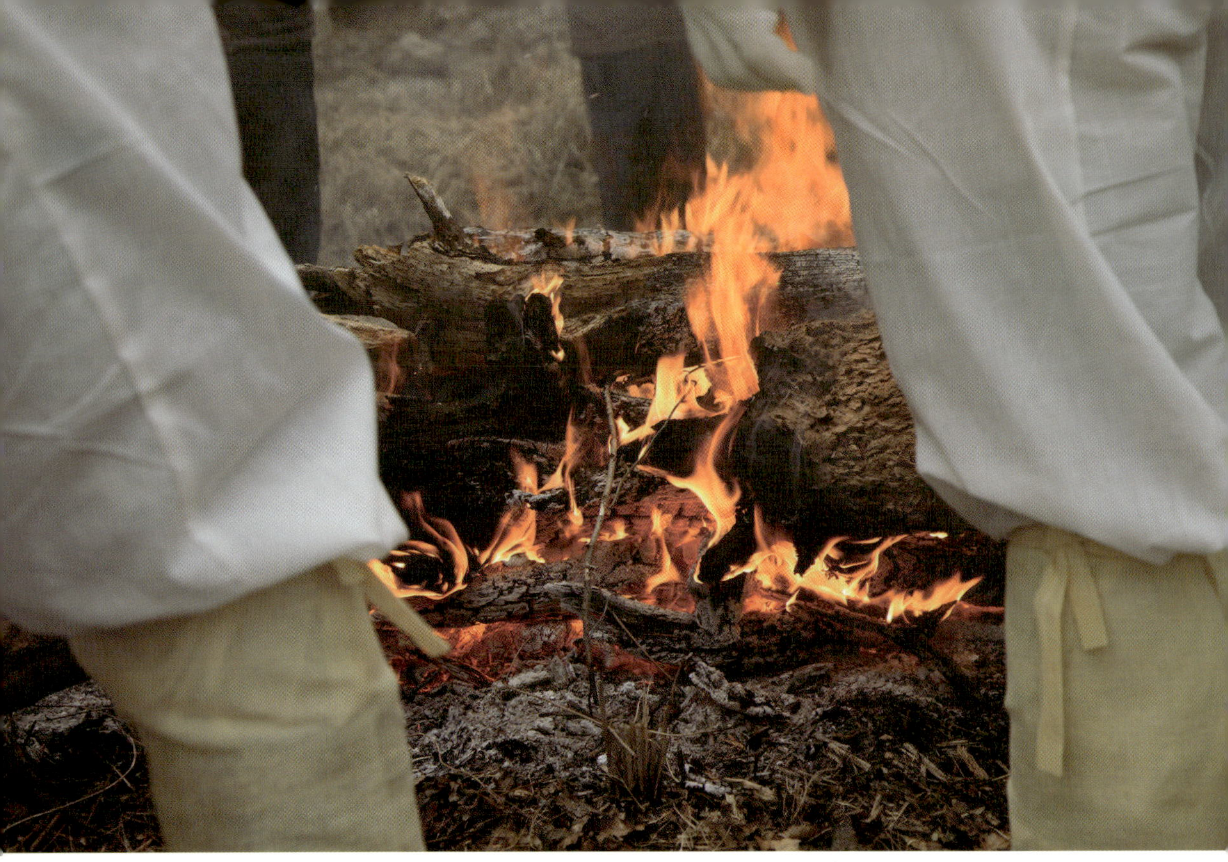

전통적인 방식으로 장례를 준비하지 못했다.

이전에도 낡은 PD와 그런 이야기를 나누었다.

'만약 권 옹이 별세하신다면' 그런 장례를 볼 수 있지 않을까.

그러나 현실은 그러하지 못했다.

휘날리는 만장과 긴 상여 행렬은 없었다.

시골 마을에서 흔히 볼 수 있는 장례 행렬이 있을 뿐이다.

그리고 눈이 내렸다.

하루 전 밤부터, 개인적으로 장례 과정을 기록하시던 분이
나에게 당신의 기록 영상을 방송에 사용하기를 권하신다.
"감사하지만 제가 결정할 수 있는 일이 아닙니다."라는 말을
반복했다. 그 역시 아쉬웠던 것이다.

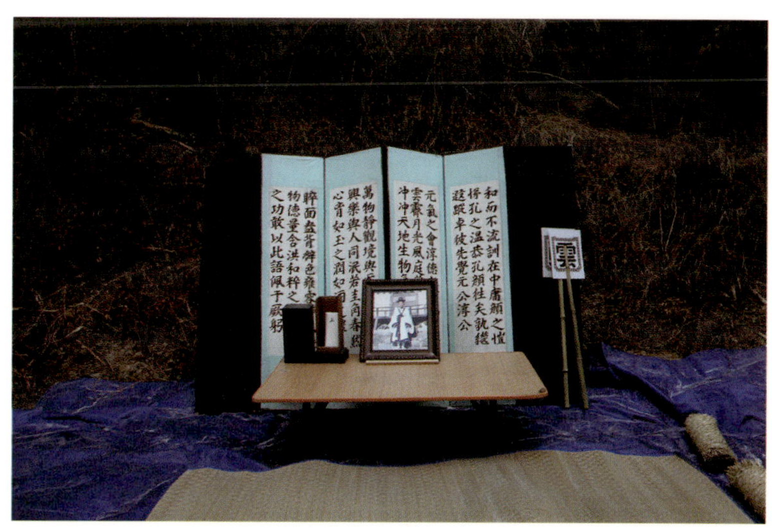

병원에서 마지막으로 뵈었을 때,
노인은 병원비를 걱정하셨다.
병원의 답답함은 집으로 돌아가고 싶은 마음과 비례했고,
타인들에게 자신의 퇴원을 설득하는 논리는
'병원비'라는 경제적인 현실이었다.
그것이 현실이다. 그것이 노인의 살림이다.
그런 근거 위에서 한학을 했고 유학자적인 삶을 영위했다.
한학과 유학은 노인에게 경제적인 이익을 주지 않았다.
노인의 한학은 실생활을 위한 공부였다.
스스로 지키고 실천하기 위한 공부다.

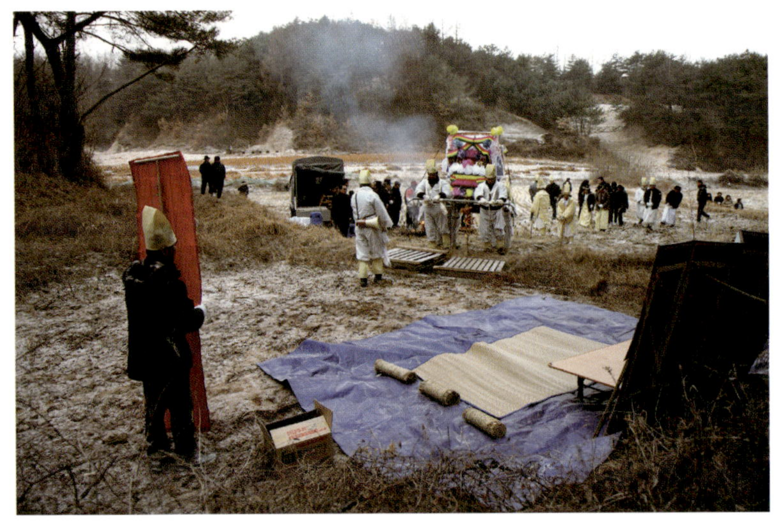

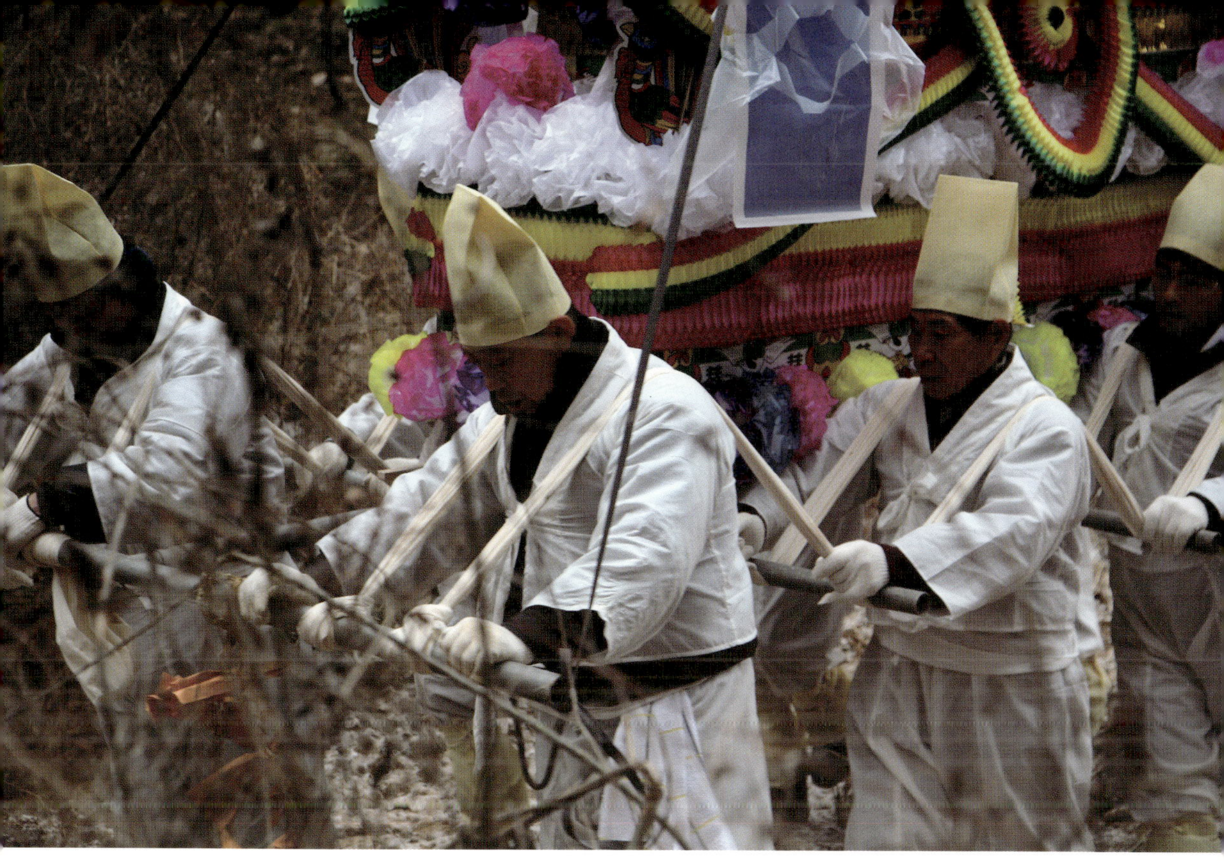

권헌조 옹은 한학과 유학으로 대단한 지위를 얻지 못했다.

권헌조 옹은 강단에 서지도 않았고 설 수도 없었다.

한학을 설명할 수 있는 사람은 강단에 섰고

한학의 정신을 실천할 수 있는 사람은 살림을 꾸렸다.

단지 퇴계의 학맥을 이어간,

스스로는 당연히 그렇게 생활한 한 사람의 촌로였다.

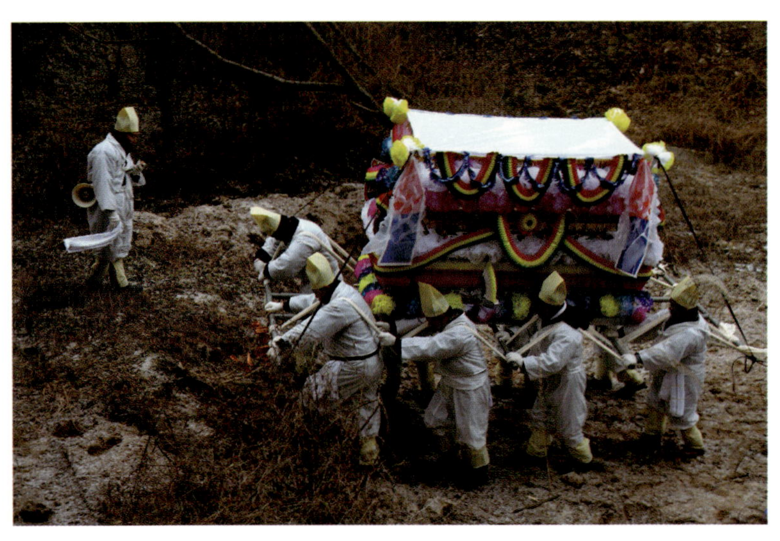

500년 전의 퇴계는 제도권과 비제도권을 넘나든 영남학파의 영수였다.
그로부터 500년 후의 권헌조는 영남학파의 학맥을 잇는
마지막 정신이었지만 그를 영수로 받드는 세력은 존재하지 않았다.
나는 이기이원론이 무엇인지 네이버에서 검색한다.
그는 그런 시절임을 누구보다 잘 알고 있었고
제대로 된 마이웨이 인생을 살았다.
곤궁함은 필연적이었다. 그에게 곤궁함이 극복의 대상이 아닌,
그냥 자연스럽게 받아들여야 하는 처지였다.

마지막 길이 가파르다.
그리고 미끄럽다.

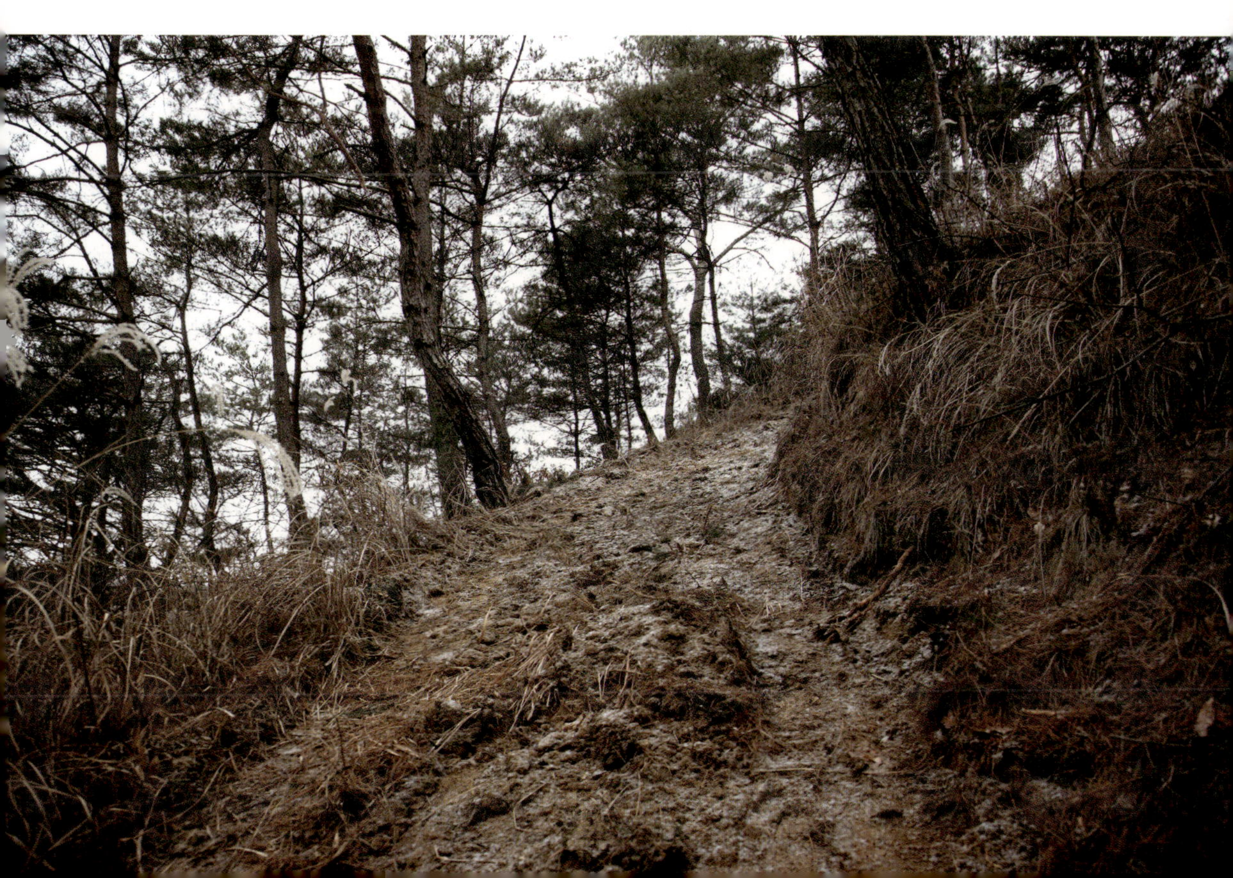

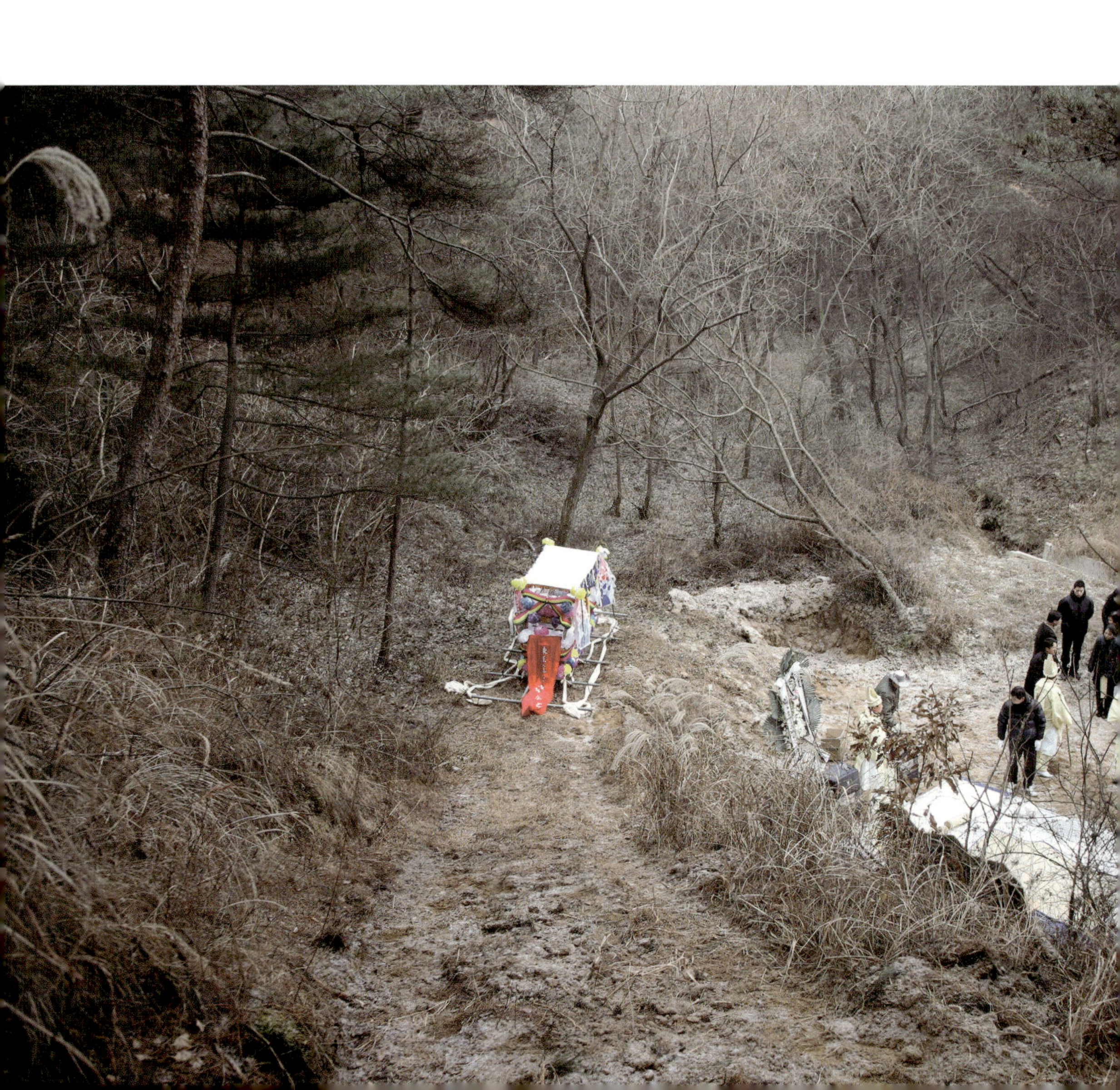

상여꾼들은 마지막 걸음을 위해 잠시 힘을 모은다.
소주와 문어가 다시 돌려진다.

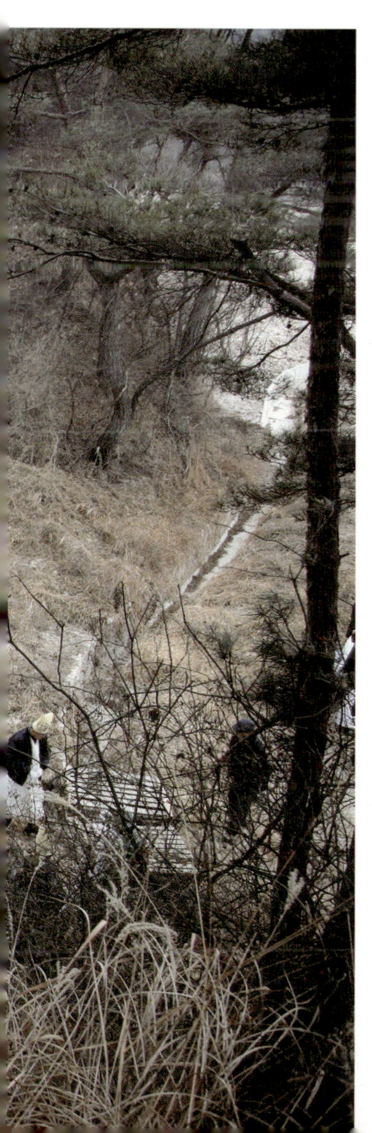

계십니까.

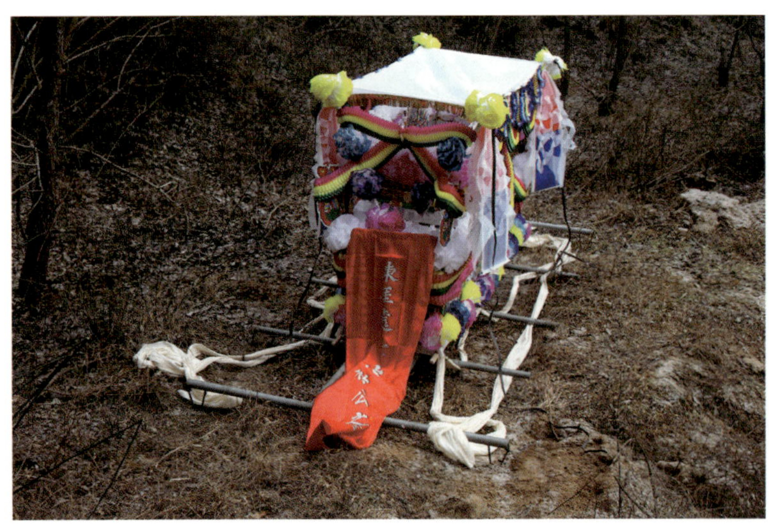

이제 벗어야지요.

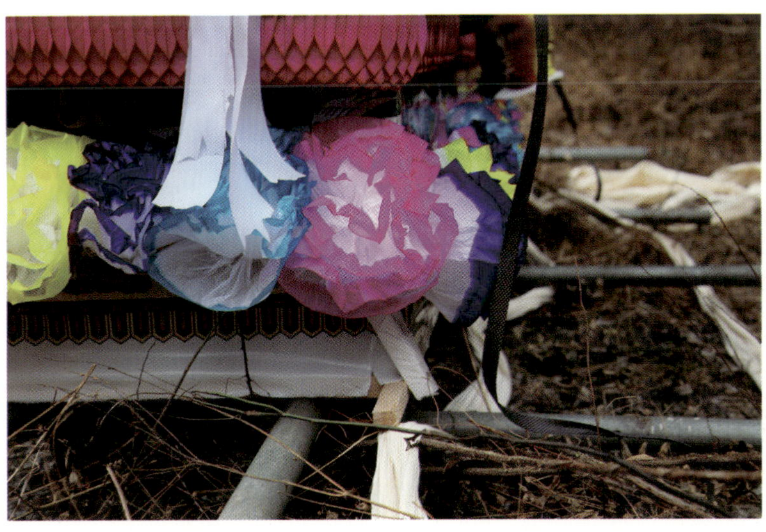

이제 벗어야지요.

먼저 가신 분에게로 갑니다.

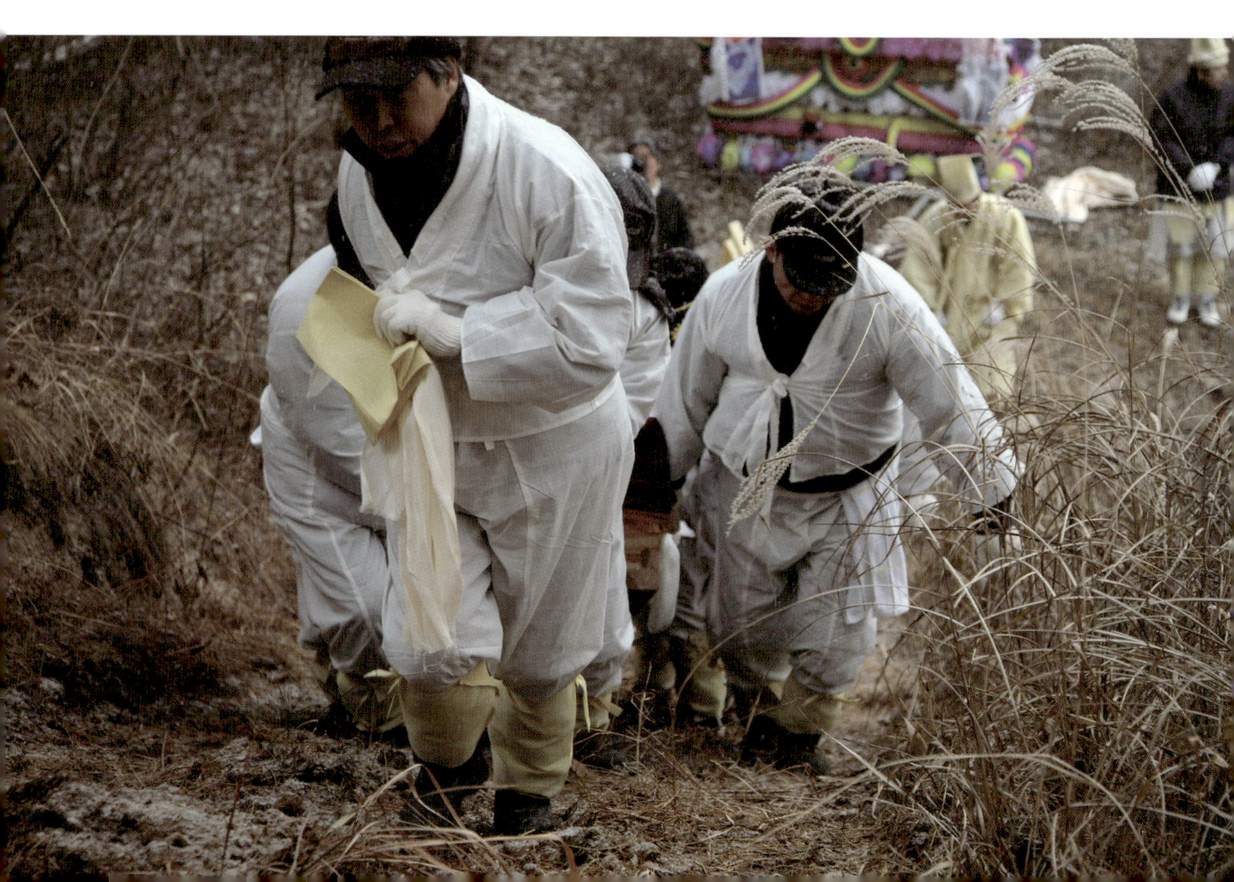

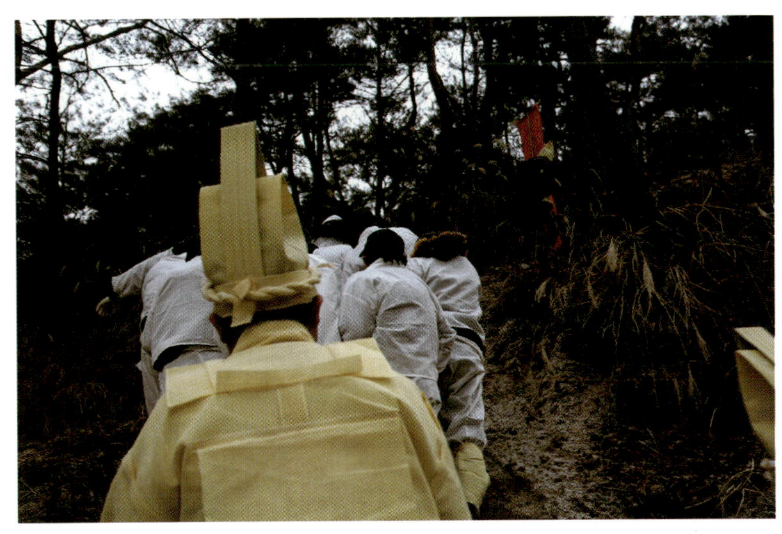

그때 당신은 뒤를 따랐습니까.

바람이 불고 숨이 차오릅니다.

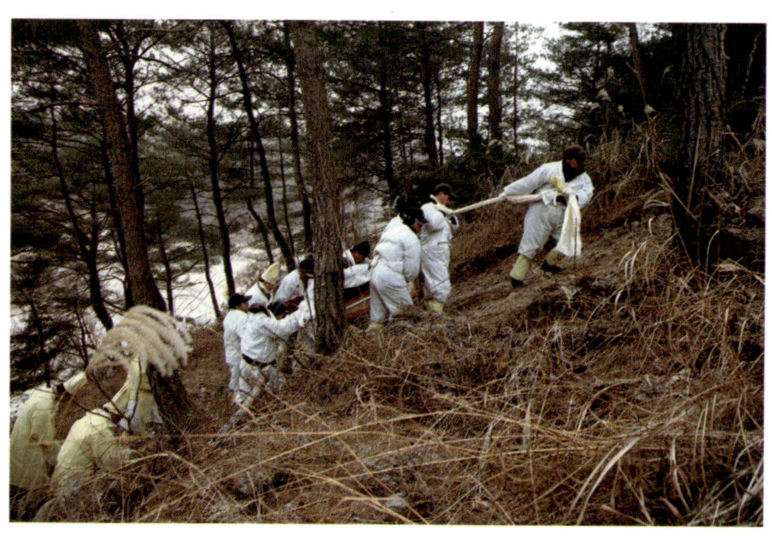

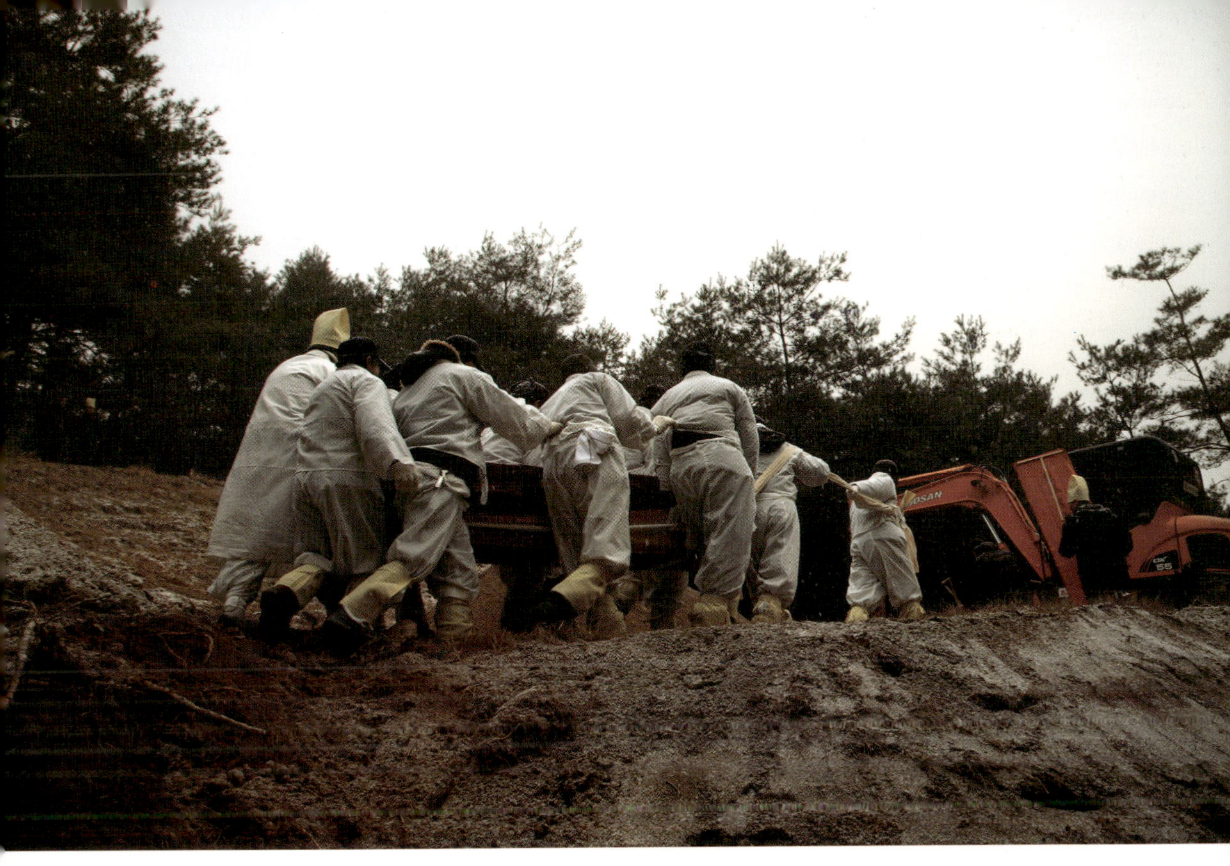

올라섰습니다.

이제 당신과 이별할 마지막 멈춤입니다.

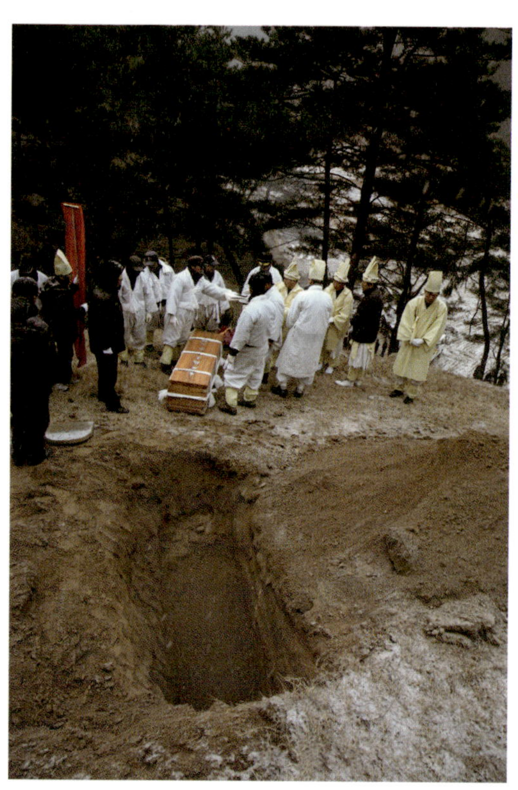

이제 당신과 이별할 마지막 멈춤입니다.

모십니다.

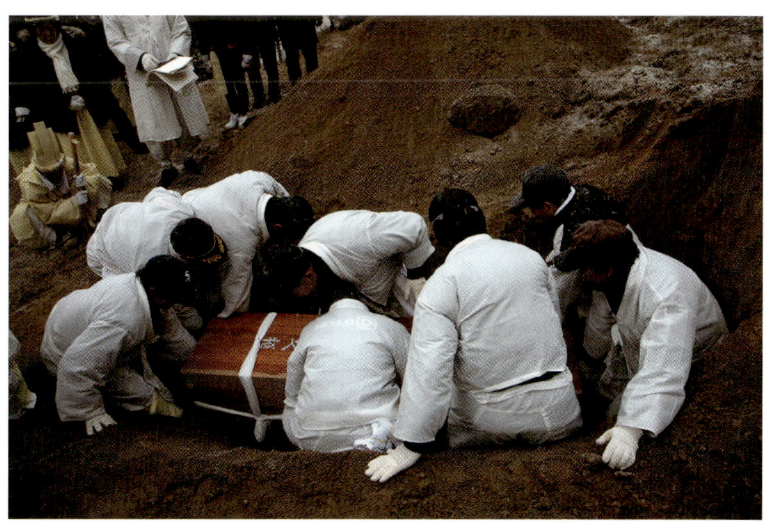

자리를 잡습니다.

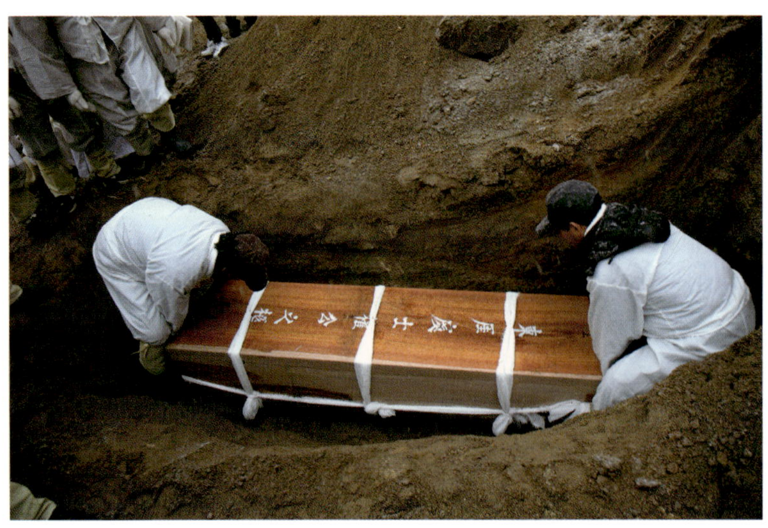

방향을 확인합니다.

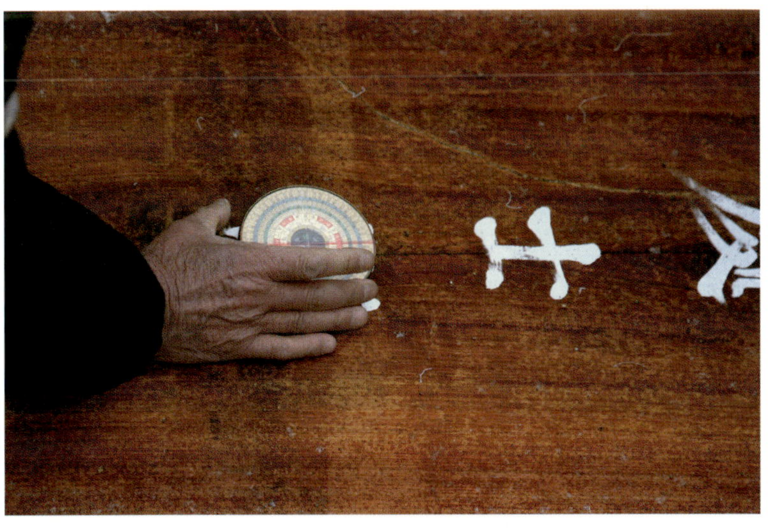

마지막 손길이 잠자리를 살핍니다.

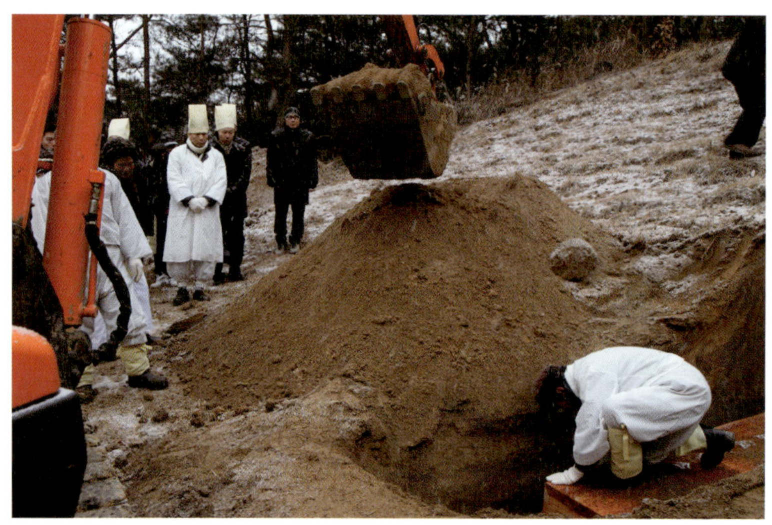

마지막 손길이 잠자리를 살핍니다.

흙이 뿌려집니다.
쏟아지는 흙 소리가 심장 소리로 울립니다.

슬피 울어야 합니다.
마음껏 울어야 합니다.
흉중의 말씀은 울음으로 모두 흘려보내야 합니다.

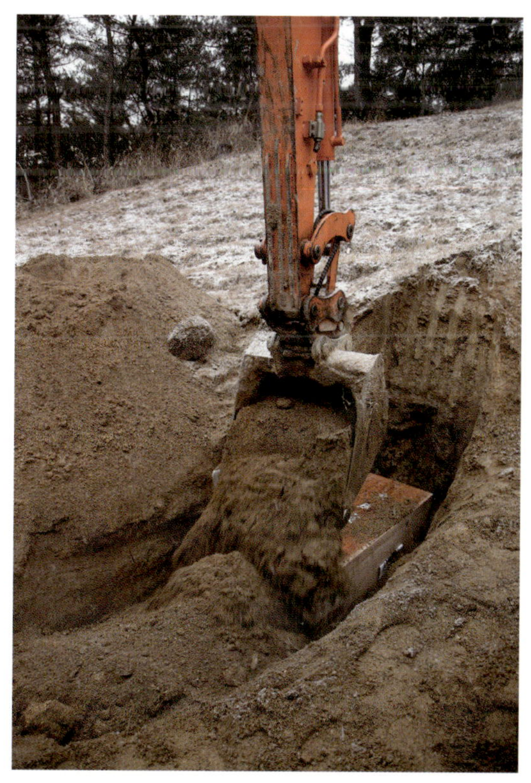

지금 간절하게 필요한 것이 무엇입니까.

'필요'와 '욕망'이 이 순간에 무엇입니까.

지금 필요한 것은 오직 단 하나의 존재 아닙니까.

어제까지 마주 보았던 일상적이고 당연했던 존재.

우리는 있을 때 그 존재 자체의 가치를 알지 못합니다.

다른 무엇을 더 얻고자 갈구하고 욕망합니다.

세상을 살아가는 데 그리 많은 것이 필요하더이까.

그래서 사람입니다.

어느 가을 이른 바람에
떨어지는 나뭇잎처럼
한 가지에서 나고서도
가는 곳을 모르누나.

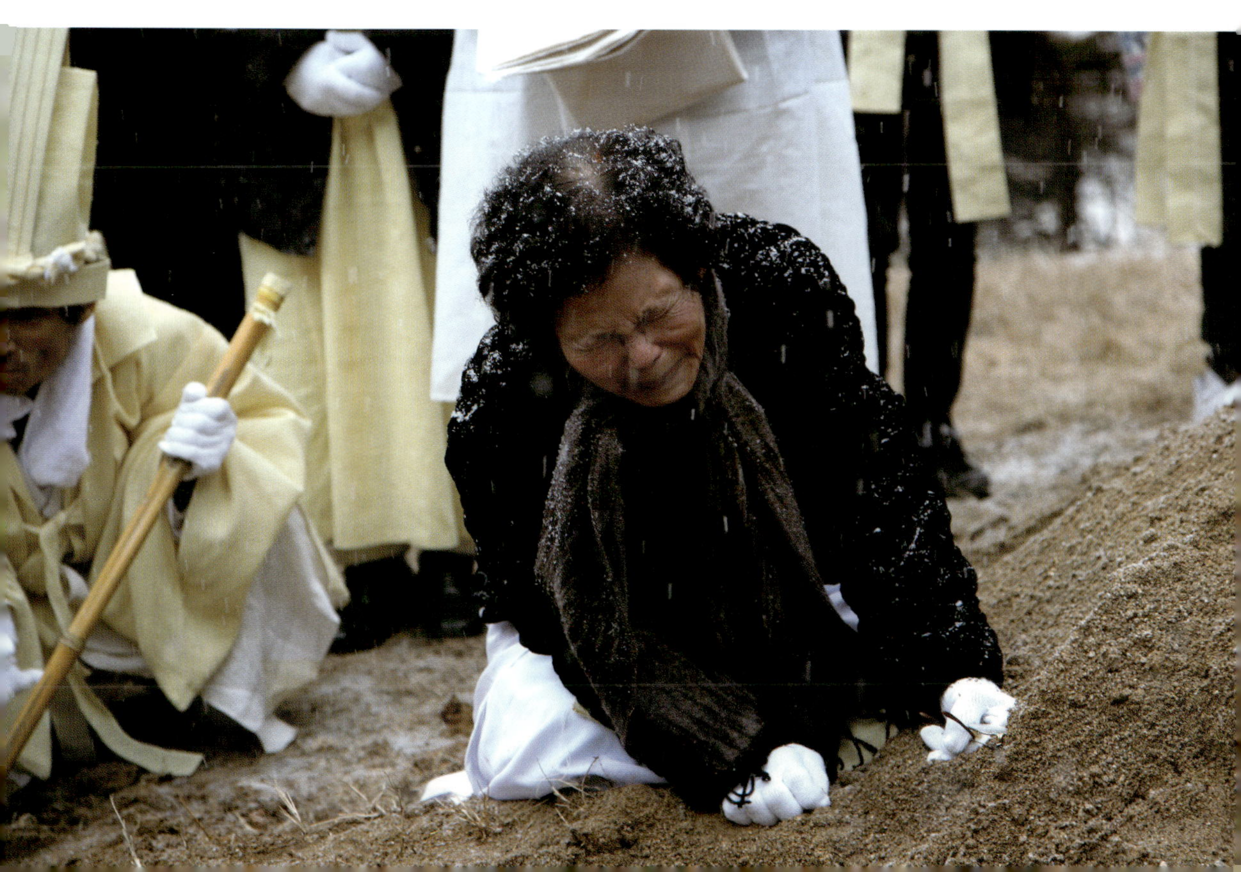

저에게 몸을 주신 분입니다.
그것보다 더한 인연이 있습니까.

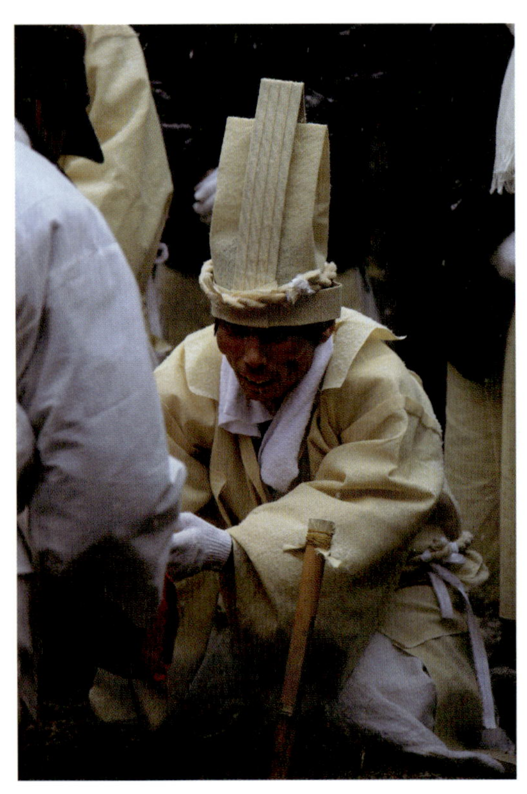

294

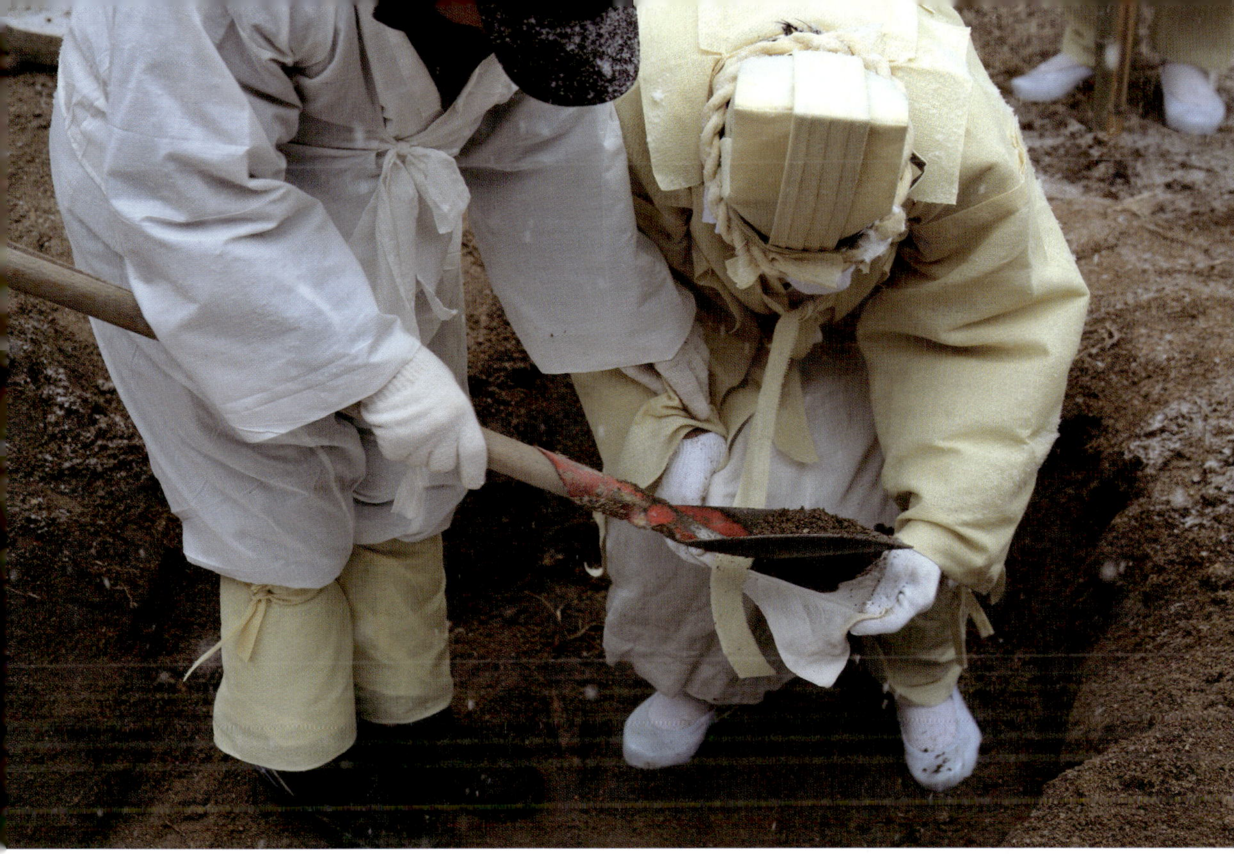

"상주는 취토取土*하시오."

가혹하거나 당연하거나.

* 맏상주가 흙을 받아 관 위에 뿌리는 것.

눈앞에 보이고 보이지 않고가 지금처럼 절실했던 적이 있습니까.

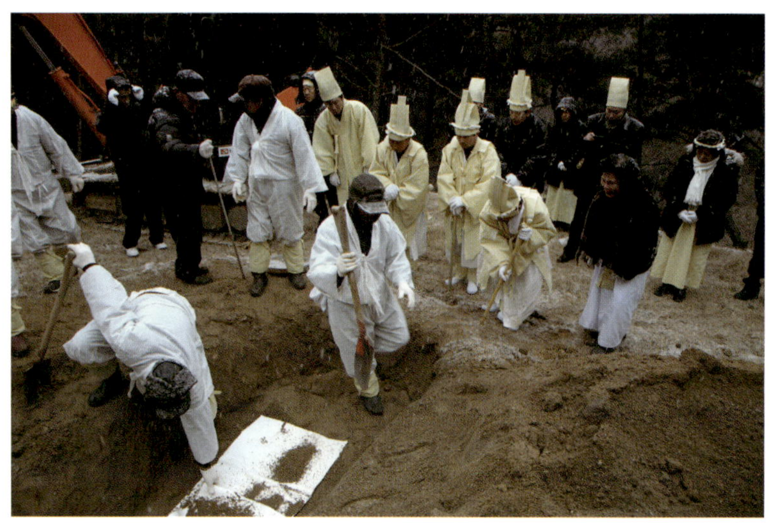

눈앞에 보이고 보이지 않고가 지금처럼 절실했던 적이 있습니까.

부인할 수 없는 이별입니다.

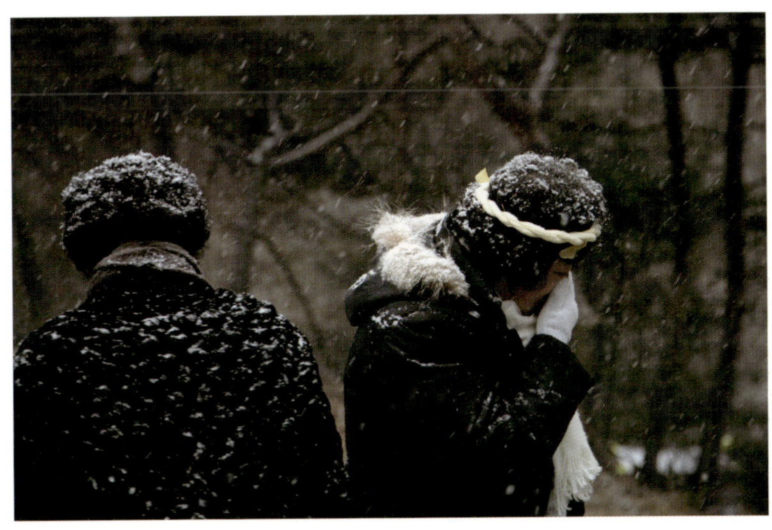

어찌할 수 없는 이별입니다.

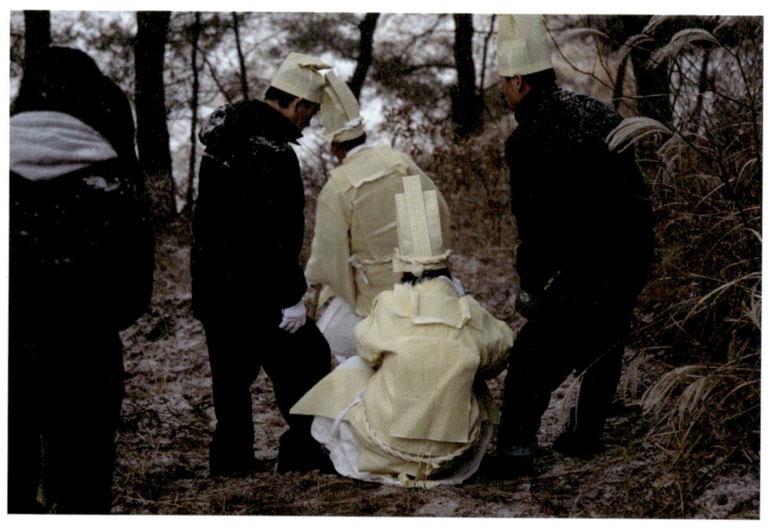

그러나 아직은 사람의 일이라 발걸음이 떨어지지 않습니다.
그렇게 권헌조 옹을 우리들 눈앞에서 보내드렸습니다.

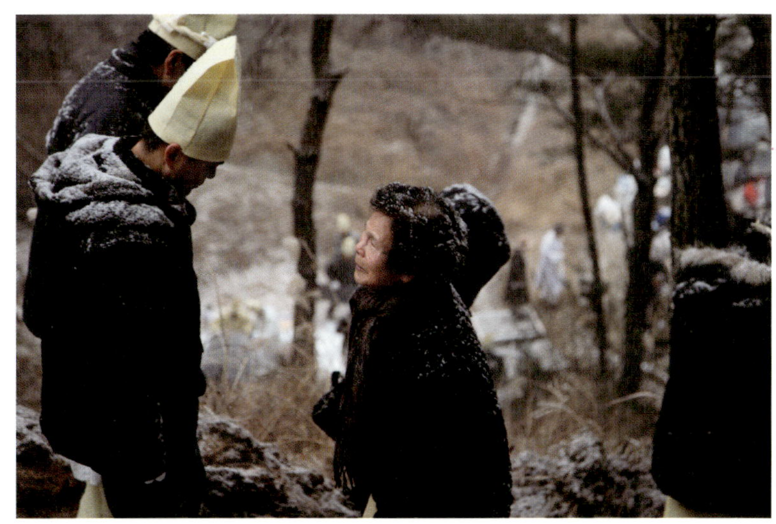

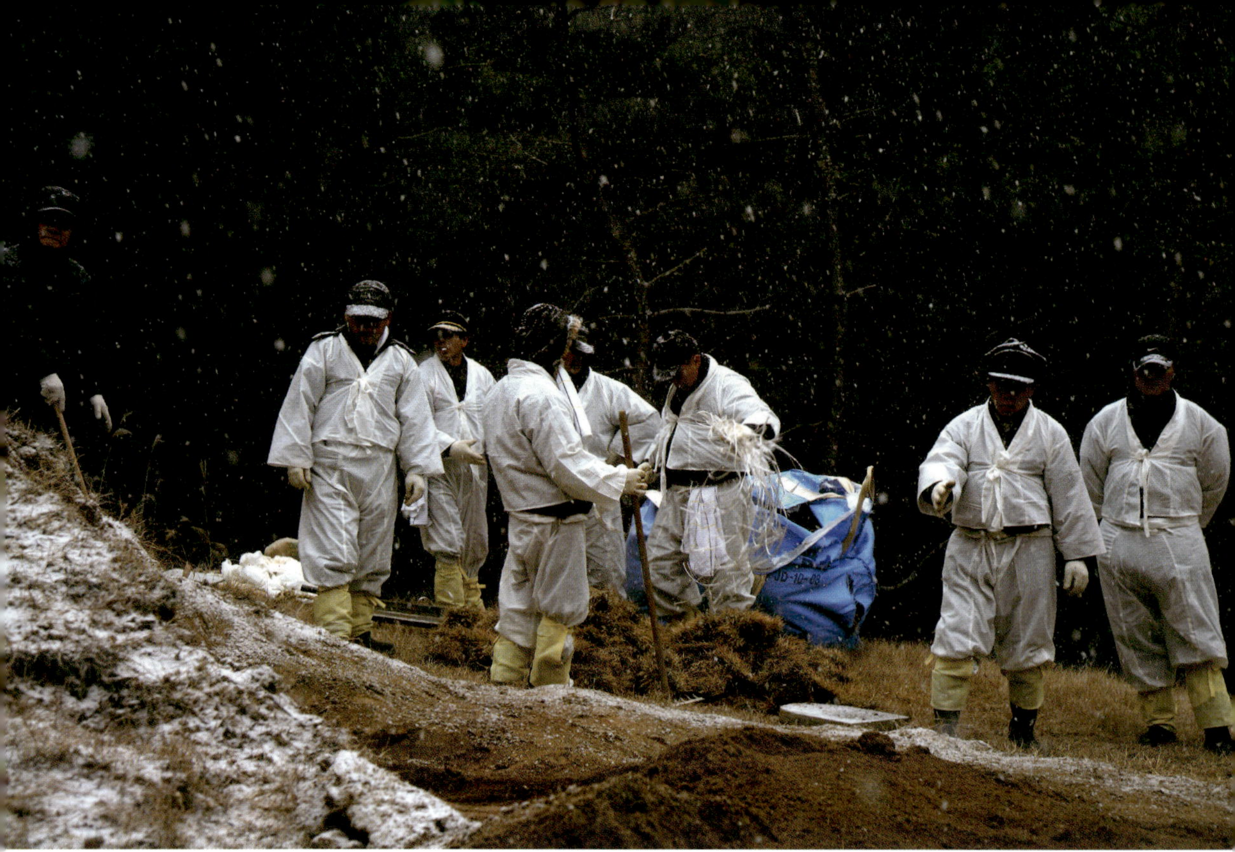

눈발은 더 거세게 몰아쳤다.
상여를 이끌던 어르신이 하늘을 바라보며 혼잣말을 했다.

"효자가 죽어서 하늘이 우는 게야."

봉분 작업은 한 시간 반 정도라고 하니 두 시간은 걸릴 것이다.
평토제 자리로 내려와서 다시 몸을 녹인다.

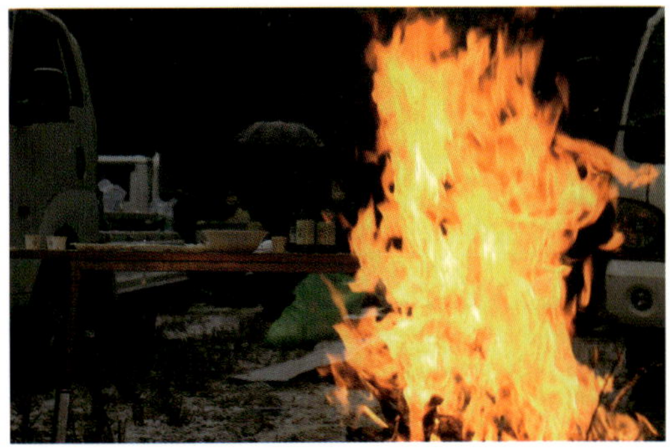

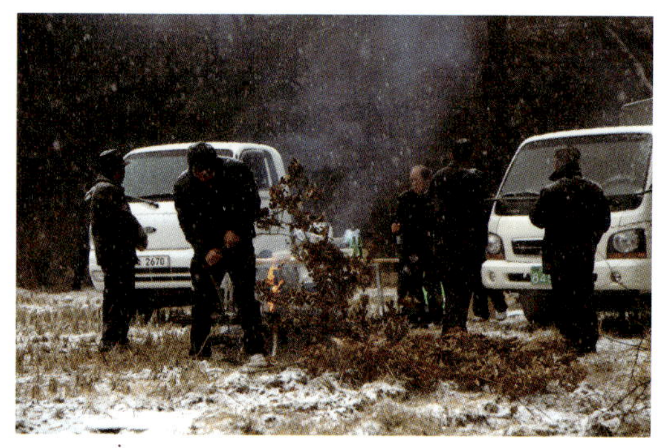

산소로 직접 문상 온 사람들이 하나둘 늘어갔다.
하지만 그보다는 내리는 눈이 더 많았다.

봉분 작업을 확인하고 촬영하기 위해 몇 차례 오르내렸다.
26~27년 된 계원들로 짜여진 사람들은 일손이 척척 맞아떨어졌다.
한 단 올리고 소리하고 한단 올리고 소리하기를 반복했다.
내 귀에 들리는 그대로 옮기자면 이런 소리들이었다.

오호 달구야.
손이라도 잡아 보고 어허 달구야.
정든 날을 빼고 나니 어허 달구야.
단 사십도 못 살았네.
어허 달구야.

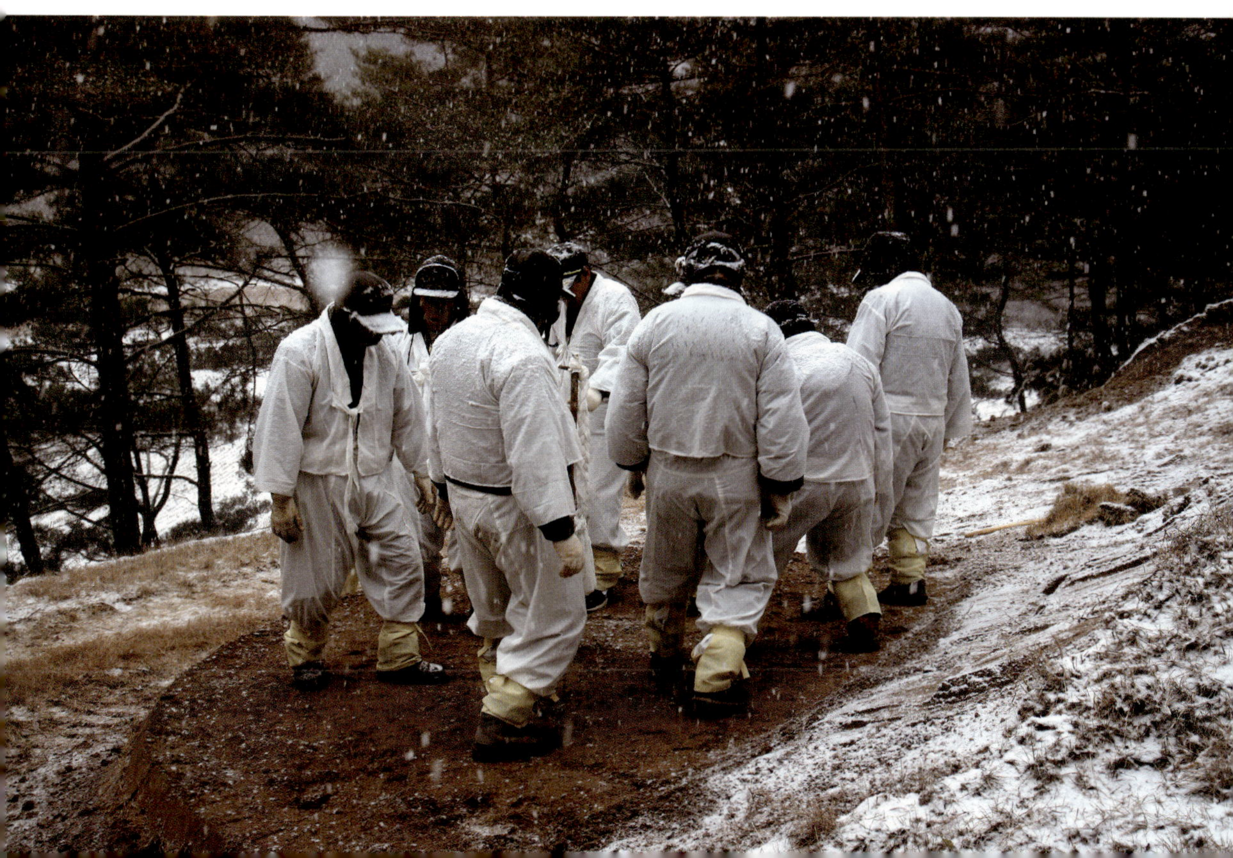

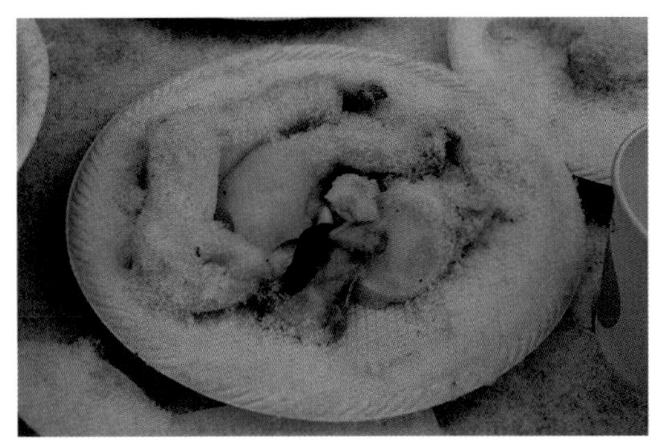

눈 내리는 모습에 돌아갈 길이 염려되었다.
작년 12월 30일 새벽에 눈 쌓인 팔팔고속도로에서
차가 몇 바퀴 돌았다.
전화가 온다. 구례에도 눈이 온다고.
출발하기 전에 도로 상황을 체크하라고.
눈 쌓인 문어를 몇 점 씹었다. 입 안이 시원했다.
껍질은 추운데 속은 뜨거웠던 모양이다.

평토제를 지낸다.
기다린다.
업무상 나의 마지막 미션은
'완료된 봉분 모습'까지 촬영하는 것이다.

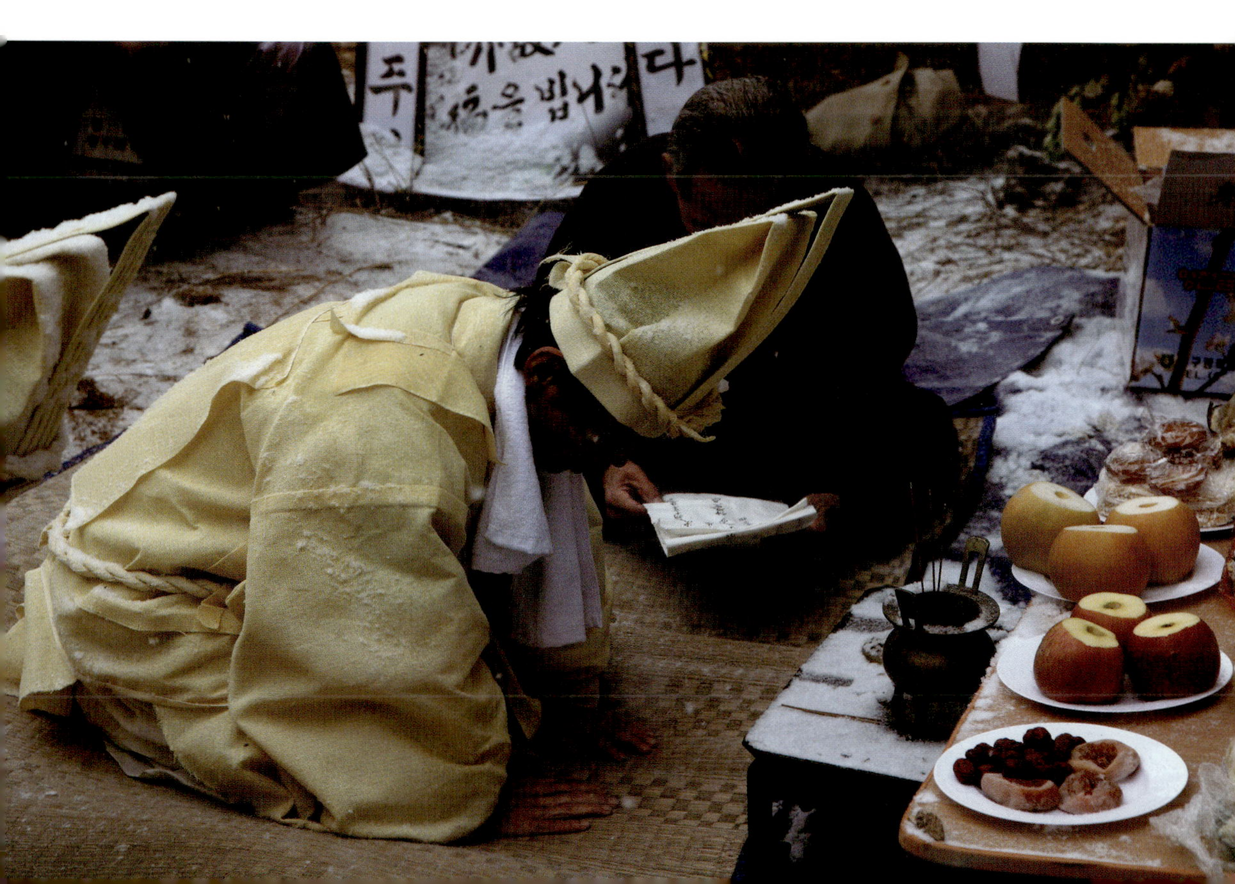

국밥을 권하시기에 시장하기도 해서 받았다.
뜨거운 국물이 들어가자 몸의 질감은 슬러시가 되었다.
봉분 작업이 거의 끝이 난 모양이다.
다시 카메라를 들고 올라선다.

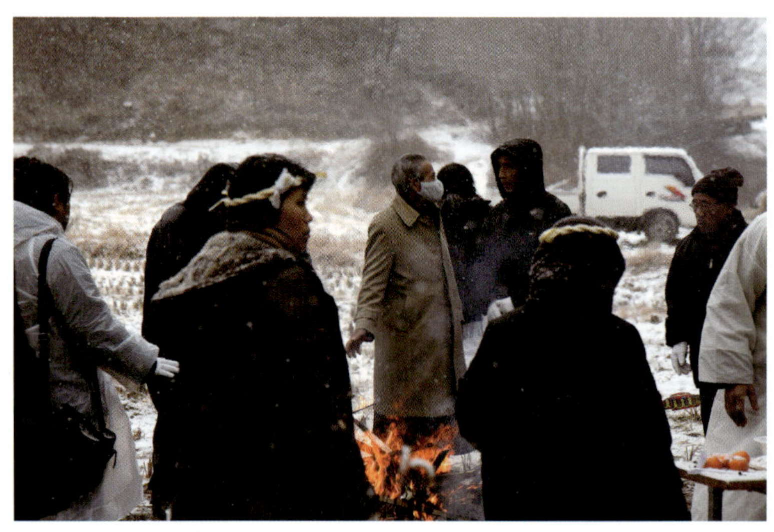

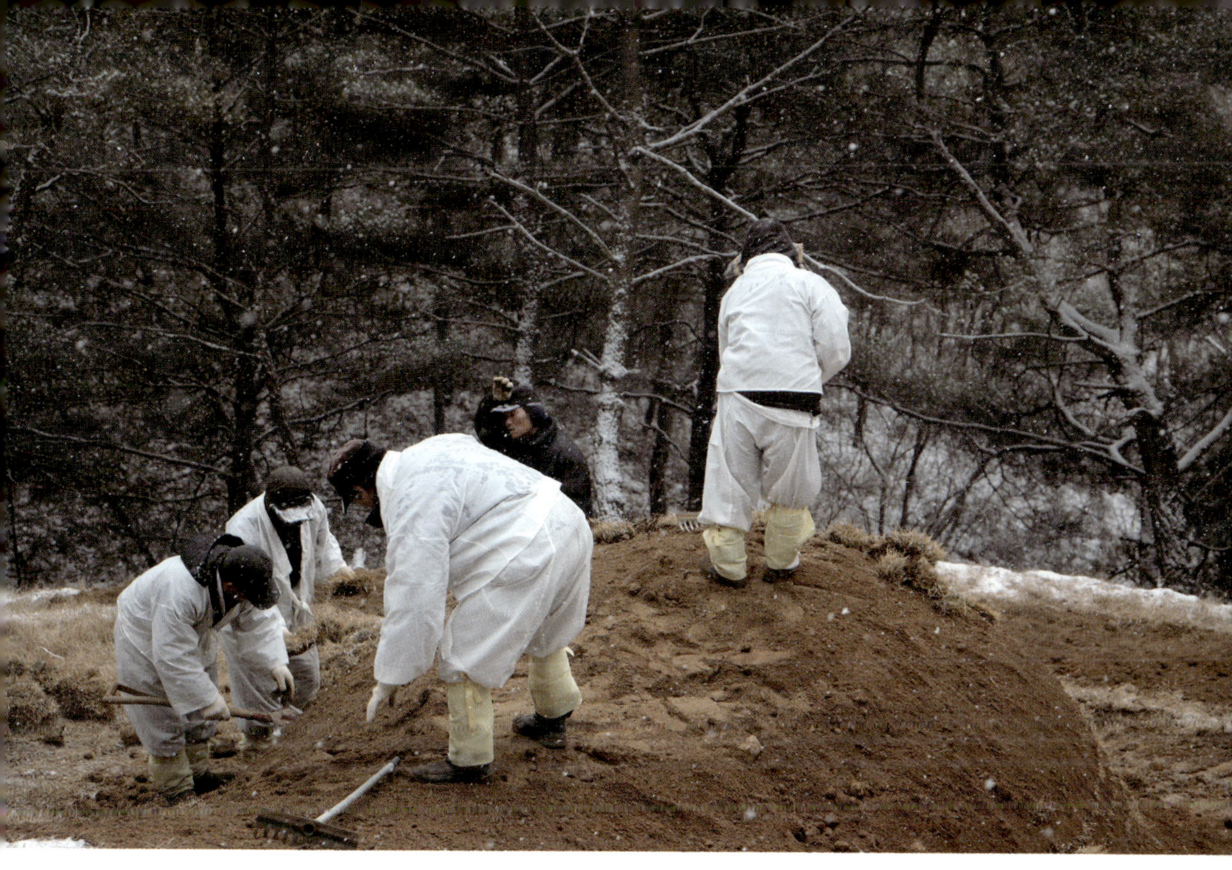

마지막 잔디를 입히고 있다.
봉분 모양이 정말 예쁘게 나왔다.
상여를 이끌던 어르신과 이야기를 나누었다.

"어디서 오셨습니까?"

"봉화 출신인데 지금은 영주삽니다."

"어르신 소리가 대단하신데 함자가……."

"예, 김웅섭이라고 합니다."

"어르신처럼 소리하시는 분들을 뭐라고 칭합니까?"

"회다지 소리꾼이지요. 횟소리라고도 하고.
여기서는 왕벌이라고 부릅니다."

"원래 이렇게 상복을 입고 일을 하십니까?"

"아닙니다. 어제 생각해보니 권헌조 어르신 상인데
어르신 욕보이면 안 되겠다 싶어서."

"그런데 어떻게 지역 언론사 하나 보이지 않을까요?"

"원래 못난 나무가 마을을 지킨다는 말이 있잖습니까.
잘난 것들은 전부 서울로 가고 못난 것들만 남아 고향을 지킵니다.
저는 마……. 그렇습니다."

발인이 끝나고 검색을 해도 권 옹의 부음을 전한 언론사는 없다.
나는 세속적인 사람이라 그런 것인지, 도착해서부터 발인하고
봉분을 만드는 동안 그 어떤 언론사도 보도하지도,
방문하지도 않은 사실을 이해하기 힘들었다.
사실은 혼자 부아가 치밀었던 것이다.
전화기를 몇 번 잡았다가 놓았다.
그런데 '못난 나무가 마을을 지킨다'는 말씀은
나의 부질없는 상념에 마침표를 찍었다.

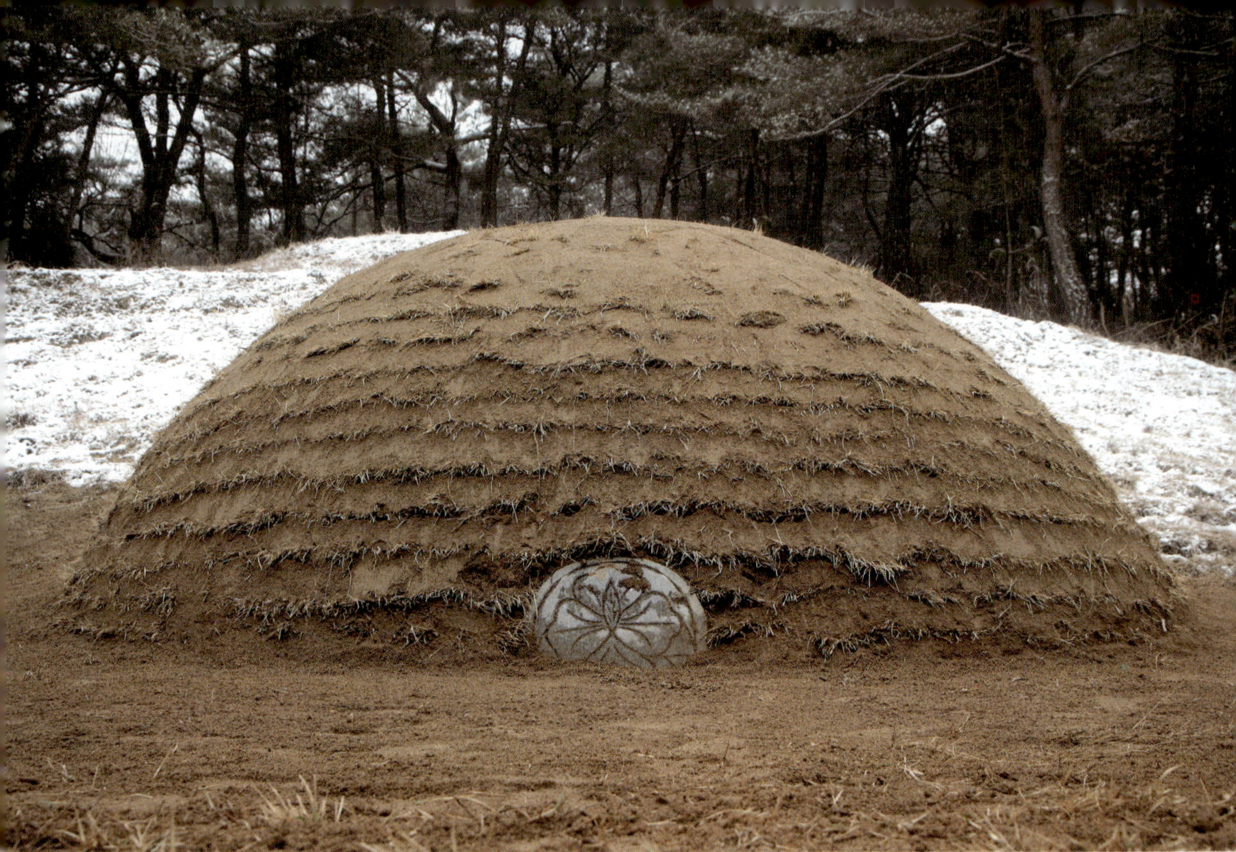

모두 산을 내려갔다.

혼자 남았다.

비로소 어르신과 독대한다.

큰절을 올렸다.

마을을 지키는 또 다른 못난 나무들이 만든 봉분은

완벽한 곡선이었다.

내려서니 아무도 없다.

모두 선돌마을로 돌아갔을 것이다.

송석헌에서 제를 모실 것이다.

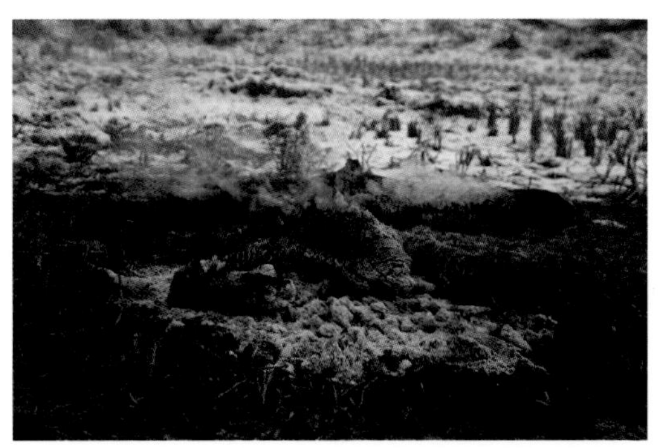

천천히 걸었다. 눈은 이제 그칠 모양이다.
어쩌면 무사히 돌아갈 수 있을 것 같았다.
몸이 많이 무겁다.
다시 몇 시간의 운전을 해야 한다.
그러나 꼭 오늘 돌아가고 싶다.
어쩌면 오후에는 해가 나올 것 같았다. 얄궂다.
조금 전까지 그리도 눈바람 불어대더니.
오늘 이 길이 나와 송석헌의 마지막 길일까.
역시 멀고 험한 길이다.

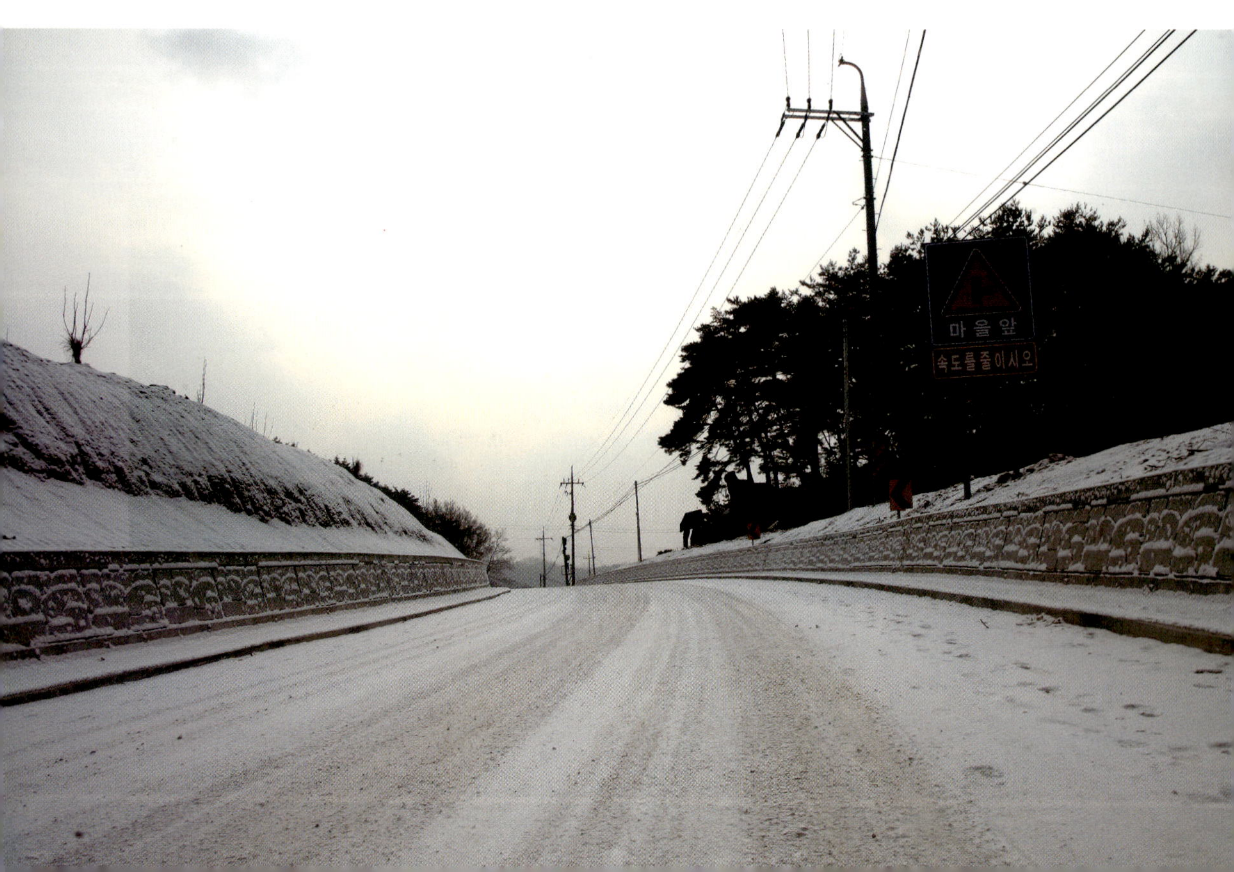

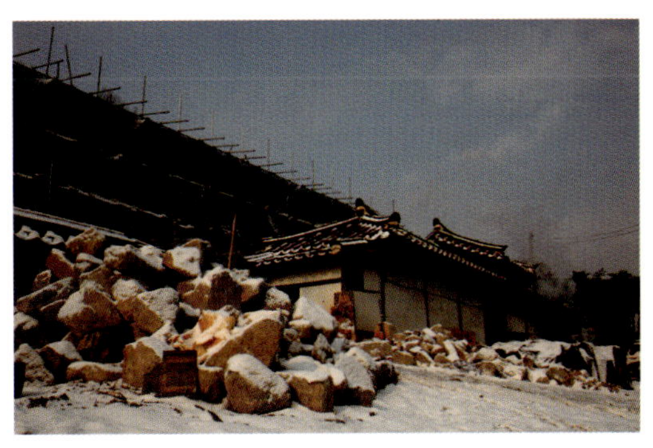

마당으로 들어섰지만 잠시 쉬고 있는 상주들에게,
권동재 선생에게 인사드리지 않았다.
끝나지 않을 것 같은 공사를 잠시 멈춘 송석헌 밖을 한 번 더 찍었다.
봄이 되어야 벽채에 흙을 붙일 수 있을 것이다.
겨우내 이 을씨년스러운 풍경은 계속될 것이다.
시동을 걸었다.
신발을 털었다.
담배를 한 대 피웠다.
봉화를 벗어날 때 다시 구제역 방역 세례를 받을 것이다.
그러면 차창 유리는 이 날씨에 다시 빙판이 될 것이고
나는 워셔액을 분사할 것이다.

구례로 돌아오는 길은 아주 길었다.

12월 18일 정오 무렵 구례.
아주 길었지만 깊이 잠들지 못한 지난 밤에서 깨어났다.
눈을 뜨고 머리에서 들리는 소리는 선명했다.

　‘어르신을 이렇게 보낼 수는 없다.’

겨우 몸을 일으켜 2주일 만에 집안 청소를 하고 라면을 끓였다.
오후 2시에 읍내 경찰서 로터리에서 시멘트자전거도로반대 문화제다.
퉁퉁 부은 눈을 하고 다시 카메라를 챙겼다.

낡음과 새로움

잠시 말을 할 수 없었다. 전화기 너머 상대방 또한 나의 상태를
짐작하는 듯 다음 반응까지 같은 침묵으로 기다려주었다.
2012년 7월 29일 일요일 오후, 송석헌 방문과 권헌조 어르신의 연보
자업 부탁을 위해서 권동재 선생님과의 통화를 시도했다. 오전과 오후
모두 전화를 받지 않았다. 2010년 12월 17일 발인하는 그날 이후로
뵙지도 않았고 전화로 안부도 여쭙지 않았다. 봉화에 계신지 서울에
계신지, 송석헌 보수 공사는 끝이 났는지 여전히 공사 중인지, 도대체
내가 알고 있는 사실은 하나도 없었다. 몇 단계 검색을 거쳐 송석헌
유선전화 번호를 알아내고 다시 통화를 시도했다. 받지 않는다면
봉화에 계시지 않은 것이고 계속 통화를 시도하는 방법 외에는 뾰족한
수가 없었다. 긴 신호음 끝에 “여보세요.”라는 반응을 만날 수 있었다.
뜻밖에도 여자 분이었다.

“아, 송석헌이죠?”
“네.”
“저는 음…… 2년 전에 송석헌에 관한 다큐멘터리를 제작할 때

사진을 찍었던 사람인데요. 권동재 선생님이 혹시 계실까요?”

“아……. 금년 3월에 별세하셨습니다.”

머릿속에서 ‘삐’ 하는 파열음이 지나갔다. 그리고 말을 할 수 없었다. 이 책의 마무리 작업 때문에 최근에는 하루 한 번은 송석헌 관련 사진들을 만지고 있었기 때문에 ‘별세’라는 낱말은 적어도 나에겐 비현실이었다. 권동재 선생님 관련한 사진을 보거나 만질 때에는 촬영 당시의 실랑이가 생각나서 혼자 빙긋 웃기도 했다. 권동재 선생은 촬영을 원치 않았다. 앞서 방송 팀의 노력(또는 갈등)이 있었지만 나는 ‘같은 집안 손자’라는 가느다란 혈연을 주장하며 떼쓰듯이 몇 가지 설정을 요구했고 권동재 선생님은 마지못해 응해주셨다. 눈에 빤히 보이는 수작이었겠지만 ‘할아버지!’라며 달라붙는 귀찮은 놈을 강하게 뿌리칠 수도 없었을 것이다. 그런데 그가 세상에 없단다.

통화는 권동재 선생의 동생 분과 이어졌고 조만간 방문하겠다는 말씀을 나누고 끝이 났다. 사무실 밖으로 나왔다. 연일 35~36도를 유지하고 있는 태양은 강렬했다. 머리는 뜨거웠고 담배를 문 입술로 텁텁한 열기가 전해졌다. 사무실 앞 돌배나무 주변을 서성거렸다. 마음은 갈피를 잡지 못하고 있었다. 지난 2년간 통화 한 번 시도하지 않은 나를 자책하지 않을 수 없었다.

그 이유를 나조차 짐작하기 힘들지만 ‘송석헌과 권헌조’라는 주제로 책을 만들어야 한다는 자발적 부채를 가슴에 품은 채 열아홉 달을 흘려보냈다. 권헌조 어르신의 장례식을 끝내고 돌아온 그다음 날 아침에 눈을 떴을 때 나는 이미 결정하고 있었다. 단지 세 번 만난 북부 경북의 한 노인과 집에 대한 이야기를 지금 바로 ‘기억’이라는 과거형으로 저장하기에는 내 마음의 아쉬움이 너무나 컸다. 그것은 분명히 분노를 품은 아쉬움이었다. 나는 약간 화가 나 있는 상태였다.

권헌조 어르신은 세상을 떠났다. 세상은 지켜야 할 마지막 가치 중 하나를 잃은 것이다. 그런데 세상 사람들은 그 사실을 모른다. 가치에 대한 평가는 주관적이다. 따라서 나의 이런 개인적인 감정 또한 주관에 바탕을 두고 있다. 평소 "주관이 없는데 어떻게 객관적일 수 있는가?"라는 사고방식으로 살아가는 나는 "지나치게 주관적이다."라는 말을 간혹 듣는다. 개의치 않는다. 어차피 세상은 다수의 주관이 객관으로 행세하는 곳이다. 수數의 논리는 경제적 합리성과 곧잘 이어졌고 이것은 효율과 사촌지간이었다. 이렇게 이어진 줄기들이 넝쿨처럼 지난 200년 동안 인간계라는 좁은 세상을 점령했다. 사람들은 제도 교육이 파종하고 미디어가 계속 물과 비료를 공급한 '나의 생각'이 가급이면 다수의 범주 밖으로 벗어나는 것에 익숙하지 않았다. 오히려 불안감을 느낀다. 그래서 '같은 영화' 속에 등장하는 지나가는 행인1 역할을 거부하지 않는다. 언젠가는 그 영화의 주연이나 조연배우가 될 수 있을 것이란 목표를 설정하는 것은 모두 같다. 이른바 개성과 다양성이 넘쳐난다는 세상에서 사실은 거의 동일한 생각과 방식으로 살아가는 것이다.

'권헌조의 생각'은 곧 소수자의 삶이었다. 그는 세상을 향해 주장하지 않았고 단지 자신의 생각대로 세상을 살았을 뿐이다. 그 외의 방법을 그는 알지 못했다. 그의 '낡음'은 세상의 어떤 '새로움'보다 명징했다. 세상이 주목하는 삶은 대개 엄청나게 성공한 삶과 지극히 비극적인 삶, 두 종류다. 권헌조의 삶은 지극히 조용했기에 세상이 그에게 관심을 둘 이유는 없었다. 부모님의 삼년상을 치르는 동안 매일 조석곡朝夕哭을 하고 이후로도 세상을 떠나기 전, 그의 걸음이 가능한 순간까지 아침저녁으로 산소를 성묘한 그의 삶은 기행으로 여겨졌지 동시대를 살아가는 한 사람의 일상으로 여겨지지는 않았다. 개인적으로 주관이나 객관이라는 용어가 품은 의미보다 '사실'이라는 개념을 더 중요하게 생각한다. 그는 강단 유학자도 아니었고 '옛 생각'을 지켜야 한다고 설파하고 돌아다닌 전도사도 아니었다. 권헌조는 단지 '그런 삶'을 살았을 뿐이다. 이것은 해석을 필요로 하지 않는 하나의 사실이다. 중요한 것은 언제나 말씀이 아닌 행동이다. 이제 권헌조와 같은 행동으로 일상을 빼곡하게 매울 수 있는 사람은 이 세상에 존재하지 않는다. 그래서 그의 사라짐은 세상에서 유일했던 절대 소수 가치의 마지막 모습이었다. 그 이별을 속수무책으로 바라보는 것에 화가 났을 것이다.

책 작업이 현실화되면 권동재 선생에게 전화를 드릴 것이라 생각했다. 결과물을 가지고 찾아뵙고 싶었다. 물론 권동재 선생의 건강 상태가 좋지 않다는 것은 2년 전 다큐멘터리 작업에 참여했던 사람들은 모두 알고 있는 문제였다. 권헌조 어르신 또한 자신보다 장남의 건강을 더 염려하셨다. 두 분 모두 계속 담배를 피우시면서 서로의 건강을 염려하셨다. 그러나 건강이란 것은 호전될 수도 있는 것이고 무엇보다 송석헌 보수 공사 기간 동안 봉화에 머물 것이란 말씀에 갑작스러운 상황을 염려하지는 않았다.

책 작업의 현실화란 다름 아닌 제작비 문제였다. 최초에는 내가 운영하는 사이트 지리산닷컴(www.jirisan.com)에서 '책값 미리 내기'라는 형식을 빌린 모금을 생각했었다. 사진 중심의 포토 에세이 책을 제작하는 비용은 만만한 액수가 아니다. 1000명으로부터 2만 원의 책값을 미리 받을 수 있다면 제작과 발송, 조촐한 행사까지 가능하겠다는 생각을 한 것이다. 애당초 출판사를 통해서 이 문제를 풀어갈 생각을 하지 않았다. 개인적인 책 문제로 연관된 편집자와 출판사가 몇 있었고 알고 지내는 출판사 대표님들도 몇몇 있었지만 민폐를 끼치고 싶지 않았다. 결국 내가 생각한 방식은 사이트를 통해서 '이미 권헌조를 알고 있는' 사람들이 그를 기억하기 위해 십시일반으로 책 작업에 동참하는 방식이었다. 권헌조와의 이별은 필연적이지만 이런 행위를 통해서 그에 대한 기억을 잠시 붙들어두는 것이고 마지막 가치의 퇴장 시간을 잠시 지연시키는 것이다. 그것이 부인할 수 없는 현실이다. 기록이라도 남겨두는 것.

2011년에 이 작업을 하지 못했다. 어르신 1주기 전에 작업을 완료하고 싶었지만 세상사 변명의 9할을 차지하는 말대로 '바빠서' 그리되었다. 그것은 참 편리한 변명이다. 정확하게는 작업의 우선순위 안에 속하지 못했을 것이다. 아마도 밥벌이가 1순위를 차지했을 것이다. 그리고 1년 정도 지났으면 어쩌면 내 마음의 부채감이나 의무감은 옅어질 수도 있었을 것이다. 그런데 그게 그렇지 않았다. 날이 갈수록 '이 일을 끝내야 한다'는 압박감은 높아졌다. 결국은 해야 할 일인 것이다.
다른 책 문제로 통화와 메일을 주고받던 이 책의 편집자에게 내 마음 속의 부채를 내비추었다. 이미 몇 권의 책에 대한 원고 인도 시기를 지키지 못하고 있었던 데다 쉽지 않은 제안이있지만 이왕 하는 부탁이라 뻔뻔하게 했다. 그것이 가능했던 것은 '송석헌과 권헌조 이야기'는 부끄럽지 않은 이야기였기 때문이었다. 그는 이 책의 장례식 부분에 언급된, "이틀 전 서울에서 만난 어느 편집자"였다. "인문서를 왜 만들어요?"라는 것이 초면의 그에게 던진 질문이었으니 이것도 작은 아이러니이긴 하다. 하루 지나지 않아 "진행합시다."라는 간명한 답변을 들었다. 그리고 얼마간의 시간이 지나서 내 앞에는 '반비'가 '을'로 기재된 계약서가 놓여 있었다. 새로운 부채가 생겼다.
완전하게 출간이 결정되고 권동재 선생에게 전화를 드렸다. 그리고 그의 타계 소식을 들었다. 잠시 아득하거나 막막했다. 다시 송석헌행은 필연적이었다.

　"어디로 모셨습니까?"

"아버님 뒤편으로 자리를 마련했습니다."

"다음 주 중으로 전화 드리고 찾아뵙겠습니다."

다시 문상이다.

2012년 8월 9일 목요일 아침에 다시 그놈의 팔팔고속도로에 차를
올렸다. 언제나처럼 풍기의 서부냉면을 먼저 들러 약간 늦은 점심을
먹었다. 여름이라 역시 냉면 집엔 손님이 많았다. 이전과 맛이 좀 달랐다.
무채 김치는 맛이 깊지 않았고 국물은 조금 싱거웠다. 면은 평소보다
조금 더 퍼졌다. 점심시간 끝 무렵이다. 나는 채소의 시절과 식당의
바쁜 시간대가 만들어낸 '오늘의 상황'이라고 생각했지만 집사람은
실망스러운 마음을 숨기지 못했다. 나는 대꾸하지 않았다. 오늘의
상황이건 근본적 변화이건 인정하고 싶지 않았기 때문이다.
역시 생강 도넛 한 팩을 담아서 봉화로 이동했다. 영주 지나서 봉화로
접어들 무렵부터 지천으로 늘어선 사과나무에는 풋사과가 매달려
있었다. 북부 경북의 포괄적 인상은 오래되고 낡은 풍광의 반복인데
사과는 풋풋하다. 그것이 조화롭다는 생각을 했다. 기후가 변하기에 이
지역에서 사과 경작은 서서히 후퇴하기 시작한다. 포도 농장으로 변화
중인 사과밭을 흔히 볼 수 있었다. 모든 것은 변한다. 원하건 원치 않건
간에 그렇다. 변화는 필연이고 필연 앞에 때로 사람은 무기력하다.
봉화읍에 당도해서 확인 전화를 드렸다. 막내 아드님이 계셨다. 읍내
푸줏간에서 구워 먹을 안심을 조금 샀다. 과일을 생각했지만 과일이
흔한 지역이라 차라리 고기를 선택했다. 고기는 선홍색이었고 좋아
보였다. 선물 꾸러미도 아닌 검정 비닐에 고기를 담고 다시 시동을
걸었다. 생전에 권헌조 어르신은 봉화 장에 다녀오면 부모님께 무엇을
얼마에 구입했고 오늘 장은 어떠했는지 소상하게 말씀드렸다고 한다.
봉화읍에서 송석헌이 있는 선돌마을은 그렇게 멀지 않다. 도보로 한

시간 정도 걸릴 것이다. 차로는 불과 5분이 걸리지 않는 그 길을 따라
'그 집'이 점점 가까워질수록 나는 점점 멀어지고 싶었다. 곧 변화한
송석헌과 만나야 하는데, 이제 그 집에는 그 사람이 없는데 그 상황을
대면하는 것이 힘들었다.

말끔하게 다듬어진 석축은 가지런했다. 외관의 나무는 고재를 그대로
사용해서 상상했던 것보다 나빠지지 않았다. 마당의 잡초는 모두
제거되었다. 서편으로 초가가 한 채 들어섰고 살림 공간도 정비되었다.
무엇보다 안채의 변화가 컸다. 사실은 변화라기보다 정리에 가까울
것이다. 방송에서도 안채는 거의 보여주지 않았다. 2년 전 안채의 모습은
극단적으로 표현하자면 300년 된 쓰레기통과 같은 몰골이었다.
그런 모습을 보여주고 싶지 않았다. 당시 특이했던 것은 'ㅁ'자의 안채

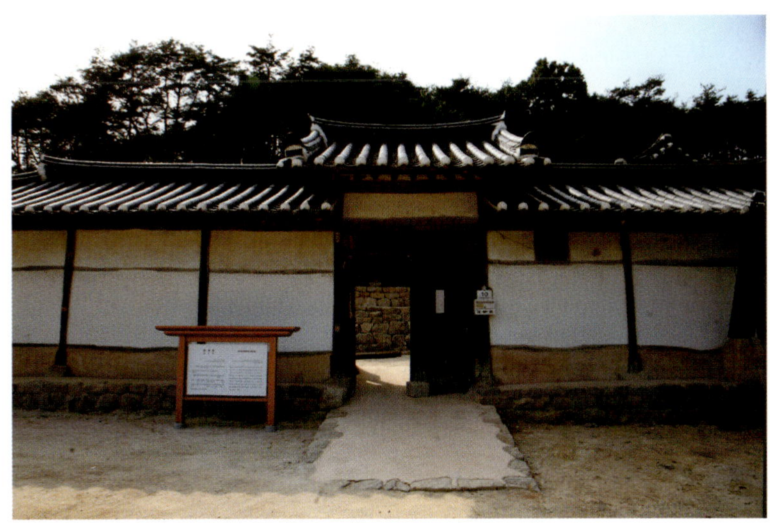

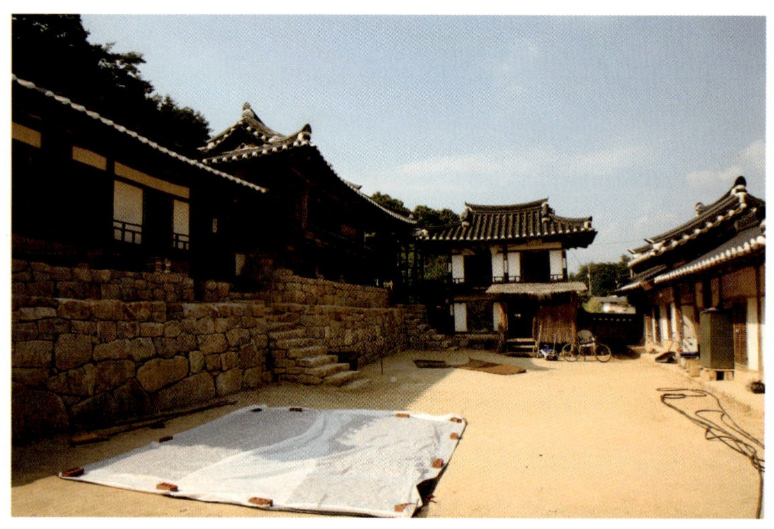

마루 사방을 둘러 권동재 선생의 빈 담배갑이 질서정연하게 쌓여 있었던
것이다. 책을 쌓듯, 그릇을 쌓듯 그렇게 성곽으로 쌓아놓은 담배갑을
보면서 '왜?'라는 의문을 품었었고 나름의 답을 내려보기도 했었다.
안주인이 없는 안채는 그렇게 방치되어 있었는데 이번 방문에서
'그 모든 과거'는 정리되었다. 마치 '이제 살림을 시작하면 된다'는
단아한 시그널로 보였다.
낯설었다. 그 정리 정돈과 약간 어색한 낡음은 이를테면 촬영을
위한 세트장 같은 느낌이기도 했다. 마당에 권헌조 어르신의 빈소는
여전하기에 우선 빈소로 들어서서 인사를 드렸다. 2년 전 초상을
치루었던 당시의 물건과 그 모습 그대로 어르신은 나를 맞이하셨다.
행랑채에는 파록爬錄을 진설하여 두었고 여전히 이 집이 상중임을
알리고 있었다.

건너채에서 살림을 이어가고 있는 막내 아드님과 마주했다. 인사를 올렸다. 나의 혈연 지도는 여전히 안동 권, 복야공파 37대이니 막내 아드님은 나의 할아버님 뻘이라는 사실도 변치 않았다. 권동재 선생에 관한 이야기로 시작할 수밖에 없었다. 내 입이 대꾸한 몇 마디는 모두 같았는데 "알고 있습니다."가 그것이었다. 그러나 막상 내가 무엇을 알고 무엇을 이해하겠는가. 상중이라 당분간 송석헌은 공개하지 않을 생각이라고 했다. 보수 공사도 불과 며칠 전에 준공 검사가 끝났다고 했다. 2년이 걸린 것이다. 이제 사람이 이 공간에서 살아가는 일만 남았다.

"계속 봉화에 계실 겁니까?"
"그래야지요."

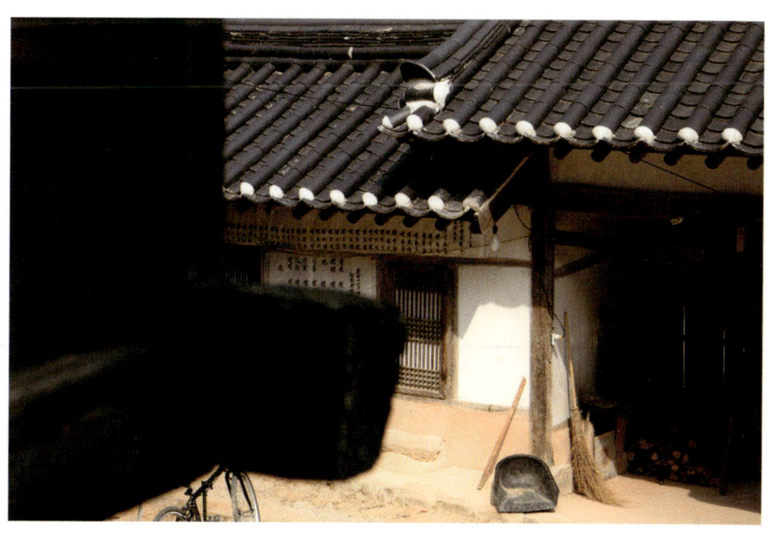

"원래 도시에서 사시지 않았습니까?"

"지켜야 할 것이 있어서요."

자리에서 일어났다. 집 안 산소와 집을 둘러보고 나가는 길에 어르신과
권동재 선생의 산소를 성묘하겠다고 말씀드렸다. "아버님 뒤켠
오른편으로 쳐다보면"이라고 설명해주셨다. 다음을 기약했지만 나는
"이제 안 올랍니다."라고 대답했다. 잠시 웃음이 흘렀다. 다시 카메라를
챙겼다. 집 위의 산소부터 둘러볼 일이다. 어르신의 발자국이 만들어낸
그 흔적은 지금 어찌되어 있을까.

가파른 계단을 지나 산소로 드나드는 문은 잠겨 있었다. 고리를 풀고
힘껏 밀쳤다. 힘들게 문을 열었지만 가슴까지 올라온 풀이 앞길을
막았다. 풀을 헤치고 힘겹게 힘겹게 앞으로 나갔다. 생각지 못한
상황이었다. 긴팔을 준비하지 않았다. 팔뚝으로 날카로운 풀잎과 가시가
스쳤다. 그러나 올라서야 했다. 몇 걸음 앞으로 나아가자 길은 열렸다.
그리고 그 가지런하고 정갈한 언덕길이 나타났다. 여전히 누군가 이 길을
손보고 있는 것이다. 숨이 턱턱 막히는 북부 경북의 더위는 사람을 쉽게
지치게 만들었다. 산소가 있는 언덕에 도착했다.

7월 말경에 벌초를 한 듯했다. 그렇지 않았다면 이곳은 지금 밀림이 되어
있을 것이다. 언덕 모서리로 개망초가 키를 다투고 있었고 어르신의
흔적은 남아 있지 않았다. 당연한 일이지만 부재의 증명이 슬프다는
사실 또한 숨길 수 없었다. 이제는 없음을 확인하는 일. 이번 여행의
임무와 역할이기도 하다. 송석헌을 나서서 산소로 방향을 잡았다.
2010년 12월의 그 칼바람과 눈보라의 길은 주변으로 벼와 나무와
풀들로 무성하게 변해서 전혀 다른 길처럼 보였다. 얼핏 길을 찾기
힘들었지만 눈대중으로 상여가 지나갔던 그 길을 더듬어 나갔다.
당시의 사진이 있었기에 길의 표정만 바라보고 올라갔다. 여기쯤에서
상여 행렬의 뒷모습을 찍었었지, 여기 이 논이 그때 노제를 지내고

문상객들을 맞이했던 모닥불을 피웠던 그 논이겠지, 여기에 상여를 벗고
관만 들고 이 언덕을 올랐었지…….

열아홉 달 만에 다시 어르신을 뵙는다.
풀이 자랐고 누군가 꽃바구니를 남겨두었다. 손녀들일까. 인사를 드리고
주변을 둘러본다. 어르신 뒤편으로 파릇한 띠 잔디가 어색한 산소가
보였다. 권동재 선생의 자리일 것이다. 아들은 아버지 뒤를 그렇게

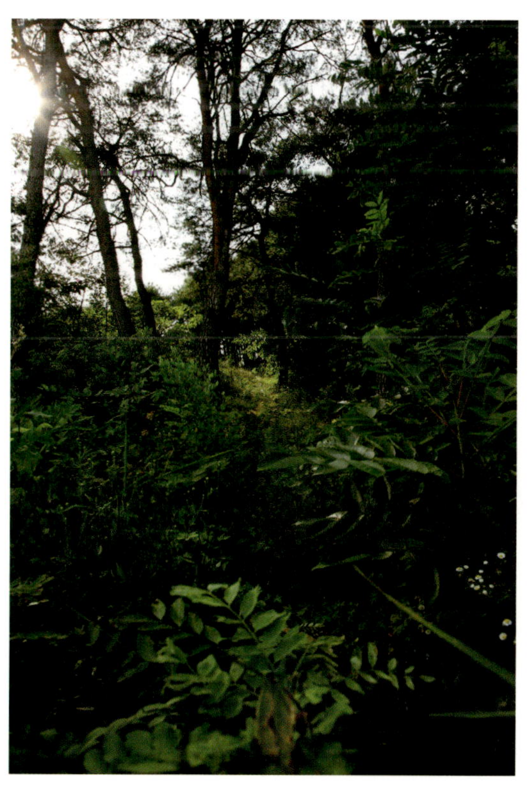

시립侍立하고 있었다. 그를 태우고 영주 길을 달리던 차 속에서 촬영을
하던 순간이 잠시 떠올랐다. 파인더로 그를 바라보면서 아무것도
바라보지 않는 그의 빈 시선을 느낄 수 있었다.

당신은 스스로 예감했을 것이다.

짧게 머물렀다. 그 상황 속에 오래 머물러 있고 싶지는 않았다.

마음속으로, 한 적 없는 약속이지만 책을 들고 다시 찾아뵙겠다는 혼자
말씀을 드렸다. 풀밭 언덕길을 헤치고 내려와서 음료수로 들고 온 물로
팔과 목덜미의 검불과 땀을 씻어냈다. 일말의 후련함이 있었다.

두어 시간 후면 하루가 저물 것이다. 밤을 달려 구례로 돌아가지는 않을
것이다. 봉화읍에서 하루를 머물 것인지 부석사 쪽으로 올라갈 것인지
정하지 못했다. 봉화읍에서 머문다면 천변의 여관들이 유력할 것이다.
그것은 내키지 않았다. 부석사 방면은 휴가 시즌의 막바지라 예약하지
않은 숙소는 남아 있지 않을 것이라는 생각이 들었다.

내비게이션을 안동으로 입력했다. 선돌마을 입구에서 30분이 걸리지
않는다. 안동은 나의 본관本貫이다. 몇 번 스치기만 했지 이제까지 단 한
번도 안동 시내를 거닐어본 적이 없다. 본관은 조선 시대까지, 어쩌면

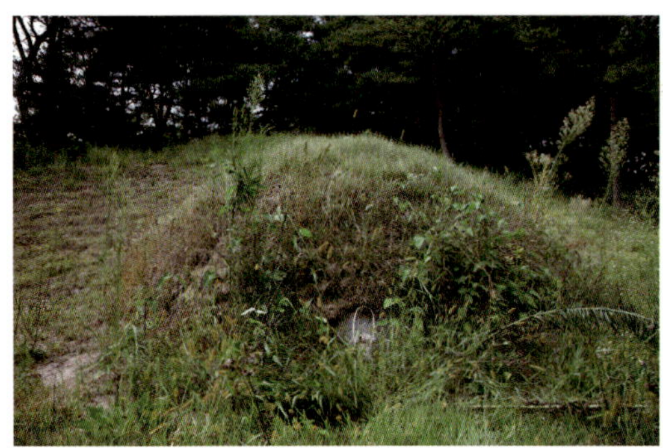

지금까지도 신분제의 잔제로, 흔적으로, 출신에 대한 은유적 우월감을
표현하기 위한 수단으로 사용되고 있다.
그래 안동에서 하루 머물자. 내 할아버지의 할아버지가 갑오경장 때
돈과 양반첩을 바꾼 것이 아니라면 안동에서 하룻밤도 나름 의미
있는 일일 것이다. 이러나저러나 나는 어차피 지금을 살고 있다. 온전한
나로서 세상을 살아내는 것. 권헌조 어르신이 나에게 가르쳐준 것은
그것이다.

나의 주관적인 생각에 대해, '세상에 필요한 책 또는 기록'으로서
출간을 결정해준 출판사에 감사를 드린다.

1930년 음력 1월 20일 봉화군 재산면 동면리에서 1남 4녀 중 장남으로 태어나다.

4~5세 때부터 학방을 하시던 조부 권종도에게 가학으로 글과 예를 배우다.
이때부터 글소리가 고고창창했으며, 6세 때 토종닭보다 덩치가 훨씬 큰
미조닭을 처음 보고 이런 글을 지었다.

훤칠한 풍채는 봉황을 의심케 하고,
그 긴 목은 맹상군을 구하였구나.

1944년 집안 어른들과 함께 8대조부터 지켜온 고향 선돌마을(봉화군 봉화읍
석평리)로 돌아오다.

1945년 봉화군 법전면 조레마을 출신, 풍산 류씨 집안의 류종교(하횟댁)와
혼인하다.

부인과 사이에 4남 2녀를 두다. 장남 권동재는 대학 시절 조선시대에
편찬되었다가 유실된 옥편의 후반부를 모필로 복구할 만큼 재능이 뛰어났다.

1953년 조부 권종도가 돌아가시다. 조부는 젊어서부터 퇴계문집을 교정할
수 있는 유일한 학자로 꼽힐 만큼 영남 지역에서 이름이 높은 학자였다. 이런
조부에게서 글과 예를 배운 권헌조 역시 덕망이 높아 배움을 구하러 오는
제자들이 많았다.

    1970~1980년대에 안동 권씨 시조 할아버지 서원인 운곡 서원 제향에
참여하러 경주를 방문했다. 이후 경주, 밀양, 안동을 가끔씩 방문해 가르침을
구하는 많은 사람들을 만났다. 선돌마을로 찾아오는 이들에게도 틈틈이
유학을 가르치고, 한문을 가르쳤다. 또 여러 서원의 원장으로 위촉하는
망기를 60여 통 이상 받기도 했다.

1991년 아산재단 효자대상을 받다.

1992년 선친 권정선이 돌아가시다. 3년상을 치르다. 권정선은 젊어서부터 동장을
지내는 등 바깥 활동을 활발히 히였고, 기계 경영에도 능히여 일제 때 기운
가세를 다시 일으켰다. 역시 학방을 하는 등 학문에 조예가 깊었다.

1999년 모친 금맹교가 돌아가시다. 3년상을 치르다.

1999년 부인 류종교가 향년 77세로 돌아가시다.

2010년 12월 13일 향년 83세로 작고하다.

    생전 권헌조를 기억하는 이들은 제일 먼저 온화하고 '착한' 성품을 꼽고,
다음으로 검소하며 부지런한 습성을 꼽고, 마지막으로 높은 학문을
칭송한다. 그 외에도 고인은 밭고랑을 하나 파도 반듯하게, 장작을 패고
쌓아도 빈틈 하나 없이, 손으로 하는 모든 일에도 재주가 뛰어났다. 목공에
특히 취미가 있었고, 제기도 직접 정성껏 만든 것을 사용했다. 또 문재文才가
뛰어나 이야기를 기억하고 가공하고 만들어 들려주는 일을 즐겨하였다.

◎

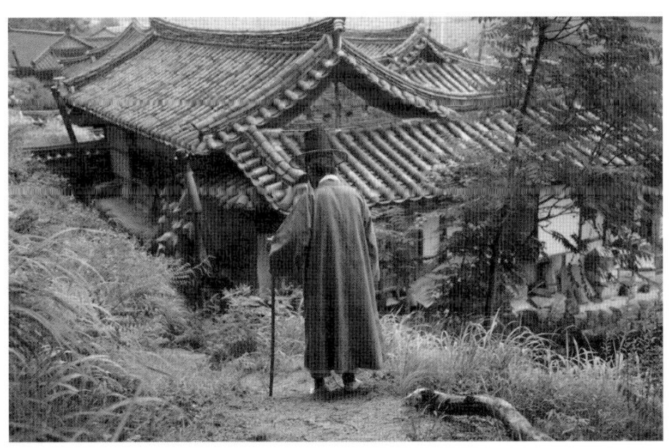

아버지의 집
고택 송석헌과 노인 권헌조 이야기

1판 1쇄 찍음 2012년 11월 10일
1판 1쇄 펴냄 2012년 11월 25일

지은이 권산
발행인 박상준
펴낸곳 반비

출판등록 1997. 3. 24.(제16-1444호)
(135-887) 서울시 강남구 신사동 506 강남출판문화센터
대표전화 515-2000, 팩시밀리 515-2007
편집부 517-4263, 팩시밀리 514-2329
블로그 http://banbi.tistory.com
페이스북 http://www.facebook.com/Banbibooks
트위터 http://twitter.com/banbibooks

글, 사진 ⓒ 권산, 2012. Printed in Seoul, Korea.

ISBN 978-89-8371-442-8 03810

반비는 민음사출판그룹의 인문·교양 브랜드입니다.